脚印

陈祥龙 编

江苏人民出版社

图书在版编目（CIP）数据

脚印/陈祥龙编.—南京：江苏人民出版社，
2020.5

ISBN 978-7-214-24907-4

Ⅰ.①脚… Ⅱ.①陈… Ⅲ.①新闻—作品集—中国—
当代 Ⅳ.①1253

中国版本图书馆CIP数据核字（2020）第078825号

书　　　名	脚　印	
编　　　者	陈祥龙	
责 任 编 辑	许尔兵	
出 版 发 行	江苏人民出版社	
出版社地址	南京市湖南路1号A楼　　邮编　210009	
出版社网址	http://www.jspph.com	
印　　　刷	南京文瑞印务有限责任公司	
排 版 设 计	南京东汉文化传播有限公司	
开　　　本	850 mm×1168 mm　1/16	
印　　　张	18	
字　　　数	350千字	
版　　　次	2020年5月第1版　2019年5月第1次印刷	
标 准 书 号	ISBN 978-7-214-24907-4	
定　　　价	88.00元	

（江苏人民出版社图书凡印装错误可向承印厂调换）

序言

扎根乡土,步履坚实

　　新中国成立70周年暨个人从事新闻工作30年之际,祥龙兄精心整理自己多年新闻采写及宣传管理工作的智慧结晶,出版专著以为纪念,委实可喜可贺。身为他的老同事,展卷学习之余,不仅随着文字得以重温20世纪末那段难忘的新闻生涯,更从中触摸到一位基层新闻工作者的求索精神和坚实足印。在宣传思想战线深入开展增强脚力、眼力、脑力、笔力教育实践活动的今天,他的新闻实践就是一部增强"四力"的鲜活教材,无疑能给广大新闻工作者尤其是基层新闻工作者、新闻爱好者以丰富的启迪。

　　作为一名县级广播电视台的新闻工作者,祥龙兄最令人感动的是他对新闻工作、对故土乡人发自内心的热爱和深情。没有这份情怀,就不可能采编出这么多聚焦家乡的新事物、新变化、新成就,反映家乡人民呼声,维护家乡人民利益的好新闻。心中有情,笔下才有温度、有深度、有高度、有力度。他从新闻稿中了解到外出务工的马某辛苦一年分文未得,立即向县劳动保障部门反映情况,促成了劳动部门为农民工千里追债的佳话。他敏锐地发现冯某养殖黑豚致富主要是发种财,而当时黑豚市场并不乐观,于是放弃简单报道黑豚致富的新闻,而是以此为背景,安排记者采写深度报道,提醒农民引种要慎重。他关心民生,敢于发声,《二斤猪肉"测"出机关问题一串》直指金湖机关作风和软环境建设的问题;《这种"水分"要不得》直指领导作风漂浮;《"少儿不宜"原是赚钱的诱饵》抨击非法放映厅的违法经营,这种舆论监督的勇气,在县级记者中难能可贵。

　　祥龙兄令人佩服之处,还在于他发现新闻的眼光、深入基层的实干精神和快写勤写的笔头子。多年来,他忙碌的身影经常活跃在家乡的田间地头、河湖街道,在新闻第一线和广大基层干部群众交朋友。他跑哪条线,就认真钻研哪条线上的大政方针、理论政策,就紧密联系哪条线上的干部和群众。这些都成为他涵养新闻"活鱼"的"活水"。因此,他消息特别灵通,眼光格外独到,佳作不断。他善于在党的路线方针政策和基层的典型实践中找到适当的结合点,以小见大,如《金湖两千农机大户异地种粮八万亩》《金湖县农村出现新鲜事:承包户"点菜"技术员"掌勺"》《金湖"不引化工项目"感动台商》等。在"吃透两头"的基础上，他往往别具慧眼，另辟蹊径，推陈出新，如《金湖招商项目开竣工喜煞花店老板》从鲜花常年俏销的角度巧妙反映出金湖招商项目红红火火的发展态势。

在新闻采编岗位上，他是能写会编的多面手，撰写了大量在当地很有影响的稿件。走上管理工作岗位后，他更是以坚定的政治立场、高度的责任感和与时俱进的新闻宣传理念做好新闻宣传和文化宣传的排头兵。在多年新闻宣传和文化管理工作中，他把自己的思考凝聚笔端，一篇篇闪烁着真知和真情的新闻作品、业务论文和诗文汇聚成金湖这座美丽小城的发展史，也记录着他在家乡新闻宣传思想工作战线上的奋斗史。

我和祥龙兄短暂共事一年多后便天各一方，蒙他不弃，在阔别多年之后仍与我保持联系，并嘱我为他的专著作序。惭愧之余，也深深感谢他给我先睹为快的机会。梁启超云："天下事业无所谓大小，只要在自己的责任内，尽自己的力量做去，便是第一等人物。"在众声喧哗、世风浮躁之今日，越来越多的年轻人不甘心、不安心于基层新闻宣传工作，也越来越欠缺到一线去发现新闻、发掘新闻的热情和才干。希望祥龙兄这种抓住一切机遇钻研新闻业务的求索精神，扎根乡土服务基层的务实作风，善于思考勤于耕耘的创作激情能够启发、激励有缘之人、有志之人，催生出更多优秀的新闻作品。

是为序。

湖南大学新闻传播与影视艺术学院副教授
武汉大学新闻传播学院新闻学博士
美国密苏里大学新闻学院访问学者
徐琼
2019 年 11 月 18 日

徐琼个人简介

新闻学博士，毕业于武汉大学新闻与传播学院。现任湖南大学新闻传播与影视艺术学院副教授，硕士生导师新闻系主任。中国新闻史学会新闻传播教育史研究委员会常务理事。中宣部、教育部卓越新闻传播人才教育培养工程"千人计划"首批入选人。

脚印

代 前 言

2011年，笔者在申报编辑职称时撰写了一篇新闻业务工作报告，谨以此代前言。全文如下：

本人自2003年12月获得助理编辑职称资格以来，一直从事新闻采编和组织、策划、协调及指挥工作。在采编工作中，能注重政治学习和思想品德修养，恪守职业道德，加强专业技术学习和实践，较好地履行了记者编辑职能。从业20多年来，多次受到市委宣传部、淮安日报社、淮安市广播电视局的表彰。2004年被中共淮安市委、淮安市人民政府评为优秀新闻外宣工作先进个人；2006年被中共淮安市委、淮安市人民政府授予"优秀新闻外宣工作者"称号；2010年被中共淮安市委宣传部、中共淮安市委外宣办评为"新闻外宣工作先进个人"；2011年被中共淮安市委宣传部、中共淮安市委外宣办评为"新闻外宣网络工作先进个人"。多年的新闻从业经历使我深深地体会到，只有不断学习，才能逐步胜任记者编辑工作；只有勤于实践，才会有更多更好的新闻作品问世；只有勇于创新，才能逐步提升自己的业务水平和能力。

一、在学习中进步，打牢新闻业务根基

思想品德是新闻从业人员的灵魂，本人始终坚持把学习党的路线、方针、政策放在首位，认真学习马克思主义、毛泽东思想、邓小平理论和"三个代表"重要思想，自觉践行科学发展观，思想上始终与党中央保持高度一致。

本人从一名乡村"土记者"成长为县电台的新闻记者兼责任编辑，深感业务知识的匮乏。为此，本人坚持在工作之余刻苦学习新闻业务知识，1999年9月，本人通过成人高考参加了南京政治学院广播电视文学专业的学习并毕业。在向书本学习的同时，本人还虚心向同行学习，经常把报刊中以及上级广播电

视报道中的精品佳作剪贴下来，从这些经典范文中汲取营养。从一开始的模仿，到逐渐形成自己的风格和特色，在学习的过程中思考，在思考的基础上再学习，通过不断学习，不断思考，不断积累，新闻业务能力也日渐增强。期间，由单位选派，本人还多次参加国家、省市组织的短期学习和培训，也使本人获益匪浅。本人所编辑的《金湖新闻》节目多次在省市新闻节目中获好评。所采写编辑的60多件稿件（节目）在省市评比中获奖，所采写的近2000篇新闻作品被市级以上报刊电台采用。

本人也由普通记者编辑，成长为单位的业务骨干，并先后被任命为电台新闻部主任、台长助理、副台长，现在又走上了广播电视新闻中心主任的岗位，具体负责电台、电视台的新闻宣传工作。

二、在实践中成长，增加新闻作品分量

学习的目的在于实践，只有通过实践才能真正增长才干。我在新闻实践中始终坚持贴近实际、贴近生活、贴近群众，坚持新闻的真实性，自觉杜绝有偿新闻和虚假报道。注重从上级的理论路线方针政策中找灵感，善于从基层群众和生活中觅典型，这样写出来的新闻作品才有分量。记得2005年7月，我到闵桥镇采访，发现农民王金梅家做饭用的是秸秆气，全村300多户用上了清洁能源，农村使用沼气的人家越来越多，这一现象引起我的注意，经过深入调查后发现，自2001年我县成为全国农村能源综合建设先进县后，干部群众开发、节约能源的意识逐年增强，就此我采写了《苏北小县金湖做出节能大文章》一稿，稿件中大量使用群众鲜活的语言，如"我们村是一人烧火，全村人做饭"等，这些鲜活语言增强了新闻的现场感和真实性，不仅在本台采用，还在省台、市台采用，并被新华社作为通稿转发，在县内外产生积极反响。

2009年，我县文化馆老馆长姜燕经过近20年的潜心研究，出版了80多万字的《香火戏考》，向世人揭开了江淮香火戏的神秘面纱。我及时到姜老家中，通过深入采访，制作了一档"夕阳红"栏目，这档老年节目充分展示了姜燕老有所学、老有所为的风采，播出后在广大老年朋友中引起较好反响。作品荣获2009年度淮安广播社教对象性节目一等奖，并被推荐到全省参评，获2009年度江苏广播社教节目奖对象性节目三等奖。

通过多年的实践,本人已能够较灵活自如地运用录音报道、系列报道、新闻特写等各类新闻表现手法。

三、在创新中提升,增强新闻理论素养

对于新闻工作者来说,创新既是永恒的主题,也是不竭的动力源泉。我个人认为,在新闻实践中,通过创新思维、创新方法,能有效提升个人新闻工作的能力和素质,同时还能增强新闻理论素养。本人在新闻实践的基础上,不断总结经验,先后有10篇业务论文在市级以上刊物发表或交流。

一度时期,我们的广播新闻有被弱化的趋势,在我们电台,曾经出现真正的"新闻"少了,"新闻"的地位从"主角"演变成立"配角"现象,我认为这是"新闻弱化"的危险信号。本人通过深入研究发现,出现这一现象主要有这么几个方面的原因:一是少数记者、通讯员不屑写"新闻",尤其是现场感强的"短新闻"。在他们看来"豆腐干""火柴盒"不能体现一个记者、通讯员的写作水平,只有长篇大论,才能吸引听众和读者;二是少数记者、通讯员热衷于采访会议、开业庆典等,怕深入实际,深入生活,到群众中了解、发现、采写真正意义上的"新闻",而是乐此不疲地采写会议、庆典消息;三是少数记者、通讯员在新闻报道中主观成分多。有的文中并无动人的货色,满是大段大段空调的议论,或作无病呻吟式的抒情,或拼凑一大堆吓人的新名词或收罗若干格言警句,以示自己学识之渊博和见解之深邃。就此,本人撰写了《浅议"新闻弱化"的原因及对策》一文,为纠正这一问题开出了"方子"。江苏人民广播电台主办的《大众广播》杂志1999年第六期刊登了这篇论文。

对农宣传一直是县级广播电台关注的话题,如何切合新农村建设主题开展好对农宣传? 是各地电台思考的问题。然而,随着各地工业化、城市化进程的加快,媒体的注意力也在发生变化。关注农业、农业和农民的报道少了,而关注工业经济、招商引资、城市建设与管理等方面的报道与日俱增。就连离农民最近的县级电台也不能免俗,以致出现了对农宣传上的一些误区,误区之一:发展地方经济就是发展工业经济。一些地方片面地认为,只有工业上去了,地方经济才算发展。在"工业强县"的大旗下,县级台的宣传也在跟风,只强调"无工不富",而忽略了"无农不稳"。谈起招商引资、工业生产头头是道,长篇累牍;而说起农业、农村经济只言片语,轻描淡写,少数记者甚至怕到农村去,怕与农

民接触，认为"农村无新闻"。误区之二：电台创收的主体在城市，对农宣传被人为弱化。为了经营创收，县级台在节目定位上往往出现这么一种状况：谁给钱，就和谁联办节目，宣传的重点就向谁倾斜。导致城市部门单位联办节目越来越多，编辑、记者服务"三农"的时间和精力被分散，农村宣传成了"被遗忘的角落"。误区之三：对农宣传简单，好对付。由于编辑、记者对"三农"政策研究不多，对农民所思、所想、所盼调查不多，导致对农宣传内容不新，涉及问题不深入，往往流于唱"四季歌"，不能引起广大农民的"共鸣"。针对这些存在的误区，本人及时提出了县级台的"农"本意识、统筹兼顾原则和打造一支善于对农宣传的编辑、记者队伍的目标。一篇关于《对农宣传要切合新农村建设主题》的论文也自然产生，该论文被中央人民广播电台主办的《中国广播》杂志2006年第六期刊登。

新闻业务无止境，创新创优无止境，在今后的工作中，我将更加注重学习，勤于实践，勇于创新，探寻广播电视新闻宣传规律，弘扬主旋律，打好主动仗，为广播电视新闻宣传作出更新更大的贡献。新闻业务无止境，创新创优无止境，在今后的工作中，我将更加注重学习，勤于实践，勇于创新，探寻广播电视新闻宣传规律，弘扬主旋律，打好主动仗，为广播电视新闻宣传作出更新更大的贡献。

脚印

目 录

脚印

第一章
消息，从大众化到个性化

消息是新闻作品中最为常见的一种形态，写好消息也是记者的基本功。消息写作应从发现、采访、写作、制作、发表等多个环节把关，让消息更快、更真、更美。

第一节　如何发现新闻

记得是2000年11月份，在江苏省首届卫生新闻培训班暨卫生新闻学术交流会上，本人应邀撰写了一篇小文并有幸在会上交流，题目是《善于发现——写好农村卫生新闻的关键》，今天读来似乎对发现新闻仍有所帮助。全文如下：

常有人这样问我："一个县级广播电台卫生记者，哪有那么多卫生方面的新闻报道可写？"我的回答是：只要善于发现，农村卫生新闻就会大有作为。那么怎样才能发现新闻呢？愚以为，吃透"上情"，了解"下情"，广交卫生界的朋友，卫生新闻就会源源不断。

一、从"上情"中发现新闻

吃透"上情"就是要对国家、省、市、县制定出台的有关卫生方面的方针、政策加以研究，从中发现新闻线索。《中共中央关于农业和农村工作若干重大问题的决定》中明确提出："完善农村医疗卫生设施，稳步发展合作医疗，提高农民健康水平。"就此，本人及时采写报道了《金湖县发展农村合作医疗》《金北乡农民看好合作医疗保险》等一批稿件，先后被国家、省、市新闻单位采用。"卫生下乡"是党中央提出的"三下乡"内容之一，因此，每当有上级医疗单位来金湖县送医送药或者本县县级医疗卫生单位送医送药下乡，我总要抓住时机，及时进行报道。

二、从"下情"中寻找新闻

群众需要是新闻存在的第一要素。县级广播电台的主体听众是农民,因此,必须了解农民对卫生报道的需求。

随着农村改革的逐步深入,农民生活水平的日益提高,生命与健康成了广大农民日趋关注的话题。然而,长期以来,农民传统的卫生习惯又与现代卫生要求形成了强烈的反差。这就要求我们通过卫生新闻报道加以引导启发。某镇一农民脚被生锈的铁钉扎破,由于没有及时到医院处理,结果命丧黄泉。在采访中我了解到,他只要到医院打一针"破抗",只需花5毛钱就可以保住性命。据此,我采写了一篇《少花5毛钱,送了一条命》的新闻,报道后对农民的启发和震动很大。少数农民生病后不找医生,而是相信"巫婆""神汉",为教育引导广大农民相信科学,破除封建迷信,我深入农村采访,先后采写并报道了《被蛇咬,信迷信,险送命;招医生,巧排毒,还健康》《谁该对他的生命负责》等稿件,有力地揭露了封建迷信的虚伪性和欺骗性,使农民真正感受到了科学对于生命和健康的重要性,这些稿件播出后在广大农民中产生了强烈的反响。农民都说,"信迷信只能害命,信科学才能健康长寿"。

三、靠朋友提供新闻线索

多年来的实践使我认识到,要多写卫生新闻,写好卫生新闻,离不开卫生界的朋友。

卫生新闻往往发生在医疗卫生单位,通过与医疗卫生单位领导、医护人员广交朋友,他们能及时提供有价值的新闻线索。1999年2月23日,金湖县境内发生一起重大交通事故,一辆大型客车与一辆手扶拖拉机相撞,造成9名驾乘人员受伤,其中2人伤势十分严重,被送到了县人民医院抢救。县人民医院办公室主任陈桂文迅速将这一消息告诉我,我火速赶到县人民医院进行采访,及时采写了《车祸发生之后》《医生给了他第二次生命》等稿件。

农村卫生新闻很多,只要善于发现,总会有所收获。近年来,我每年采写农村卫生新闻近百篇,其中有相当数量被市以上新闻单位采用。我将乐此不疲地写好农村卫生新闻。

(注:这篇心得体会文章还被2000年第五期《新闻之友》杂志等刊载。)

研究上级相关政策,在基层寻找落脚点,同样是发现新闻的方法之一。下面几则消息,就是笔者从新政策规定中发现的新闻,刊播后起到了较好的引导作用。

例文 1：

今年农机出省作业有新规定

统一组队受欢迎　单兵出击遭冷落

本报讯　随着农业产业化经营的不断发展,农机作业市场化趋势也越来越突出,跨区作业已成为农机市场化经营的一种有效形式,深受广大农机手的欢迎。

去年,金湖县夏、秋、冬三季先后有1400多台(次)的农机参加跨区作业,创收1000多万元。今年,该县县委、县政府更加重视这项工作,把它作为农民增收的一条有效途径。该县农机部门及早安排,从正月十二开始,县农机局就组织人员到山东、河北等省联系落实夏季小麦机收面积20万亩。

与往年不同的是,农机跨区作业有这样一种新趋势。各地政府和农机部门为了规范跨区作业行为,减少农机的盲目涌进,纷纷对今年跨省作业作出了新规定:今年所有跨区作业农机都必须由所在地农机部门统一组织编队,有计划、有组织地进行,部分省还实行"准进证"制度,那些未经农机部门组织、没有准进证的农机将不再受欢迎。

(1999年4月12日,此稿刊登在《淮阴日报》《中国农机化报》《中国农机安全报》等上。)

例文 2：

金湖县机手喜领"优先加油卡"

本报讯　9月18日是江苏省金湖县农机部门免费发放"优先加油卡"的第一天,当地农机手陆续赶到该县农机安全监理所,争先恐后地申领"优先加油卡"。来自该县涂沟镇新淮村五联组农机手汤瑞梅领到"优先加油卡"后开心地说:"这下好了,有了它,再也不用担心农忙时节机器加不上油了。"

为避免农忙时出现的农机加油难现象,江苏省农机局和中石化江苏石油分公司、中石油江苏萧山区分公司联合印制了带有统一编号的"优先加油卡"在全省发放,标志着"江苏省农业机械作业用油优先加油卡"制度正式实施。据金湖县农业机械安全监理所所长霍军介绍,"优先加油卡"发放采取"一机一卡、免费发放"的方式,在夏秋农忙期间,江苏省中石化、中石油加油站将优先保障从事农田作业的各类联合收割机和拖拉机以及运输联合收割机、插秧机的车辆用油,机手凭机具行驶证和"优先加油卡",可享受限时优先、定量定额的燃油供应。具体标准为:48马力及以上的联合收割机每台每天供油150升,48马力以下的联合收割机、25马力及以上的大中型拖拉机每台每天供油100升,25马力以下小型拖拉机每台每天供油40升。金湖县每年有2000台左右的联合收割机外出跨区作业,"优先加油卡"将为他们的农机加油带来方便。

来自黎城镇徐良村的农机手施成柱表示,有了"优先加油卡",今年秋季他将开着联合收割机外出跨区作业。据了解,这一"优先加油卡"政策还适用于外省来江苏作业的联合收割机和拖拉机。

（此稿被2006年9月25日出版的《中国农机化导报》等报刊刊登）

例文3:

淮安:实施"三项工程"打造生态白马湖

本报讯 在7月30日举办的江苏省首届"渔乐"水上运动会暨第七届白马湖水上运动会上,一位官员透露,淮安市委、市政府决定,组织实施退养还湖、环湖大道建设和沿湖城镇尾水再处理再利用"三项工程",努力将白马湖打造成为面向长三角的商务旅游和休闲度假基地,苏北地区重要的高端生活服务区,淮安都市区的新兴功能区,市内重要的生态保护、恢复和建设示范区。

市委、市政府计划用一年时间,将白马湖水域淮安市境内现有的9.5万亩围网养殖面积压缩到3万亩以下,并根据白马湖生态修复和保护的需要,进一步压缩围网养殖面积;依据现有白马湖地域走向,规划建设环湖大道,初定8月份动工,年内全面完工;通过人工湿地稳定塘、生活走廊等生活生态污水处理方案的综合利用,实现沿湖城镇尾水处理后达标排放,不再排入白马湖。

（此稿被2010年8月2日《淮安日报》A2版头条刊登）

例文4:

江苏力推机插秧

本报讯 据江苏省农机局统计,今年,全省已拥有插秧机3360多台,全省水稻机插面积已占总面积的12%以上。机插水稻节本、增产、增效的优势正在被越来越多的农民所认同。

水稻是江苏的主要农作物,水稻种植机械化是实现水稻生产全程机械化的关键。近年来,江苏省通过政策激励、组织创新和技术创新,加大水稻种植机械化的试验、示范和推广力度。省农机局采取每台插秧机直接补贴2500元的办法,各级政府采取相应补贴的办法,直接补贴农民,减轻农民购机负担。另外,省农机局还采取补贴每台插秧机培训费和年终奖励各1000元的办法,调动了基层农机部门推广水稻机插秧的积极性。今年,全省共有66个县(区)市、578个乡镇参与试验、示范和推广,机插面积比去年翻了一番。各地在试验、示范和推广过程中,还通过组织创新和技术创新,为机插秧大面积推广创造了条件。洪泽县朱坝镇农技站副站长周凯,投资50万元,购买25台插秧机,组建私营机械化插秧服务公司,今年机插面积达5080亩。现在,全省像周凯这样的农机大户越来越多了。

(刊于2003年8月12日《中国县域经济报》)

例文5:

今年小麦最低收购价出台

本报讯 日前,国家发改委、财政部、农业部、国家粮食局、农业发展银行、中储粮总公司联合发出《关于印发2010年小麦最低收购价执行预案的通知》。

《通知》明确,小麦最低收购价以2010年生产的国标三等小麦为标准品,白麦每市斤0.90元,红麦、混合麦每市斤0.86元。白麦分为硬质白小麦和软质白小麦,其中种皮为白色或黄白色的麦粒不低于90%,硬度指数不低于60的为硬质白小麦,硬度指数不高于45的为软质白小麦。红麦分为硬质红小麦和软质红小麦,其中种皮为深红色或红褐色的麦粒不低于90%,硬度指数不低于60的为硬质红小麦,硬度指数不高于45的为软质红小麦。不符合以上标准的为混合麦。

《通知》指出,最低收购价是指承担向农民直接收购的收储库点的到库收购价。执行期限为2010年5月21日至9月30日。在此期间,当小麦市场价格低于上述最低收购价时,由各承贷库点和委托收储库点按照国家确定的最低收购价格,自动挂牌收购农民交售的小麦。

《通知》要求委托收储库点在收购场所要张榜公布国家最低收购价小麦收购价格、质量标准、水杂增扣量增扣价方式、结算方式和执行时间等政策信息,让农民交"放心粮";不得拒收农民交售的符合质量标准的粮食。

(刊于2010年5月30日《淮安日报》头版)

其实,只要善于观察,善于思考,同样的新闻源,基层新闻工作者也能有所作为,1999年12月1日,民政部在金湖县开展村民委员会直选试点,当时国家、省、市媒体记者纷纷云集,作为县级电台的记者,笔者也参与其中。因为近水楼台的缘故,我早早来到试点所在村,进行深入采访调查,就此采写了一篇《"村官"诞生记》,不仅在金湖电台采用,还被淮阴日报等上级媒体刊用。在《淮阴日报》刊用的全文如下:

"村官"诞生记

12月1日下午1时，金湖县银集镇新胜村村部前鞭炮齐鸣，欢声雷动。该村村民首次通过一次性直接投票选举，选出了新一届的村民委员会成员。

与以往选举不同的是，这次选举没有指定的候选人，采用一次性直接投票方式进行，选票上只有职务栏而没有候选人名单，这意味着，该村所有村民都有可能成为新一轮"村官"。选举方式的改变使竞选者和选民的精神面貌都与以往大不相同。

这天一大早，尽管西北风呼啸着把冰冷的雨点往人身上、脸上砸，新胜村选民们仍打着伞，拎着小板凳，三五成群地拥向村部，参加选举。今年78岁的张保付老汉带着老伴早早赶到了会场，他高兴地说："这回让我们自己选干部，是大好事，下雨也要来。"旁边一位中年人接过话头："我在扬州打工，是特地回来参加选举的，选个好干部，是全村的大事。"

这次村委会主任的竞选者必须向全村选民作竞选演说，还得当场回答选民提出的问题。选举开始后，三位报名的竞选者依次上台演说。他们的话音刚落，一位名叫潘洪的青年又走上台，阐述自己的施政方针和对村前景的规划，小伙子的行动受到乡亲们热烈的掌声鼓励。

好戏连台，最精彩的要算竞选者现场答选民问。提问一开始，村民便争先恐后打开话匣子。你问农机作业费咋收合理，他问村组财务怎么公开，有线电视能不能尽快装上。台下问题一个接一个，台上几位竞选者答得诚恳、实在，赢得选民们的一声声喝彩。该村四组选民顾众的话代表了大家的愿望："现在村干部，要选就选能带领大伙发家致富的好当家。"

在秘密写票处，村民万枝梅夫妇却为究竟选谁产生了分歧，最终，谁也没将就谁，各自把选票投给了自己中意的当家人。他俩说："各人有各人的看法，一家人也可以有不同的选择。"

投票后，选民们不顾风狂雨凉，在会场等待着结果。经过两个多小时的计票，新一届村委会班子终于产生了。

【编后】在村民委员会组织法颁布施行不久后的今天，我们读到了《"村官"诞生记》一文，不禁为金湖县银集镇新胜村的村民拍手叫好。为了选举，村民们冒雨打伞来了，不断提问题，关心切身利益的多了，连夫妻也为选各自满意的人而产生分歧。凡此种种，令人感到现在的村民委员会产生方式更具民主性，农民也更具民主意识。希望我市能有更多的村子像新胜村一样，让村民们充分行使民主权利，真正选出心目中的带头人，使大家在通往富裕的道路上有个信得过的带头人。

同样的新闻事件，换个角度报道，往往能起到意想不到的效果。招商引资项目开工往往是基层新闻单位必须要报道的选题，如何把这样的选题报道好，笔者作了尝试。

先看笔者采写的两篇传统稿件。

例文1：

举办台商论坛　引来"凤凰"落金湖

全国首个主办台商投资论坛的县份金湖县，继去年成功举办首届台商金湖论坛后，7月16日，再次与市台办、台湾同胞投资企业协会合作，联合举办了第二届台商金湖论坛。

作为第十届中国金湖荷花·美食节的一项核心活动，本届论坛创造了县级办台商论坛的三大新亮点：

•本届论坛是6月29日海协会与台湾海基会正式签署了《海峡两岸经济合作框架协议》后，国内首家由县级政府组织的台商论坛；

•本届论坛规模空前，出席论坛的全省台协会近20个、台商120多人；

•本届论坛影响深远，省台办经济处处长屠新，实联化工（江苏）有限公司总经理、淮安台商协会常务副会长林先景，台湾农联生物科技联合委员会主任委员陈胜忠博士，中国国民党中央委员、海峡交流基金会台商财经法律顾问、南京台协常务副会长、联强国际集团中国运筹投资首席代表海中天先后演讲，表达对投资金湖、发展金湖的信心和愿望。

在市委、市政府提出的打造"南有昆山、北有淮安"台资集聚新高地战略引领下，近年来，金湖县以荷为媒，借节造势，招引台商，先后吸引了百鲸水处理设备等多家台资企业落地生根。

又是一个荷花盛开、荷香四溢的7月，应邀参加论坛的台商来到金湖，赏世上最美的荷花，品华夏醉美的湖鲜，感受的是金湖迷人的环境。

"既要保持现有的良好生态，又要寻求经济社会又好又快发展，金湖要在转变发展方式中走自己的路，真诚希望广大台湾企业家为金湖提速发展、跨越赶超献计、出力。希望台商能关注金湖、选择金湖、投资金湖，实现双赢。"论坛上，金湖县委书记陶光辉向台商道出了论坛期望。主办各方及与会台商们围绕台商如何在大陆投资进行了深入的研究和探讨，特别是对金湖的投资环境、投资机遇、投资价值进行了全面的考察和分析。

与首届台商投资论坛不同，本次论坛是在金湖寻求经济发展方式转变的大背景下举办的。在新一轮经济发展方式转变中，金湖县突出机械制造、仪表线缆、新型材料三大支柱产业,淘汰污染项目和落后产能,坚决不引化工项目和高耗能项目,努力实现绿色生产、清洁生产,保持当地良好的水生态环境。为此,该县精心组织了16个合作项目向台商推介,其中,以高科技项目和生态环保旅游项目唱主角。而该县特地为台上量身定制的三大园区项目让台商表现出了浓烈兴趣——

IT产业园:金湖将在县经济开发区规划1000亩,总投资30亿元打造IT产业园,鼓励支持境内外客商投资IT研发和引进产品化、集成化、系统化生产企业及流通、咨询类服务企业。同时打造石油机械产业园、汽摩配产业园、自动化控制仪表线缆产业园等一批高科技产业园区,吸引包括台湾客商在内的境内外客商投资创业。

台商工业园:金湖已确定在县经济开发区设立台商工业园,规划面积1平方公里,专门承接台商台资在金湖投资,划拨三产服务业用地,建造三产服务业设施,为入区内企业和员工提供便捷的生产、生活条件。

台湾农业科技园:金湖已在戴楼镇作出规划,建设设施蔬菜基地2000亩,在金北镇建设应时水果基地1500亩,在陈桥镇建设花卉苗木基地1500亩,整个农业科技园项目总投资1.5亿元人民币,其中设施蔬菜基地6000万元、应时水果基地4500万元、花卉苗木基地4500万元,主要用于连栋大棚、露地栽培等生产设施和产品包装、深加工、仓储、生活用房等建设。

回顾本届论坛,作为主办方之一,金湖收获了诸多精彩——

"金湖,碧荷连天荷花美啊,我越看越兴奋,所以我把自己的金湖之行叫做'两岸莲荷(联合)',莲是莲花的莲,荷是荷花的荷,'莲荷'在汉字里和'联合'谐音,让我们两岸联合(莲荷)开发金湖。"说这番话的,是信心满满的台湾农联生物科技联合委员会主任委员陈胜忠博士。他表示,将把金湖荷花产业规划做一个地标性建筑,让全国看得到金湖的美、荷花的美、荷花的特色、荷花的价值。

生态环保旅游项目备受关注,生物秸秆发电、物流中心、水上森林公园开发、荷花荡景区开发、西海公园综合开发、白马湖生态渔村开发、金湖渔港美食城、城区老年公寓等一批项目纷纷和台商成功对接。

(此稿刊登在2010年7月21日出版的《淮安日报》)

例文2:

到得广州天尽处　方教回首向金湖
金湖在穗成功举办生态旅游产业推介会

本报讯　"到得广州天尽处,方教回首向金湖"。这是曾经领略过金湖美景、品尝过金湖美食的广州南粤将军书画院副院长苏鸿斌,11月27日下午在广州鸿德国际酒店举办的2016金湖生态旅游产业(广州)推介会上发出的由衷感叹。

本次推介会由金湖县委、县政府主办，金湖县委宣传部、金湖县文化广电新闻出版局、金湖县旅游局承办，广州南粤将军书画院协办。吸引了广东省军区原副司令员岑华少将、广东省军区政治部原主任张喜云少将、广州南粤将军书画院院长朱锦钦，以及广东熊猫国际旅游有限公司董事长钟其东、中能建华南电力装备有限公司总经理林树兴、广州暨创信息科技有限公司董事长冯能文、云南丽江美院美宿酒店有限公司总经理沈中波、广东省南湖国际旅行社有限公司党委副书记李飞健等近40位旅游界和商界朋友新奇的目光，他们在欣赏了金湖的生态旅游风光片后，纷纷惊叹苏北有如此风景迷人的水乡，更看好金湖生态旅游投资发展的前景。

金湖县委常委、宣传部长周广峰用"自然美、生态好、民风淳、共筑梦"等关键词，对金湖生态旅游产业发展谋篇布局进行了生动诠释，向广东客商伸出了合作的橄榄枝。

广东省军区原副司令员岑华少将深情表达对金湖发展的美好祝愿，他表示将组织海峡两岸将军代表团实地考察金湖，为金湖发展牵线搭桥。

金湖县文广新局、县旅游局局长徐迅主持推介会并着重向广州客商推介了《小小鲁班》线下体验中心、森林小镇、白马湖渔家小镇等生态旅游合作项目。

广州商界、企业界代表纷纷就关心的话题与金湖县领导进行互动交流，并表达到金湖考察投资的愿望。

推介会上，广州、金湖两地书法家还现场进行了文化交流。广东省军区原副司令员岑华少将亲自为金湖荷都诗书画院院长王卫东颁发"南粤将军书画院理事"聘书。

（刊于2016年11月28日《淮安日报》A1版）

再看一篇笔者从招商引资活动中寻求亮点报道的稿件。全文如下：

金湖"不引化工项目"感动台商
17个总投资超过50亿元的推介项目被台商看好

本报讯 7月18—19日，"台商投资论坛"在中国荷花之乡——金湖县举办。金湖县良好的生态环境、优越的投资环境让近百名台湾客商怦然心动，特别是该县县委书记陶光辉反复强调的"坚决不引化工项目，保护好金湖良好生态环境"的理念，不仅没有吓跑台商，反而成为台商投资新看点。

此次"台商投资论坛"，吸引了包括全省18个台协会会长在内的近百名台商参加,他们中绝大多数人是首次到金湖,他们被这里良好的生态环境和优越的投资环境所打动。已经在金湖投资的台湾客商白鲸水处理设备有限公司董事长吴明富、锟鈜机械有限公司总经理郑元良,用他们的亲身经历讲述了金湖良好的人文环境、高效便捷的服务环境。

金湖县委书记陶光辉在推介金湖时多次强调,"金湖坚决不引化工项目",这一理念不但没有吓跑台商,反而成为台商投资新看点。无锡台协会会长、展阳金属公司董事长孙佳钧表示,来到金湖,看到如此好的生态环境有一种归属感,在当前经济不景气的时候,也是投资时机的好起点,他为能发现金湖这样好的投资地方感到高兴。苏州台协会会长、罗马瓷砖董事长黄维祝对金湖三产服务业表现出极大兴趣,他表示,在这样适宜人居的地方投资三产服务业潜力巨大。常州台协会会长、国泰建设发展有限公司董事长吴家炎,镇江台协会会长、江苏联合水泥公司总经理杨富全,淮安台协会会长、淮安大富公司董事长吴添福等台商被金湖"坚决不引化工项目,保护好金湖良好生态环境"的理念所吸引,纷纷表达到金湖投资的欲望。

论坛当日,金湖县推介的机械制造加工、特种线缆仪器仪表制造等17个总投资超过50亿元人民币的项目,均被台商所看好,还有五位台商当场与金湖签订了5个总投资4000万美元的项目,其中最大的项目是蜗牛养殖和深加工项目,由台湾雅群国际事业股份有限公司董事长李汉章先生和宝应县盈科生物制品有限公司共同投资2000万美元兴办。

(此稿2009年7月22日刊登于《扬子晚报》《新华日报》等)

同样报道招商引资活动,换个角度,另辟蹊径,也能产生不一样的效果。例文如下:

昔日洛阳纸贵 今朝金湖花俏
金湖招商项目开竣工喜煞花店老板

本报讯 10月18日,金湖县工业园区内又迎来了20个总投资达5亿多元人民币的招商引资项目。这是金湖县工业园区自去年7月18日建成以来落户的第六批招商引资项目。至此,金湖县工业园区投资超过500万元的入园项目已达80多个,总投资超过20亿元人民币。该县37万人民无不为之欢欣鼓舞,然而最开心的要数该县40多家大大小小的花店老板,每逢工业园区项目开工竣工,花店的鲜花都要成为抢手货。

园区传喜讯,鲜花来庆贺。在香港盛辉投资有限公司投资2.3亿元的热电联产项目开工现场,记者粗略数了一下,由单位和个人送来的庆贺花篮达50

脚印

个。据该县县城大自然花店老板介绍，每逢遇上工业园区有项目开工、竣工，他家的鲜花就俏销，有时店中的鲜花还不够卖，仅18日上午半天，他的花店就出售花篮40多个。如今，聪明的花店老板纷纷把花店开到了工业园区边上，他们的生意伴随着工业园区一批又一批项目的开工、竣工而越来越红火。

（注：此稿刊登在2003年11月3日出版的《淮安日报》）

发现新闻需要记者有广泛的人脉资源，尤其是突发新闻，讲究一个"快"字，时效性是新闻的生命，因此要学会与时间赛跑。这种情况，往往知情人提供准确消息来源很重要。下面两则消息，就是笔者在参与现场采访的突发新闻。

车祸发生之后

2月23日下午2：40左右，细雨蒙蒙，金湖县境内盐金公路151K+262米处发生一起重大交通事故。宝应县汽车运输总公司陈云峰驾驶的车号为苏K—L0444大型客车与同向行驶的金湖县黎城镇新生村七组黄少友驾驶的一辆手扶拖拉机发生碰撞，造成手扶拖拉机上9名驾乘人员受伤，其中2人受重伤，伤势十分严重。

当天下午，金湖县人民医院正在召开新年第一个院周会，接到求救电话，院长朱成鸿立即宣布休会，并和副院长熊同侨一起迅速部署急救工作。部分正在调休的医护人员得知情况后也纷纷加入抢救行列，30分钟不到，医院就做好了各项急救准备。伤员到院后，他们对受伤人员进行了分类，对两名重伤员立即进行手术，对其余7名伤员进行了清洗和包扎。事不凑巧，当天下午又有一名交通受伤后脾破裂患者和一名剖腹产的孕妇急需手术，该院外科主任王克武、张建中，总护士长冀益红等人亲临一线组织手术和抢救工作，到发稿时为止，抢救仍在进行。

（刊用于江苏人民广播电台、淮阴人民广播电台、金湖人民广播电台、《淮阴日报》《淮阴卫生报》等）

肿瘤大如头　妙手巧摘除

本报讯　10月12日上午，金湖县人民医院外二科医护人员成功为一名女性患者摘除腹腔内巨型肿瘤。这个肿瘤足有婴儿头一般大小，重约5公斤。据负责手术的外二科主任、副主任医师张建中介绍，他从医20多年来，从未见过如此巨大的肿瘤。

该患者今年27岁，怀孕4个月后因阴道出血住进金湖县人民医院妇产科，经妇产科医生检查发现，患者腹中有一个4个月左右的死胎，随后又发现腹腔中有一个肿块。经仪器检测，该肿块有16CM×11CM大小。金湖县人民医院外二科医护人员经过慎重研究，决定实施腹腔内巨大肿瘤切除术。经过近一个小时的手术，肿瘤被成功取出，经快速病理切片初步诊断为良性肿瘤。据张建中副主任医师介绍，这样大的肿瘤在患者体内足有5年以上，如果患者婚前进行婚检，完全可以早发现、早摘除。

（刊用于《淮安日报》《淮海晚报》、淮安人民广播电台）

第二节　如何采访新闻

"走基层、转作风、改文风"作为新闻单位开展"三项学习教育"活动的内容，历来受到各级新闻单位的高度重视，笔者在金湖县广播电视台担任新闻中心主任期间，曾就此发表过一篇论文，对如何采写新闻做了探索和总结。全文如下：

采来新鲜原料　做得上等佳肴

自去年7月份以来，金湖县广播电视台新闻中心积极开展"走基层、转作风、改文风"活动，鼓励记者编辑播音员主持人深入基层、深入一线，"采购"新鲜原料，精心加工制作，努力烹饪"精品"。

按照培养"厨师"的理念，规划"走转改"活动

如果说新闻是"菜肴"的话，那么我们从事新闻工作的同志自然就是"厨师"了。上级关于开展"走转改"活动的一系列部署就是培养"厨师"的秘籍。只要我们按照"秘籍"要求去做，就一定会成为好厨师。为此，金湖县广播电视台新闻中心及时把这些"秘籍"传达至每一位采编播人员，让大家领悟其精神实质，掌握其动作要领。特别是金湖县广播电视台制定的"走转改"活动实施方案，该中心全体采编播人员反复学习，深刻领会，认真组织实施。自开展这一活动以来，该中心先后安排150多人次的采编播人员深入基层一线采访。今年4月份，金湖县启动《实现两个率先，推进充分发展——金湖行》大型新闻行动，该中心以此为契机，深入开展镇村行、社区行和企业行活动。在镇村行活动中，该中心建立记者联系点制度，每位记者联系一个镇、一个村和三个农户，并统一建立联系卡。每位记者在联系点上驻扎2天以上，与农民同吃同住同劳动，深入了解联系点上的发展动态、变化情况，跟踪报道相关新闻，挖掘镇村和农户在实现"实现两个率先，推进充分发展"方面的成功做法和典型经验。在企业行活动中，该中心组织记者深入县城社区，集中采访报道社区在开展"三城同创"、建设和谐社区等方面好的做法，注重把感性认识上升到理性思考，把好的实践成果转化为工作遵循。在企业行活动中，该中心组织记者深入重点骨干企业集中采访报道，报道企业在转型升级、扩量提质、充分发展等方面的有益探索和成功实践。在全县形成了扩量提质，充分发展的浓厚氛围。

尽管编辑、记者、播音员制作的"菜肴"还略显粗糙，但话筒镜头对准普通百姓，一股股乡野新风扑面而来，让人有了新鲜感、亲切感，特别是经过精心加工制作的"菜肴"不断被市台、省台采用，有的甚至登上了央视大雅之堂，提升了金湖新闻的影响力。仅去5月份以来，金湖县广播电视台新闻中心就先后有10多篇电视新闻在中央电视台财经频道播出。这些电视新闻的题目分别是：《江苏金湖：金宝航道将成"黄金水道"》《江苏金湖：荷花引资》《江苏金湖：走俏的小龙虾》《江苏金湖："野鸭"养殖热》《江苏金湖：渔民的幸福转身》《江苏金湖：莲蓬结出财富来》《江苏金湖："高效"带来高价值》《江苏金湖：龙头企业助飞肉鸭》《江苏金湖：树林下面有"宝藏"》《江苏金湖：高效农业成农民增收助推器》《江苏金湖：价比车贵的观赏龟》等等。可以说，这些都是金湖县广播电视台新闻中心推出的"名菜"，也是编辑记者播音员主持人走基层走出的"精品"。

在看到成绩的同时，金湖县广播电视台新闻中心编辑记者播音员主持人也清醒地认识到，他们采集的原料有的还不够"新鲜"，制作手法还过于老套，许多"菜肴"还有不尽如人意的地方。需要在今后的工作努力加以克服和解决。

首先克服"捡到篮子就是菜"的思想，做到有所取舍。 乡镇、部门开会能不能报？怎么报？一直是困扰县级新闻单位的难题。考虑到与乡镇、部门之间的关系，有些活动邀请新闻记者去了，少数记者往往会就事论事，开会的报个会议了事，庆典的庆典活动一拍就完。如何从会议、庆典中发现新闻？如何选择恰当的角度？应该是记者思考的问题。为此，金湖县广播电视台新闻中心采取绩效考核等方法，鼓励编辑记者播音员主持人创新创优。对有创新、现场感强、群众评价好的新闻在绩效考核时加分，对死板教条的会议新闻、领导人活动考核时扣分。这样形成了奖优罚劣的鲜明导向。

其次克服"做菜不吃菜"的思想，善于总结提高。 金湖县广播电视台新闻中心鼓励记者编辑播音员主持人既要善于向书本学习，更要善于向实践学习。针对少数同志满足于现状，写稿子得过且过，有的记者甚至说，稿件要这么认真干嘛？这就相当于厨师做菜，他自己不吃，当然就无所谓菜做得好不好了。所以，金湖县广播电视台新闻中心要求采编播人员既要善于"做菜"，还要善于"品菜"。通过研究其他同志采写的以及报纸和上级台播出的新闻作品，结合自己采写的稿件，从比较中汲取营养，总结提高。该中心实行每周例会学习点评制度，定期对节目、稿件等开展观摩评比，邀请上级台专家进行现场点评等，增加采编播人员学习的机会。

　　第三是克服"配料"不重要的思想，精诚团结协作。团结出战斗力。对于从事新闻工作的同志更是如此。在广播电视行业，有人把播音看成"配料"，有人认为后期制作不重要，其实对于广播电视记者来说，每一桌"盛宴"的推出都离不开每个岗位、每个人的辛勤付出。只有大家尽心尽责，齐心协力，该加的"配料"都按规定加到位，做出的"菜肴"才能可口。为此，金湖县广播电视台新闻中心倾力打造合作团队，不仅比记者写的稿、拍摄的画面，还比编辑技巧、后期配音、制作等，把广播电视节目生产的每个流程都拿出来考量，形成比学赶超的浓厚氛围。

　　按照打造"名厨"的理念，推进"走转改"活动

　　通过"走转改"活动的开展，金湖县广播电视台新闻中心队伍中或多或少有了一些"厨师"意识，制作的"菜肴"基本上口，但是少数编辑记者播音员主持人挑选原材料的本领还不够强，精雕细琢的风气还没有完全形成，制作的许多菜肴与"名菜"还有距离。为此，该中心按照打造"名厨"的理念，深入推进"走转改"活动。

　　田间地头"采购"，保证"原料"新鲜。该中心按照台里要求，在服务好县委、县政府中心工作的同时，把记者挂钩联系到镇、到企业、到社区，每周安排记者到基层采访，做到"真下去、真深入、真转变"，在基层寻找落实县委、县政府中心工作的闪光点。

　　谋求技法创新，努力多出"精品"。该中心鼓励记者多把话筒、镜头对准基层百姓，让事实说话，发挥现场报道、录音报道等优势。开展新闻作品评比活动，鼓励记者积极改进文风，多采写真、短、快、活、强的新闻稿件，努力提升广播电视新闻的影响力。

　　加强学习交流，提高整体实力。该中心采取走出去、请进来的方法，积极创造条件，加强采编播人员学习培训。有计划、分批次地组织记者编辑到周边县区开展学习交流，学习借鉴兄弟县区开展"走转改"的经验，邀请上级媒体老师上门为采编播人员辅导，不断提升采编播人员的整体素质。

　　（注：此稿刊发于《淮安新闻》2012年第12期）

　　"走基层、转作风、改文风"考验的是记者的基本功，越走进新闻现场，采写出的新闻往往越接地气。笔者担任金湖县广播电视台新闻中心主任期间，曾多次组织策划深入基层采访活动，这些稿件不仅在本地产生了积极影响，一批稿件还被央视、央广等媒体刊播。以下是一组央视采用的稿件，金湖县广播电视台还因此连续两年被央视财经频道表彰为优秀报道团队。

以下为部分央视用稿文字及视频截图：

江苏金湖：金宝航道将成"黄金水道"

日前，总投资9.81亿元的江苏省金湖县金宝航道开工建设，计划2012年底全部建成通航。

县航道站党支部副书记黑华亮："金湖航道六改三工程的建成，将极大地带动金湖、盱眙、洪泽、宝应四县经济的发展，经济和社会效益十分可观，将形成名副其实的黄金水道。"

第一章　消息，从大众化到个性化

金宝航道是沟通淮河与京杭大运河之间最便捷的水运通道，随着经济的发展，原有的六级航道标准已远远不能满足沿线工农业生产的需要，为彻底改变航道等级落后的状况，金湖将南水北调工程与金宝航道"六级航道改三级航道"工程同步实施，建成后的金宝航道，航道标准将达到国家内河三级航道标准，可通行1000吨级船舶，充分发挥航运、防洪、生态、景观等综合效应。

江苏金湖：荷花引资

日前，江苏省金湖县启动"赏金湖荷花，品湖鲜美食"活动，让这个苏北小县吸引了众人的目光。金湖是中国荷花之乡，1400平方公里的县域面积，将近一半的水面滩涂，金湖的荷花，小处装点庭院台榭，可以近赏，大处绵延百十公里，蔚为大观。每年夏季，都有近五十万人次的游客，在这里流连赏荷。金湖成为了长三角地区乃至极具吸引力的乡村旅游胜地。

而正是看中金湖的生态资源，一批批海内外客商纷纷选择在金湖投资，"赏金湖荷花、品湖鲜美食"活动启动的当天，就有36个工业项目集中开工，协议投资总额146.45亿元。竣工项目25个，投资总额21.74亿元。在新开工的工业项目中，最引人注目的汽车底盘项目，计划总投资达48亿元。

江苏金湖：走俏的小龙虾

江苏省金湖县是典型的水乡。不过，由于部分农田地势低洼，过去，靠种水稻为生的农民一直收入不高，直到近两年，他们才找到了一条养殖致富的门路。

江苏省金湖县前锋镇淮武村养殖户韦爱良："开始养鱼效益不怎么好。后来养螃蟹螃蟹也连续亏本。后来发现龙虾市场上比较走俏，我就开始养殖龙虾。"

随着龙虾养殖户的增多，金湖县开始大力实施低洼田改造水面工程，到目前为止，已形成水面近10万亩，全县养殖户超过1万户。

江苏省金湖县前锋镇淮武村养殖户韦爱良："预计今年的亩纯收入在两千块钱以上，总纯收入应该在40万块钱以上。"

在金湖，养龙虾挣钱并不是什么新鲜事，不过，当地农民并不满足，他们不断寻找着龙虾养殖的新模式。

金湖县闵桥镇联圩水产服务站任桂彬："现在目前重点发展的是'荷藕套龙虾'"。

养殖户曹永新："我家承包田1000多亩，现在呢有500多亩藕田，藕田套（养）龙虾，现在收入有40多万。"

据统计，目前金湖县全县龙虾养殖总面积5.5万多亩，其中养殖面积最大户

2200亩。去年龙虾养殖总收入1.4亿元,亩纯效益1800多元。

现在收入有四十多万

江苏金湖:野鸭养殖热

江苏省金湖县的渔民世世代代以养鱼、养禽为生,近年来,这里的渔民突然兴起了"野鸭"养殖热。"野鸭"也能养殖吗? 又是从哪儿弄来的"野鸭"呢?

涂沟镇湖滨村崔兴野生动物养殖场饲养员徐恒说:"我们这个鸭子是通过家养的鸭子到高邮湖上面引诱野鸭交配 产蛋 所以说养出来的鸭子 它继承了野鸭一切特性。"

原来,这种鸭子是由家鸭与野鸭繁殖出来的特别"后代",为了继承野鸭的特性,渔民们想到仿野生模式养殖,无论是场地,还是饲料,都契合了野鸭的生存环境。与家鸭相比,这种"野鸭"体肥味美,一上市就受到了市场的追捧。

涂沟镇湖滨村崔兴野生动物养殖场场长崔登伍说:"我每只鸭的纯收入也就是在60块钱左右,每年我的出栏量在6000只以上。每年我现在的纯收入是几十万。"

如今,在金湖县已建起十多个规模不等的野鸭饲养场,每年为渔民带来数百万元的收入。

江苏金湖 "野鸭"养殖热

江苏金湖：渔民的幸福转身

这两天，来自全国各省市的445名渔民运动员齐聚江苏金湖的白马湖畔，参加在这里举行的中国首届白马湖水上渔民运动会，在各项传统水上运动中品味大湖文化。

中国渔业协会副会长、江苏省渔业协会会长李国平："这个湖泊的功能主要就是养鱼，现在看来水面的利用上面，可以搞一些水上运动会，水上的旅游业。"

白马湖村地处金湖县的东北角，由于是湖荡地区，渔民过去只能靠捕鱼为生，收入来源单一，直到8年前，当地政府想出了举办水上运动会的主意，渔民们才由此获益。

金湖县前锋镇白马湖村桃花岛山山农家店老板王言山："年(前)举办水上运动会(以来)，我们白马湖渔村的知名度提高了，而且我们渔民办起了渔家乐，今年以来大概每家能收入大约在三万元左右。"

经过8年的发展，白马湖已初步形成集农副产品生产和生态旅游开发为一体的格局，今年将水上运动会推广到全国，更是吸引了投资者的目光。

现在看来水面的利用上

江苏金湖：莲蓬结出财富来

眼下正是荷花盛开、莲蓬结籽的季节，在江苏金湖的莲蓬合作社，农民们都忙着采摘莲蓬。

想当初，由于没有种植经验，农民们对种莲蓬还不大乐意。

金湖县戴楼镇戴楼村五联组组长鲍启余："我动员农户将土地包出的时候，老百姓不同意，甚至有的反对。"

为了打消农民的顾虑，莲蓬合作社县特意从广东引进了莲荷新品种，只开花结莲，不长藕，平均每亩收获莲蓬在9000头左右。

江苏省金湖县荷盛莲业有限公司董事长王家祥："去年有荷莲种植园800亩，每亩纯利润5000元钱左右，带动了老百姓27户农民，每户农民收入2万多元钱。"

种植莲蓬带来的高效益让农民们看到了希望，莲业基地的面积也从去年的800亩发展到今年的4000亩。亩平效益达1.2万元。

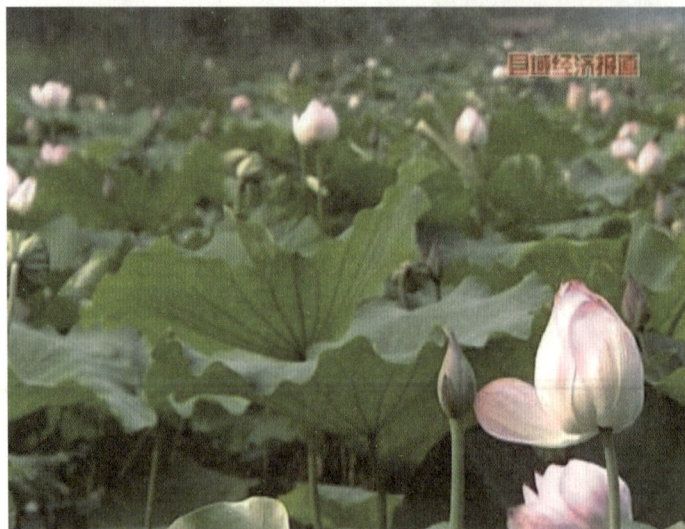

江苏金湖：高效带来高价值

这里是江苏省金湖县的设施蔬菜栽培基地，春节刚过，菜农们就热火朝天地忙碌起来。去年这里的农民人均年收入达到了 11000 多元，大家尝到了高效农业的甜头。

菜农说："我总共承包 8 亩蔬菜大棚，一年下来纯收入不下 10 万元，效益相当不错。"

近两年，江苏省金湖县大力发展高效农业，争取各类高效农业项目资金 4000 多万元，当地农业部门还针对农民和生产需求，组织专家与农户对接，下乡进行专项培训；通过培植示范户、示范基地、宣传推广先进技术、农业知识等措施，为发展高效农业提供了充足的人力资源和科学支持。

金湖县副县长张柏说："目前我县设施农业面积达到了 10.5 万亩，全县高效农业比重达到 62%。"

高效农业的发展有效促进了农民增收，2011 年，金湖县农民年纯收入达 9222 元，比上年增长 19%。

江苏金湖：高效农业成农民增收助推器

主持人陶然解说："又到了一年芡实采摘加工的时节。记者在江苏省金湖县塔集镇看到，几百亩的芡实池塘里一片忙碌景象。今年，塔集镇农民与苏州客商合作，利用当地得天独厚的自然资源，发展芡实新品种培育，建立基地 1376 亩。"

同期：种植户

"与往年不同，今年的芡实个儿大籽粒饱满，亩产超过 200 斤，价格也比去年翻了一番，每斤收购价 95 元。"

主持人陶然解说："据了解，种植芡实可实现亩平均收入 8500 元，比水稻种植多收6000多元。除了芡实种植，在金湖县前锋镇的农业基地，50亩的连栋大棚、随处可见的钢架大棚，工厂化育苗区的滑动式苗床等高科技种菜设施也让记者眼前一亮。如今，高效农业不仅丰富了金湖人民的菜篮子，也改变了当地农民'望天收'的传统耕作模式。"

同期：金湖县农委主任　王守和

"我们金湖县已建成高标准设施农业4.5万亩，年产值近6亿元。"

脚
印

江苏金湖：树林下面有宝藏

5月的金湖，百花盛开，万木吐绿。在幸福村的这家草鸡养殖场里，一排排杨树茂盛而充满生机，一群群草鸡正在林间寻觅着美食，养殖户熊安全看着眼前这番景象乐开了怀。

草鸡养殖场场长熊安全说："目前我们林间草鸡存量已达2万多只，年效益50多万元。"

谁曾想到，这里原是一片荒滩，熊安全承包后不仅种上了杨树，还搞起了草

带动农民就业创业2.5万人次

金湖台 陈祥龙 万洪声 胡志强

江苏金湖 树林下面有"宝藏"

鸡养殖。去年,熊安全通过成立养鸡专业合作社,带动周边农户共同致富。现合作社草鸡年饲养量达15万只,实现年销售额1000万元。

近年来,金湖县积极引导、鼓励农民投身林下经济发展,全县"一村一品、一镇一业"已初具规模,实现了经济效益与生态效益双丰收。

金湖县副县长张柏说:"近年来,我们金湖县实施林下复合经营面积达到16.8万亩,形成了林下种植 林下养殖森林旅游等多种经济形态,带动农民就业创业2.5万人次,每年为群众增收2亿多元。"

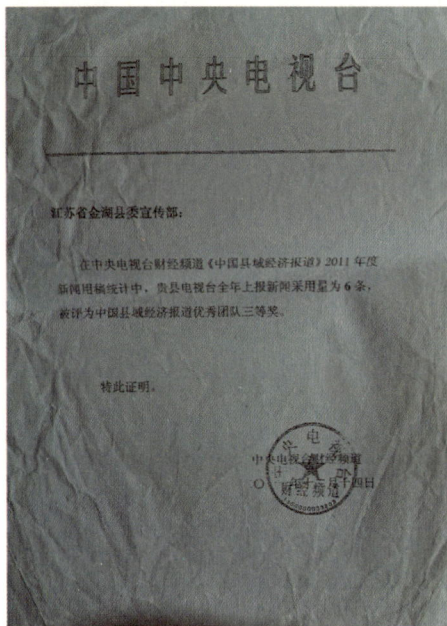

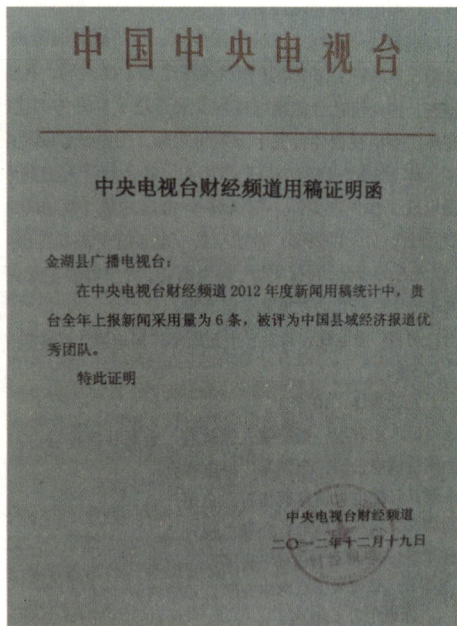

第三节 如何形成特色

专注某一方面,加以系统化研究,是形成新闻特色的关键。本人曾专门围绕农机化进行研究,并进行了总结。

我的农机情结

我是个农村土生、土长的记者,因为生在农村、长在农村的缘故,使我对农民有着一份特殊的感情。尤其是农民面朝黄土、背朝天的劳作场景在我的脑海中留下了难以磨灭的印记。因此,在我走上记者岗位之后,农民命运的改变一直是我关注的话题。

那是刚工作不久的一天,我到县农机局采访,该局院墙上一幅巨型宣传标语引起了我的注意:农业的根本出路在于机械化。通过采访,使我对这句话有了全新的认识和理解。发展农机化事业不仅可以减轻农民的劳动强度,改变农民面朝黄土背朝天的命运,提高劳动生产力,还能促进农民发家致富。于是我豁然开朗,这不正是我苦苦寻求的改变农民辛苦劳作命运的正确答案么。从此,我便对农机化事业有了一份特殊的关心。

怎样引导广大农民摒弃落后的生产方式,投身农机化事业呢?我通过走乡串村采访发现,率先投资农机的农民大多数成了当地的富裕户。于是我就决定从这些典型入手,让农机户现身说法,谈农机在减轻劳动强度、发家致富等方面所发挥的重要作用,先后采写了《"农机经理"冯守福》《前锋乡牛年"铁牛"致富忙》等一批宣传农机方面的稿件,并在《中国农机化报》《中国农机安全报》《新华日报》《江苏农业科技报》《淮安日报》等媒体上刊登,在全县引起了较大的反响。

农机多了,各类农机事故也在相应增多,管理不到位,很可能给人民生命财产造成巨大损失。为此,我先后采写了《拒交181,花去630》《农机监理战线上的巾帼风采》等稿件,对无证驾驶、违章操作、违规经营等行为及时提出批评,既引起了相关部门的高度重视,又为广大农机手敲响了警钟。正是看到了舆论监督的威力,当年,县农机安全监理所还特意和金湖电台联办了《农机监理之声》节目,全年不间断地向广大农机手宣传农机方面的法律法规,为规范全县农机管理起到了很好的促进作用。

……

多年采访农机工作,不仅增长了自己的知识,丰富了自己的阅历,还与农机人结下了深厚友谊。我也先后有500多篇次农机方面的稿件在市以上新闻单位采用,其中《铁牛弹出小康曲》《省长为百台农机送行》等稿件还在省、市获奖。更让我开心的是,通过采访当时的省农机局局长等领导,还让我这个县级台记者写出了《江苏加快换发"九二"式拖拉机号牌》《监理部门也应向机手"承诺"》等一批刊登在国家级报刊上的重头稿件,为宣传江苏农机化工作出了力。

(此文刊载于2005年第二期《视听天地》杂志)

例文1:

到异乡土地上播种希望

金湖组织农机大军跨区作业

本报讯 10月5日,金湖县60多台少免耕条播机和40多台开沟机浩浩荡荡开赴安徽全椒以及宿迁等地。这是继收割机跨区作业之后,该县首次组织的耕作机械跨区作业。

金湖县是江苏省"九五"期间农机化综合示范县。目前全县拥有大中型拖拉机1285台,联合收割机1100台,平均每百亩耕地拥有机械动力62千瓦,农机化作业面达84.5%。为进一步提高农业机械的利用率,充分发挥大中型机械多的优势,该县在搞好本地抢收抢种的前提下,尝试组织农机跨区作业。今年夏收期间,该县农机局从13个乡镇组织240余台联合收割机分赴山东、河北、天津及本省12个县跨区作业,机收小麦18万亩,创收500多万元。首战告捷,更加坚定了该县农机局组织跨区作业的信心,前不久,该县农机局再次派专人外出联系业务,落实作业地点、面积、作业价格,对参加跨区作业的机车均办理了第三者责任保险,所有机手出征前都接受了专门培训。为解决机手在转移过程中携带现金不方便的问题,他们还为机手跟机存款服务。

（此稿1998年10月分别刊载于《淮阴日报》《新华日报》《中国农机化报》等媒体,并被评为2004年金湖新闻奖一等奖）

例文2:

江苏金湖县再掀农机作业热潮

去年靠跨区作业创收1700余万元的江苏省金湖县,今年再度掀起跨区作业热潮:农机部门积极落实夏收跨区作业面积;农民积极报名参加跨区作业。

金湖县是"九五"期间江苏省13个农机化综合示范县之一。目前,全县农机化作业水平已达83%,高出全省农机化综合示范县要求13个百分点。去年夏、秋、冬三季,该县有计划、有组织地进行跨区作业,三季共组织跨区作业机械1312台次,收割小麦30余万亩、水稻15万亩,完成水利工程80余万方,实现农机跨区作业总收入1700余万元,扣除成本,为全县农民人均增收45元。

今年,该县把组织跨区作业作为农民增收的重要途径之一,早落实、早安排。从3月初开始,该县农机局组织外勤人员,由南向北落实作业任务30万亩。县农机局组织跨区作业的消息一经传出,农民们争相购买或维修农机,踊跃参加农机年检、年审,并积极报名加入跨区作业大军。今年以来,该县农机销售部门已销售大中型农机41台,报名参加跨区作业的农机已达430台。该县农机局局长顾福全表示:今年,该县将组织跨区作业机械2000台次,力争创收2000万元,为农民人均增收60元。

（刊于2000年4月13日《农民日报》）

脚印

例文3:

金湖两千农机大户异地种粮8万亩

本报讯 6月3日，在地处金湖境内的省农垦复兴圩农场湖羊分场麦田里，两台大型联合收割机正来回穿梭，抢收小麦。承包这一大片农田的金湖县吕良镇农民雷兴阳兴奋地告诉记者，他从几十里外的吕良镇来到这里承包910土地，仅小麦一季，少说也能净挣20万元以上。如今在金湖县，像雷兴阳这样跨地区大面积承包农田种粮的农户有2000户以上，承包粮田8万亩以上。

今年，中央1号文件的下发，特别是国家和省、市一系列鼓励、扶持发展粮食生产优惠政策的出台，为金湖农民发展粮食生产鼓足了干劲。全县水稻种植面积已达50多万亩，比去年净增10万亩以上。即使这样还是不能满足一些农机大户的"胃口"，他们凭借自己在技术、农机等方面的优势，纷纷外出承包农田。

(此稿刊于2004年6月7日《新华日报》)

例文4:

金湖县农村出现新鲜事:
承包户"点菜" 技术员"掌勺"

晚报讯 今年夏插期间，金湖县出现了这样一件新鲜事:过去一到夏插期间就忙得不可开交的种田大户徐正生竟成了"闲人"，而该县农机局的几名技术员却成了徐正生承包田里的大忙人，按照徐正生提供的良种，技术人员为他提供了从水稻育秧到机械栽插，再到大田管理的一条龙服务。

金湖县农机部门积极转变职能，在该县的复兴圩农场湖羊分场反包了承包户1080亩农田，为承包户提供从育秧到大田管理的一条龙服务。这1080亩农田中，有940亩是该县吕良镇种田大户徐正生承包的，徐正生高兴地告诉记者，他来此承包农田种粮已有几个年头，但今年种田最潇洒。水稻从育秧到机械栽插全部由县农机局技术员承包，他每亩只花65元，而去年人工栽插，他光栽插费用平均每亩就花了75元。过去人工栽插请四五十个帮工还要忙两个星期以上，现在两台高速插秧机，只要三四天的工夫。徐正生估算了一下，仅水稻生产一项，他就比往年节省开支近3万元。徐正生风趣地说，这叫承包户"点菜"，技术员"掌勺"。

(2004年6月20日刊于《淮海晚报》，获2004年全市报纸好新闻评选一等奖)

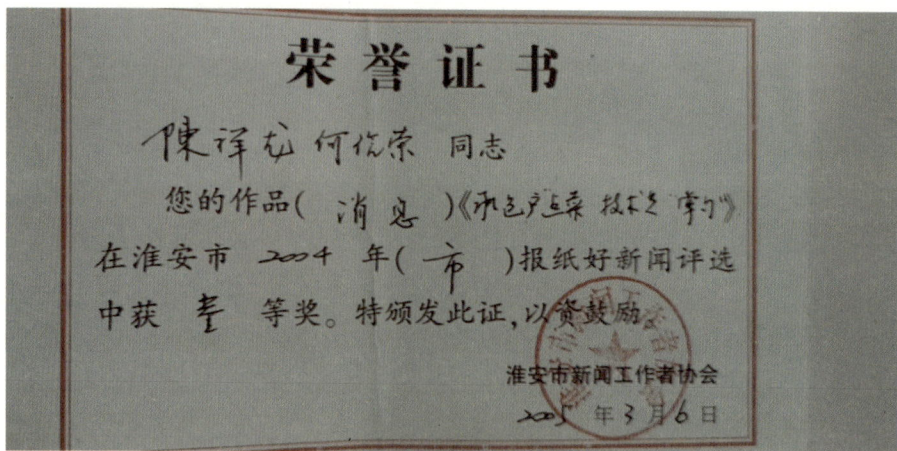

荣 誉 证 书

陈祥玉 何依荣 同志

您的作品(消息)《开生产这条 技术之 宇门》

在淮安市 2004 年(市)报纸好新闻评选

中获 壹 等奖。特颁发此证，以资鼓励

淮安市新闻工作者协会

2005 年 3 月 6 日

例文5：

农机监理战线上的巾帼风采
——记江苏省金湖县农机安全监理所女子监理组

提起江苏省金湖县的农机化事业，在全市、全省乃至全国都很有名气。他们先后取得了江苏省农机化综合示范县、全国农机跨区作业先进县等一项项殊荣。然而，又有谁知道，在该县农机化蓬勃发展的背后，有一支专门负责安全生产监督管理的中坚力量，他们为全县农机化事业的快速、健康发展作出了特殊的贡献。在这支中坚力量当中，有6名是咱们的女中豪杰。

脚印

了解农机监理工作的人都知道，这是一项政策性、法规性很强的工作，不仅要有很强的政策水平、掌握相关法律法规知识和农机知识，还要有吃苦耐劳的精神和善于做好群众工作的本领。因为他们所要面对的是各种大大小小的农机具和千万名农机驾驶和操作人员。

　　说实话，对女同志来说，当家庭和工作发生冲突时，往往考虑的是家庭多一些。然而在金湖县农机安全监理所女子监理组6名女监理员身上，你会发觉，在家庭与工作这个天平上，她们把砝码都加在了工作这边。监理员简振燕的爱人在盐城工作，为了全身心地做好农机监理工作，她把才3岁的孩子送到乡下父母身边，自己和所里其他的男同志一道，风里来、雨里去，田检路查，发牌发证，一丝不苟。

　　陈晶晶是所里最年轻的女监理员，到所里不久，为了尽快胜任本职工作，她把《江苏省农业机械管理条例》《江苏省农业机械安全监督管理规定》等法律法规时常带在身边，一有空就学习。一次，她和同伴在乡间公路上查获一辆经过改装的载客拖拉机，恰巧其他几名执法人员一个都没有带相关规定，只见小陈不慌不忙，上前敬了礼，然后很礼貌地对驾驶员说："同志，您好，我是农机监理员，您的行为违反了《江苏省农业机械安全监督管理规定》第三章第九条第五款的规定，属擅自改装、改型、拼装行为，按照第六章罚则的规定，可处你100元以上200元以下的罚款，并可处暂扣6个月以上12个月以下驾驶证、操作证……"一席话，不仅使那位违章的驾驶员心悦诚服，就连在场的人都竖起了大拇指。

女子监理组人员正在田检路查。　陈祥龙

孔福美是监理所唯一的电脑操作员，不仅要建好全县1.8万多台手扶拖拉机、2000多台大中型拖拉机的档案，还要负责拖拉机的发牌、发证等工作，工作量特别大，她不知牺牲了多少个节假日，有时加班、加点到深夜才回家，有几次把刚上小学儿子的家长会都忘了，为此，她不知给儿子赔了多少个不是。

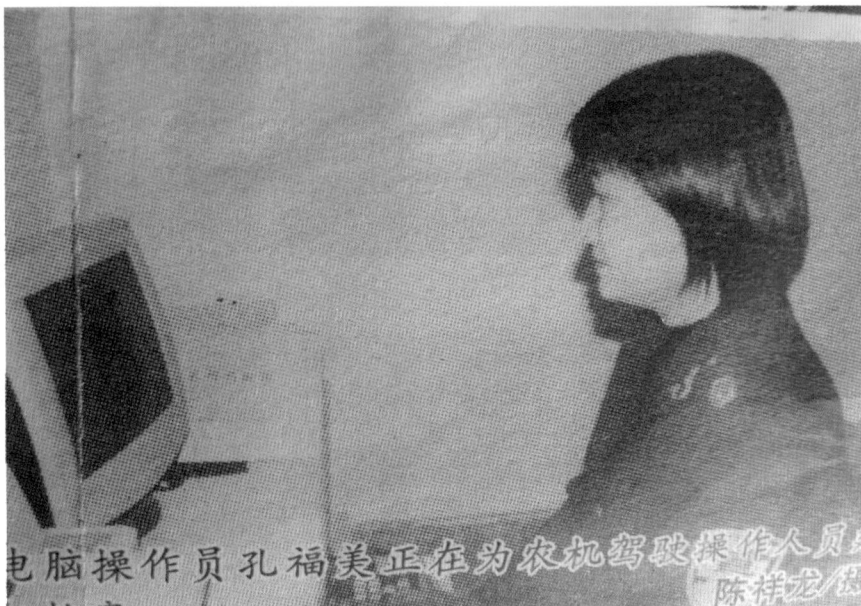

电脑操作员孔福美正在为农机驾驶操作人员……
陈祥龙/摄

对我们的女监理员来说，苦点、累点她们都能接受，然而，每当她们受到驾驶、操作人员的无理谩骂、侮辱时，才是她们最伤心的。一次，监理员任桂芬向几名违章驾驶员宣传相关的法律法规，受到了几名驾驶员的辱骂，有几位还对她动手动脚。好一个任桂芬，她打不还手，骂不还口，认真严肃地讲清了违法违章的危害性，直到几名违章人员知趣地接受了处理。

这就是我们的女监理员，忍辱、负重，不畏艰难，总能出色地完成各项工作任务，树立了行政执法人员的良好形象。

春去秋来，年复一年。也许，工作紧张、繁琐剥蚀了她们的花容月貌；也许，常年上路执勤令她们行色匆匆，青春不再，但平凡的职业、严肃的着装难掩她们的风采，自尊、自信、自立、自强是她们共同的名字，让我们一起寻找她们那动人的身影——在喧嚣的车流中，在淅沥的风雨中，在灿烂的霞光里……

（分别刊载于2002年第3期《江苏农机化》杂志，2002年7月8日出版的《中国农机安全报》）

第四节　如何发掘个性化新闻

新闻媒体注重新闻的个性化，并努力形成品牌亮点，会更有利于增强新闻传播效果。以下这篇论文是笔者在金湖电台工作时创办《乡村新事》专栏的点滴体会。全文如下：

——关于办好《乡村新事》专栏的体会

让社会新闻在广播中活起来

提高社会新闻的数量与质量，使社会新闻在广播新闻中占有一席之地。这无疑是广播新闻改革的一项要求。在坚持正面宣传为主的前提下，如何吧广播新闻办的可听、可亲、可信？近年来，我们金湖人民广播电台在《新闻》节目中开辟了以报道社会新闻为主要内容的《乡村新事》专栏，引起了社会的普遍关注。实践证明，只要能准确地为社会新闻定位，讲究宣传艺术，坚持思想性、知识性和趣味性的统一，就一定能赢得听众。

对社会新闻，有许多不同的解释，大体上可以这样说，社会新闻是以社会生活、社会风貌、社会问题、社会事件为题材的，与广大人民群众的生活、利益、情趣密切相关的报道。搞清楚社会新闻的概念后，我们就可以为社会新闻在广播中进行准确定位了。

以正面宣传为主，是党的新闻工作的重要指导方针。在改革开放和社会主义建设进入关键时期，人们的价值取向出现"多元化"态势的今天，为改革开放和社会主义建设顺利进行提供一个良好的舆论环境，成了我们地方台的首要政治任务。因此，坚持正面宣传为主的方针，加强重大题材的宣传与报道，花大力气办好新闻头条，是非常重要的。但是，要使正面宣传为主的方针取得良好的效果，提高电台新闻节目的整体效应，必须努力提高宣传艺术，必须讲究内容与形式的统一，思想性、知识性和趣味性的统一。这就要求我们的广播不仅要反映人民群众的创造精神和业绩，而且要真正面向人民群众，满足人民群众的需要。这方面，我们从一些报刊开办社会新闻类专栏中得到启示，创办了《乡村新事》专栏。

我们是这样为《乡村新事》专栏定位的：坚持正面宣传为主和为社会主义服务、为人民服务的基本方针，着眼于当前社会风貌、社会生活的正面报道。褒美贬丑、抑恶扬善、扶正祛邪、移风易俗，推进社会主义精神文明建设。

在内容定位的同时，我们还为《乡村新事》作了时间段上的定位，即安排在

《新闻》节目的最后,形成"压轴戏""倒头条"。

社会新闻的内容十分广泛,如何把形式多样、内容丰富的社会新闻编排好,使之符合听众的需求。这就要求我们善于编排,讲究编排艺术。

巧用对比。对比能够使新闻更具有说服力。例如,《乡村新事》专栏中曾一同播出了两篇社会新闻,一篇题目是《儿子不养老子,老子状告儿子》,另一篇题目是《好儿媳刘义兰,照料公婆三十年》,把两个家庭老人的不同遭遇同时公布于众,引起了听众的强烈反响,不少听众来信赞扬刘义兰,谴责不善待亲生父亲的兄弟俩。起初不愿赡养父亲的兄弟俩,听了广播后也后悔不已,并主动表示要痛改前非,履行赡养义务。

连续报道。对于重大事件的社会新闻,一次报道不够,随着事件的发展可作连续性报道,做到有始有终。在事件发展过程中,还可以提出问题、分析问题,引起人们的注意和思考。例如,针对金湖"4·23"交通肇事逃逸案件的追踪报道,就不是一篇报道来完成的,而是随着事件的发展作了连续性的报道。

善于说理。社会新闻中有一些反映的是带有社会性的问题,这些社会新闻如果适当加以评说,往往宣传效果更佳。例如,1999年2月10号,《乡村新事》报道了唐港乡五星村有个妇女禁赌队的社会新闻。报道中巧妙运用了妇女陈英的一段话,"……过去我丈夫赌博成瘾,越赌越输,越输越赌,结果害了他自己,又毁了这个家……"陈英对"一赌生万恶"的危害、赌徒心态的分析,给听众说明了问题的严重性,敲响了警钟,引起了听众的共鸣。

(此文分别刊载于1999年第五期《大众广播》1999年第六期《视听界》)

例文1:

社会新闻:

土制扬谷机酿惨祸　五龄童不幸把命丧

本台消息:

昨天(10月9日),唐港乡发生一起使用土制扬谷机而造成的人身伤亡事故,年仅5岁的小男孩徐磊被打伤致死。

昨天早上,唐港乡副兴村5组农民刘永干用自家的手扶拖拉机带动没有防护罩的土制扬谷风扇为他人扬稻谷。7点钟左右,小徐磊在场头玩耍时,不幸碰到了土制扬谷机的风叶上,被打伤头部、后背和左胳膊。事故发生后,小徐磊被立即送到唐港卫生院抢救,终因伤势过重抢救无效死亡。

(注:《新华日报》《江苏农业科技报》等也纷纷对此作了报道)

例文2：

社会新闻：

<h2 style="text-align:center">肇事之后理当施救　逃离现场法理不容</h2>

本台消息：

前天（9月10日），金淮公路新农乡境内发生一起交通事故。肇事者将一老人撞倒后驾车逃离现场，致使被害人抢救不及时而死亡。

前天凌晨5时左右，家住洪泽县仁和镇临泽村的傅士昌，驾驶手扶拖拉机载着几个个体户到我县吕良镇赶集，当该车行至新农乡淮路村境内时，由于视线不清，手扶拖拉机保险杠将一同向行走的淮路村丰乐组68岁的老人孙守祥撞倒，并带冲出14米远才将车子停住。此时，肇事者明知被害人已受重伤，理应立即将其送医院抢救，然而他却不听过路人的劝阻，驾车逃离了现场。新农派出所接到报案后，所长万伏珍立即乘车赶到现场，见到被害人还躺在血泊之中，就立即组织人员一面追赶肇事者，一面将被害人抱上车送到当地医院抢救，由于被害人伤势较重，加上耽误了抢救时间，于前天早上6：30死亡。

昨天，县公安局根据新农派出所提供的线索，及时将肇事者缉捕归案，肇事者现已被刑事拘留，等待他的将是法律的严惩。

（此稿还被1995年9月25日《淮阴日报》"大千世界"栏目刊登）

例文3：

现场报道：

<h2 style="text-align:center">金湖淮河入江水道公路大桥胜利合龙</h2>

听众朋友，今天是3月16号，一场春雨过后，迎来了金湖淮河入江水道公路大桥合龙仪式。现在是上午9点55分，我和记者陈祥龙在仪式现场向您报道。

站在即将合龙的大桥中部向两边望去，大桥两侧彩旗迎风招展，四只硕大的彩球腾空而起，20名小学生组成的鼓号队和彩球方阵为大桥合龙仪式助威添彩。

金湖淮河入江水道公路大桥全长3354.49米，宽15米，预计投资为1.04亿元，整个工程分A、B两个标段，分别由铁道部第四工程局和铁道部第三工程局（上海）华海公司中标承建。大桥从1999年7月9日正式开工，到去年11月18日完成B标段主梁架设任务。

记者从工程监理部门获悉：A标段各项指标均符合设计和规范要求，一次性自检合格率100%；B标段质量的自检合格率达100%，优良率达90%以上，施工过程中没有发生任何质量事故。

10点整，县委副书记、县长成迎初宣布，金湖淮河入江水道公路大桥合龙仪式正式开始。

（出成迎初同期声）各位领导、各位来宾、同志们：金湖大桥合龙仪式现在开始。（压低混播）

参加今天合龙仪式的主要领导有：市政协主席刘学东，市人大副主任陈芸，副市长苏金必、吴洪彪，市政协副主席卜健民，市政府秘书长徐应生等。工程施工单位和监理单位代表先后发言，对大桥胜利合龙表示祝贺。

县委书记林伟明发表了热情洋溢的讲话。（出讲话第一段，略。）

市政协主席刘学东宣布大桥正式合龙。（出刘学东话：我宣布，金湖大桥合龙。）

听众朋友，现在是上午10点30分，随着A标段最后一片T梁的缓缓落下，金湖淮河入江水道公路大桥完成了全桥主梁合龙。这标志着金湖人民盼望已久的金湖大桥实现了全桥贯通，所有在场的人们不禁欢欣鼓舞，原县政协副主席杨少峰当场即兴赋诗一首：（出杨少峰录音）喜见金湖淮河入江水道公路大桥顺利合龙，感慨万千，赋诗庆贺：入江水道绘长虹，万众欢腾响太空；经济繁荣跨骏马，洪灾无惧锁蛟龙；一桥飞架东西贯，百路相连南北通；夙愿即将成现实，金湖大地展新容。（录音止）

（2001年3月16日中央人民广播电台《新闻和报纸摘要》节目采用，被评为2001年金湖新闻奖二等奖）

综上所述，一件好的新闻作品呈现给受众，需要记者在走基层、转作风、改文风上多下真功夫、苦功夫，唯有如此，我们采写的新闻作品才能赢得受众。下面这篇汇报材料系笔者担任金湖县广播电视台新闻中心主任期间向上级"三教办"写的一篇汇报材料，后被省市"三教办"转发。谨以此文作为本章结尾。

深化"走转改" 突出"新实深"

去年底，党中央和省委分别出台关于改进工作作风、密切联系群众的"八项规定"和"十项规定"，中宣部还专门引发《关于贯彻党的十八大精神，切实改进文风的意见》，市县两级也分别出台相关规定，"简化改进新闻报道"成为其中重要内容之一。围绕上级要求，我们金湖台积极改进广播电视新闻报道，努力提升舆论引导的能力和水平。2013年1月，我台被中央电视台财经频道评为中国县域经济报道先进团队。《县级广播电视台围绕中心，服务大局的实践与思考》《县级媒体"走转改"大有可为——金湖县开展〈实现两个率先,推进充分发展——金湖行〉大型新闻行动的实践与思考》等调研论文分别被《中国影视文化》《南方广播研究》等业务刊物采用。现将我台的一些初步做法和体会汇报如下:

一、走出误区,强化合作,创先争优,全面深化"走转改"

自中宣部倡导在新闻单位开展"走基层、转作风、改文风"活动以来,得到了各级媒体的高度重视,通过"走转改"活动的广泛深入开展,增强了媒体的亲和力、感染力和渗透力。那么,作为最直接服务基层党委、政府和人民群众的县级台,要不要开展"走转改"活动? 如何开展"走转改"活动? 通过实践我们感到,县级台开展"走转改"活动同样大有可为。

走基层是转作风、改文风的基础,只有深入基层、深入实际、深入群众,才能了解到新闻的真正本源,把握受众的思想脉搏,写出来的稿件才有思想的深度和现场的温度。然而,以前我们县级台往往也存在以下一些误区:

1. 县级台就在基层,无所谓走基层。一些编辑、记者甚至认为,县级台植根于群众当中,距离基层群众最近,开展走基层活动没有多大意义。于是采访总是浮光掠影、蜻蜓点水,新闻稿件写出来往往干瘪无味,很难吸引受众。

2. 县级台人手不足,走基层会影响正常运转。少数编辑记者满足于报道领导人的活动、会议新闻等,总以人手不足为由,懒得组织编辑、记者开展"走转改"活动。

3. 缺乏有效组织,走基层往往流于形式。尽管台里也要求记者、编辑走基层,但缺乏有的放矢的组织,认为把记者、编辑赶到镇里、村里就算走基层了。而编辑、记者到基层之后往往会像没头苍蝇一样乱转,很难发掘有分量、有深度的新闻。

针对这些误区,我们及时组织编辑、记者、播音员、主持人座谈,统一思想,集思广益,积极为开展"走转改"活动搭建平台。

首先,从改进会议和领导人活动报道抓起,我们要求记者跳出一般会议报道和领导人活动报道模式,从中发现新闻亮点,以传递新闻信息为主,电视会议新闻不再是单一的会场画面,增加了会议涉及主要内容的画面,使会议新闻变得更生动形象,传递的信息更直观准确。

其次,积极创造机会让编辑记者走基层。从2012年4月起,我台组织编辑、记者、播音员、主持人共同参与《实现两个率先,推进充分发展——金湖行》大型新闻行动。一批批记者、编辑、播音员、主持人走向基层,带着问题、带着思考、带着目标,把话筒、镜头对准基层干部群众,笔端饱蘸泥土的芬芳,稿件带着基层干部群众的真情实感。《金湖：树林下面有宝藏》《金湖：走俏的小龙虾》《金湖：高效带来高价值》《金湖打造乡镇特色产业》《金湖：沼气"点亮"生态家园》等一批题材新颖、生动活泼的新闻稿件在电视、广播中推出。不仅丰富和活跃了县级台新闻内容，还为对外宣传金湖发挥了积极作用。其中，不少稿件还在中央、省市媒体中发表。

为使"走转改"活动经常化、制度化，我们制定出台了《实现两个率先，推进充分发展——金湖行》大型新闻行动实施方案，分别围绕"实现两个率先，推进充分发展"，开展镇村行、社区行、企业行活动，全台同志主动作为、密切配合、整体推进，形成了既分工又协作的格局。

2013年，我们在《金湖新闻》《民生一线》节目中推出了"走基层""镇村行""百姓故事"等栏目，进一步深化"走转改"活动。

有人把新闻比喻成"菜肴"，只有原料新鲜，做工考究，技法独特，方可做得上等菜肴。自开展《实现两个率先，推进充分发展——金湖行》大型新闻行动以来，全台记者编辑播音员主持人主动深入基层、深入一线，"采购"新鲜原料，精心加工制作，努力烹饪"精品"。

新闻中心、电视节目部、广播节目部还纷纷建立记者联系点制度，每位记者联系一个镇、一个村和三个农户，并统一建立联系卡。要求每位记者在联系点上驻扎2天以上，与农民同吃同住同劳动，深入了解联系点上的发展动态、变化情况，跟踪报道相关新闻，挖掘镇村和农户在实现"实现两个率先，推进充分发展"方面的成功做法和典型经验。组织记者深入县城社区，集中采访报道社区在开展"三城同创"、建设和谐社区等方面好的做法，注重把感性认识上升到理性思考，把好的实践成果转化为工作遵循。组织记者深入重点骨干企业集中采访报道，报道企业在转型升级、扩量提质、充分发展等方面的有益探索和成功实践。在全县形成了扩量提质，充分发展的浓厚氛围。

二、关注民生，深度挖掘，打造品牌，重点突出"新实深"

要提升广播电视新闻报道的影响力，还必须在提高宣传时效、重视民生新闻和深度报道上下功夫，为此，我们先后推出了《民生一线》和《荷都新时空》两档节目，并逐渐成为我台新闻报道新品牌。

1.提高宣传时效。电台节目从2012年4月1日起，改录播为主为直播为主，由原来的每天三次播出6个小时为全天一次播出16个小时，直播节目10档，加大了对象性、服务性节目播出分量。电视《金湖新闻》节目从2013年1月1日起实行隔日新闻不重播。

2. 加强和改进民生新闻报道。在《民生一线》节目开办之初，我们就对节目进行科学定位，"关注民生，服务大众"，向社会公布新闻热线，及时受理居民举报投诉，反映民生诉求，追逐社会热点，为基层百姓提供服务。自2011年《民生一线》节目开办以来，得到广大百姓的赞许和认可，也得到了党委、政府领导的肯定。从今年初起，我们对《民生一线》节目进行再次改版，延长了节目的播出时间，播出档期由以前的每周一档增加到每周三档，节目内容更加丰富、时效性更强，更加贴近民生。

3. 发掘深度报道，打造特色品牌。为发掘报道深度，经过近三个月的精心筹划，从上月开始，我们推出了深度访谈节目《荷都新时空》，我们的定位是"政策解读平台，基层建言通道。"至目前，我们已成功推出三期节目，第一期关注招商引资，第二期关注实体经济，第三期关注"一主四辅"规划。节目推出后受到了社会各界的普遍好评，认为是继《民生一线》节目后县广播电视台打造的又一精品力作。

4. 严格新闻管理，提高节目质量。从今年初开始，我们坚持每周新闻策划会制度，每周五下午召集相关部门的负责人就近期发生和可能发生的新闻进行梳理，策划报道选题，落实报道完成时间，确保重要新闻和主题报道及时呈现。为实现这一目标，我们出台了《新闻宣传相关任务分解及考核的规定》，规定了每个记者、相关栏目的发稿要求。同时，我们还出台《关于广播电视新闻宣传"零差错"的管理规定》，杜绝各类差错的发生，确保广播电视新闻真实权威。

第二章

系列（连续）报道：突出热点追踪

新闻事件往往会随着时间的推移，不断地发展变化，对新闻事件的跟踪报道，既是实现新闻价值的需要，也是满足受众对新闻事件持续关注的需要。

第一节　系列报道　呈现完美过程

往往一个新闻事件会形成持续关注的热点效应，开展系列（连续）报道，就是要为受众解开一个个欲知的"疙瘩"。

推进新农村建设和乡村振兴战略是党中央在不同历史阶段提出的战略目标，无论是当初的"生产发展、生活富裕、乡风文明、村容整洁、管理民主"，还是现在的"产业兴旺、生态宜居、乡风文明、治理有效、生活富裕"，本质上都需要实现"壮村富民"。2009年，笔者在金湖县广播电视台工作时，曾采写过一篇系列报道，全文如下：

壮村富民奔小康

听众朋友，我县在新农村建设中，创新思路、大胆尝试，启动"壮村"工程，通过培育壮大乡镇工业集中区、创建村级创业点和发展特色农业三大举措，壮大村级集体经济、增加农民收入。

从今天起，为您播出系列报道：壮村富民奔小康。今天请听第一篇：1.25亿元债务"逼出""壮村"工程。

初冬时节，记者来到金北镇洪圩村，只见村委会一班人正在本村创业点走访企业。这个创业点上目前有四家企业，全年的开票销售收入达到1000万元以上，为村集体增加净收入超过5万元。

村支部书记邵长春说，是县委、县政府实施的"壮村"工程，让洪圩村走上了致富路。【出录音】"没有规划之前,我们洪圩,村级集体经济基本上是没有。我们这个债务都有,每个村都有,但是我们洪圩债务还不算是太大,总体是40多万。"【录音止】

跟洪圩村一样,2007年以前,我县许多村都在为应付集体债务而烦恼。县委书记陶光辉:【出录音】"我们金湖过去的村集体经济债务啊是比较多,收入比较少,我们全县118个村、7个居委会,债务是1.25亿,正好村平100万,在这样的一个情况下,村干部整天被债务缠身,无法来抓经济。"【录音止】

2007年,我县启动了"壮村"工程,这项工程以市场为导向,激发和鼓励各村根据自身资源禀赋特点、自然地理环境和现实条件,各打特色牌、各唱拿手戏,或筑巢引凤,或合作联动,或产业带动,形成多渠道发展的局面,呈现出"八仙过海,各显神通"的态势。

不到两年时间,全县农村发生了巨大变化:"空壳村"摘掉了"穷帽子",负债村有了钱袋子,并初步形成"乡镇有税金、村集体有租金、农民得现金"的"农村板块经济"新格局。

系列报道:壮村富民奔小康。今天请听第二篇:多渠道发展,奠定"农村经济"新格局。

今天一大早,位于黎城镇大兴村工业集中区的纯阳铜业有限公司院内,就有三辆货车整装待发,这批产品将运往上海港口,销往欧美,出口后,将获得300万元的销售收入。

像纯阳铜业公司这样的企业,在大兴村工业集中区就有38家之多。大兴村党委书记杨登琴说,是工业让他们村发生了翻天覆地的变化:【出录音】"我们大兴村位于城郊接合部,工业有一定的基础,壮村富民要因地制宜,我们就围绕我们村里的区位优势,积极发展工业,所以就打造了大兴工业集中区,面积有1500亩,07年启动建设,到目前为止已经建成10万平米(厂房),已经有38家企业入驻,到年代已经形成2.2亿元销售,利税2000万元。"【录音止】

和大兴村走工业强村之路不同的是,吕良镇军舍村走的则是特色农业富民壮村之路。军舍村地处偏远,工业相对落后,但4000多亩水面、滩涂,成为军舍村"壮村工程"的"聚宝盆"。村党支部书记刘成美:【出录音】"因为我们军舍村水面面积比较大,老百姓长的荷藕、养的鱼等农副产品比较多,每年出产大概在8000吨,鱼在5000吨,销售额也在8000到9000万元。"【录音止】

大兴村、军舍村发生的变化都是在实施"壮村"工程中取得的。今年以来,我县因地制宜,引导各村以市场为导向,根据自身特点发展村级集体经济。县委书记陶光辉深有感触地说:【出录音】"这个要因地制宜,你有资源的,就把资源盘活，你像我们沿湖荡地区，他滩涂地比较多，通过把这个滩涂地整合起来，对外发包，这也是资源的开发来壮大集体经济；你像城郊接合部的村，因为工业基础比较好，发展工业有条件，那他建标准化厂房、工业集中区，这样也是工业集中区的路子，还有的村，他搞农机联合、搞为农服务队，通过为农服务，来增加经济收入。"【录音止】

系列报道：壮村富民奔小康。今天请听第三篇：整合资源带来8100元村集体收入

银集镇淮建村原来只是一个依托集市、街道形成的小村落，工业基础薄弱。这个村依靠"壮村"工程相关政策的支持，利用闲置的小学、原政府机关，建成淮建工业集中区，目前，这个集中区已吸引了36家企业入驻，淮建村党总支书记季业香：【出录音】"我们主要通过盘活我们村里面的存量资产，撤乡并镇以后，我们原政府机关、学校、七所八站，闲置的土地、房屋比较多，我们通过招商引资和利用外面回乡创业的青年，把存量资产盘活，来发展村集体经济，取得了明显成效。另外就是通过我们建了工业集中区，通过招商引资，形成新的乡镇企业就是36家，其中列统企业达到7家，浙江龙兴集团在我们这个地方投资1.35亿元，已经初具规模，今年有望达到8个亿，利税达到6000万，我们通过存量资产的盘活、通过招商引资、通过工业集中区的兴建、厂房的出租，实现我们集体经济的强大。"【录音止】

为扶持村集体兴办创业点，县财政每年安排2000万元、部门筹集400万元用于兴建标准化厂房；对进入村创业点的企业在租金、税收等方面都给予优惠。在政策的激励拉动下，一大批企业在乡镇工业集中区和村创业点快速成长壮大。

黎城镇大兴村党委书记杨登琴：【出录音】"这些企业70%都是我们原来的小企业，现在把它集中到大兴集中区以后啊，小企业水电路和环境、物流各方面都改进了，企业的内部管理、对外环境也得到了提升，给小企业融资、市场都带来了好处。"【录音止】

通过整合资源实施"壮村"工程，有效化解了村级债务。县委书记陶光辉：【出录音】"我们原来县委、县政府计划3到5年，我们能够把债务化解掉，3到5年，使村平集体经济收入能够达到60万元；通过去年3月份开始，我们今年的债务已经化解了8100万元，还有4400万元，我们到明年年底，最多后年上半年就能够把债务全部化掉。"【录音止】

系列报道：壮村富民奔小康。今天请听第四篇：我县农民好福气，壮村路上实惠多

每天早上，银集镇淮建村村民陈翠梅就像城里的工人一样，来到镇工业集中区

里的工厂上班，祖祖辈辈以种地为生的陈翠梅感慨地说：【出录音】"就是我们家离这个地方比较近了，上上班，一个月也能挣上千把块钱，有时没事了，在家也能种种田，家里能够照顾照顾，想外去，捞不到外去，太远了，就在家跟前上上班，也方便。

记者：你们村大概有多少人到这边来上班？

陈翠梅：一般人家没事了，都到这边来上班，因为我们这边小厂多，在这个地方（集中区）上班的有100人以上。"【录音止】

通过"壮村"工程的实施，不少像陈翠梅这样的农民在家门口实现了就业。黎城镇大兴村党委书记杨登琴：【出录音】"我们今年村集体经济可以达到150万元，这个来源于厂房租金的收入。这个农民收入，去年是7800元，今年可以达到9000元，也就是农民就近打工，包括三产服务，所以农民收入得到增加。我们大兴村是2761人，50%从事务工就是第二产业，第三产业35%，只有15%在从事一产种菜。"【录音止】

吕良镇军舍村以前负债高达120万元，村干部每天都愁还债。今年上半年，军舍村集体收入达91万元。这个村规定，凡是老百姓负担的款项全部由村代交，军舍村党支部书记刘成美：【出录音】"村里有钱了，给老百姓免费代缴农村合作医疗保险，整个军舍村给老百姓代缴各种费用达到30多万元。"【录音止】

县委书记陶光辉表示，"壮村"工程让基层干部群众看到了新农村建设的广阔前景，我县将不遗余力地将这一工程进行下去。【出录音】"我们要把这个事情做到底，首先要把班子配强，要围绕双强型，就是致富能力强、带动农户富的能力强，这样的人做村集体带头人，村集体经济发展就会快一点，第二个就是我们要进一步发展村创业点，就是盖标准化厂房，可以出租，可以卖给大户，这样发展村集体经济；再一个就是加强管理，建立起财务管理制度，通过制度来管理干部。"【录音止】

第二节　连续报道　满足受众对结果的追问

连续报道往往是对新闻事件的跟踪关注，要做到有始有终。

例文1：

你检他检我不检，到底该谁来检？
二斤猪肉"测"出机关问题一串

3月27日上午，金湖县城居民孙女士在该县城西市场一个体肉案上花13元钱购得猪肉2.3斤。当她到附近一加工点准备将猪肉加工成肉泥时，加工人员发现肉切开后,当中有鸭蛋大一团类似脓肿的物质,孙女士随即将猪肉全部送还卖肉者,要求退货。卖肉者以自己的猪肉有印花为由,拒绝退货。在相持不下的情况下,孙女士找到了相关部门。

孙女士首先来到市场管理部门,将猪肉给管理人员看,管理人员皱着眉头说,这肉有没有问题他也不好说(其实肉眼一看就可断定),建议她到工商局找仪器检测一下。可当孙女士来到工商局时,工商部门告诉她到畜牧兽医站找仪器检测。当孙女士来到畜牧兽医站反映猪肉问题,并出示猪肉时,畜牧兽医站工作人员要求她到位于县水产局楼上的检测站去检测。可当孙女士来到该检测站时,工作人员却说,这种检测要到卫生部门或畜牧兽医站。无奈,孙女士又来到卫生部门,卫生部门的同志告诉她,他们只检测熟肉,检测生肉是兽医部门的事。当孙女士再一次来到畜牧兽医站时,一位干部模样的人看了看肉后说:"把这块有毛病的肉扔掉算了。"孙女士追问:"如果整个猪有毛病咋办?""谁盖章谁负责。那是后事,跟你无关。"就这样,孙女士带着二斤多想吃又不敢吃的猪肉回家了。

编后:"群众利益无小事"。可我们的一些部门对待百姓的小事往往不屑一顾。百姓关注食品安全,有关部门却袖手旁观,这不能不令百姓心凉。更令百姓不解的是,这事发生在"3·15"过后不久,而且,是在该县大力加强机关作风和软环境建设的背景下。百姓希望"3·15"维权能够经常化,而不应该成为一阵风,机关作风和软环境建设也不能停留在做表面文章上,该作为的要作为。

(刊登于2006年3月28日《淮海晚报》)

本报一篇报道终有下文:

猪肉检了,钱退了
原来这样的服务并不难

晚报讯 3月28日,本报曾在2版头条刊登一篇报道:《你检他检我不检,到底该谁来检?二斤猪肉"测"出机关问题一串》,并配发了编后话,报道刊发后,引起了金湖县相关部门的高度重视。

昨天,当事人孙女士致电本报说,她放在家中冰箱中20多天的2斤多猪肉,被该县软建办的同志送到相关部门检测了,2斤多猪肉也变成了13元钱,由该县软建办退还给孙女士。令孙女士啼笑皆非的是,该县城区动物检疫站出具了检测证明,称"经调查,此猪肉经我站动物检疫员检验为合格猪肉"。孙女士感叹,原来这样的服务并不难!

(刊登于2006年4月21日《淮海晚报》)

脚印

例文2：

不法分子企图盗墓　热心群众主动报警

金湖警民联手保护出土文物

金湖县塔集镇发现古汉墓的消息传出后（见本报5月6日A2版），少数不法分子企图盗窃古墓中的文物，被当地警民联手制止，部分出土文物得以有效保护。

5月4日上午，塔集镇种兔场在挖掘鱼塘时挖出一座古汉墓，由于机械作业，墓中部分文物被损坏。根据群众提供的线索，县、镇文化部门立即赶到现场进行抢救性挖掘，从而使部分文物得到有效保护。

塔集镇发现古墓的消息传出后，吸引了不法分子贪婪的目光，5月6日晚，两名不法分子来到古墓附近，开展有目的的盗墓活动，被周围群众及时发现并举报，公安机关迅速出击，两名盗墓分子闻风而逃。经抢救性发掘，出土了陶鼎、盒、罐、豆、灶台等十余种陶制文物。

5月8日，经市博物馆考古部主任尹增淮现场鉴定，此地为汉代小型墓葬群，出土文物形成于汉代早期，其中的一件双耳釉陶罐历经千余年仍光彩夺目，可定为3级文物，这些文物对于研究被称为"尧帝故里"的塔集古文化特别是汉代文化，有着十分重要的意义。

目前，在金湖县、塔集镇有关部门的保护下，该地区的工地施工被暂时叫停，等待考古部门进行抢救性发掘。公安机关正在对盗墓分子进行盘查。

（刊于2008年5月13日《淮安日报》A2版）

例文3：

金湖境内发现一座西汉古墓

本报讯　3月26日上午，金湖县黎城镇徐良村6组境内一道路施工工地发掘出一座西汉早期古墓，当地农民及时报告文物保护部门，经抢救性发掘，共清理出随葬的青玉璧一块，为圆形，直径17厘米，厚1.5厘米，两面刻有兽面文和谷文（又叫蝌蚪文）。还有30多件陶器，以彩绘陶、陶质和灰陶为主，器型有陶鼎、陶盒、陶壶、陶罐、陶盆、陶豆、陶制高足杯、油灯等。

据淮安市博物馆副馆长王剑介绍，陶制高足杯与古王陵出土的玉制高足杯形状相同，在小型墓葬中发现这么多随葬品在当地极为罕见。更令考古人员惊奇的是，在该古墓南侧不足100米的地方又有一座宋代墓葬被发现，目前，考古人员正在发掘之中。

（刊于2006年3月28日《新华日报》）

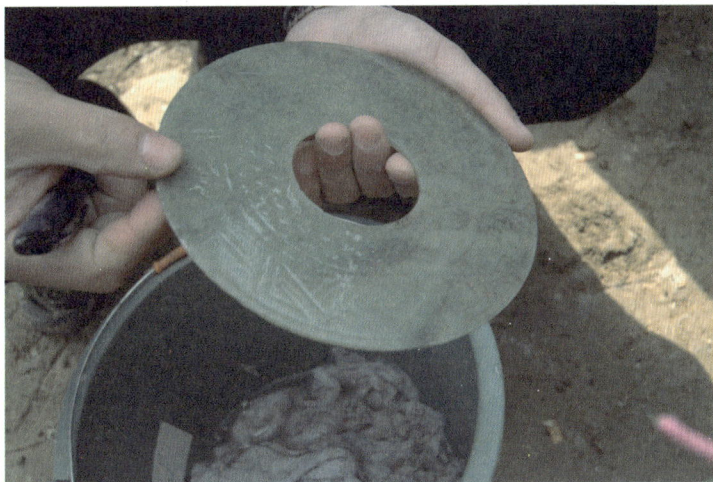

金湖发现西汉家族墓

　　本报讯　自3月26日金湖县黎城镇徐良村6组境内发现一座西汉古墓后（本报3月28日曾作报道），考古人员又在距离该古墓南侧50米的地方探测到3座古墓。经考古人员精心发掘，4月12日下午，2号古墓成功出土2件玉器和10多件陶器。

　　据现场负责发掘工作的淮安市博物馆考古部主任尹增淮介绍，从发掘情况看2号墓以及正在发掘的3号墓、4号墓，同属西汉早期。后发现的3座古墓的形制虽然比1号墓小，但在考古价值上依然有重要的意义。这种左昭右穆形式，表面这一地方是个家族墓地。

　　（刊于2006年4月14日《新华日报》）

第三节 热点追踪 持续关注新闻热点

对于县级新闻单位来说，一般一起大的新闻事件采取持续跟踪的办法，可源源不断发掘出新闻出来。金湖县历史上拍摄的第一部电影，笔者从开拍起一直持续关注，形成了一批围绕该电影的新闻稿件。

《荷都奇遇》主题曲出炉

本报讯 记者昨天从金湖县相关部门获悉，将于8月中旬在金湖开拍的都市情感喜剧电影《荷都奇遇》的主题曲《荷花荡》已于日前出炉。该主题曲由金湖籍影视喜剧明星吉星演唱，歌曲从歌词到曲调除了为电影量身打造外，还展示了荷都金湖的独特魅力。

电影《荷都奇遇》在金湖举行开机仪式后，一直为广大影迷所关注。来自中央电视台等单位的资深影视专家认为，《荷都奇遇》对金湖人文风貌进行了全方位展示，集浪漫、悬疑、幽默于一身的故事情节曲折生动，具有良好的商业价值和观赏性。目前，影视剧组正为该剧的正式开拍进行紧锣密鼓的准备工作，该剧的主题曲《荷花荡》的录制工作已经完成。

（刊于2012年8月12日《淮安日报》A3版）

电影《荷都奇遇》正式开拍

本报讯 8月15日上午，电影《荷都奇遇》在风景如画的金湖县闵桥镇荷花荡景区正式开拍。

电影《荷都奇遇》根据著名脱口秀艺人吉星的成长经历改编，电影主人公是个幽默、富有喜感的过气明星，不甘心被埋没，一直幻想重登大舞台，从而不顾妻子和孩子离家出走。主人公从离家出走，到最后重回金湖老家，期间经历了种种奇遇后，更加清晰地认识了自己，战胜了自我，回归到现实，变成了一个有责任心、脚踏实地的人，也真正寻找到了最适合自己的舞台。

该片由北京华盛天骏文化传媒有限公司倾力打造，属于都市情感喜剧系列，集浪漫、悬疑、幽默于一身的故事情节曲折生动，具有良好的商业价值和观赏性。

（刊于2012年8月17日《淮安日报》A4版）

电影《荷都奇遇》北京杀青

本报讯 8月28日从北京传来消息：喜剧电影《荷都奇遇》在北京拍摄完成。

该片由著名脱口秀艺人吉星主演，新锐电影音乐人东方骏执导，两人的圈中好友"旭日阳刚"组合、《中国达人秀》选手高逸峰、央视《星光大道》总冠军刘大成，相声演员何军、方清平纷纷加入助演，每个角色均以真实身份和真名出现。

《荷都奇遇》讲述的是吉星本名出演的励志喜剧电影，特别是对草根明星由无名到出名、失落、崛起四个过程有重点描述，讲述在城市快节奏压力下忽略了亲情友情的男主人公，经过一系列离奇遭遇重新找到生活目标的故事。片中虽无大牌明星出演,但因情节幽默、贴近生活,十分接地气而将成为该片最大卖点。影片选择吉星家乡淮安金湖和打拼地北京为拍摄场地。

（刊于2012年8月30日《淮安日报》A1版）

《荷花荡》MTV金湖首播

本报讯 电影《荷都奇遇》主题曲《荷花荡》日前正式拍摄成MTV,国庆期间在金湖当地首播。歌曲从歌词到曲调除了为电影《荷都奇遇》量身打造外,还展示了荷都金湖的独特魅力。

据悉,电影《荷都奇遇》已完成后期剪辑,正在检审阶段,主题曲《荷花荡》根据电影剧情拍摄成MTV后,第一时间在金湖播出。歌曲由金湖县影视喜剧明星吉星深情演唱。

（刊于2012年10月9日《淮安日报》A4版）

脚印

第三章
通讯（特写）：细微之处见真功

第一节 人物通讯就是为人物画像

人物通讯所呈现出的人物，就如同画家为人物画像，往往细节刻画得越仔细，越能传达人物的神韵。

例文1：

化腐朽为神奇

——记金湖县工艺美术大师陆功勋

老子曾经说过，善于利用的人，在他的眼里是没有根本无用的东西。只有那些对生活缺少热忱，而且又不善于思考的人，才会"尽日寻春不见春""踏破铁鞋无觅处"。

——作者题记

陆功勋先生就是一位善于利用的人。废旧录音磁带被他用来装帧艺术品，一张普通的餐巾纸，他在上面勾画出典雅的水墨漫画，以废挂历为材料创作出千姿百态、惟妙惟肖的剪纸作品……如今，人们用餐后留下的鳖壳、蟹壳，又被他巧妙利用，制作成一幅幅精美绝伦的民间新的工艺品种——避（鳖）邪（蟹）画。

陆功勋先生数十年潜心群众文化、艺术教学工作。他的书画、剪纸、漫画作品蜚声中外，尤其是他的彩膜剪纸，笔走蛇龙，刀画春秋，独树一帜。他的书画、剪纸作品先后在《人民日报》《新华日报》、香港《大公报》等报刊上发表。他的剪纸作品先后参加中日艺术展、中国艺术节《中国工艺美术精品展》、江苏省社区艺术节综合艺术展等大型展览。创新彩膜剪纸被用于《剪纸艺术台历》《艺术明信片》《首日封》《剪纸金箔画》《中国电信300、998电话卡》等。多幅作品作为国家礼品馈赠给世界妇女代表大会代表及外国来华客人。巨幅作品《流芳千古》被周恩来纪念馆收藏。中央电视台、江苏电视台、淮安电视台将其艺术生涯拍摄成《彩膜剪纸》《谱就新篇》《刀下生辉》《奇人奇画》《平淡中的精彩》等专题片播放。他的个人艺术传略也被收入《中国民间名人录》和《世界华人书画篆刻大辞典》。2002年、2003年，他还分别应邀在中国旅游节和中国淮安淮扬菜美食文化节活动现场即兴表演。我国著名画家、鉴赏家肖平评价其作品为"致广大，尽精微"；中国华夏书画院副院长、一级美术师薛其晴教授称其作品为"意动天机，神合自然"，省作协副主席赵恺评价陆功勋的作品为"化腐朽为神奇"。

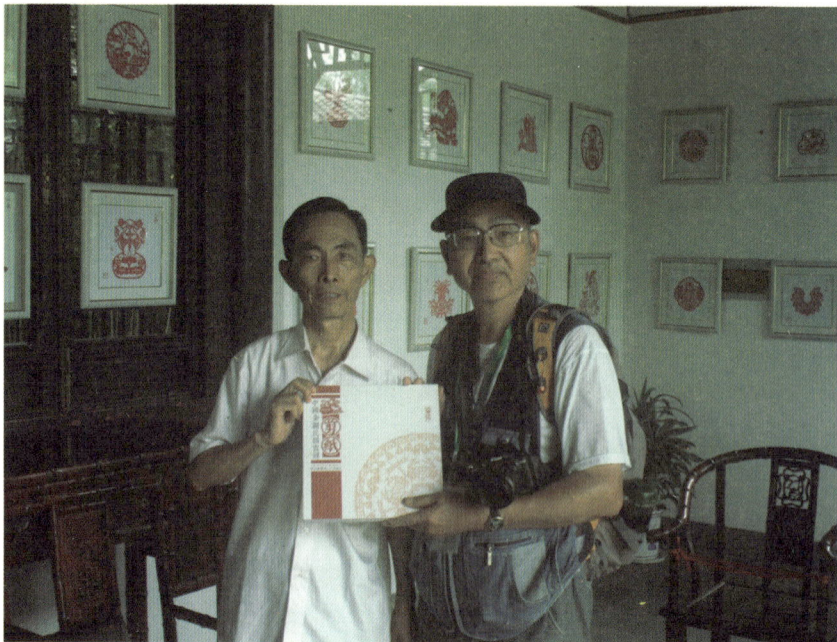

　　一个个荣誉，一句句褒奖，并没有使陆功勋先生满足。他把民族的审美，民俗的情趣，以及他对书画的长期研究实践融会贯通，创作出了又一新的民间工艺品——避邪画。

　　说起避邪画的创作过程，还有一段故事呢。那是2003年春天的一天，陆功勋先生到淮安有事，应友人邀请，参加了一个宴会。席间，大家为了表示对陆功勋先生的敬重，特意将一只鳖和一只螃蟹同时夹给陆功勋，陆功勋高兴地说："避（鳖）邪（蟹），避（鳖）邪（蟹），此乃吉祥之意。"宴后，陆功勋特意将鳖壳和蟹壳带回家中，并由此产生了创作的灵感。他认为喜庆吉祥、福寿平安是我们民族千古永恒的热望和追求。在民间，避邪画为吉祥画。传统的避邪画有钟馗、门神等。而陆功勋先生创作的避邪画则综合多种民间艺术要素，将传统的脸谱画于鳌壳和蟹壳之上，制成精美的工艺品，巧用其谐音与民俗相契合，发展而成一种新的民间工艺品种。其造型简练，色彩鲜明、艳丽；具有传统的民族、民间艺术的特色。而一个个形态各异的京剧人物脸谱、社火脸谱，一个个憨态可掬的虎娃、兔娃、鱼娃，让人在制作当中见华丽，在朴实当中见情趣，并形成了陆功勋先生独特的艺术风格。

2003年中国淮安淮扬菜美食文化节期间，当陆功勋先生将其创作的"避邪画"首次对外公开亮相时，立即引起南京博物院有关专家的关注，也吸引了许多新奇的目光，人们纷纷赞叹作品构思的精巧，立意的高远。用它来寄托平安、幸运、健康的良好愿望，赠人以礼，装饰家庭，镇宅定居，祈福致祥。

现在陆功勋先生正将他的"避邪画"配以精致的包装，使其更加完善。如今"避邪画"如同一串土生土长的水莲花：健康、淳朴、清新且具有活力。我们衷心祝愿这朵水乡艺术之花开得更艳。

（此稿首刊于2004年5月6日出版的《淮安广播电视报》）

例文2：

情注"中函"
——记全国优秀教师、江苏省金湖县函授站站长张庆福

今年51岁的张庆福，1987年8月从县财政局企财股调到金湖县函授站工作。多年来，他凭着自己对事业的那份执着和热情，为"中函"教育事业谱写了一曲曲动人的乐章。

由一名普通会计工作人员到一名专业教师，张庆福深知要给学生一杯水，老师就必须有"一桶水"的道理。张庆福承担的是《基础会计》《企业会计》《成本会计》《财务会计》等专业主干课程的教学任务。为了教好这些课程，就是工作再忙，事务再多，张庆福也要一丝不苟地备课。为备好课，他先后搜集查找了500多本参考资料，并经常到县财政局了解最新的财会动态和信息。为把财会理论和方法与实际财会工作结合起来，张庆福经常深入企事业单位了解财务工作遇到的新情况、新问题，加以研究，得出解决问题的办法。金湖面粉厂曾提出实行总厂分厂制，打算在内部实行二级核算，厂内开办银行，分厂之间实行买卖制，以全面地落实经济责任制。对此，张庆福用自己所掌握的理论知识，结合该

厂实际情况，帮助制定了一整套的会计核算方案，解决了该厂的会计实务难题。这一方法后来又被他巧妙地运用到"财务管理"的教学中，学生听了很受启发。

学生为张庆福起了个外号叫"拼命三郎"。1996年6月下旬，两个班的学生正在复习迎考，恰巧这时张庆福的胆囊炎病犯了，他坚持一边吃药，一边为两个班的学生上课，结果在教室内晕倒了，被学生和同事送到县人民医院，到医院一查，血压已高达180/110，医生要求他住院观察治疗，可张庆福吊针一拔，就回到了学校。学生见他如此拼命，一个个学习积极性都空前高涨，结果学校150名学生参加考试，及格率达95%以上，张庆福所任教的《基础会计》和《成本会计》两门专业课及格率达100%。

张庆福认为，函授教育不同于一般的全日制教育，函授教育应该有适合自身特点的教学规律。因此，他在教学中逐步摸索到了一套行之有效的办法，这就是：狠抓面授这一关键环节，辅之以"三段作业教学法"。针对财会专业不少课程在面授时比较枯燥和抽象的实际，张庆福根据讲授的内容，画出了形象化的图表，使学生一目了然。在成本会计中讲到"逐步结转分步法"时，张庆福运用图表教学法，列出的成本计算和一些实例，使学生很快理解并接受。针对面授学生接受程度不一的实际，张庆福采取开座谈会和个别了解学生以及批阅作业等方法，了解学生对辅导内容的掌握程度，把学生一时没有掌握的问题收集起来，加以归纳整理，作为下堂课辅导的重点内容之一。学生都是，听张老师讲课既通俗又易懂。为帮助学生处理好面授与自学之间的关系，张庆福在实践的基础上总结并推广"三段作业教学法"。所谓三段作业教学法，就是结合教学进展情况，控制"预习作业""练习作业""复习作业"不同的教学时空，在每次"预习作业"和教学录像之后进行面授，在每次"练习作业"之后进行讲评辅导，使面授与业余自学有机结合起来。这一方法后来在全省得到了推广。这一方法好是好，但具体实施起来无形之中增加了教师的工作量。说句实在话，布置作业容易，批改作业难。10多年来，张庆福为批改作业不知熬过了多少个不眠之夜。

在搞好教学工作的同时，张庆福还积极参与各类教学指导工作，努力提高自身素质。每一项新的会计准则、制度的出台，张庆福都要如饥似渴地把它学深学透，并结合实际问题加以研究，在实际教学中融会贯通。随着会计改革和税制改革力度的加大，"两则""两制"的颁布实施和具体"会计准则"的出台，财会专业课内容日臻丰富，张庆福十分注意收集这方面的信息，不断充实自己，加快提高自己的财务业务知识水平。

1992年12月，"两则"颁布通发全国后，张庆福认真学习后结合自己的理解，将"两则"的内容编写到《基础会计》新编教材中，超前在江苏省内1993级春季班上使用。1994年5月在江苏省校举办的有全省70多名专业课教师参加

脚印

的"两则"研讨班上，张庆福作了关于"两则"内容的新编《会计学基础》教材和"教学指导"，被全省教师采用。

一分耕耘一分收获，辛勤的汗水，换来金色的秋果。10多年来，张庆福撰写的帮助学员理解和记忆的辅导文章曾多次被总校《中华会计函授》刊物发表；由其担任副主编的《基础会计习题》，从1993年起作为总校正式教材使用至今。同时，在他的领导下，金湖函授站办学工作取得了显著的成绩。该站每年招生都在50人以上，已累计为全县培养会计人员633人，这些人走上会计岗位后，已成为全县财务管理队伍中的中坚力量。近5年来，该站入学考试上线率和入学率均达100%。由张庆福承担的《基础会计》《成本会计》《财务会计》等专业主干课，历年期末考试参考率都在90%以上，及格率平均在87%以上。在省、市校历次组织的抽查、统考、评比中，均取得了较好的成绩。1994年，在江苏省校组织的教学质量信得过函授站抽考评比中，张庆福所任教的《成本会计》一次性达标，当年获得"教学质量信得过函授站"光荣称号。张庆福本人也多次受到表彰、嘉奖，他每年都被评为县财政系统先进教育工作者；1991年至1997年七次被县职教系统评为"先进工作者"；先后4次荣获"江苏省校优秀教育工作者"称号；1992年至1993年度，荣获财政部总校"优秀教育工作者"称号；1997年又被财政部表彰为优秀教师。

（此稿被财政部《中华会计函授》等杂志刊载）

例文3：

古筝弹出美妙人生

走进位于金湖县城温州商贸城的"富韵琴行"，清新悦耳的古筝之声让人流连，来自该县实验小学2年级的嵇尚秋正在弹奏的《幸福渠水到俺村》，欢快的旋律在她的指尖流淌，真有"郑女八岁能弹筝，春风吹落天上声"的感觉。

在8月20日至24日举办的"雅韵杯"第三届全国少儿古筝邀请赛上，嵇尚秋和她的小伙伴们技压群芳，全部获奖。其中，嵇尚秋、孙沁、缪灵一三位同学喜获儿童甲组金奖；李慧同学获儿童丙组银奖；潘雅同学获儿童丙组铜奖。金湖县儿童古筝演奏技艺让全国同行刮目相看。然而谁又能想到，教这些孩子学古筝的潘永芬老师，竟然是一位下岗职工。

潘永芬以前曾是金湖县商业大厦的一名职工，2002年下岗后，为了生计，她和同样下岗的丈夫一起在温州商贸城内开起"富韵琴行"。起初，琴行的生意并不好做，潘永芬意识到，要想琴行生意好，必须培养一批爱好音乐、喜欢乐器的群体，于是一个"以教促销"的念头生成了。教学生说起来容易做起来可不一般，因为你要给别人一碗水，你自己必须有一桶水，对于仅有二胡基础的潘永芬来说必须从头学起。为了学习古筝，潘永芬先后拜扬州市少年宫的田步高和南京艺术学院的涂永梅教授为师。拜师学艺的道路是艰难曲折的，她每周要去老师家上一次课，对于体质不太好又晕车的潘永芬来说简直是一种磨难。可是潘永芬硬是坚持了四年，如今已是南京市古筝协会会员的潘永芬对自己当初的选择很满意。

琴行的生意一天比一天好，她带的学生越来越多，既有幼儿园的小朋友，也有假期回家的大学生。用潘永芬的话说，经常和学生在一起，跟音乐为伴，自己的心情也越来越好。

（刊于2009年9月3日《淮安日报》）

例文4：

执着追求创业梦想
——记金湖县青年何在臣的创业事迹

何在臣，下岗不落志。硬是凭着一股不服输的精气神，从创办物业公司起步，成就了自己创业就业的人生抱负。

2003年5月，大专毕业、24岁的何在臣下岗了。

下岗后，他与父亲商量，决定投资搞物业服务行业，自己闯一番事业。当初的金湖物业服务企业仅有县房管局属下的一家公司，人们对物业管理这个行业才刚开始有一点了解，市场前景十分广阔，不过也存在着很大的经营风险。但认准了目标的何在臣还是决定下海尝试。当时家中积蓄只有几千元，他和父亲向亲戚、朋友借了几万元，又托人办了部分贷款，凑足了10万元，于2003年5月注册成立了杰诚物业公司。

公司成立后，可新的问题又出现了，由于很多单位对物业服务不了解，加上宣传推介又跟不上，公司一时竟找不到客户。没有业务，又要维护公司的生存，何在臣感到压力非常大，情急之下，何在臣和父亲商量，决定暂时边做黄沙生意，边联系客户，帮助公司渡过难关。通过执着的坚持，直到2004年7月，通过朋友介绍，金湖县某医院成为杰诚物业的第一个客户。

有了客户，何在臣一门心思扑在为客户做好保安、保洁、后勤服务上。在医院领导的大力支持下，何在臣制定了为各科室、岗位保洁后勤服务流程、服务标准，并根据客户要求实行门诊及病区日常保洁、送化验物、床单被套清洗、卫生间清扫、化验用试剂管清洗等全程、全天候服务，一切以客户满意作为服务合格的总目标。为了使服务工作日臻完善，针对公司员工多为下岗职工、农民工的特点，何在臣制定了一系列的服务工作检查考核标准，分布在各科室的员工由带班长每天进行考勤、考核，公司领导每月配合医院方领导对各科室保洁、后勤服务工作进行一次督查，评选出一到二个服务工作做得好的科室，给予每人一百元奖励；对服务工作不达标的，及时指出问题，督促其提高工作质量。

检验科的日常保洁和后勤服务是比较繁琐的，主要是清洗各种血常规、标本化验用各种试剂管，工作量较大，同时还要求速度快，不能影响第二天的正常化验。由于原先配备的服务员工作速度不够快，跟不上科室的工作要求，何在臣及时对人员进行了调配，换上责任心强且工作节奏快的员工，满足了科室正常工作的要求。有效的管理机制和奖惩制度，使公司的服务水平不断提高，得到了医院领导及医护人员的充分信任。

2005年，公司在招标中取得了某某花园的物业服务资格，2007年4月又中标县某局的物业服务资格。在提升服务水平、赢得客户信任的同时，该公司的信誉迅速得到提升，在客户的主动推荐下，县内盛金服装厂、中高煤矿机械公司等单位主动与杰诚物业联系，要求杰诚物业为其提供保洁服务工作。目前，杰诚物业公司已从创业之初注册资本10万元增加到50万元，共为5个单位及小区提供保安、保洁、后勤保障服务，年营业额100多万元，员工从40人增加到100多人，员工人均工资1000多元，还缴纳了社会保险，公司整体实力已晋升县内物业服务行业前三名。

今年，在县劳动保障部门的大力支持下，杰诚物业公司申请办理了小额担保贷款，用于企业的扩大经营。何在臣对企业的未来精心构思了稳扎稳打、服务好现有客户、稳妥发展新客户的发展计划，相信杰臣物业一定会不断发展壮大。

（刊于2010年9月9日《淮安日报》C2版）

第二节　事件通讯让事件丰满展现

事件通讯需要有一根能够支撑起整个事件的主线，从琳琅满目的事例中挑选能够展示事件风貌的细节和素材。

例文1：

奇迹是这样创造的
——金湖县金南职业高级中学创办农村特色职业中学纪实

在就业压力越来越大的今天，如何保证学生充分就业成为各类职业技术学校办学的首要工作。位于金湖县金南镇境内的江苏省重点职业中学——金南职业高级中学、淮安市金湖保安学校,以其百分之百的毕业生实习、就业率,创造了农村职教史上的奇迹。10年来,该校"围绕产业办专业、办好专业促产业"的办学思路,先后造就了近4000名各类专业人才,成为全市职教园中的佼佼者。

成功从南中开始

2008年淮安市职业学校师生技能大赛日前落下帷幕,金湖县金南职业高级中学有8名学生和3名教师分别在计算机程序设计、车工技术、多媒体作品制作、汽车钣金技术、汽车维修基本技能、数控车技术等7个项目中摘金夺银,其中高香、王玉铸两名同学分获计算机程序设计和汽车钣金技术一等奖,令全市同类学校师生刮目相看。

与这些在比赛中夺魁的学生一样,从金南职业高级中学毕业的学生走上工作岗位后,一个个也因工作出色,得到领导和同事的认可。陈培顺就是他们当中的一个。

1997年毕业于金南职业高级中学的陈培顺,实习期间常常是废寝忘食,刻苦钻研,很快赢得实习单位——无锡三益车业有限公司的认可。他在公司期间经常一个人跑到市场上调研,到服务点查看服务人员的服务质量,经过一年半的奔波与努力,陈培顺与无锡大大小小40多家单位建立了业务关系,由于成绩突出,很快被提拔为客户部副经理。2005年6月,应北京电动车(无锡)有限公司的邀请,陈培顺出任北京新日电动车(无锡)有限公司主抓质量的副总经理,开始了人生中新的奋斗。主抓产品质量的陈培顺,视质量为生命,创新管理模式,为打响该公司产品的市场知名度立下了汗马功劳。

围绕市场创特色

初中毕业生为何会选择金南职业高级中学?现任张家港保税区保安服务公司经理的王仁洲一语道破天机:选择金南职业高级中学图的并非一纸职高或中专文凭,而是这里良好的育人环境和可靠的就业保障。

走进金南职业高级中学,鳞次栉比的楼房,郁郁葱葱的花草树木,干净整洁的校园,让人仿佛是走进大都市里的高等学府,看不出一点农村学校的气息。该校现有的100多名教职工中,具有高级职称的教师就占一半以上。在这里,那些因种种原因没有能迈过中考那道坎的初中毕业生们,不仅学到了文化知识,懂得了做人道理,还掌握了一到两门专业技能,更为重要的是,从这里他们直接走上了理想的工作岗位。

今年,该校正在积极筹建汽车专业校外实训基地,已与苏州客商共同投资组建了"江苏南中汽车实业有限公司"。目前,基地建设项目已通过县政府批准立项，首期征地35亩，也已经省国土部门批准，该项目总投资需要2000多万元，建成"集技能型人才培训基地、师资培训基地、校企合作基地、技能培训鉴定基地、农村劳动力转移基地社区教育服务基地、师生科技创新基地、学生创业实践基地、中小学科技教育基地"等九大功能于一体的综合性实训基地。

半工半读闯新路

金南职业高级中学特色专业品牌在省内外叫响后，省内外一批批知名院校和大型企业纷纷上门"订购"毕业生，一时间，该校毕业生出现供不应求的喜人局面。该校领导一班人敏锐地意识到，要进一步强化学生技能训练。于是，一种全新的教学模式应运而生——半工半读。

金南职业高级中学坚持职业教育与生产劳动相结合的原则，帮助贫困学生通过"半工半读"实现低费或免费接受职业教育，促进学生成才。2007年秋季组成一个半工半读班级，借鉴德国"双元制"模式，推行工学交替，利用校内实训基地，半天上课，半天实践，将文化课通识、专业基础理论知识和车间实践操作交叉进行。

学校专门成立了课程研究小组，将所有课程整合成三大模块，即文化课通识模块、专业基础理论模块和专业实践操作模块，重点突出专业课程，尤其是专业实践课程；在时间安排上，半天交叉安排理论课和实践课；在课程课时总量上，确保每周一天文化课通识学习，两天专业基础理论学习，两天专业实践学习。在培养周期上，第一年侧重机械基础，学生广泛学习车、钳、铣、磨等各种机械加工工艺，做到宽基础；第二年侧重专业模块，重点学习数控理论和技术，学生可选择某一个模块重点学习；第三年到企业定岗实习。在实施过程中，学校本着边尝试、边探索、边总结的原则，不断对方案进行调整、修改、完善，使之更趋合理、科学、可行。

"三心"学校美名扬

金南职业高级中学让家长放心，让学生开心、就业舒心，因此被誉为"三心"学校。如今，"三心"学校随着一批批毕业生在县内外就业而美名远播。

该校校长兼党支部书记柏常青在接受采访时表示，所有到该校就读的学生均可享受国家和省财政每年1500元的职教助学金；特困学生除可享受国家和省财政提供的职教助学金外，学校还可视情况适当减免学费，并安排勤工俭学岗位，以弥补生活开支不足。该校同时还规定，凡入学成绩在全县前1000名的免2000元学费、在全县前1000名至1500名的免1000元学费；对学习优秀、勤奋刻苦、操行优良的学生给予不同等第的奖学金。

对外省市贫困家庭学生报考该校的，该校也一视同仁，并对报考保安与驾驶、物管与内卫等专业学生免收学费。

这一系列优惠政策，重新点燃了中考成绩欠佳学生求学、求职的激情，也使得该校办学规模不断扩大。

（此文刊登在2008年6月30日出版的《淮安日报》B2版上）

例文2：

书中真有"黄金屋"
——金湖县"农家书屋"致富农民二、三

2006年6月7日，江苏"农家书香"工程建设推进会暨试点"农家书屋"授牌、赠书仪式在淮安市金湖县举行。近两年来，随着一家家"农家书屋"在金湖县落户，该县走进书屋的农民是越来越多，他们或借阅科技书籍，或借科技碟片，并在生产经营实践中加以对照和运用，一批批农民因此走上了致富的道路。最近，笔者走进他们当中，深切感受到"农家书屋"给广阔农村和广大农民带来的新变化、新希望。

"鸭司令"的新经营观

"要不是'农家书屋'，我的公司也不会有今天的规模。"金湖县文忠鸭业有限公司总经理周文忠对"农家书屋"的感激之情溢于言表。

今年44岁的周文忠是金湖县戴楼镇一位普普通通的农民，初中毕业后以养鸭为生。2006年夏秋之交的一天，周文忠听邻居说，邻近的衡阳村村部设立了"农家书屋"，里面有许多适合农民致富的科技书籍、光盘等，到"农家书屋"借书的农民是络绎不绝。周文忠怀着好奇的心里，来到位于衡阳村村部的"农家书屋"，从此，周文忠便与"农家书屋"结下了不解之缘。特别是生态养鸭和农业产业化经营方面的科技书籍令周文忠茅塞顿开。在科技致富书籍的启迪下，周文忠开始尝试养鸭—养鱼—栽树等立体高效生态种养模式，并走上了自孵—自养—自销的经营发展道路。到去年底，他的文忠鸭业有限公司已拥有8个养殖基地、1个炕孵车间、1个饲料门市，有员工52人，公司占地总面积1230多亩，其中，鱼塘670亩，总投资500多万元。公司存栏种鸭1.3万只，年炕孵"樱桃谷"苗鸭240多万羽，年饲养肉鸭45万只，年出栏肉鸭35万只，年获利120多万元。在该公司的带动下，当地兴起了养鸭热，其中，年饲养在5万只以上的规模大户就有5户，户户都取得了良好的经济效益。周文忠感慨地说，要不是走进"农家书屋"，也许现在他还在延续传统的养鸭方式。今年，他计划饲养3万只种鸭，年炕孵苗鸭480万只，再新建5幢鸭棚，将肉鸭的年饲养能力提高到100万只以上。现在，他正积极组建、筹办养鸭合作社，以此带动全镇及周边地区养鸭业的发展。

屋顶致富新天地

金湖县黎城镇黎城村四组农民陆义祥的致富途径是别具一格，他在自家楼房顶上搞种龟饲养和苗龟繁育，不仅走上了致富道路，而且摸索出了一套庭院高效养殖新模式，去年，他被淮安市表彰为"优秀农村青年创业典型"。

陆义祥走上养龟致富的道路纯属偶然，他平时就喜欢饲养乌龟、甲鱼等动物，不过仅限于观赏。去年，黎城镇徐梁村"农家书屋"揭牌时，陆义祥前去观摩，在书架上，他随手挑选一本科学养龟的书籍，一看就让他着了迷。原来乌龟繁育技术并不复杂，市场上乌龟价格是一涨再涨，自己家有种龟，为什么不开展规模养龟致富呢？说干就干，他在自家楼房顶上建起120平方米的养龟场，购进巴西龟、黄缘闭壳龟等不同品种的种龟。楼顶养龟不仅有利于温度调节，还可防鼠、防盗，一年时间，就为陆义祥赚回20万元以上。如今，陆义祥繁育的苗龟是越来越多，他买回电脑，上起互联网，实现了网上销售，他饲养的乌龟还出口日本、美国、瑞士等国家和地区，并领到了省农林厅发放的"国家重点野生动物驯养繁殖许可证"和"经营许可证"。临县洪泽以及本县黎城、戴楼等地有20多位农民慕名向陆义祥学习取经。其中，同组农民陆海在陆义祥的帮助下，养龟规模不断扩大，去年的收入就在10万元以上。

龙虾养殖富百姓

眼下又到龙虾陆续上市的季节，金湖县涂沟镇新淮村退伍军人华庆道每天从自己家的龙虾塘里捕捞龙虾出售，今年的龙虾价格直线上升，让他很是高兴，他每天仅捕捞成虾就可以卖三四百元，下午就乘着闲暇忙着去河里采捞"水花生"，以便于幼虾更好地生长。

据华庆道介绍，新淮村于南片在前几年的农业产业结构调整中，开发了260多亩的稻田养殖螃蟹，由于这几年螃蟹价格猛跌，加上稻田养蟹受地域土壤、水质、时间等因素的限制，养殖效益不佳，有的养殖户因此放弃养蟹，有的改养青虾，或只种植蟹塘中间的田块。在养蟹不景气的情况下，他在对这几年市场的调查中发现，餐饮市场对龙虾的需求量越来越大，特别是随着邻县盱眙龙虾节的举办，龙虾越来越俏销，他从中发现了龙虾不可估量的潜在价值。于是他瞄准市场，瞄准商机，利用当地水面多、水草肥美的便利条件，发展起绿色龙虾养殖业。为了解决养殖龙虾的技术问题，他来到附近的唐港村"农家书屋"查阅相关资料，并订阅《江苏农业科技报》等报刊，通过学习，华庆道的龙

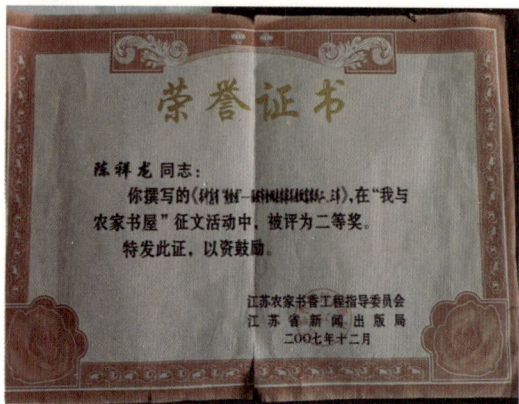

虾养殖水平越来越高，他从上海崇明岛等地购进优质龙虾苗养殖，因为是在无污染的环境下养成，属于绿色产品，很受市场欢迎。第一年就获得成功，加上稻子和小麦的收入，每亩田一年纯收入都在3000元左右。尝到甜头的华庆道去年又扩大养殖规模，在他的带动下，该村现有20多户村民进行龙虾养殖，共有200多亩。该村村民李华先一户就养了100多亩田的龙虾。今年龙虾的市场行情一路看好，价格也一直居高不下，从去年的每公斤20多元到今年的每公斤40多元的收购价格，比去年翻了一倍多，让养殖龙虾的农民喜笑颜开。

（此文被编入《乡里书声》一书，并在江苏农家书香工程指导委员会、江苏省新闻出版局共同举办的"我与农家书屋"征文活动中获得二等奖）

第三节　特写"用镜头说话"

所谓"特写"，就是引用摄影技术当中的"抓拍"，也如绘画技艺中的素描技法，突出"用镜头说话"，用"线条"传神。

例文1：

市委书记与农民田头话农情

晚报讯　6月7日下午3点20分左右，金湖县戴楼镇牌楼村6组凌太军等几位农民正在翻晒小麦，这时，几辆面包车突然开到了晒场边，从车上下来几位不速之客，只听一位农民惊讶道："是市委丁书记！"只见市委书记丁解民，市委常委、宣传部长刘希平一行，在金湖县委书记赵洪权，县长肖进方等人的陪同下，笑容可掬地来到农民中间，和农民一一握手。

丁解民弯下腰，从地上抓起一把麦子，从中捻了一粒放在嘴里嚼了嚼："嗯！这麦子挺干的，而且籽粒饱满，老乡啊！今年收成怎样？"

"每亩不低于900斤。"

脚印

"你家长了多少（小麦）？"

"12亩。"

"去年每亩收多少？"

"去年才六七百斤一亩。"

"那今年小麦大丰收啊！好啊！"

"谢谢丁书记关心！"

这时一位农民问丁解民："丁书记，今年小麦价格是多少？"

丁解民答道："白小麦划到7毛多，而且是保护价收购。"

这位农民说："今年的麦子晒得比较干。"

丁解民问道："你去年（小麦）卖多少钱一斤？"

农民说："6毛几，7毛不到。"

丁解民一竖手："那今年要比去年高5分钱一斤。"

农民笑道："今年小麦面还好吃，没有赤霉病。"

丁解民高兴地说道："好啊！祝你们丰收呀！夏粮丰收了，还要把水稻栽插好，争取秋粮再获大丰收！"

众农民笑着答应道："争取大丰收！"

欢快的笑声从场头传向很远很远。

（刊于2006年6月9日《淮海晚报》头条）

例文2：

久病床前有孝媳

俗话说：久病床前无孝子。但金湖县金北镇一位普通村妇伍士梅，3年如一日，无怨无悔地照顾80多岁中风在床的婆婆，在当地被传为佳话。如今，56岁的伍士梅也已是做婆婆的人了，按说也到了享受幸福晚年的时候了，可每当儿子儿媳要把她接到身边住时，她总是婉言谢绝，因为她放心不下瘫痪在床的婆婆……

2006年，伍士梅的婆婆突患中风，当时的伍士梅只有一个念头："只要婆婆有一口气在，就要让她好好活着！"从医院回来后，伍士梅暗下决心要照顾婆婆到最后一刻。从此，她用瘦弱的身体撑起了家庭一片天，照顾上班的丈夫、照顾在床的婆婆、心系远方的儿子，还要操心家里的15亩责任田。为了照料卧床不起的婆婆，她每天守在老人床头，一日三餐变着花样为婆婆做可口的饭菜。婆婆行动不便，大小便失禁。她经常为婆婆洗澡擦身，从不言苦。伍士梅说，"这是做晚辈的责任！"

在婆婆瘫痪在床的3年间，伍士梅夜以继日，尽心侍候。婆婆年纪大了又中风在床，不好吃东西。伍士梅就把饭菜捣碎了再一口一口地喂婆婆。有时候婆婆刚吃下去又吐出来，伍士梅耐心擦干净后再一口一口地喂，直到婆婆吃好为止。

伍士梅天好时推着婆婆到室外呼吸新鲜空气；晚上为了让婆婆能睡个安稳觉，她每宿要起床看个两三次。夏天她为婆婆摇扇驱赶蚊蝇，冬天她为婆婆焐脚。婆婆过生日，她将亲戚请到家中，好酒好菜，热热闹闹为婆婆做寿。

虽然卧床3年，但在伍士梅的精心照料下，婆婆病情一直很稳定，从未发生过褥疮等并发症。婆婆见人就讲："我的（儿）媳妇比女儿还好！"虽然老人说话断断续续，吐字不清，但却是发自内心的感激。

（刊于2009年7月22日《淮安日报》A1版）

例文3：

孤儿有了"党员妈妈"

昨日上午，金湖迎宾馆世纪厅爱心涌动，暖意融融。金湖县72名孤儿与县直机关和事业单位的72名女党员结成爱心对子；"党员妈妈"们将自己精心准备的礼物和爱心联系卡赠送给孩子们；孩子们向"党员妈妈"回赠玫瑰，留下一幕幕感人场景。

这些孩子最小的仅5岁，最大的也不到18岁。为帮助这部分孩子健康成长，金湖县委书记陶光辉倡议，开展"党员妈妈"爱心结对帮扶活动。县直机关和事业单位120多名女党员踊跃报名申请担任"党员妈妈"。"党员妈妈"代表、金湖县纪委常委、监察局副局长宗寿梅对自己能有幸成为"党员妈妈"，既激动又高兴，表示将把结对的孩子当着自己的孩子培养、教育、关怀。来自该县闵桥实验小学六（2）班的闵正红同学代表所有孤儿表示，一定不辜负"妈妈"们的希望，好好学习，天天向上，快乐生活，健康成长，早日成为有益于社会的人。

金湖县负责同志表示，下一步该县将把爱心结对活动扩大到残疾孩子和困难家庭的孩子，不仅开展"党员妈妈"爱心结对活动，还要开展"党员爸爸"爱心结对活动，真正把爱心帮扶活动办成民心工程、实事工程。

活动仪式一结束，"党员妈妈"们纷纷将刚认下的"孩子"领回自己的家中，进行亲情交流。

（此稿刊于2010年3月8日《淮安日报》A1版）

脚印

例文4：

新闻特写：

"书记爸爸"看望残疾少年

本报讯 9月11日上午，金湖县委书记陶光辉来到塔集镇残疾少年汤会雨的家中，送上200元慰问金，并关切询问汤会雨近期的学习生活情况，这是金湖县开展"党员爸爸"爱心结对后，"书记爸爸"登门看望自己结对的孩子。

今年17岁的汤会雨，小时候因车祸失去了右腿，左腿也有残疾，在全省第八届残疾人运动上，他勇夺游泳项目的两块金牌和一块银牌。今年8月6日，在金湖县开展的"党员爸爸"爱心结对活动仪式上，陶光辉主动把汤会雨作为自己的结对对象。

在汤会雨的家中，陶光辉得知汤会雨有继续读书愿望和游泳训练场有困难时，陶光辉叮嘱随行人员尽快落实。陶光辉告诉汤会雨，体育训练和文化知识同样重要，缺一不可，要以积极的态度、乐观向上的精神，学好每一门功课，搞好游泳训练，并鼓励他继续发扬吃苦耐劳、勇于挑战的精神，再接再厉、再创辉煌，在全国残运会上获得更好的成绩。

（刊于2010年9月16日《江苏科技报》A10版）

第四章
言论：举旗帜、指方向

几乎所有新闻单位都重视言论，把言论作为旗帜和方向标。大的新闻单位有社论、短评、快评之类。县级媒体也应有自己的言论阵地。这是培养有思想、会思考记者、编辑的有效途径。

第一节　小言论　大格局

言论作品往往不需要太长篇幅，只求观点明确、论据充分、论证清晰就行。言论虽然短小，但是往往揭示的却是大主题。

以下摘取的是几篇笔者担任记者、编辑时撰写的几篇言论稿件。

例文1：

新农村建设需要"留守农民"

一年之计在于春。笔者日前在农村采访时却发现，正在春耕春种这个节骨眼上，许多青壮年农民却打点行囊，结伴踏上了进城打工的征程。他们把春耕春种的事交给了留守在家的妇女和老人。

不可否认，青壮年农民离乡进城务工创业固然也是一种勇敢的选择，然而农村天地也十分广阔。金湖县戴楼镇红岭村养鸭大户周文中发挥特长，走出了一条集炕孵、饲养、加工、销售为一体的蛋鸭产业化的路子，去年获利45万元；金湖县前锋镇中兴村农民郑先余依托水乡资源优势，从事水产品贩运生意，年收入近20万元。

周文中、郑先余的成功经验告诉我们，"留守农民"同样也可以创业致富。农民致富奔小康不能仅靠劳务输出这一个独木桥，还必须充分发掘农业内部增

脚印

长潜力。我们欢迎更多的本土创业"留守农民"。

（刊于2006年3月25日《江苏农业科技报》一版）

例文2:

这种"水分"要不得

最近，笔者有幸参加某市召开的计划生育工作会议。从会上，笔者了解了解到这样一组数据，全市32个样本村上报出生256人，漏报33人，漏报率高达11.42%；计划生育率上报为90.63%，核查为79.93%，高报率10.7个百分点。统计数字出现如此多的"水分"，不能不令人惊诧。

这种"水分"现象产生在基层单位，而根源却在领导。试问，如果各级领导作风不漂浮，不好大喜功，这种"水分"哪里会有存在的土壤？领导工作不力、不细、不实，平时习惯于弄虚作假，欺上瞒下，骗取荣誉，基层和群众就会迎合你，在上报的数字中、材料里添加"水分"。

这种"水分"不仅严重败坏了党风，还直接影响到党群、干群关系；不仅给各项工作造成被动，同时还滋生新的腐败。因此，这种"水分"千万要不得。

挤干这种"水分"的唯一有效办法，就是要从各级领导干部抓起，在广大干群中弘扬实事求是的工作作风。"说老实话，办老实事，做老实人"，真正履行为人民服务的崇高职责。这样，不仅可以挤干工作中的各种"水分"，还可以树立党和政府在群众中的威信，有利于各项工作的开展。

（刊于1996年《中国人口报》并获《淮阴日报》社、淮阴市计划生育委员会、淮阴人寿保险公司"人寿杯"计划生育好新闻征文评比二等奖）

例文3:

买鞍与投保

小时候，老师曾为我们学生讲过一则生动故事。至今仍未忘记，故事的名字叫"买马还需买鞍"。故事说，从前有一个人在集市上买了匹好马，卖主叫他再添几个钱，把马鞍一起买去，并关照说，骑马没有马鞍不安全。可那位买马人因舍不得那几个钱，尽管卖主再三劝说，马鞍就是没有买，谁知，那位买马人还没有到家，人就从马背上摔了下来，跌坏了身体。结果，请医生看病花的钱，是买马鞍钱的几十倍。

这则故事告诉人们，做任何事情都要考虑周全，不能因小失大，就以那位买马人为例吧，既然花得起大钱买马，为何舍不得那几个小钱买鞍呢？回顾我们保险部门开办的各类保险,她确实是利国利民的大好事,宣传动员参加保险,犹如动员他人买马鞍一样,参加了保险,才会有安全感,等于有了靠山。古人云,不怕一万,就怕万一。可我们现实生当中,有些企业、单位及个人,他们大账不算算小账,虽有万贯家财,可你要他花几个钱投保,就像买马人买鞍一样,始终心痛舍不得。江苏省金湖县闵桥镇有一户农民,花7万多元钱买了辆卡车,指望搞运输发财,车子买回后,保险公司的人员多次上门动员他再花几个钱投保,可那位农民认为,如果车子不出事故,就等于白白把钱丢进水里了,所以他以种种借口,迟迟不保,结果在一次外出运输途中出了个大事故,车坏人伤,损失几万元,出了事故后,那位农民呼天哭地,后悔莫及,可又有什么办法呢?

注意精打细算是中国人民的一种美德,但是,必须强调的是,该花的钱一定要花,千万不能省,劝你保险你不保,表面上是省几个钱下来,殊不知,留下了不安全的祸根,买马不马鞍的教训值得人们汲取啊!

(刊于1995年第三期《江苏保险》杂志)

例文4:

两种决策两种结果

在实际工作中,有两种不同形式的决策:一种是领导干部"拍脑袋"式的决策;一种是经过群众认真讨论、广泛征求意见后形成的决策。1998年12月2日,笔者在江苏省金湖县唐港乡五星村,耳闻目睹了两种决策给这个村经济发展带来的不同结果。

上午,笔者来到五星村,恰巧遇上这个村召开村民代表议事会,主要议题是在龙涂公路北面的4个村民小组庄台前建一条下水渠。40多名村民代表在村民代表议事室内正七嘴八舌地商讨着村里的这一"大事"。有代表认为,现在村里经济条件好了,村民也富裕了,该是改善村容村貌的时候了,这条下水渠该修;也有少数代表认为,尽管现在村里和农户的经济条件都好转了,但还是应该集中财力搞经济建设,下水渠暂不该修。最后形成一致意见:在尽可能节约的基础上,修一条长2200米的下水渠。这一民主讨论基础上形成的决策得到了广大村民的普遍支持和拥护。

然而就是这个村,在1992年由村支部、村委会一班人按照上级"旨意"兴办了一个地板砖厂,结果办了不到一年就倒闭了,损失3万多元。这一决策完全是由几位"村官"商定的,尽管他们的设想是好的,是为了壮大村组集体经济,然而倒闭的结果却令村民们大为不满,几位"村官"也暗暗自责。

从那时候起,五星村逐步建立健全了村民代表议事会制度,除村里的政务、财务全部向群众公开外,村里还定期或不定期地组织村民代表对村里的大小决策进行商议。这个村今天之所以能成为水产品营销专业村，就是由村民们集思广益形成共识，齐心协力推动的结果。现在五星村从事水产品营销的农户已由1992年以前的五六户，猛增到158户，年营销水产品总量1200多吨，仅此一项，年纯收入120多万元。1997年，这个村人均纯收入3189元，其中水产品营销纯收入人均达1530元，占农民收入的近一半。1998年水产品营销收入达135万元，人均纯收入达1730元，比上年人均纯收入净增200元。每当村民们谈起这些喜人的成绩，都会由衷地感到决策的民主化所发挥的巨大作用。

（刊于1999年第二期《乡镇论坛》杂志）

例文5：

有感于"教授到中南海开讲座"

据报道：八月二十日，北京大学甘子钊、赵光达两位教授受国务院办公厅的邀请，到中南海向部分国务院机关干部介绍世界物理界关注的超对称、弦论等最新课题。李岚清副总理也从百忙中抽出时间听取两位教授的讲座，并表示今后农业等重大课题，还要组织科技理论讲座，邀请有关专家讲课。读罢这篇报道，笔者不禁为中央领导同志这种带头讲学习的做法叫好。

俗话说得好："刀不磨要生锈，人不学习要落后"。当今时代是个瞬息万变的时代，新科技、新知识层出不穷，不学习就不能顺应时代发展的要求。领导干部更是如此。作为一方领导，不了解新的科技、新的知识，怎么向群众宣传？怎么指挥生产？而现实生活中确实存在这样的干部，他们或借口应酬多，整天沉醉在酒桌旁、交际场中；或借口公务繁忙，抽不出时间来学习。可每当他们谈到新科技、新知识时又总会丑态百出，有的甚至连读一篇讲话稿还要蹦出几个错误来，这样的领导干部怎么能算得上是称职的呢？希望我们的干部，特别是领导干部，能从中央领导同志带头学习的做法中得到启示，真正按照江泽民总书记提出的"讲学习"的要求，抓紧一切可以利用的时间，认真学习科技、文化等知识，推动全党良好学风的形成。

（刊于《淮安日报》头版）

例文6：

欣闻"零"接待

据媒体报道，一个有上千万资金积累的行政村，年接待费支出几乎是"零"。这听起来好像难以置信，然而，地处福建省厦门市海昌投资区的海昌镇

16个行政村,村村都做到了"零"接待。笔者不禁为之拍手叫好!

接待费过高,一直是一些地方村级经济难以发展、干群关系紧张的重要原因。其实,海昌镇这些行政村也曾有过大手大脚接待的经历。1997年,该镇有个村吃喝玩乐的接待费高达40万元,农民群众很不满意。2000年,该镇党委、政府下决心为村级财务割去接待费过高这块容易恶变的"瘤子",将村级财务全部纳入镇财务管理中心管理,并明文规定:镇干部下村一律不接受公款宴请,对上级有关部门下村工作确实需要公务接待的,由镇里根据标准安排,分管领导一人陪,票据镇长一支笔审批。由此实现了村级公务"零"接待,在当地产生了"群众满意、干部轻松"的良好效果。

笔者认为,村级接待费过高,问题出在基层,根子却在上面,只要上级党政主管部门能像海昌镇一样,村级"零"接待的目标就一定能实现。

(刊载于2002年8月6日《检察日报》头版)

例文7:

为新官打"预防针"好

前不久,淮安市纪委组织全市经公开选拔产生的25名副处级领导干部及其配偶进行了一次深刻的警示教育,组织他们参观看守所;集中学习由市纪委、市委组织部、市委宣传部等五个单位联合向全市县处级领导干部及其家属发出的题为"牢记宗旨,当好内助"的公开信和党政纪条规;市纪委还向每位新任副处级领导干部赠送《中国共产党纪律处分条例》《案例剖析》等书籍。这种为新任干部打"预防针"的做法值得推广。

警示教育已经成为各级纪检监察机关教育广大干部的一种有效手段。一位领导干部在接受警示教育后感慨地说,"警示教育震撼心肺,触动灵魂,受益终身"。尤其在各级领导干部刚刚走上领导岗位时,组织上对其及其配偶开展一次警示教育,意义更加深远。

首先,它有利于增强领导干部自身的"免疫"功能。上任之初,领导干部就被打了一剂拒腐防变的"预防针",这将对其今后的工作、生活、学习产生积极的影响。前车之覆,后车之鉴。当领导干部在工作、生活中遇到诸如金钱、美色等诱惑时,就会自然想起警示教育中那些现身说法者,产生警钟长鸣的效果。

其次,它有利于在家庭筑牢拒腐防线。许多沉痛的教训告诉人们,一些领导干部走上违法犯罪道路,与"后院失火"关系很大。领导干部及其配偶共同接受警示教育后,也如同帮助其配偶接种了一次防腐败的"牛痘"。这样,当领导干部在家时,配偶就能常吹"廉洁"的"枕边风"。

(刊于2002年第9期《纪与法》)

例文8:

管理者与被管理者要"良性互动"

在创建卫生文明城市过程中,各地都会遇到各种各样难以解开的"结"。城市管理便是其中的一个。

创建卫生文明城市离不开城市管理,一个缺乏管理的城市将是杂乱无章的,也谈不上文明。而城市管理的管理者与被管理者之间始终会有一个难以解开的"结":一方面,广大市民要求城市管理者为他们提供一个舒适、宜人的人居环境,因此,他们要求城市管理者加大城市管理力度,坚决向不卫生、不文明、不规范的行为宣战;而另一方面,当被管理者的行为与城市管理要求相违背时,他们总是想方设法为自己开脱,他们当中往往还有社会弱势群体,很能博得相当一部分人的同情。于是,管理者与被管理者的矛盾在管理过程中一触即发。以金湖县城市管理局为例,该局去年7月份成立以来,已查处各类违章案件7108起,查处影响市容市貌行为7万多起,清除乱贴乱画600多起,使该县城市面貌有了明显改观。然而,这一切并没有给城市管理者带来崇高的荣誉,还遭到一些人的非议和指责。

笔者认为,管理者与被管理者之间要形成良性互动。

作为管理者——城市管理局要向社会公众广泛而深入地宣传城市管理范围、职责和要求,以赢得社会公众的理解和支持,同时,要加强执法人员的教育和培训,使他们在执法过程中既做到公正、文明,又要有情执法,富有爱心和耐心,坚决克服执法粗暴和野蛮执法,通过人性化的管理,使城市公众养成卫生文明的良好习惯;而被管理者——广大市民也应该增强自身素质,自觉遵守城市管理的法律法规。只有这样,城市管理才能真正适应卫生文明城市创建的要求,管理者与被管理者之间的"结"才能解开。

(刊于2003年10月16日《淮安日报》)

例文9:

赞"有福民享,有难官当"

据报道,9月15日在浙江东阳举行的"中国农民全面小康建设研讨会"上,全国著名劳模、华西村老书记吴仁宝作了半个小时的精彩演讲。吴仁宝说,实现农村的全面小康,全国90多万个村官首先要做到立党为公,执政为民。吴仁宝认为,要真正做到这一点,必须做到"有福民享,有难官当"。笔者闻之,不禁拍手叫好!

一些地方为什么会人心涣散，干部没有权威？最大的问题就是"有福官享，有难民当"。少数干部贪图个人享受，工作不思进取，这样的干部怎么能够团结带领一方百姓致富奔小康？

像吴仁宝这样的村官，一心一意为民办事，为民造福，全心全意为人民服务，赢得了村民的爱戴，也证明了只有"有福民享，有难官当"，才能真正凝聚起民心，干部的权威才能真正树立起来，促进经济发展，让老百姓得到真正的实惠。

（刊于2003年10月15日《江苏农业科技报》1版）

例文10：

这样的"穷亲"结得好

随着新春佳节的临近，淮安市金湖县183名"党员爸爸"和72名"党员妈妈"纷纷来到自己结对的残疾儿童和孤儿家中开展走访、慰问活动，为这个寒冷的冬天带来阵阵暖流。

去年，金湖县先后举行"党员妈妈"与孤儿、"党员爸爸"与残疾儿童以及领导干部与贫困高考学生爱心结对活动，全县党政机关、企事业单位党员干部纷纷与孤儿和残疾儿童结成帮扶对子，科级以上领导干部纷纷与贫困家庭的高考学子进行结对，全县掀起了一股结"穷亲"的热潮，其中，全县18周岁以下的孤儿都有了自己的"党员妈妈"，183名残疾儿童也找到了自己的"党员爸爸"。

自从爱心结对后，"党员爸爸""党员妈妈"们除定期或不定期上门走访、慰问，送上物质和经济方面的帮助外，还关心这些贫困家庭孩子的健康成长，帮他们树立正确的人生观、世界观。更难能可贵的是，不少"党员爸爸""党员妈妈"还为这些贫困家庭出主意、想办法，帮助他们尽快走出贫困。

真情换真心，当地百姓纷纷夸赞这样的"穷亲"结得好！有百姓写诗赞道："党心连民心，干部结穷亲，发展增干劲，和谐又安宁。"

（发表于2011年1月25日江苏新闻广播早新闻"今日关注"栏目，并获淮安市2011年度优秀广播电视节目（作品）三等奖）

例文11：

与人才结善缘

实现中华民族伟大复兴的中国梦，需要大批人才作支撑。科教兴国需要人才，产业报国需要人才，建设强大国防需要人才，繁荣文化需要人才……可以说，人才是圆梦的基础和保障。当然，培养和使用人才是两个不同性质的概念。人才需要培养，更要合理有效使用。与人才结善缘是用好人才的基础。

《礼记·表记》中说："君子不以口誉人，问人之寒则衣之，问人之饥则食之，称人之善则爵之。"当领导的要真正关心人才，就要从人才的所需所盼着想，关心人才的冷暖，做到知人善任，与人才广结善缘。

与人才结善缘，要增强岗位用人的开放意识。除特殊岗位的专业型人才外，大部分人才是需要合理有序流动的，俗话说，"树挪死，人挪活"。人才合理有序流动，既是对人才能力的培养和锻炼，也为在不同岗位发现和使用人才提供了条件。也许某个人才在这个岗位上作用不大，但换了个新岗位该人才便崭露头角。"好钢用在刀刃上"所表达的就是这个意思。

与人才结善缘，要摒弃求全责备的错误思维。往往有的人才在这方面是行家里手，但在另一方面却显得能力不足，我们使用人才时应用其所长，避其所短，包容人才的短项，让人才充分施展自己的长项。"不期修古，不法常可"。人才的能力会越来越强，作用会越来越大。

与人才结善缘，还要形成服务人才的全新观念。纵观一些单位留不住人才，除了有人才本身的原因外，绝大多数与用人单位服务人才的意识不强有关。让人才长期闲置、人才待遇过低、对人才漠不关心等等，是造成人才流失的主要原因。因此，我们提出事业留人、待遇留人、感情留人，这些都是做好服务人才工作的努力方向。当然，要真正做到事业留人、待遇留人、感情留人并非易事，需要领导者站在人才的角度思考问题，所谓"上好是物，下必甚之"，说的就是这个道理。

但愿各类人才充分涌流，人尽其才成为现实。其时，实现中国梦将指日可待。

第二节　系列评论　形成舆论聚焦

围绕一个话题，展开系列评论，这样不仅能增强评论的厚度，还能形成舆论聚焦效应。以下一组是笔者在金湖县首届荷花艺术节前夕为金湖人民广播电台撰写的一组系列评论。

对外开放好途径

听众朋友：

7月28号到8月20号，我县将举办首届荷花艺术节。为了让广大听众进一步了解举办荷花艺术节的目的、意义，进而动员全县干群热情当好东道主，办好荷花艺术节。从今天起，本台在《新闻节目》中播出系列评论:《当好东道主,办好荷花节》,今天播出第一篇:对外开放好途径。

加快金湖两个文明建设步伐,力争早日赶超全省平均水平。这是37万金湖人民的共同愿望。县内外的成功经验告诉我们,要实现这一愿望,不但需要全县人民的共同努力,而且需要扩大对外开放,积极争取外援。

市场经济是一种开放型经济。通过扩大对外开放,使地区间、行业间的各种合作成为可能,进而达到推动本地两个文明建设的目的。

我县举办荷花艺术节,就是扩大对外开放的好途径。以荷为媒,让世界了解金湖;以荷为媒,让金湖走向世界。我们相信,通过举办荷花艺术节,一定能提高金湖的知名度,展示水乡新风采,也一定能凝聚多方面力量,有力推动我县两个文明建设。

（金湖人民广播电台2001年7月20日至21日《金湖新闻》播出）

文化建设新举措

系列评论:《当好东道主,办好荷花节》,今天播出第二篇:文化建设新举措。

我县在首届荷花艺术节期间,将举办《荷乡放歌》大型文艺晚会、江苏荷花诗歌节、江苏省荷韵书画摄影美术展、咏荷笔会、荷花灯会、《小荷风采》青少年器乐演奏晚会、金湖娃艺术团专场演出等系列文化活动。真可谓好戏连台,整个艺术节将充满浓郁的文化氛围。

江泽民总书记在"七一"重要讲话中强调指出:"当代中国,发展先进文化,就是发展有中国特色的社会主义文化,就是建设社会主义精神文明。"我县首届荷花艺术节的一个务实之事就是要倡导先进文化,积极推动先进文化在我县传播,促进全县精神文明建设。这也是贯彻落实"三个代表"重要思想,策应江苏文化大省建设的新举措。

（金湖人民广播电台2001年7月21日至22日《金湖新闻》播出）

节展经济成亮点

系列评论:《当好东道主,办好荷花节》,今天播出第三篇:节展经济成亮点。

近年来,节展经济、会展经济作为一种新的经济亮点而受到各地的欢迎。其中一个重要原因就是通过办节展、办会展,推动了地方经济的发展。我县举办首届荷花艺术节,以荷为媒,文化搭台,经贸唱戏,就是要努力创造这一亮点。

荷花艺术节期间,我县将举办经贸洽谈、招商签约活动,还要举办多种形式的产品展销、项目认证以及订货会等。通过办节，努力谈成一批项目，开工一批项目，竣工一批项目，还要邀请百名记者开展访水乡、走名企、看名品活动，最大程度地提高金湖知名度，推介金湖特色，介绍金湖的企业和产品。这些都是节展经济的重要内容。我们相信，通过首届荷花艺术节这一新的亮点经济，一定能促进我县经济的大发展。

（金湖人民广播电台2001年7月22日至23日《金湖新闻》播出）

第五章
人物专访

人物专访，围绕中心话题，向特定人群进行采访，专访要体现被采访人的身份和特点。

第一节　因事件访人物

围绕新闻事件，采访特定当事人，为受众释疑解惑，这是人物专访的常用方法之一。

例文1：

在创新中解放思想　实现又好又快发展

——访金湖县涂沟镇党委书记吴佩坤

生态归滩涂，发展逾鸿沟。地处金湖东大门的涂沟镇，是一个从滩涂湿地上崛起的乡镇。近年来，该镇按照金湖县委、县政府提出的"加快融入苏中板块，率先实现全面小康"的总体目标，全力主攻工业，重点突破招商，创新发展农业，各项工作取得跨越式发展，该镇与先进地区的发展鸿沟逐步消失。今年上半年，该镇已完成工业开票收入1.61亿元，占任务84.8%，同比增长135%；完成工业入库税收480万元，占任务的66.1%，同比增长49.1%；完成招商引资到位资金7670万元，占任务的76.7%；完成财政收入740.1万元，占目标的50%，同比增长38.3%；农业生产稳中有增，全镇4万亩优质小麦单产达426公斤，总产达16823吨；3500亩优质油菜单产达173公斤，总产达613吨。顺利实现时间、任务双过半的目标。

面对业已形成的良好发展态势，涂沟镇党委书记吴佩坤感言，这主要是新一轮思想解放带来的喜人变化。

今年以来，涂沟镇坚持以思想大解放推动经济社会大发展，紧紧抓住创新

脚印

74

这个关键，通过突出目标、思路、举措、机制等方面的创新，为发展注入新的活力。这里仅以该镇工业集中区为例，今年，该镇将工业集中区定位在跨入全市乡镇工业集中区30强的目标上，坚持高起点规划，加快基础设施建设；出台更加优惠的政策，鼓励和吸引镇内外有志者到集中区创业；坚持更优质的帮办服务，招引一批好项目大项目到集中区落户。上半年已完成基础设施投入206万元，架设了一条长1000米的工业用电高压线路；建设一座工业专用码头；拓宽了集中区主干道惠民路；铺设自来水和下水道，对集中区进行绿化美化。目前在建标准化厂房约2.2万平方米。上半年实现进区固定资产5000万元以上项目1个，3000千万元以上项目1个，100万元以上项目5个。已完成固定资产投资7020万元，占任务的93.6%。

吴佩坤认为，所谓"创新"，就是"抛开旧的，创造新的"。当前，就是要破除妨碍科学发展的旧思想、旧观念、旧的发展思路发展模式、旧的价值体系，确立合乎科学发展要求的新思想、新观念、新的发展思路发展模式、新的价值体系。

为此，今年后几个月，涂沟镇将以科学发展观为主题，以工业化为主线，突出盘大工业，提升农业，鼓励创业，壮大财力，发展社会事业，推进新农村建设，努力实现镇域经济又好又快发展。

注重优化投资环境，着力提升工业化水平。该镇将坚持资源最优化、效益最大化的发展理念，引进大项目，发展大企业，建设大产业，构建大龙头。坚持把招商引资作为镇域经济跨越发展的生命线。举全镇之力，集全民之智，招大商，引外商。坚持量质并举，全力打好招商引资攻坚战。年内确保引进一个亿元企业开工建设。明确招商重点。坚持一二三产业齐抓，大中小项目齐抓，内资、外资、民资齐抓，突出引进大项目、高科技项目、外资项目。继续实施领导干部带头招商、带队招商，组织小分队招商、驻点招商、以商引商，开展代理招商、网络招商。强化招商考核。继续坚持每月一汇报，每季一通报，年终一兑现制度，对照年度目标，严格奖惩到位。继续加大对智胜、杰辉等规模骨干企业的培育力度，加快对鼎丰机械、高邮锻造的建设速度，形成以锻造、铸锻、钢结构为骨干的机械产业链条，带动全镇工业经济的高速、健康、优质发展。组织和引导重点企业和有一定筹资能力的企业，把投入与企业现有优势，新产品开发和装备更新换代结合起来，选准投向，加大投入力度，大力实施技术改造。在全力抓好现有项目建设的同时，充分利用各企业的优势，内引外联，上下结合，广泛寻找新项目，为加快发展奠定基础。把抢占市场放到工业经济的突出位置，加大力度，强化攻势，扩大产品销售，引导企业更新观念，加强对市场的调研和预测，在目前国际市场疲软的情况下，争夺更多的市场份额。

注重拓展发展空间，着力打造一流工业集中区。该镇将以金宝南线开工建设为契机，进一步提高集中区发展水平，强化招商引资工作，把招商引资作为扩大集中区建设的有效途径，作为提升镇域经济发展后劲的重要举措来抓。加大集中区签约和在建项目推进力度，提升集中区工业总量。继续标准化厂房建设，筑巢引凤。狠抓基础设施建设，围绕现有的路网框架进一步加大投入，年底前区内全面实现通水、通电、通有线电视以及绿化等工程。

发挥滩涂水面优势，着力发展水产特色养殖。该镇将通过政府引导、政策激励、资金扶持等有效手段，扎实推进高效农业规模化，力求规模做大、特色做新、范围做广。该镇将以五星恒升养殖公司500亩高效虾蟹养殖为基础，再发展500亩，使该公司养殖规模扩大到1000亩；突出一村一品发展，重点发展新淮村龙虾养殖业。

（刊于2008年7月28日《淮安日报》）

例文2：

录音访谈：

促进教育均衡发展　营造健康人文环境
——访县教育局局长涂福成

【全国未成年人思想道德建设工作测评体系作为文明创建的一项重要内容，已融入江苏省文明城市考核测评体系之中。未成年人思想道德建设工作离不开学校教育，如何推进义务教育均衡发展，为未成年人营造健康向上的人文环境？带着这一问题，昨天，记者采访了县教育局局长涂福成。】

记者：请问涂局长，我县在推进义务教育均衡发展方面做了哪些工作？

涂福成：我县在推进义务教育均衡发展方面主要做了三方面的工作：一是实施学校布局调整。按照"高中集中到县，初中集中到片，小学集中到镇"的原则，至2008年底，全县共撤并了小学34所、初中17所、普通高中2所、职业高中3所。重组了品牌效应好、教学质量高的小学25所、初中9所、普通高中2所、中等专业学校1所，为全县教育事业持续、均衡发展奠定了坚实的基础。

二是加大投入。县委、县政府一直把加快推进义务教育均衡发展作为政府的实事工程和民心工程，坚持落实教育经费的"三增长一提高"，近三年，全县共投入教育的经费2.6个亿，除完成了金湖娃艺术小学、特殊教育学校易地新建，金湖中学体育馆、城中幼儿园改扩建等工程项目外，农村中小学还新建教学楼7.3万平方米，中小学运动场37块，维修改造校舍10.2万平方米，全县农村中小学办学条件明显改善。

三是加强内部装备。按照江苏省教育技术装备标准的Ⅱ类要求，更新教育设施装备。仅去年一年，就投入了3000多万，用于采购仪器设备和城域网建设。目前，全县各学校专用教室齐全，教育装备配置到位。计算机生机比达1∶0.13，师机比达1∶0.91，班级数与媒体教室配置比1∶0.66，学校图书藏书125.6万册。全县中小学省合格学校比率、现代教育技术覆盖率、校园网建设完成率均达100%。全县所有义务教育阶段学校的办学条件都达到或超过省定标准，城乡之间、校际之间的办学条件大体均衡。

记者：那么，推进教育均衡发展究竟有哪些现实意义呢？

涂福成：我县通过推进教育均衡发展，使义务教育公平度、满意度和适合率不断提高，城乡学校初步实现了校园环境一样美，教学设施一样全，公用经费一样多，教师素质一样好，管理水平一样高，学生个性一样得到张扬，人民群众一样满意的办学目标，促进了全县未成年人的全面发展，为他们创造了健康向上的人文环境。2009年，我县被评为"江苏省义务教育均衡发展先进县"，2010年，我县被评为"江苏省教育现代化先进县"。

记者：那么，下一步我县在推进义务教育均衡发展过程中，还将有哪些举措呢？

涂福成：下一步，我县首先将继续组建教育联盟、教育集团，完善城乡支教帮扶制度。我们将在去年组建5个教育发展联盟的基础上，今年再以县实验小学、县育才小学和金湖娃艺术小学为个体单位，组建成立金湖县实验小学教育集团，促进主城区小学教育的共同发展、全面提升。

其次在提升农村学校师资水平上下功夫。通过"青蓝结对""一三五"培训、"中小学教师学历达标提升""三百工程""千校万师支援农村教育""教师全员培训"六大工程，全面提升教师队伍的学历层次和专业水平，并在全市率先推出教师"考学"活动。

第三个是建立人才激励机制。我们在保障教师工资逐年增长的基础上，在全市率先解决了农村教师的住房公积金，解决农村教师住房难问题，县委、县政府积极筹划，为农村教师在县城新建住房420套。在全市率先建立政府特殊津贴奖励制度，对优秀教师给予奖励。通过一系列措施，全面推进义务教育均衡发展。

（金湖人民广播电台2011年8月26日"教育时空"节目播出）

例文3：

擦亮交通"窗口" 展示文明形象
——访县交通运输局局长何如进

【我县创建省文明城市已进入攻坚阶段，作为交通运输部门，在创建省文明城市工作中，如何充分发挥出租车、公交车文明示范作用，树立良好的交通"窗

口"形象,为我县创建工作再创佳绩、再作贡献。为此,本台记者日前专访了县交通运输局局长何如进。】

【记者:请问何局长,我县目前城市出租车、公交车总体发展情况怎样?】

【字幕同期声　县交通运输局局长何如进】近年来,我局不断加大客运设施硬件投入和客运服务管理力度,投资1800多万元更新147辆北京现代伊兰特出租车,投资520多万元更新城市公交车26辆,投资920多万元新建改建公交站台、站亭260个,城市客运设施硬件不断提升、市场秩序不断优化、服务质量不断提高,打造了具有荷乡特色的客运服务品质。

【记者:城市出租车、公交车被称为是城市一张张流动的名片,其服务质量的好坏代表一个城市的文明程度、代表一个地方的形象。作为交通运输部门,你们将如何进一步发挥他们在创建省文明城市中的作用?】

【字幕同期声　县交通运输局局长何如进】我县创建省级文明城市是志在必得,作为交通运输行业更要充分发挥示范带头作用,做到宣传引导在先、行动推进在先、规范管理在先,从每个从业人员抓起、从思想教育抓起、从源头管理抓起,具体抓好六项工作:一是加大教育和培训力度,提高从业人员文明素质。对客运从业人员开展经常性的教育培训,对考核达不到要求的,进行停业整顿,直至达标为止。二是加大行业创建力度,提升服务质量。在媒体上开辟出租车、公交车从业人员"文明榜""违章曝光台"等专栏,进一步发挥"96196"交通服务热线的作用,从严处理违章行为,发挥"GPS"卫星定位调度系统功能,通过科技手段加强违章和投诉处理力度,深化叫车和失物查找等服务。三是加大查处力度,增强稽查的威慑能力。联合公安交巡警部门对出租车、公交车经营行为进行专项整治,淘汰不文明经营、服务质量低劣、社会各界不满意的从业人员,不断提高服务质量。五是加大"星级文明"创建力度,全力打造星级服务品牌。在出租车、公交车等客运行业中,开展"语言文明之星、仪容文明之星、车容文明之星、行车文明之星、服务文明之星"评选活动,对获得"星级"从业人员给予相应的物资和精神奖励,努力实现客运行业服务管理规范化、服务过程程序化、服务质量标准化。六是加大考核力度,建立长效管理机制。建立健全《金湖县城市公共客运行业管理办法》《金湖县出租车、公交车从业人员服务标准和行为规范》等规章制度,对违反规定的人员一经查实,给予严肃处罚。通过一系列举措,推动省文明城市创建活动在交通运输系统深入开展。

(2011年8月11日金湖电视台播出)

脚印

第二节　通过人物谈话题

名人往往本身就具有新闻价值，通过对名人的采访，常常能发现意想不到的新闻。

例文1：

金湖荷文化在向世界传递声音

5月9日，第二届中国·金湖荷文化高层论坛暨世博会国际信息发展网馆"金湖日"活动在上海世博园隆重举行，中国加入世贸组织首席谈判代表、博鳌亚洲论坛秘书长龙永图认为，金湖荷文化高层论坛是在向世界传递"和平、和谐、和气"的声音。

龙永图说，金湖荷文化论坛将会为很多人在今后很长一段时间记住，因为它是在世博会的这个园区里面进行的，这是非常独特的。他把金湖荷文化总结为三个概念：和平，和谐，和气。他希望荷文化这三个"和"也成为我们中国向世博会作出的贡献。

龙永图认为，经过30多年的改革开放，中国取得了举世瞩目的经济发展成就，在这种情况下，中国更应向世界展示自己在科技、文化等方面的软实力。他说，一个国家发展到一定程度的时候，软实力的重要性就凸现出来了。我们中国经过30多年改革开放以后，很快会成为全球第二大经济大国，再过一二十年，中国可能成为全球最大的经济大国。但是最大的经济大国不一定是全球最受欢迎的、最受人喜爱的经济强国。在这样的情况下，我们中国提出来加强软实力的问题是非常重要的。所以，这次世博会我们给予了这么大的关注，也就是想通过世博会来向世界展示除了我们的经济实力，除了GDP以外，我们中国文化这样一种亲和力；我们中国老百姓那样一种吸引力；我们中国整个国家发展的那种影响力。希望通过世博会来展现中国鲜为人知的另外一个方面。

（刊于2010年5月11日《淮安日报》）

第六章
舆论监督需掌握"时、度、效"

有人说"若批评不自由,则赞美无意义"。舆论监督不能简单理解为"批评",而应从推动问题解决的角度来看待。因此,舆论监督需要掌握"时、效、度"。

第一节　舆论监督应合乎时宜

选择适当时机,对一些不规范的做法进行监督批评,能促进问题的解决。请看一篇笔者参加舆论监督好新闻竞赛的作品。

金湖渔民:感激之余有期盼

眼下正是渔民春投春放的关键时节,3月26日,笔者在金湖县涂沟镇高邮湖村采访时看到,渔民们有的在补织渔具,有的在向养殖塘口投放鱼苗、蟹苗……高邮湖上到处呈现一派繁忙的景象。渔民刘培信开心地说:"多亏了党和政府的关心和帮助,咱渔民的生活才会逐渐好起来。"

涂沟镇高邮湖村是金湖县境内最大的渔业村,全村633户,2430个人口,拥有养殖水面3万多亩,其中湖区围养面积2.6万亩,占全县湖区养殖面积的近一半。2003年、2004年、2005年,连续三年湖区养殖遭受了洪水、台风、上游污染等自然灾害,渔民损失惨重。一度靠养鱼发家的渔民纷纷变成了贫困户。渔民李成富曾经靠围网养殖收入上百万,可历经3次自然灾害后,一下子变成了贫困户,还欠下银行35万元的贷款。渔民们的不幸遭遇惊动了上级党委、政府领导。在各级政府的帮助引导下,渔民们积极转变生产方式,走"大改小、小改精、精改特"的养殖道路,搞轮养轮放,发展网箱养殖,养殖黄颡鱼等。有关部门还送资金、送技术到渔民船头,坚定了渔民发展渔业生产的信心和决心。渔民发展网箱养殖,有关部门还补贴每户3000元左右,这一新的生产方式产生了良好的经济效益。村党支部书记董业军带头发展网箱养殖,去年他家3000多平方米的网箱,养殖收入18万多元。在他的带动下,全村有40多户搞起网箱养殖,这些养殖户的纯收入都在万元以上。今年该村发展网箱养殖的渔民更多。谈起这些变化,渔民们都由衷地感谢党和政府。渔民刘培信动情地说:"不是党和政府的关心、帮助,咱们渔民可能要出去讨饭了。"

然而,渔民们在感激之余也有些期盼。一盼渔民负担能真正降下来。渔业生产才刚刚出现一丝转机,大部分渔民还在举债养殖,就在渔民千方百计筹措资金搞春投春放的时候,省宝高邵伯湖管委会却几乎天天派人向渔民索要每亩20元的管理费,渔民们呼吁有关部门能让他们缓缴,以渡过眼前的难关;二盼各级政府在加大惠农政策扶持力度的同时,别忘了渔民。因为渔民还处于弱势群体,还需要输氧。现在,农民种粮有补贴,而渔民养鱼却没有补贴。他们希望也能像农民一样,养鱼也有补贴。这样,他们战胜困难的信心就会更足。

(刊于2007年4月9日《淮安日报》B3版,并获征文二等奖)

第二节　舆论监督应讲究实效

舆论监督切不可无病呻吟,更不能无中生有,要做到有的放矢,有助于问题的解决。

例文:

"米邦塔"害惨金湖农民

本报讯　"种植'米邦塔',致富又发家"。当初对这则广告深信不疑的金湖县农民如今是一肚子怨气,他们种出的"米邦塔"食用仙人掌因为没有市场而损失惨重。

该县银集镇刘坝村7组农民华继明,2000年听信广告宣传,抱着一颗想发家致富的心,从南京锦绣大地生物有限公司以每片20元的价格,购买100片"米邦塔"食用仙人掌种片。回来后,在自家责任田里栽种,又投资1500元搭建了占地0.4亩的塑料大棚,仙人掌很快就长起来了,但到了市场上去卖,几乎无人问津。2001年只卖了几十元,抱着能有转机的愿望,华继明一直没有改种。5年下来,只卖得100多元钱,到今年5月份,华继明种植的"米邦塔"致富的希望彻底破灭。一气之下，华继明将所有"米邦塔"食用仙人掌全部砍掉，栽上了秧苗。几年下来，华继明累计损失1.5万元。

该县金北镇陈渡村新建组农民李成才，于2002年3月份与北京某"米邦塔"总部联系，并从江苏分公司以每片20元的价格购买了50片"米邦塔"种片。还来后，李成才搭建了0.2亩的塑料大棚，还按种植要求，在大棚内铺垫了砂子。2002年夏天开始销售，只卖得100元，价格每斤2元到4元不等；2003年只卖出几十片，每斤价格降到1元左右，而购买者大多是为了尝个新鲜，没有一个回头客。一气之下，李成才于2004年将所种植的"米邦塔"全部砍掉。

类似情况在当地还有不少，他们的巨额投资并没有带来致富的好运，相反都血本无归。一些本来承诺回收种苗的公司，等到农民的种苗长成后，却杳无音讯，甚至查无地址。据当地农业部门调查，这主要与少数供种单位夸大其词的宣传和农民盲目引种有关。因此，农业部门提醒广大农民在引进新的种植品种时一定要慎重，最好能经过相关技术推广部门参谋一下，并进行必要的市场调查；供种单位应切实维护农民的利益，切不可误导和欺骗农民，使广大农民的利益受损。

（刊于2005年8月9日《淮安日报》《淮海晚报》《江苏农业科技报》等）

第三节　批评式监督更有利于改进工作

开展批评与自我批评是我们党的优良作风，批评式舆论监督只要有利于改进工作，我们就应该提倡。例文如下：

"少儿不宜"原是赚钱的诱饵

编辑同志：

最近我们对几家城乡录像放映点作了一番调查、走访，发现"少儿不宜"片甚为流行，而观众中却不乏少年儿童。

某录像厅正在放映《新婚之夜》（内部资料片），外面的广告牌上醒目写道："未成年人谢绝入场"。但在检票口却有一位初中男孩大摇大摆往里走，再向里一看，早有几位"小朋友"成了座上宾；走近另一家录像厅，正在上映香港三级片《香港艾曼姐》，其中镜头"开放"程度使许多未成年人看完后好长时间面颊绯红……对此，我们大惑不解，一打听才知其中的"奥妙"，原来是在利用少儿的好奇和逆反心理，提高上座率。

对这种以"少儿不宜"为诱饵，只顾赚钱，而让少年儿童过早接受性爱"教育"的做法，已经引起家长和社会的普遍担心。希望有关部门和单位能够出来管一管，共同把好有关"少儿不宜"影片、录像片的入场关。

金湖县读者　陈祥龙

（此来信刊登于2013年《新华日报》《淮阴日报》上）

该来信刊登后，立即引起金湖县委、县政府的高度重视，迅速开展"扫黄打非"专项斗争，取缔关停了一批非法歌舞厅、录像放映厅，广大学生家长拍手称快。

第七章

联办节目：展示金湖风采

在广播电台工作期间，为积极拓展外宣渠道，我们与淮安人民广播电台合作，定期播出反映荷乡新貌的新闻作品，起到了优化外部环境、提振内部信心等方面的作用。以下是2011年1月10日在淮安人民广播电台制作并播出的一档节目。

节目	编辑	初审	核发	节目长度	播出时间
荷乡金湖		陈祥龙		10′	1月10日

听众朋友：

下面为您展播淮安人民广播电台制作并播出的《荷乡金湖》节目。

（出录音）

题头：

各位听众大家好，我是主持人高原。欢迎您收听由金湖县和本台联合打造的《荷乡金湖》专栏节目。下面请听详细内容。

通讯员浦荣曹　报道：

近日，金湖县委书记陶光辉应邀做客市广播电视台《今日观察》栏目，就"十一五"金湖经济社会发展的成就，"十二五"发展规划的思路、目标和发展重点，推进金石集团、84等企业上市，推动支柱产业集群化发展等接受记者的专访。

专访时，陶光辉说，"十一五"期间，金湖成就辉煌，构筑大交通取得了实质性进度、经济实力显著增强、老百姓生活更加美好，城乡面貌发生较大变化，社会更加和谐安定。

陶光辉指出，"在科学发展中实现金湖全面小康"是金湖"十二五"规划的总纲，金湖"十二五"期间奋斗目标是"总量两百亿、财政翻两番、建成生态县、

脚
印

脚
印

全面达小康"，金湖将以"做大做强工业，创优创美环境"为总抓手，在更高起点上推进"工业强县、科教兴县、富民安县、环境立县"。主要思路是主攻大项目，构筑大交通，建设大城市，创建生态县，抓好民生工程，让金湖的城市更加美丽，人民的生活更加美好。

陶光辉说，发展是永恒的主题。工业经济是被各地实践证明的、能够拉动县域经济快速发展的重中之重，而创建生态县是保持经济社会可持续发展的有效载体、具体抓手，工业发展与创建国家生态县之间不矛盾，金湖提出不上化工项目，重点抓好机械、仪表等主导产业，对环境没有影响。生态好了，更能引进大项目、好项目。两者之间可以形成良性循环。

陶光辉认为，对规模大的企业，要积极扶持上市，使他们做大做强，要重视产业集群化，壮大核心企业和核心产品。

通讯员浦荣曹报道：

日前，金湖县政府组织召开全体（扩大）会议。贯彻落实党的十七届五中全会和省委、市委全会以及县委工作会议精神，确保全面完成经济社会建设各项目标任务。县长肖进方主持会议并做了题为《加强自身建设，增强执行能力，全面开创政府工作新局面》的重要讲话。

今年是"十二五"的开局之年，为了实现开局红，金湖县把提高政府执行力是发展之基、成事之道。按照金湖县委在《关于制定金湖县国民经济和社会发展第十二个五年规划的建议（草案）》中提出："建设长三角北部制造业基地、荷乡园林特色城市、沪宁都市圈旅游休闲后花园、受人尊敬和令人向往的富庶地"这四大战略定位科学高效地执行到底。咬定发展目标不动摇，力实现"一个提升""两个高于""三个前移"的目标：一个提升就是要坚持又好又快发展，注重速度、质量、效益相统一，进一步提升科学发展水平；两个高于就是主要经济指标增幅高于全市平均水平，高于全省平均水平；三个前移就是主要经济指标在省市位次前移，小康综合得分在省市位次前移，综合排名在省市位次前移。三是要紧扣发展重点不动摇。"十二五"期间，金湖将突出三个重点：以做大做强工业为重点，着力扶持发展三大主导产业、改造振兴三大传统产业、培育壮大两大新兴产业，到2015年底，机械制造业产值达300亿元，仪表线缆、粮油加工、纺织服装业产值均达100亿元，新材料、日用化工、新能源、电子信息业产值均达50亿元；以转变经济发展方式为重点，加速构建开放性大交通，大力发展开放型经济，加快推进科技创新，着力引进高层次人才；以发展民生事业为重点，坚持打造荷乡园林特色城市和建设新农村"两手齐抓"，率先达小康，建成国家卫生县城、国家生态县、国家文明县城，深入开展"平安金湖、法治金湖"建设，努力把金湖建设得更加美好。

增强执行力关键看推进重点工作力度和效果,做到在项目建设上要有新突破,在促进农民增收上要有新起色,在为民办实事上要有新成效,在维护安全稳定上要有新举措。着力解决服务企业意识不高的问题,使客商满意率达101%。着力解决执法时大局观念不强的问题。要切实加强对执法人员的思想教育,增强服务观念,对重要权力岗位的人员进行轮岗、交流,真正使各级机关干部依法、规范、文明行政,切实为地方经济发展的大局服务。

通讯员涂金龙、陈祥龙报道:

截至目前,金湖县财政部门已将2010年水稻理赔资金全部兑现到位,与以往不同的是,这次发放理赔金的方式全部是采用一折通的形式直接发放到农户手中的,发放时间前后只有3天。

为保护投保农户的合法权益,确保理赔资金安全、快捷地发放到投保农户手中,避免出现套取、截留、挪用和抵扣理赔资金,从2010年起,金湖县财政局将农业保险兑付全部纳入一折通管理,把农业保险的效能发挥到最大程度。

实行农业保险理赔资金一折通发放后,每年只需对少数农户资料进行更新和完善,减少了不同补贴项目的重复劳动,节约了成本,加快了速度。把党和政府的惠农政策真正送到农民的心坎上,受到群众的欢迎。目前,金湖县纳入理赔范围的农业保险包括水稻、小麦、农机和能繁母猪,覆盖全县11个镇。2010年水稻理赔资金482万元,涉及农户6600多户;小麦等其他险种也全部在2011年实行一折通兑付。

通讯员正亚、建伟报道:

春节临近,社会面人财物流动加剧,盗窃等侵财性案件呈上升趋势,为营造辖区良好的治安氛围,金湖县公安局从提高群众主动防范意识入手,预警在前,全力开展年终岁末治安防范工作。

金湖警方充分利用网上社区警务室平台,每周加强社区警讯、治安通报的更新维护,及时向群众发布安全防范小常识。同时,适时在网站上发布预警信息,不断提高居民对多发性、可防性侵财案件的防范力度,让居民第一时间了解到辖区的治安状况,及时防范,将人身财产损失降到最低限度。

根据盗窃、电信诈骗易发生在大型超市、餐饮娱乐场所、金融部门的特点,派出所督促相关部门在场所的醒目位置张贴温馨提示,时时警醒群众保管好自身财物、汇款时谨慎受骗;对在治安防范中存在薄弱环节和安全隐患的场所,下达整改通知书,督促整改。对居民生活区,则利用悬挂横幅、张贴预警提示、发放宣传册等方式进行宣传,提高居民防范意识和能力。

好,各位听众,本期的荷乡金湖节目到这里就结束了,节目监制浦荣曹、编

辑陈祥龙,播音高原,感谢您的收听,再见!(录音止)

好!听众朋友,由淮安人民广播电台制作并播出的《荷乡金湖》节目就为您展播到这里,下周一同一时间再会。

笔者在担任金湖人民广播电台编辑期间,曾撰写过一篇论文,题目是《谈新闻节目的编排美》,全文如下:

有这样一句名言:"生活中并不缺少美,缺少的是发现美的眼睛。"作为新闻编辑,每天需要从大量的记者、通讯员的来稿中选择适合受众需求的稿件,并进行加工、修改,其实这个过程就是一个发现"美"的过程。

本人作为电台的一名新闻编辑,在实际工作中自觉"贴近生活",使所编排的新闻节目可听性不断增强,由本人参与编排的新闻节目已连续8年在省、市新闻节目抽查中被评为先进单位,并被省广电局确定为新闻免检单位。

一、从稿件的分析中发现"美"

新闻编辑被称为新闻的"把关人",每天接触大量的新闻稿件。怎样把这些稿件变成受众需要的节目、版面,这就需要对每篇稿件进行认真分析。

首先要把每篇稿件跟受众的需求联系起来,而不是"有文必录"。这条新闻从受众的层面看,是不是人家都可以接受,真正"美"的新闻是要同它可能产生的社会效果联系起来的。在这里有两个方面需要注意:第一,不该报的报了,会有反面效果;第二,该报的没有报,是记者编辑失职。1999年秋天,某乡镇通讯员给本台寄来这样一篇稿件:农民冯某养殖黑豚致富。当时正值秋播,农民都在寻找新的致富项目,进行产业结构调整,作为农民信赖的电台,也在这方面积极努力,力求能够给农民以最大的帮助。然而,冯某养殖黑豚致富的新闻本人在分析后认为,冯某发财致富主要是发得种财,通过电话了解相关部门得出的结论是:黑豚市场并不乐观。因此,本人没有将此稿安排播出,而是以此为背景,安排记者采写了一篇深度报道:《农民引种要慎重》,播出后受到农民的欢迎。所以,我们在分析稿件的时候,一定要把稿件和它所产生的社会效果联系起来,不能孤立地说这个稿件好还是不好,如果说你仅仅是就稿件而稿件,就节目而节目,就素材而素材,就事实而事实,有时候你看不清这个事实的本身,所以一定要把这个稿件跟它的前后左右联系起来,并且一定要注意跟它所发表的场所和发表的时机联系起来。中国有句话,叫言当其实。什么叫言当其实?就是说话要说到点子上,说到关节上,说得恰到好处,说早了不行,说晚了也不行,说早了受众意识不到它的意义、价值,说晚了成了马后炮。只有这样方方面面都考虑到了,才能在最短的时间内对一个稿件上还是不上,对这个素材用还是不用,对这条新闻报还是不报,才能把握得住。

其次要把每篇稿件与社会发展的要求联系起来,做到与时俱进。现实生

第七章 联办节目:展示金湖风采

87

活中，每天都要发生大量的事实，然而这些事实并非都能成为新闻。去年春节期间，一位记者到某乡镇采访，听说一位叫马某的外出打工人员在外辛辛苦苦干了一年，结果一分钱都没有带回家，回乡的路费还是好心人捐助的呢，记者写来初稿为《在家千日好，出门处处难》。主要反映是马某坎坷的打工历程。本人在认真分析稿件后认为，此稿与当前国家鼓励的大政方针不相符，因此没有安排播出。然而本人并没有就此罢手，而是将马某的情况反映到县劳动保障部门，县劳动保障部门对此十分重视，专门派人到马某家调查，并帮助马某到打工地追回了打工款，就此我们写成了《劳动部门千里追债，打工者登门致谢》等四篇稿件，起到了正确引导的作用。

二、从稿件的选择中体现"美"

在稿件分析的基础之上，编辑工作的下一步就是选稿，要在选稿中体现"美"，编辑必须做到心中有全局。

首先要在确保节目质量的原则基础上选择稿件，凡是能称得上"美"的稿件，好的稿件，只会令节目增色，而不是相反。会议报道一直是新闻编辑感到头疼的事，然而现实生活中有许多会议还必须要报。这时如果记者、通讯员能跳出会议写出服务会议的稿件来，对编辑来说无疑是一件快事。去年8月2日，记者参加了全县机插秧推广现场会，记者把自己的所见所闻写了一篇活泼上口的新闻特写，既有群众朴实幽默的语言，又有记者现场身临其境的描述，稿件被安排在头条播出后，起到了很好的宣传效果，这篇名为《众人齐夸机插秧》的稿件还先后被《淮安日报》《江苏农业科技报》《中国农机安全报》等许多媒体刊播。

其次要选择能够贯彻节目方针的稿件。服务经济、服务"三农"，是我们县级电台新闻的主旋律。因此，经济类新闻一直是我们电台新闻节目的重头戏，也是编辑选择稿件的重点。多年来，我们经济类宣传稿件占整个用稿量的70%以上。

第三，满足受众的需要始终是选择稿件的出发点和归宿。今年3月24日，金湖县发生持枪抢劫案，案件发生在下午，公安干警仅用9个小时就破获此案，并抓获犯罪嫌疑人，当天夜里10点，记者连夜出去采访，编辑连夜编排，第二天一早6点15分《早新闻》就及时播出，满足了受众的知情需求，起到了稳定人心、鼓舞斗志的作用，是所有媒体中报道最快的。

三、从修改稿件中升华"美"

对于我们广播新闻编辑来说，一篇新闻稿件无论是口播新闻还是文字稿，在处理、修改的时候，都必须做到内容正确、主题突出、叙述清楚、条理分明、语句通顺、行文生动、标点正确、字句无误。无论是什么样的新闻，无论是什么样的状态,首先内容要正确,也就是说要客观、真实。

再有就是主题要突出,经过修改要使它表达的意思更明白。让受众听明白、听清楚,这是对广播编辑最起码的要求。在此基础上运用校正、压缩、增补、改写、分篇、综合等方法,对稿件进行必要的修改,使其在符合事实的基础上升华。

总之,要通过编辑过程,把真善美的信息传递给受众,把假丑恶的东西揭露给受众,这样我们的编辑工作离现实生活才会越来越近。

(此文刊于2003年第五期《视听天地》等杂志)

浅议"新闻弱化"的原因及对策

新闻性节目一直是广播事业发展的先导,是广播最基本的、最重要的节目,是占首位的节目。然而,近年来,由于人为得到原因,使新闻性节目面临这样两种尴尬:一是真正的"新闻"少了,二是"新闻"的地位从"主角"变成了"配角"。业内人士称之为"新闻弱化"。

为什么会出现这两种情况呢?笔者认为主要有以下几方面的原因:

一是少数记者、通讯员不屑写"新闻",尤其是现场感强的"短新闻"。在他们看来"豆腐干""火柴盒"不能体现一个记者、通讯员的新闻写作水平,只有长篇大论,才能吸引听众。

二是少数记者、通讯员热衷于采访会议、开业庆典等,怕深入实际、深入生活,到群众中了解、发现、采写真正意义上的"新闻",而是乐此不疲地采写会议、庆典消息。

三是少数记者、通讯员在新闻报道中主观成分多。有的文中并无动人的货色,满是大段大段空调的议论,或作无病呻吟式的抒情,或拼凑一大堆吓人的新名词或收罗若干句格言警句,以示自己学识之渊博和见解的深邃。

凡此种种,都是造成"新闻弱化"的原因。它不仅影响了广播新闻功能的发挥,还客观造成新闻工作者作风的漂浮和文风的不实,危害大焉。

那么,记者(通讯员)怎样才能克服上述缺点呢? 笔者认为:

首先要多写"短新闻",善于写"短新闻"。穆青同志说过,"采访现场短新闻,是记者特别是年轻记者的成长之路。当然,这也是一条艰难的道路,在这条道路上,可以炼思想、炼作风、炼文笔。"(摘自1990年6月12日在首届"现场短新闻"颁奖会上的讲话)大量的事实证明,简短是保证新闻时效性的决定性因素。在当今信息时代,广播正在受电视、报纸、因特网等传媒的影响,要发挥广播的优势,只有以快取胜。再从另一方面看,只要善于写"短新闻",照样能写出名篇来。毛泽东撰写的《我三十万大军胜利南渡长江》就是一例，该消息寥寥178字，把"钟山风雨起苍黄，百万雄师过大江"，人民解放军以秋风扫落叶之势，飞越长江天堑，直捣蒋家王朝的巢穴南京的雄伟气势，酣畅淋漓地表达出来，堪称神来之笔。

其次要深入实际，到一线去采写"鲜活稿件"。到一线采访，由于离新闻源近，记者（通讯员）可以充分发挥"嗅觉"作用，采写人民群众喜闻乐听的稿件，这也是坚持新闻真实性的需要。今年10月19日，省委宣传部第四次组织青年记者到沭阳农村锻炼采访，我想其目的也在于此。

再次要客观报道。在新闻采写过程中，现在人们经常谈论客观报道手法的影响大。客观报道的使用，不仅是个新闻写作中写作技巧的问题，更重要的是它反映了记者（通讯员）采写作风的问题。一个手里没有过硬的有说服力和感人的新闻素材的记者，无论写作技巧多么高明，你想客观报道也客观不起来，在这种情况下，只有乞求于概念化的叙述，不着边际的描写，令人反感的感慨。更令人担心的是"合理想象"，记者（通讯员）主观臆断，穿凿附会，以讹传讹。尤其在典型人物的报道中，为了拔高"典型人物"的思想境界，往往把主观臆造的心理活动强加在典型人物身上，结果闹得面目全非。

强化广播新闻，发挥广播新闻"真、短、快、活、强"的优势，是广播新闻发展的趋势和主流。这方面，上海人民广播电台创办正点新闻时有这样一个观点："正点新闻的重心是新闻，而不是正点。"为了不是正点新闻流于形式，也为了精办早新闻，他们提出抓"活鱼"、抓"热点"。如果说抓"活鱼"需要记者（通讯员）耳目灵活，手脚勤快，那么抓"热点"就更多地需要新闻敏感和对全局的把握。实践证明，正点新闻的生命力、早新闻的声誉正是来自"活鱼"和"热点"。

（刊载于1999年第六期《大众广播》杂志）

浅谈县级广播电台的市场化运作

县级广播电台同样是党、政府和人民的喉舌，是党和政府联系广大人民群众的桥梁和纽带，担负着传达政令、引导舆论、传播信息、普及科学、活跃文化生活、反映群众意愿、为两个文明建设服务的光荣任务。在县级广播、报纸、电视三大媒体中，广播具有普及面广、收听方便、传播速度快等优势。尤其在农村突发事件、自然灾害等问题的处理中，广播的作用更加明显。然而，随着社会主义市场经济的迅猛发展，过去计划经济时代曾红极一时的县级广播电台，越来越步履维艰。其主要表现有以下几个方面：

一是有线广播难巩固。在计划经济时代，广播从有线到无线，既而实现有线无线同时传播，使广播的声音遍及村村落落、家家户户。然而，近年来，由于统筹政策的取消、县乡村投入的不足、管理体制的不顺、人为破坏和自然灾害等原因，导致农村有线广播维护队伍不稳、广播线路锈蚀、广播设备老化，有线广播入户率、通响率下滑。

二是听众需求难满足。县级广播电台的主体听众是农民，而往往对农宣传的内容不多，形式不活。那些"四季歌"式的宣传内容已不能满足现代农民的需求，而那些长篇累牍服务县城单位的节目更让农民产生距离感。

三是广播电台的宣传形式难突破。县级广播电台一般是录制节目，形式呆板，信息互动交流差。而类似"行风热线"之类的直播形式是当前提高广播电台影响力的有效形式之一，但由于人员素质、技术装备条件等方面原因的限制，县级广播电台往往只能望而却步，难以实施。

四是广播人才难留住。由于目前县级普遍存在重电视轻广播现象。一些经广播电台培养多年的人，在广播上才刚刚有起色，往往就被"挖"走；而那些新分进的同志，由于难以安心办广播，对广播缺乏研究，从而影响了广播节目的整体质量。

综上所述，县级广播电台在生存与发展过程中确实存在这样、那样的困难，但从当前农村的实际情况看，广大农民还是十分需要广播的，他们非常希望能够听到喜闻乐听的广播节目。这一点，在农村开展"双思"教育和"三个代表"学教活动中，广大农民的反响较为强烈。他们纷纷把办好农村广播作为对各级领导干部所提的意见之一，人大代表、政协委员也把办好农村广播列为提案、议案等。再从国家政策来看，党中央、国务院历来重视办好农村广播，党的三代领导人都对办好广播有过重要指示。近年来，在全国范围内实施了村村通工程。这些都应该成为我们县级广播同仁办好农村广播的强大精神动力。那么，如何才能走出一条适合县级广播电台发展的新路呢？笔者认为，只有按照市场经济规律的要求，对县级广播电台进行重新审视和定位，并按照市场化手段对广播电台进行运作，才是县级广播电台的振兴之路。

首先，要合理整合广播电视资源。市场经济的一个显著特点就是对资源配置起基础性作用。如今的县级广播电视，投入大头往往在电视，特别是有线电视的兴起，已成为各地电视大发展的一个趋势，而广播电台要想取得大发展，可以合理利用电视的某些资源，如推行有线广播与有线电视"共缆传输"工程，可以从根本上改变过去有线广播"一根银线'连万家'"的旧的传输方式，实现用有线电视信号线代替县到镇、镇到村的广播信号线，保留村以下广播网，这一工程在技术上已经成熟，金湖县已在前锋镇实施这一工程，使6000多农户中的95%的农户通过有线电视线路听上了有线广播。这一工程实施

脚印

后，有线广播维护的工作量和费用大大缩减，使有线广播在农村复兴成为可能。再如人才资源的整合，县级广播电台往往缺乏优秀的播音员、主持人，好的播音员、主持人往往容易被电视"挖"走，县级广播电视部门可以利用局台合一的优势，实现资源共享，电视播音员、主持人也可以充当广播节目的播音、主持。

其次是围绕受众需要，精心办好广播电台节目。县级广播电台节目已由过去我办你听的"卖方市场"，变成你听我办的"买方市场"，这就需要对受众需要加以研究。

从目前农村的发展现状看，当前广大农民普遍有着"求知、求新、求富"的心理，县级广播电台如能迎合这一需求，就不愁没有听众群。

农村税费改革后一批新政策、新法规的实施，农民迫切需要了解其相关内容，特别是这些政策、法规对农业、农村、农民的影响，这些政策、法规，都需要广播电台向农民深入浅出地说深说透，满足他们的求知欲。

市场瞬息万变，农产品的价格也会不断变化。农民十分需要了解最新的农产品市场行情，特别是价格和市场饱和度等，县级广播电台如能在这方面动动脑筋，把农产品最新动态告之农民，农民肯定会欢迎。

盼望早日致富是广大农民的共同心声，县级广播电台能将那些率先致富的典型及时宣传给农民，把先进的实用致富技术及时推介给农民，把致富的信息及时传递给农民，就一定会受到广大农民的欢迎。

第三，创新节目形态，满足农民口味。县级广播电台理论型的节目较多，以往大多采取我说你听的"说教式"，如果能把有关方面的理论权威请到直播室，主持人、播音员站在农民的角度，把农民想知道、盼望了解的问题找出来，再由权威解释清楚，这样的宣传效果要好得多；再如宣传农村致富典型时，可把典型请进直播室，请他们谈致富经，谈创业人生，这样对农民的启发将更大。

当然，如果有条件还可以开办类似"行风热线"类型的直播节目，吸引广大农民参与，这样将更有利于扩大县级广播电台的影响力。但这必须建立在一定技术和人才的基础上。

对县级广播电台来说，当前第一位的应该是培养一支特别能吃苦，特别能战斗的记者、编辑、主持人队伍，这是做好广播电台节目的基础。县级广播电台要培养复合型人才，记者既要能写会编，还要会说，要多采访报道一些现场新闻口头报道，增强广播的感染力；要经常深入基层，深入农民当中采访鲜活新闻，这样办起来的节目才有活力，才能在农民当中扎根。

（刊于2003年第一期《视听天地》杂志并获江苏省农村广播宣传协作网络第十三次年会交流论文评选二等奖）

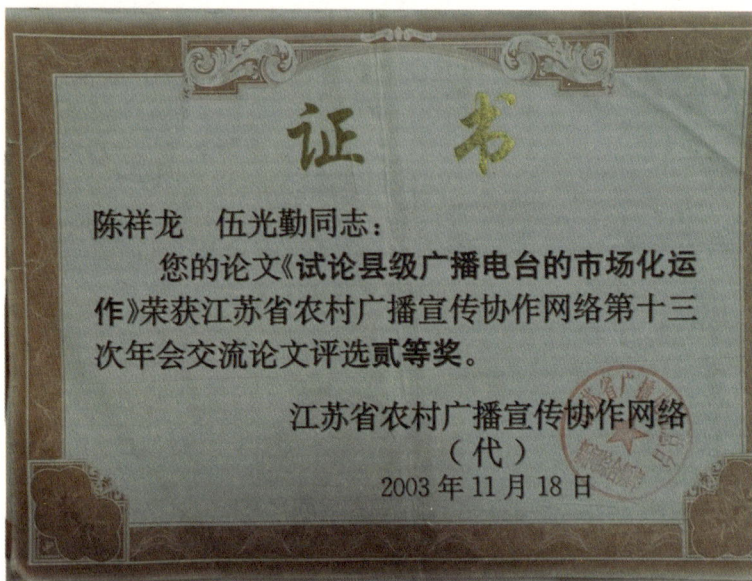

证 书

陈祥龙　伍光勤同志：
　　您的论文《试论县级广播电台的市场化运作》荣获江苏省农村广播宣传协作网络第十三次年会交流论文评选贰等奖。

江苏省农村广播宣传协作网络
（代）
2003 年 11 月 18 日

弘扬真善美　鞭挞假丑恶
——浅谈新闻编辑如何贴近生活

　　有这样一句名言："生活中并不缺少美，缺少的是发现美的眼睛。"作为新闻编辑，每天需要从大量的记者、通讯员的来稿中选择适合受众需求的稿件，并进行加工、修改，其实这个过程就是一个发现"美"的过程。"弘扬真善美，鞭挞假丑恶"应该成为新闻编辑的座右铭，这也是新闻编辑贴近生活的具体体现。

　　贴近生活是我们党对包括新闻编辑在内的所有宣传思想文化战线上的同志提出的工作原则之一，也是用"三个代表"重要思想统领宣传思想文化工作的必然要求之一，是宣传思想文化工作增强针对性、实效性和吸引力、感染力的根本实践途径之一，更是新世纪、新阶段加强和改进宣传思想文化工作的重要突破口之一，用李长春同志的话说，"贴近生活"就是要深入到火热的现实生活和人民群众的日常生活当中，反映客观现实，把握社会主流，从生活中挖掘生动事例，汲取新鲜营养，展示美好前景。本人作为金湖人民广播电台的一名新闻编辑，在实际工作中自觉"贴近生活"，使所编排的新闻节目可听性不断增强，由本人参与编排的新闻节目已连续8年在省、市新闻节目抽查中被评为优秀，本部门被省广电总局确定为新闻免检单位。

　　一、从稿件的分析中发现"美"

　　新闻编辑被称为新闻的"把关人"，每天接触大量的新闻稿件。怎样把这些稿件变成受众需要的节目、版面，这就需要对每篇稿件进行认真分析。

首先要把每篇稿件跟受众的需求联系起来，而不是"有文必录"。这条新闻从受众的层面看，是不是人家都能接受，是不是人家都愿意接受，是不是人家都可以接受，真正"美"的新闻是要同它可能产生的社会效果联系起来的。在这里有两个方面需要注意：第一，不该报的报了，会有反面效果；第二，该报的没有报，也会有反面效果。1999年秋天，某乡镇通讯员给本台寄来这样一篇稿件：农民冯某养殖黑豚致富。当时正值秋播，农民都在寻找新的致富项目，进行产业结构调整，作为农民信赖的电台，也在这方面积极努力，力求能给农民以最大的帮助。然而，冯某养殖黑豚致富的新闻本人在分析后认为，冯某发财主要是发种财，通过电话了解相关部门得出的结论是：黑豚市场并不乐观。因此，本人没有将此稿安排播出，而是以此为背景，安排记者采写了一篇深度报道：《农民引种要慎重》，播出后受到农民的欢迎。所以，我们在分析稿件的时候，一定要把稿件和它所产生的社会效果联系起来，不能孤立地说这个稿件好还是不好，如果说你仅仅是就稿件而稿件，就节目而节目，就素材而素材，就事实而事实，有时候你看不清这个事实的本身，所以一定要把这个稿件跟它的前后左右联系起来，并且一定要注意跟它所发表的场所和发表的时机联系起来。中国有一句话，叫言当其实。什么叫言当其实？就是说话要说到点子上，说到关节上，说得恰到好处，说早了不行，说晚了也不行，说早了受众意识不到它的意义、价值，说晚了成了马后炮。只有这样方方面面都考虑到了，才能在最短的时间内对一个稿件上还是不上，对这个素材用还是不用，对这条新闻报还是不报，把握得住。

其次要把每篇稿件与社会发展的要求联系起来，做到与时俱进。现实生活中，每天都要发生大量的事实，然而这些事实并非都能成为新闻。去年春节期间，一位记者到某乡镇采访，听说了一位叫马某的外出打工人员在外辛辛苦苦干了一年，结果一分钱也没有带回家，回乡的路费还是好心人捐助的。记者写的初稿为《在家千日好，出门处处难》，主要反映是马某坎坷的打工历程。本人在认真分析稿件后认为，此稿与当前国家鼓励的大政方针不相符，因此没有安排播出。然而本人并没有就此罢手，而是将马某的情况反映到县劳动保障部门，县劳动保障部门对此十分重视，专门派人到马某家调查，并帮助马某到打工地追回了打工款，就此我们写成了《劳动部门千里追债，打工者登门致谢》等四篇稿件，起到了正确引导的作用。

二、从稿件的选择中体现"美"

在稿件分析的基础之上，编辑工作的下一步就是选稿，要在选稿中体现"美"，编辑必须做到心中有全局。

首先要在确保节目质量的原则基础上选择稿件，凡是能称得上"美"的稿件，好的稿件，只会令节目增色，而不是相反。会议报道一直是新闻编辑感到头疼的事,然而现实生活中有许多会议还必须要报。这时如果记者、通讯员能跳出会议写出服务会议的稿件来,对编辑来说无疑是一件快事。去年8月2日,记者参加了全县机插秧推广现场会,记者把自己的所见所闻写成了一篇活泼上口的新闻特写,既有群众朴实幽默的语言,又有记者现场身临其境的描述,稿件被安排在头条播出后,起到了很好的宣传效果,这篇名为《众人齐夸机插秧》的稿件还先后被《淮安日报》《江苏农业科技报》《中国农机安全报》等许多媒体刊播,年底还被评为金湖好新闻二等奖。这类稿件不仅质量高,而且能使节目增色。

其次要选择能够贯彻节目方针的稿件。服务经济、服务"三农",是我们县级电台新闻的主旋律。因此,经济类新闻一直是我们电台新闻节目的重头戏,也是编辑选择稿件的重点。多年来,我们经济类宣传的稿件占整个用稿量的70%以上。

第三,选择的稿件要能体现节目的特点。孤零零地看一篇稿件无所谓好坏,但如果把它放在一个大背景、大环境当中衡量的时候,就会看到这个稿件到底是好还是不好,因为每个节目都有它的定位、方针,都有自己的特色,通过稿件可以体现节目的特点。比如SARS流行期间,我们收到了某镇通讯员的一篇来稿,称春节过后,该镇劳务输出形势如何如何好,这样的稿件放在平时无疑是篇好稿件,但在那个特殊时期这篇稿子就不能播,播了会产生错误的引导作用。

第四,满足受众的需要始终是选择稿件的出发点和归宿。今年3月24日,金湖县发生持枪抢劫案,案件发生在下午,公安干警仅用9个小时就破获此案,并抓获犯罪嫌疑人,当天晚上10点,记者连夜出去采访,编辑连夜编排,第二天一早6点15分《早新闻》就及时播出,满足了受众的需求,起到了稳定人心、鼓舞斗志的作用,是所有媒体中报道最快的。

三、从修改稿件中升华"美"

对我们广播新闻编辑来说,一篇新闻稿件无论是口播新闻还是文字稿,在处理、修改的时候,都必须做到内容正确、主题突出、叙述清楚、条理分明、语句通顺、行文生动、标点正确、字句无误。无论是什么样的新闻,无论是什么样的状态,首先内容要正确,也就是说要客观、真实。曾经有一位村级通讯员写了一篇《某村成为养羊专业村》的稿件,稿中称该村养羊已超过2000只,而据编辑所知,该村是个内陆村,并不靠滩涂,这2000只羊是如何饲养的呢? 于是编辑通过电话与乡村干部核实,结果了解到,这个村只有不到10户养羊,数量不足20只,原来是条假新闻,幸亏编辑把关严格。而相反某家报纸却刊登了出来,一时成为笑柄。

再有就是主题要突出,经过修改要使它表达的意思更明白。让受众听明白,听清楚,这是对广播编辑最起码的要求。在此基础上运用校正、压缩、增补、改写、分篇、综合等方法，对稿件进行必要的修改，使其在符合事实的基础上升华。

总之，要通过编辑过程，把真善美的信息传递给受众，把假丑恶的东西揭露给受众，这样，我们的编辑工作离现实生活才会越来越近。

（刊于2006年第2期《新闻之友》杂志）

走出对农宣传的误区
切合新农村建设主题

党的十六届五中全会通过的《中共中央关于制定国民经济和社会发展第十一个五年规划的建议》，明确了今后5年我国经济社会发展的奋斗目标和行动纲领，提出了建设社会主义新农村的重大历史任务，为当前和今后一个时期的"三农"工作指明了方向。县级广播电台宣传的重点在农村，理应切合新农村建设这一主题，开展好对农宣传。

一、走出对农宣传的误区

近年来，随着各地工业化、城市化进程的加快，媒体的注意力似乎也在发生变化，关注农业、农村和农民的报道少了，而关注工业经济、招商引资、城市建设与管理等方面的报道与日俱增，以致出现了下列误区：

误区之一：发展地方经济就是发展工业经济。一些地方片面地认为，只有工业上去了，地方经济才算发展。在"工业强县"的大旗下，县级台的宣传也在跟风，只强调"无工不富"，而忽略了"无农不稳"，谈起招商引资、工业经济头头是道，长篇累牍；而说起农业、农村经济只言片语，轻描淡写，少数记者甚至怕到农村去，怕与农民接触，认为"农村无新闻"。

误区之二：电台创收主体在城市，对农宣传被人为弱化。随着体制、机制的变化，经营创收成了县级台赖以生存的基础。为了经营创收，县级台在节目定位上往往出现这么一种状况：谁给钱，就和谁联办节目，宣传的重点就向谁倾斜。这导致与城市部门单位联办节目越来越多，编辑、记者服务"三农"的时间和精力被分散，农村宣传成了被"遗忘的角落"。

误区之三：对农宣传简单，好对付。由于编辑、记者对"三农"政策研究不多，对农民所思、所想、所盼调查不多，导致对农宣传内容不新，涉及的问题不深入，不能引起广大农民的"共鸣"，往往流于唱"四季歌"。

以上三种误区的形成，导致县级台对农宣传功能在弱化，作为电台80%主体听众的农民越来越感到，适合他们口味的节目越来越少，电台与他们的距离在拉大。电台这个昔日离不开的"老朋友"如今变得陌生了。

那么，县级台如何才能走出对农宣传的误区呢？

首先，要确立以"农"为本的立台意识。县级台的主要服务对象仍然是占人口总数80%的广大农民听众，面对这一最广大的听众群，发挥以喉舌功能为主的广播宣传多项功能是县级台的政治使命和长期任务。因此，县级台的节目从内容到形式都应面向农民，服务农村。

其次，要坚持统筹兼顾，防止城乡分割。县级台的广播宣传，从广义上讲就是对农宣传。但是在具体操作过程中，由于一个县"麻雀虽小，五脏俱全"。这就要求在节目设置等方面统筹兼顾，尽量满足不同对象、不同层面的听众的需求，这也符合中央提出的统筹城乡发展的要求。近年来，不少县级台实行节目改版，节目和栏目的花样不少，但其中姓"农"的不多。部分县级电台对农宣传的内容和形式在一定程度上仍停留在传统的套路上。而在其他节目编排时，农村这一块又列不上重要位置。这样一来，县级台宣传往往出现城乡两块分割的局面。而要解决好这一问题，应在城乡结合上多动脑筋，努力做到既立足服务"三农"的办台宗旨，又有时代特色；既使农民满意，又受城里人欢迎。

第三，要打造一支善于对农宣传的编辑、记者队伍。作为县级台的编辑、记者应做到"三贴近"：贴近农业、贴近农村、贴近农民。既要深入学习、研究国家、省、市、县一系列关于农业农村工作的政策，又要深入农村，了解农业和农民的现状，只有这样，对农宣传才能做到有的放矢，才能为广大农民所接受。

二、切合新农村建设主题

明确县级电台的办台宗旨后，下一步就是如何开展好对农宣传？笔者认为，社会主义新农村建设"生产发展、生活富裕、乡风文明、村容整洁、管理民主"的20字要求，为县级台当前及今后的对农宣传指明了方向。

——生产发展。县级台应始终把推进现代农业建设的宣传放在首位。大力宣传提高农业科技创新和转化能力的典型；宣传农村现代流通体系的典型；宣传稳定发展粮食生产的典型；宣传推进农业结构调整的典型；宣传发展农业产业化经营的典型等等，通过典型带动，强化对社会主义新农村建设的产业支撑。

——生活富裕。县级台应十分关心农民增收问题，只有农民收入稳步增长，农民家家户户达小康，才有农村的小康，全面小康社会的宏伟目标才能如期实现。因此，县级台应向农民宣传身边各类发家致富的典型，传递各类致富信息，引导农民拓宽增收渠道；通过向农民进行普法宣传，引导务工农民维护自己的合法权益；强化惠农政策的宣传，引导农民加大农业基础设施投入。

——乡风文明。县级台在引导广大农民破除重男轻女、封建迷信等落后思想，抵制赌博等陈规陋习方面应大有作为。要积极宣传文明、健康、向上的新风尚，推进和谐家庭、和谐村组、和谐村镇创建活动的开展。

——村容整洁。县级台应在引导农村推广使用沼气、秸秆气化、太阳能、风力发电等清洁能源技术方面多做文章。以沼气建设带动农村改圈、改厕、改厨，引导农民加强人居环境治理，大力宣传科学合理的村庄规划；引导和帮助农民切实解决好住宅和畜禽圈舍混杂的问题；引导农民搞好农村污水、垃圾治理，改善农村环境卫生。

——管理民主。县级台应通过深入开展保持共产党员先进性教育活动的宣传，引导农村基层组织加强阵地建设，健全村党组织领导的充满活力的村民自治机制，宣传民主理财、村务公开等民主管理方式。

总之，只要县级台能够按照社会主义新农村建设的新要求，贴近农业、农村和农民的实际，对农宣传就会有层出不穷的新内容，广播电台也会重新找回失去的听众群。广播宣传在社会主义新农村建设中将会发挥越来越重要的作用。

（此文刊载于《中国广播》2006年第8期）

浅议县级广播电视宣传资源的整合

党的十七届六中全会《决定》明确提出包括广播电视在内的文化改革发展新任务：以党报党刊、通讯社、电台电视台为主，整合都市类媒体、网络媒体等宣传资源，构建统筹协调、责任明确、功能互补、覆盖广泛、富有效率的舆论引导格局。县级广播电视作为最直接服务基层党委、政府和人民群众的传统媒体，完全可以在整合宣传资源方面先行一步。

一、县级广播电视媒体现状

县级广播媒体的诞生一般要早于县级电视媒体，而重视程度往往相反，一些地方党委、政府有重电视而轻广播现象。电视媒体在设备投入、人才队伍建设等方面往往要优于广播媒体。而广播媒体与电视媒体长期形成的两套人马办节目的格局，又会导致广播电视节目被人为弱化。

1. 受众发生变化。县级随着有线电视（数字电视）的普及，特别是互联网的快速发展，过去主要靠收听广播获取信息的受众逐渐被分化。以江苏省金湖县为例，过去该县有线广播在全省有名，全县95%以上的家庭都有广播喇叭，收听广播节目是当地干部群众的主要文化活动内容之一。但随着有线电视（数字电视）的普及，特别是随着统筹政策的取消、县乡村投入的不足、管理体制不顺、人为破坏和自然灾害等原因，导致农村有线广播维护队伍不稳、广播线路锈蚀、广播设备老化，有线广播入户率、通响率下滑。有线广播逐步萎缩后，受众注意力开始向电视转移。

2. 传播条件变化。县级广播节目从先前靠有线无线同步传播逐步改为调频传播，覆盖范围广了，但受众选择余地更大；县级电视节目也由单一的微波发射发展为有线（有线数字）传播，节目套数更多，信源信号更强，画面更加清晰稳定,观众选择性更强。

3. 传播速度变化。在县级媒体中,过去往往是广播传播速度快于电视,电视快于报纸。现在这一格局也因互联网的介入而发生变化,互联网往往成为最快的媒体。电视也不再逊色于广播,同样可以现场直播,让新闻实时播报。

4. 人才流动变化。由于县级普遍存在重电视轻广播现象。一些经广播培养的人,在广播上才刚刚有起色,往往就被电视"挖"走;而那些新分进的同志,由于难以安心办广播,对广播缺乏研究,从而影响了广播节目的整体质量。

正是由于这种种变化,使县级广播媒体与电视媒体宣传资源的整合显得更加迫切。那么如何整合县级广播电视媒体的宣传资源?笔者认为,合理配置好各种资源要素,广播与电视就能产生"1+1>2"的效果。

二、在资源配置中谋求发展

县级广播电视媒体有哪些资源可以整合?笔者认为,无论从技术层面、宣传层面还是人力资源层面都可以实现有效整合。

首先是技术方面可以整合。有线电视(数字电视)的普及同样为提高广播有效覆盖创造了条件。如今的县级广播电视,投入大头往往在电视,特别是有线电视(数字电视)的兴起,已成为各地电视大发展的一个趋势,而广播要想取得大发展,可以合理利用电视的某些资源,如推行有线广播与有线电视(数字电视)"共缆传输"工程,可以从根本上改变过去有线广播"一根银线'连万家'"的旧的传输方式,实现电视信号代替县到乡镇、乡镇到村组的广播信号线,保留村以下广播网,这一工程在技术上是成熟的,江苏省金湖县采取这一工程,使4万多用户通过有线电视(数字电视)线路听上了广播。这一工程实施后,有线广播维护的工作量和费用大大缩减,使有线广播在农村复兴成为可能。

互联网也为县级广播电视扩大影响提供了载体。搭建网络平台,通过网络平台及时把广播电视节目传输上网,让听众、观众收听、收看节目无障碍,彻底打破广播电视节目线型传播的历史,可以实现想听想看随时满足的愿望。

其次是宣传方面可以整合。县级广播电视可以根据自身特点,共同策划主题,共同采访报道。变单兵作战为抱团出击,不仅能发挥广播电视整体优势,而且能节约资源、减少浪费。广播电视宣传资源整合后,广播可以侧重在直播方面做文章,电视也能在现场挖掘上下功夫。特别是对重大典型、重要事件的报道,整合广播电视宣传资源效果更佳。

第三是人力资源方面可以整合。县级广播往往缺乏优秀的播音员、主持人,好的播音员、主持人往往容易被电视"挖"走,县级广播电视部门可以合理调配广播电视播音员、主持人,实现资源共享、双向互动。电视播音员、主持人也可以充当广播节目的播音、主持;广播节目的播音员、主持人也可以兼职电视播音、主持。同样,电视记者可以为广播节目连线,广播记者也能为电视现场播报。

当然,县级广播电视宣传资源的整合应该是建立在效益和效率优先基础上的,在整合过程中要充分发挥好各自的特点,让广播电视的宣传效益达到最大化,提高广播电视节目的效率。

(此文刊载于2012年第一期《求真》杂志,并荣获中共淮安市委宣传部《关于开展"学〈决定〉抓当前T促发展征文活动二等奖"》,在中国广播电视协会开展的全国县级广播电视系列论文评析活动中被评为三等奖)

县级媒体"走转改"大有可为
——金湖县开展《实现两个率先,推进充分发展——金湖行》
大型新闻行动的实践与思考

自中宣部倡导在新闻单位开展"走基层、转作风、改文风"活动以来,得到了各级媒体的高度重视,通过"走转改"活动的广泛深入开展,增强了媒体的亲和力、感染力和渗透力。那么,作为最直接服务基层党委、政府和人民群众的县级媒体,要不要开展"走转改"活动?如何开展"走转改"活动?我们认为,县级媒体开展"走转改"活动同样大有可为。这方面,金湖县开展的《实现两个率先,推进充分发展——金湖行》大型新闻行动就是很好的例证。

一、走出误区,为"走转改"搭建平台

走基层是转作风、改文风的基础,只有深入基层、深入实际、深入群众,才能了解到新闻的真正本源,把握受众的思想脉搏,写出来的稿件才有思想的深度和现场的温度。然而,一些县级媒体对"走转改"活动往往存在以下一些误区:

1.县级媒体就在基层,无所谓走基层。一些编辑、记者甚至认为,县级媒体植根于群众当中,距离基层群众最近,开展走基层活动没有多大意义。于是采访总是浮光掠影、蜻蜓点水，新闻稿件写出来往往干瘪无味，很难吸引受众。

2. 县级媒体人手不足，走基层会影响正常运转。少数县级媒体满足于报道领导人的活动、会议新闻等，总以人手不足为由，懒得组织编辑、记者开展"走转改"活动。

3. 缺乏有效组织，走基层往往流于形式。有的县级媒体也要求记者、编辑走基层，但缺乏有的放矢的组织，认为把记者、编辑赶到镇里、村里就算走基层了。而编辑、记者到基层之后往往会像没头苍蝇一样乱转，很难发掘有分量、有深度的新闻。

针对这些误区，中共金湖县委宣传部及时组织县内媒体编辑、记者座谈，统一思想，集思广益，积极为开展"走转改"活动搭建平台。今年是金湖县在淮安市率先实现全面小康、在苏北率先建成国家级生态县的决战之年，县委提出了"扩量提质、充分发展"的工作思路，为了在基层发掘实践两个率先的成功典型，感受"扩量提质、充分发展"的铿锵足音，从2012年4月起，由中共金湖县委宣传部牵头，县内各新闻单位共同参与的《实现两个率先，推进充分发展——金湖行》大型新闻行动正式启动。一批批记者、编辑、播音员、主持人走向基层，带着问题、带着思考、带着目标，把话筒、镜头对准了基层干部群众，笔端饱蘸泥土的芬芳，稿件带着基层干部群众的真情实感。《江苏金湖："高效"带来高价值》《江苏金湖：龙头企业助飞肉鸭》《江苏金湖：树林下面有"宝藏"》《江苏金湖：高效农业成农民增收助推器》《江苏金湖：价比车贵的观赏龟》等一批题材新颖、生动活泼的新闻稿件在电视、报纸、广播、网站中推出。不仅丰富和活跃了县级媒体，还为对外宣传金湖发挥了积极作用。其中，不少稿件还在中央、省市媒体中发表。

二、分工协作，为"走转改"凝聚力量

为使"走转改"活动经常化、制度化，我们制定出台了《实现两个率先，推进充分发展——金湖行》大型新闻行动实施方案，分别围绕"实现两个率先，推进充分发展"，开展镇村行、社区行、企业行活动，明确具体牵头媒体，其他相关媒体配合，各媒体主动作为、密切配合、整体推进，形成了既分工又协作的格局。

有人把新闻比喻成"菜肴"，只有原料新鲜，做工考究，技法独特，方可做得上等菜肴。自开展《实现两个率先，推进充分发展——金湖行》大型新闻行动以来，金湖县各新闻单位积极组织记者编辑播音员主持人深入基层、深入一线，"采购"新鲜原料，精心加工制作，努力烹饪"精品"。

各新闻单位纷纷建立记者联系点制度，每位记者联系一个镇、一个村和三个农户，并统一建立联系卡。要求每位记者在联系点上驻扎2天以上，与农民同吃同住同劳动，深入了解联系点上的发展动态、变化情况，跟踪报道相关新闻，挖掘镇村和农户在实现"实现两个率先，推进充分发展"方面的成功做法和典型经验。组织记者深入县城社区，集中采访报道社区在开展"三城同创"、建设和谐社区等方面好

的做法，注重把感性认识上升到理性思考，把好的实践成果转化为工作遵循。组织记者深入重点骨干企业集中采访报道，报道企业在转型升级、扩量提质、充分发展等方面的有益探索和成功实践。在全县形成了扩量提质，充分发展的浓厚氛围。

在镇村行活动中，金湖县广播电视台作为牵头单位，围绕生态县和小康县创建两大目标，在基层找典型、寻亮点，金湖县广播电视台记者万洪声深入农村田间地头与农民拉家常，农民把自己发展高效农业的真切感受反映给他，他由此拍摄了《江苏金湖：莲蓬结出财富来》《江苏金湖：高效带来高价值》等稿件，播出后在干部群众中引起强烈反响。记者贾铭、李晓飞深入白马湖区与渔民促膝交谈，采写的《江苏金湖：渔民的幸福转身》等稿件，真实反映了退围环湖后渔民生活的新变化。

在企业行活动中，金湖日报社刘劲、顾仕权、陈义宝等记者深入石油机械、仪表线缆等支柱行业调查，写出了《聚变》《裂变》等一组反映金湖支柱产业发展壮大的重点稿件，既有客观分析，又有深度思考，一度成为企业界热议的话题。

该县各新闻单位还围绕生态县和小康县创建，纷纷推出了相关专栏，一批生动、鲜活的稿件在干群中引起强烈共鸣。

三、创先争优，让"走转改"开花结果

在开展《实现两个率先，推进充分发展——金湖行》大型新闻行动中，金湖县还把创先争优融入活动中。各新闻单位纷纷开展新闻竞赛活动。"金色维也纳"杯荷都短新闻竞赛、平安综治好新闻竞赛、"喜迎十八大，展示新风采"好新闻竞赛等。金湖县广播电视台还组织上级媒体专家对半年新闻进行点评，对评出的优秀新闻作品进行表彰奖励，激发了广大编辑、记者创先争优的激情。

历时6个月，取得了阶段性成果，初步达到了锻炼队伍、转变作风、改变文风的目的。一批优秀新闻作品在报纸、电视、广播、网络中推出，受到了县委主要领导和老百姓的称赞。正如金湖县委常委、宣传部长董蔚评价的，"通过《实现两个率先，推进充分发展——金湖行》大型新闻行动，组织广大新闻工作者，带着主题

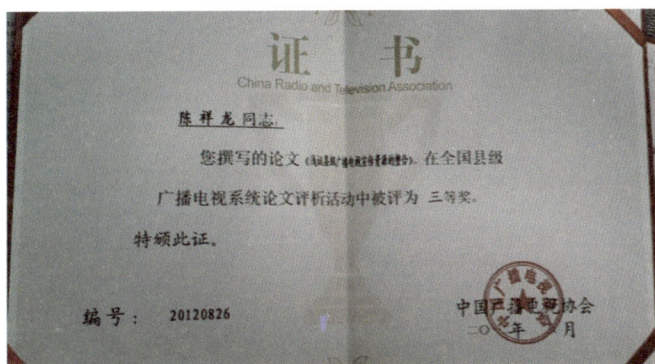

证 书
China Radio and Television Association

陈祥龙 同志：

您撰写的论文《金湖县广播电视节目制作整合》在全国县级

广播电视系统论文评析活动中被评为 三等奖。

特颁此证。

中国广播电视协会
二〇一二年 月

编号： 20120826

深入基层一线、深入火热生活、深入群众当中,在主战场上拓宽新闻视野,在接地气中丰富新闻线索,在感同身受中提高工作水平、提升新闻价值。新闻单位'唱响主旋律,打好主动仗'的生动实践;是新闻工作者'深入实际找题目,围绕发展做文章'的有益尝试;是县级新闻单位深入推进'走转改'活动的务实之举。"

（此论文刊于2013年1/2月合刊《中国影视文化》杂志,并获中国广播电视协会论文二等奖）

县级台媒体融合创新发展路径初探

【摘要】深化文化体制改革后,县级台如何走出媒体融合创新发展之路?本文从县级台现状入手,分析了文化体制改革后县级台面临的"窘境",提出了走出"窘境"的措施,对县级台媒体融合创新发展路径作了探讨。

党的"十八大"提出,要深化文化体制改革,解放和发展文化生产力。按照这一思路,新一轮文化体制改革快速推进。2014年8月18日,中央全面深化改革领导小组第四次会议审议并通过了《党的十八届三中全会重要改革举措实施规划(2014—2020年)》和《关于推动传统媒体和新兴媒体融合发展的指导意见》等重要改革方案。中央关于媒体融合发展的指导意见与重要改革举措实施规划相提并论,充分说明在强调国家治理体系和治理能力现代化的今天,媒体的地位和作用愈发重要。传统媒体能否适应互联网时代的新变革,在快速发展的变局中担当应有的责任,更加有效地引领舆论、凝聚人心、鼓舞干劲,可谓任重道远、时不我待。县级台作为基层文化体制改革的对象之一,也应顺势而为,走出媒体融合发展的新路。

县级台是中央、省、市与基层之间信息传播的桥梁,肩负着传播上级精神、传递基层呼声的重要责任。近年来,作为我国四级广电媒体网络最底层的县级广电媒体,在发展中面临多重压力。在政策层面上,县级广电媒体机构在频道频率设置、新媒体业务开展等方面受到制约;在市场层面上,县级广电媒体传播空间日益狭窄,节目竞争乏力,广告经营举步维艰。网络媒体、移动媒体的方兴未艾,为受众提供了更为多样和便捷的媒体信息服务,挤压了广电等传统媒体的生存空间,县级广电媒体面临着前所未有的严峻形势。

以江苏为例,新一轮文化体制改革实施后,江苏省级广电"一张网"快速铺开,不少县级广播电视台原有的产业——广电网络公司纷纷被江苏省广电有线信息网络股份有限公司成功收购,县级广播电视台实现了真正意义上的"台网分离"。而在新一轮文化体制改革前,县级广播电视台往往分为新闻宣传、事业建设、经营创收"三大块",随着广电有线网络的发展,广播电视村村通工程的实施,特别是有线数字电视的整转普及,广电有线网络创收成为县级广播电视台的主要收入来源之一。随着新一轮文化体制改革的推进,特别是省级广电有线信息网络股份有限公司对县级广电有线网络的成功收购，县级广播电视台"台网"的分离。一时间，人员分流困难、节目竞争乏力、创收难度加大成为改革后县级广播电视台面临的共同"窘境"。

一是人员分流困难。原隶属于县级广播电视台旗下的县级广电有线（数字）网络有限公司，其人员性质大多为事业性质。台网分离后，留在公司里的员工将面临"身份"的转变，员工们普遍担心工资待遇和将来的退休待遇等会受到影响。因此，是选择继续留在公司，还是选择回到广播电视台？成为许多员工的艰难抉择。一时间，县级广播电视台人员增加，工作难以安排，以江苏省金湖县广播电视台为例，"台网分离"后，一下从网络公司分流20多人进入广播电视台。

二是节目竞争乏力。县级广播电视台节目形式陈旧，内容刻板，特别是面临新兴媒体的挑战越来越严峻。时效性、公开性、透明性等这些原有的广播电视优势正在被网络、手机客户端等新兴媒体所弱化。

三是创收难度加大。"台网分离"前的县级广播电视台不仅有广告收入，更重要的是有广播电视网络公司的经营性收入。经过几代人的精心培育，县级广电有线（数字）网络有限公司由小到大、由弱变强，终于成了一只能"下蛋"的母鸡，被上级广电网络公司收购后，县级广播电视台收入明显减少，甚至出现难以为继的状况。

面对如此"窘境"，县级台如何实现又好又快发展？

首先要积极推进媒体融合。当今时代，互联网的迅猛发展，在催生新兴市场的同时，打破了许多固有格局，传统媒体的传播体系也不例外。如何应对这种扑面而来的变化？如何重新审视我们的竞争角色？如何找到正确的发展路径？是摆在我们传统媒体面前的崭新课题。

如何发展新媒体？如何推动传统媒体与新兴媒体融合发展？党中央已经提出了明确要求，在中央全面深化改革领导小组第四次会议上，习近平总书记强调，推动传统媒体和新兴媒体融合发展，要遵循新闻传播规律和新兴媒体发展规律，强化互联网思维，坚持传统媒体和新兴媒体优势互补、一体发展，坚持先进技术为支撑、内容建设为根本，推动传统媒体和新兴媒体在内容、渠道、平台、经营、管理等方面的深度融合，着力打造一批形态多样、手段先进、具有竞争力的新型主流媒体，建成几家拥有强大实力和传播力、公信力、影响力的新型媒体集团，形成立体多样、融合发展的现代传播体系。要一手抓融合，一手抓管理，确保融合发展沿着正确方向推进。

面对新兴媒体日益显现的竞争优势，作为传统媒体的广播电视只有主动作为，推进传统媒体与新兴媒体的深度融合，才能迎来新的发展机遇。因此，县级广播电视台应从三个方面推进媒体融合。一是构建全媒体传播体系。县级广播电视台要构建集约式新闻采编流程,以广播电视为主阵地推动各媒体之间的充分融合。一条新闻可以供广播、电视、报纸、网站、客户端等多次发布。二是构建自媒体集群。要着力自媒体平台建设,搭建微信微博集群,通过一线采编人员申请建立微博微信账号,推动新媒体平台用户量的裂变式增长。三是拓展本地线下服务,开展产业经营。借助全媒体和自媒体集群,开展广告、网络增值服务、电商合作服务等本地化产业经营,为融合发展提供产业支撑。

其次要打造本地特色节目。媒体融合内容是基础,只有内容精彩才能吸引受众。因此,县级广播电视台应在发掘民生新闻、节目本土化、报道思辨化等方面狠下功夫。真正做到民众关心的就是我们关注的,百姓喜爱的就是我们追求的,并通过新媒体手段,让受众充分参与到新闻事件的报道、评论当中来,增加媒体与受众的互动性,使新闻事件更立体、更多元,增强传播效果。

第三要实现服务常态化。广电媒体是党委、政府重要的宣传窗口,是推动公共文化服务建设的重要力量。在政府职能转型的大背景下,广电媒体要积极向文化服务窗口转型,更好地满足人民群众需求,提升文化软实力,更好地实现政府事业单位的价值,只有这样,县级广电才能赢得好口碑。通过策划公益活动,弘扬传统文化,增强社会凝聚力,推动全社会形成互帮互助的良好风气,提升市民群体的归属感。县级广电媒体也因承担了社会责任而成功塑造了社会公益形象,以服务带动口碑,以口碑提升社会影响力。与此同时,县级广播电视台要做大做强广电品牌,实现创收稳步增长。通过举办房展会、少儿才艺大赛等品牌活动,在实现创收的同时推进市场良性发展。

第四要合理配置人力资源。造就一支敢打敢拼,善于创新的广电人才队伍是实现县级广播电视台又好又快发展的关键。县级广播电视台要结合"十三五"规划的制定,合理配置好人力资源。制定实施县级广电人才队伍建设规划,完善机构编制、学习培训、待遇保障等方面的政策措施,吸引优秀广电人才服务基层。遵循广播电视发展规律和人才成长规律,建立和完善有利于优秀人才健康成长和脱颖而出的体制机制,加快构建一支门类齐全、结构合理、梯次分明、素质优良的广播电视工作者队伍。按照新媒体时代的新要求,积极做好人才培养、选拔、使用工作,以适应广电事业发展从"传统型"向"复合型"转变。

(刊载于《视听界》2017年/增刊)

馆店合作形成扩大效应
优势互补共建书香金湖

这是一个开放包容、互利共赢的时代。我想,馆店间的合作也应如此。去年以来,金湖县图书馆与江苏凤凰新华书店集团有限公司金湖分公司积极开展

脚印

"湖城看看书吧"服务台

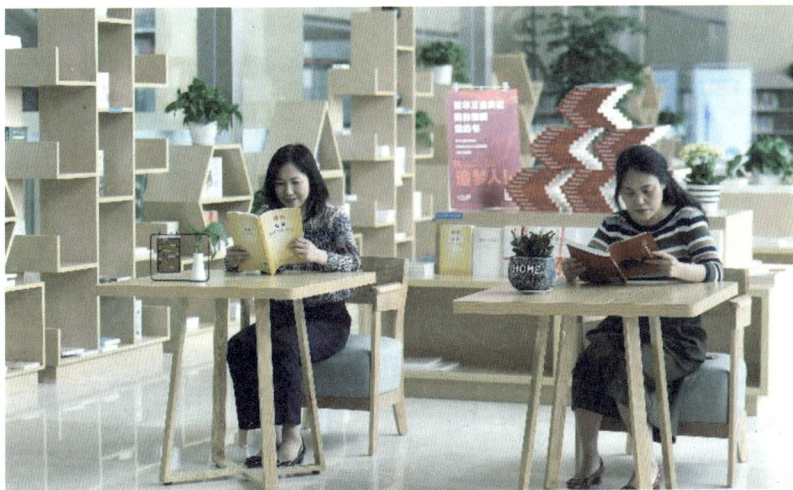

"湖城看看书吧"一角

战略合作,通过共建"看看书吧"、合力开展阅读推广、精准配置图书资源等活动,扩大了全民阅读活动的吸引力和影响力,有力提升了"书香金湖"建设的水平,得到了县委、县政府的高度评价和社会的广泛认可。

一、共建"看看书吧",延伸服务触角

近年来,金湖县围绕"高端产业闻名县、生态宜居标杆县、全域旅游示范县、开放融合先行县、富足安乐首善县"目标定位,强力推进强富美高新金湖建设,取得了显著成效。根据江苏省委办公厅、省政府办公厅印发的《江苏高质量发展监测评价指标体系与实施办法》及《江苏高质量发展监测评价考核实施方案》显示，在经济发展、改革开放、城乡建设、文化建设、生态环境、人民生活6大类、35项、40个指标中，金湖县列全省前15名的有13个指标。其中，农村供水入户率、行政村双车道四级公路覆盖率、行政村百兆光纤宽带覆盖率、村(社区)综合性文化服务中心建成率、空气质良优良天数比率、地表水达到或好于Ⅲ类水体比例等六项居全省第一。与此同时，县委、县政府清醒地认识到，随着市民文化需求的迅速提升，现有的市民阅读空间已难以满足全县人民日益增长的文化需求，迫切需要增建市民阅读新空间，提高市民综合阅读率、全面提升全民素质。在这样的背景下，金湖县图书馆与江苏凤凰集团金湖分公司共同策划建设"看看书吧"，以此延伸两个单位的服务触角。

　　金湖县市民中心是目前全省县级最新最大的市民中心，这里有60多个单位进驻提供窗口服务，每天有近千名的中外客商和群众前来办事，为此，江苏凤凰集团金湖分公司投资80多万元，建成200多平方米的"湖城看看书吧"，"湖城看看书吧"在模式上打破了传统书店陈列格局，集图书、文创、生活馆产品为一体，让读者既能体验到文化的厚重感，也能依托"文创"＋的模式增加新奇感。引入品牌咖啡、名品茶饮、进口休闲食品等，让读者在这里不仅能享受精神食粮，也能品食、品茶、品香。在空间布局上，开设"文化会客厅""商务洽谈"等个性化私密空间，随时为政务服务中心组织文化交流或商务洽谈活动提供服务。在此基础上，金湖县图书馆在"湖城看看书吧"中设立图书借阅专区，设置借还设备，投放1200多册图书供读者借阅，并与县图

中共金湖县委书记张志勇(左二)视察"湖城看看书吧"

脚印

108

江苏凤凰新华书店集团有限公司董事长金国华(主席台左四)为"湖城看看书吧"揭牌

书馆实现"通借通还"。在"湖城看看书吧"正式开放前夕,中共金湖县委书记张志勇专程视察该书吧,并对书吧建设提出殷切希望,他希望书吧成为党员干部带头学习的好阵地,市民读书的好场所。书吧正式启用的当天,江苏凤凰新华书店集团有限公司董事长金国华等领导到场祝贺并为"湖城看看书吧"揭牌。

在这一理念的指引下,金湖县图书馆与江苏凤凰集团金湖分公司不断扩大战果,又分别在洲际家园小区、城中社区、支点教育、如是空间等地建成"看看书吧",真正把图书送到市民身边,方便市民购买和借阅,努力营造"人人皆学、处处能学、时时可学"的阅读氛围。

城中社区"看看书吧"一角

洲际家园"看看书吧"一角

如是空间"看看书吧"外景

二、合力阅读推广，营造书香氛围

光有阵地还不够，还要有丰富多彩的阅读推广活动，为此，金湖县图书馆与江苏凤凰集团金湖分公司发挥各自优势，纷纷开展阅读推广活动，营造浓郁的书香氛围。

3月7日，金湖县图书馆与江苏凤凰集团金湖分公司合作，共同策划"全民阅读春风行动"，向金湖县银涂镇唐港小学130名留守儿童捐赠相关书籍、书包、文具等；4月23日，共同参与首届吴运铎读书节启动仪式暨"看看书吧"观摩推进会；5月20日，共同参与金湖县科协·金湖二中首届校园科技节……

全民阅读春风行动

首届吴运铎读书节启动仪式暨"看看书吧"观摩推进会

金湖县科协·金湖二中首届校园科技节总结表彰大会

在各"看看书吧"，金湖县图书馆与江苏凤凰集团金湖分公司还定期举办"文化沙龙""健康公益讲座""党政专家见面会"，不断提升"全民阅读，书香金湖"活动的影响力。

前不久，金湖县图书馆依托江苏凤凰新华书店集团有限公司资源优势，成功邀请东南大学相关专家举办《如何科学填报高考志愿》公益讲座。

《如何科学填报高考志愿》公益讲座

不仅如此，金湖县图书馆与江苏凤凰集团金湖分公司还通过组织开展主题演讲、经典诵读、读书征文、知识竞赛等丰富多彩的主题阅读活动，弘扬主旋律、传播正能量。光用着读书征文等各类奖励的购书券就发放了4万多元，在读者中引起了较大反响，兴起了一个个全民阅读的热潮。

向征文获奖选手颁发购书券

三、精准配置图书，引领阅读风尚

从去年4月份起，金湖县图书馆与江苏凤凰集团金湖分公司联合开展了"你选书我买单"全民阅读公益活动，通过此项活动，丰富图书馆馆藏资源，创新新华书店服务读者的形式，帮助读者选到真正需要的书籍，激发市民的阅读热情。

启动"你选书　我买单"活动

金湖县图书馆在其阅览室设立读者留言角，把自己需要但图书馆暂时没有的图书以留言的形式记录下来，图书馆及时将信息反馈给新华书店，新华书店快速下单采购，确保在一周内满足读者需求。金湖县图书馆与江苏凤凰集团金湖分公司还定期或不定期发布好书推荐目录，指导读者选购、借阅图书。

在推进乡村振兴过程中，金湖县创新工作方法，设立乡村振兴讲习所，金湖县图书馆与江苏凤凰集团金湖分公司也主动作为，从2018年年初开始，积极配合乡村振兴讲习所建设，规范和丰富阅读场所建设内容，在农家书屋推出"1+1+5+n"图书分类法，主要是设立一个"习近平新时代中国特色社会主义思想"专柜和一个"周恩来精神"专柜，"5"是围绕乡村振兴"产业兴旺、生态宜居、乡风文明、治理有效、生活富裕"5个方面的要求配置相关图书专柜，"n"是指其他特色图书专柜。成为服务"三农"的经典做法，这一做法被人民日报、新华社等媒体宣传推介，在社会上产生积极影响。

馆店合作结硕果，全民阅读谱新篇。在全民阅读的大潮中，馆店间合作的空间将会越来越大，机会越来越多，影响也将愈加深远。

（此稿是笔者在2019年6月28日首届全省馆店合作研讨会上的发言）

县域范围内公共图书资源通借通还的构想与实践

摘要：统筹管理县域范围内公共图书资源，通过完善数字化、网络化服务体系和配送体系，实现公共图书通借通还，有助于在最大程度发挥公共图书的社会效益，形成图书资源的合力和影响力，是县域内实现图书资源互补、拓展读者服务范围、提升县级公共图书馆整体竞争力的重要手段。

关键词：统筹公共图书资源、通借通还、农家书屋

县级公共图书馆作为基层公共文化服务机构，承担着向社会免费开放，收集、整理、保存文献信息并提供查询、借阅及相关服务，开展社会教育等职能。推进县级公共图书馆事业发展，打通服务基层人民群众图书阅读服务最后"一公里"，对于保障公民基本文化权益，提高公民科学文化素质和社会文明程度，传承人类文明，坚定文化自信具有极其重要的意义。

近年来，随着经济社会事业的蓬勃发展，特别是全民阅读工程的深入推广，人民群众对阅读资源的需求呈现出多元化、分众化、便利化的趋势，基层图书分馆、图书室、基层阅读服务点等建设也如雨后春笋，为推进全民阅读发挥着积极的作用。然而，由于体制机制等方面的原因，在县域范围内统筹使用公共图书资源，实现真正意义上的通借通还还存在一定的困难。

首先是图书资源难以统筹。县级公共图书馆与乡镇（街道）综合文化站、村（社区）图书室等之间的图书没有兼容关系，虽然这些图书同属集体资产，但因属于不同出资单位，统筹这些图书资源有一定的难度。

其次是图书管理模式难统一。县级公共图书馆有一套相对成熟规范的图书采编、借阅等管理流程，而乡镇（街道）综合文化站、村（社区）图书室等图书管理流程往往相对简单粗放，借阅归还随意性大。

三是图书管理人员难固定。县级公共图书馆有专门的图书管理人员，而乡镇（街道）综合文化站、村（社区）图书室等图书管理人员大多为兼职，且往往缺乏图书管理专业知识和经验。

统筹管理县域范围内公共图书资源，通过完善数字化、网络化服务体系和配送体系，实现公共图书通借通还，有助于在最大程度发挥公共图书的社会效益，形成图书资源的合力和影响力，是县域内实现图书资源互补、拓展读者服务范围、提升县级公共图书馆整体竞争力的重要手段。其基本构想如下：

一、真正建成总分馆制。以县级公共图书馆为总馆，乡镇（街道）综合文化站、村（社区）图书室等为分馆，实现图书通借通还。

二、公共图书统一采编。按照县级公共图书馆图书采编流程，完成公共图书编码、数字化芯片（磁卡）录入等工作，为通借通还创造条件。

三、完善图书管理体系。为乡镇（街道）综合文化站、村（社区）图书室等分馆配备相对固定的管理人员，并建立健全绩效考核机制，确保各分馆图书管理与县级总馆实现"无缝衔接"。

基于上述思考，近年来，江苏省淮安市金湖县在省、市文化主管部门的关心指导下，全面贯彻落实"十二五"文化大发展大繁荣建设目标，精心编制《金湖县文化事业"十三五"发展规划》，全县在建立健全公共文化服务体系、倾力改善文化民生实事的基础上，大力实施全民阅读•书香金湖提升工程建设。10个镇118个行政村全部建成以"农家书屋"为载体的综合性公共文化服务中心，建立县镇图书总分馆制，形成了县镇之间公共图书服务通借通还，镇村之间有效流转的格局，实现了数字化农家书屋工程全覆盖。为探索县域范围内统筹使用公共图书资源迈出了重要的一步。

农家书屋的全覆盖，有力地保障了农民享有公共图书服务的基本文化权益，同时也让当地干部群众深刻认识到：农家书屋是传达党和政府声音的扩音器，是提升农民素质、倡导社会风尚的大学堂，是培养造就有文化、懂技术、会经营的新型农民的大熔炉，是丰富农民精神文化活动的大舞台。因此，金湖县还荣获江苏省实施农家书屋提升工程试点工作先进县，该县黎城镇荣获江苏省"书香之镇"，建成全国五星级农家书屋3个，黎城镇徐梁村被授予"全国示范农家书屋"，戴楼镇被评为"江苏省农家书屋提升工程示范镇"。

一、强化基础建设，筑牢农家书屋根基

2006年6月6日，江苏省委、省政府在金湖县徐梁村召开了全省农家书屋现场会，并举行全省第一个农家书屋启动仪式。之后，金湖县乘势而上，补齐短板，积极动员社会各方面力量，全力推动农家书屋建设。2009年实现农家书屋全覆盖。2013年底，在淮安市率先实现县级数字化农家书屋全覆盖。2015年，又按照省、市要求，对全县100多个村（居）综合性文化活动中心加以完善，重点提升"农家书屋"建设工程，推进全民阅读•书香金湖工程基础设施建设。目前，全县拥有国家一级图书馆1个，文化站万册图书室10个，"五星级"农家书屋3个，"四星级"农家书屋12个，"三星级"农家书屋24个，全县农家书屋藏书量298140册。

二、健全体制机制，提升综合服务水平

农家书屋工程包括建设、管理、维护和使用四个方面，四者缺一不可，建设好是前提，管理好是关键，维护好是重点，使用好是目的。

为充分发挥农家书屋在农村文化阵地中的地位和作用，金湖县首先成立了县、镇、村三级建设管理工作领导小组；村村配齐文化专干，把书屋管理与使用纳入文化专干常规工作，纳入到村居综合文化服务中心配套服务。文化专干的

工资报酬采取"三个一点"的办法解决：文化主管部门以奖代补一点，县镇财政拨一点，村集体经济挤一点；其次是建章立制，以政府的名义下发《关于进一步加强和规范农家书屋管理的通知》（金政办〔2015〕125号），研究制定一系列科学管理制度，有百分考核、书刊租赁、书屋管理、图书借阅等制度；再次是加强管理人员的培训，提高业务水平，及时更新书屋出版物，做到书刊常换常新，力求把"一读就懂、一学就会、一用就灵"的实用性读物选到书屋来，如高效农业、科技致富、就业培训、养生保健等类型的书刊；配合"乡村振兴讲习所"建设，按照"习近平新时代中国特色社会主义思想"+"周恩来精神"+"乡村振兴五方面内容"+"金湖人文及其他"的要求，为各分馆配备相关图书，真正把农民想看、爱看、有用的书籍送到农民手中。

三、发挥阵地作用，推进资源共享工程

"农家书屋"作为全民阅读•书香金湖工程的重要组成部分，已成为基层人民群众求知求实不可缺少的主阵地。为此，金湖县围绕《江苏省农家书屋与县级图书馆资源共享通借通还建设管理办法（试行）》，结合"全民阅读•书香金湖"工程，一是建立县图书馆总分馆制，按照中心书屋标准，重点建好各镇所在地30个五星级农家书屋与县图书馆之间实现资源共享通借通还，在县图书馆设立监控中心；二是坚持因地制宜，分类指导的原则，全面实施图书资源共享通借通还，中心书屋（五星级）每周确保40小时开放，藏书量达10000册以上；四星级农家书屋每周开放5个半天，藏书量5000册以上；三星级农家书屋每周开放4个半天，藏书量3000册以上；三是确保特殊情况及时借阅，每个农家书屋设置文化专干和图书管理人员的联系电话，使读者有求必应、随时借阅。图书管理人员的报酬根据借阅量兑现工资。

四、创新活动载体，推进全民阅读工程

近年来，金湖县充分借助"全民阅读•书香金湖"建设工程，积极发挥农家书屋在社会上的延伸作用和主导地位。创新活动载体，举行"全民阅读•书香金湖"工程暨周恩来读书节万人阅读签名活动，在全县开展"八大"系列读书活动；在机关干部中开展"建设书香机关活动"，要求每名机关干部每年读20本书，镇村居干部每年读10本书；在中小学生中开展"建设书香校园，提升学生素养活动"，县实验小学等学校建立了"校园书屋"；在农村开展"建设书香乡镇，培育新型农民"活动，重点打造中心书屋；在企业中开展"建设书香企业，培育创新型职工活动"，江苏飞天电子有限公司等企业建立了"职工书屋"；在市民中开展"建设书香社区，培育文明市民活动"；在全社会开展"我志愿我读书活动"；在媒体中开展"书香金湖环县行活动"，把全民阅读•书香金湖工程建设纳入文明城市创建和公共文化服务体系考核，通过系列活动的开展，营造全民阅

脚印

读的浓热氛围。

五、突出结对共建,志愿服务成果明显

为把农家书屋建成农民求知求实的有效载体,金湖县把农家书屋提升工程列为各单位挂钩村结对共建项目内容,县委组织部、宣传部把读书活动与结对村党员冬训、党员议事结合起来,县文广新局、团县委、县妇联把读书活动与结对村文体活动结合起来,县农委、县教育局在结对村请农技人员、教师到农家书屋开展讲座,现场讲解和培训,使读书学习活动贯穿在农村各项中心活动之中。戴楼镇永丰村村民自发组织的"农家书屋演出队"自编自演、自娱自乐、寓教于乐。县图书馆组织参加的省市"红领巾读书"优秀征文活动,获得优秀成果,奖牌总数处全市县区前列。

六、立足持续发展,丰富书香文化成果

金湖县书香文化基础设施建设虽然取得了一定的成绩,但在实现农家书屋资源共享通借通还上才刚刚起步,在运行上还需进一步提高质量,提升内涵。金湖县委、县政府已将此项工作纳入目标考核,县财政每年安排10万元专项资金用于保障建设,该县文广新局将此工作列为年度重点考核内容加以推进;制定出台《金湖县农家书屋与县级图书馆资源共享通借通还建设实施意见》,落实工作机构、工作经费和工作人员,真正做到"有人办事、有钱办事、有章理事";实行图书动态管理,由总馆统一采购、统一编目、统一配送,镇一级分馆工作人员由总馆统一招聘、统一培训、统一考核,由各镇负责管理;各行政村农家书屋管理统一由村文化专干具体负责维护和使用服务;根据全县镇村经济、文化、环境条件的差异,按照从"实际出发,因地制宜"的原则分步实施,到2016年底,已全面实现农家书屋与县级图书馆资源共享通借通还建设任务,推动了全民阅读·书香金湖建设工程不断迈上新台阶。

2018年元旦正式实施的《中华人民共和国公共图书馆法》第二章第十四条规定:县级以上人民政府应当设立公共图书馆。地方人民政府应当充分利用乡镇(街道)和村(社区)的综合服务设施设立图书室,服务城乡居民。该法第三章第三十一条还规定:县级人民政府应当因地制宜建立符合当地特点的以县级公共图书馆为总馆,乡镇(街道)综合文化站、村(社区)图书室等为分馆或者基层服务点的总分馆制,完善数字化、网络化服务体系和配送体系,实现通借通还,促进公共图书馆服务向城乡基层延伸。总馆应当加强对分馆和基层服务点的业务指导。

这就为推进县域范围内统筹使用公共图书资源,实现通借通还提供了法律依据。

为此,从今年起,金湖县在实现乡镇图书分馆通借通还的基础上,逐渐把通

借通还的触角向基层服务点延伸。在闵桥镇施尖村农家书屋、金湖县司法局图书室等单位推行公共图书规范化管理和通借通还服务。

参考文献:《中华人民共和国公共图书馆法》

如何在乡村振兴中实现文物事业高质量发展?

论文摘要:文物事业作为文化强省建设的重要内容,实现文物事业高质量发展与相关政策法规、指标体系密不可分。本文着重围绕乡村振兴中如何实现文物事业高质量发展进行研究探讨。

关键词:乡村振兴 文物事业高质量发展

作为江苏"六个高质量"发展任务之一,"文化建设高质量"需要进一步解放思想、坚定文化自信、打造文化标识、讲好江苏故事、建好精神家园,把文化强省建设推向新的高度。文物事业作为文化强省建设的重要内容,实现文物事业高质量发展与相关政策法规、指标体系密不可分。本文着重围绕乡村振兴中如何实现文物事业高质量发展进行研究探讨。

一、乡村振兴战略与文物事业发展

党的十九大报告提出了乡村振兴战略,这是社会主义新农村建设的重要升级。党的十六届五中全会提出了建设社会主义新农村,强调要按照生产发展、生活富裕、乡风文明、村容整洁、管理民主的要求,扎实稳步地加以推进。党的十九大提出的乡村振兴战略,强调要坚持农业农村优先发展,按照产业兴旺、生态宜居、乡风文明、治理有效、生活富裕的总要求,建立健全城乡融合发展体制机制和政策体系,加快推进农业农村现代化。同样是20个字的要求,但有几个方面已经根据新情况进行了调整,更好地体现了全面建成小康社会的重要要求。作为一个重要的战略原则,坚持农业农村优先发展,就是要求我们要始终把解决好"三农"问题作为全党工作重中之重,加快推进农业农村现代化。

乡村振兴的内涵十分丰富,既包括经济、社会和文化振兴,又包括治理体系创新和生态文明进步,是一个全面振兴的综合概念。而文化振兴离不开文物事业的发展,保护文物功在当代、利在千秋。加强文物保护利用,让收藏在博物馆里的文物、陈列在广阔大地上的遗产、书写在古籍里的文字都活起来,对于坚定文化自信、增强中华民族凝聚力、满足人民群众精神文化需求、促进文明交流互鉴、实现中华民族伟大复兴中国梦具有重要意义。

农村文物保护利用工作同样刻不容缓,以淮安市金湖县为例,在第三次全国文物普查过程中,该县就在广阔的农村大地上发现了208处不可移动文物点,这些文物点有的是新、旧石器时代遗址,有的是古墓葬群,有的是革命战争年代旧址等,保护好、利用好、管理好这些文物点,对于进一步研究传承当地历史文化,促进文化与旅游等产业融合发展具有重要意义。

二、文物事业发展高质量在乡村振兴战略中的体现

在乡村振兴战略中如何体现文物事业发展高质量？本人认为,实现文物事业发展高质量,离不开宣传、规划、保护、利用和执法。

首先要高密度宣传。法律意识淡薄是一些地方导致文物管理难度加大,文物事业发展质量不高的重要原因,要让农村居民充分了解《中华人民共和国文物保护法》《江苏省文物保护条例》等法律法规,进一步增强文物保护意识。广泛运用农村各类宣传阵地,促进文物相关法律法规知识的宣传和普及。要经常组织送法到村头、田头、庄头,采取以案说法、身边事教育身边人等形式,让文物相关法律法规通俗易懂、入脑入心。

其次要高品位规划。《中华人民共和国文物保护法》规定:"各级人民政府制定城乡建设规划,应当根据文物保护的需要,事先由城乡建设规划部门会同文物行政部门商定对本行政区域内各级文物保护单位的保护措施,并纳入规划。"因此,市、县(区)人民政府在乡村振兴战略规划过程中要融入文物事业发展规划,并要坚持文物规划优先的原则,将文物保护事业纳入国民经济和社会发展规划,将文物保护工作纳入对本级政府有关行政部门及下一级人民政府、各类园区管委会、街道办事处的目标考核内容,让文物保护利用变得更加切实可行。

第三要高规格保护。无论是可移动文物还是不可移动文物,都需要高规格保护。对在乡村振兴战略实施过程中可能涉及的文物保护点、文物保护单位,特别是在土地征用、开发过程中要事先征求文物主管部门的意见,尽量避开文物保护单位和文物点,实在需要动用文物保护单位或文物点的,则要在妥善搬迁、合理发掘的基础上,才能实施土地征用、开发等,要千方百计把老祖宗留下来的宝贵遗产保存好。

第四要高水平利用。充分利用好各类文物资源,发挥文物资源在传承历史文化、进行爱国主义教育、促进旅游产业发展等方面的作用,是法律法规赋予文物工作的重要职能。每一件文物都见证着历史的沧海桑田,蕴含着生动的故事。人们对那些国之瑰宝或可叫出名字,但对其历史渊源、命运流转不大知晓,更别说感受其中的文化意蕴、精神气魄。保护文物资源、讲好文物故事、传播文物好声音,让更多的人感受传统文化的独特魅力,让更多沉睡的文物"活"起来、"火"起来,应该成为各级文物部门追求的目标。因此,在实施乡村振兴战略中,各类国有文物保护单位、博物馆、纪念馆、爱国主义教育基地等应当免费向社会开放。同时要鼓励非国有不可移动文物向公众开放,提供展览展示服务。

第五要高效率执法。文物行政部门应当加强文物行政执法工作,依法建立

或明确文物行政执法队伍，履行宣传、监督、检查、执法等职能。对于破坏文物的行为，要严格依照相关法律法规，进行高效率执法。只有形成依法打击破坏、盗窃、走私文物的高压态势，才能增强公众的守法意识。在推进乡村振兴战略过程中，加强文物执法是促进文物事业高质量发展的重要手段。根据《中华人民共和国文物保护法》的有关规定：在文物保护单位的保护范围内或者建设控制地带内建设污染文物保护单位及其环境的设施的，或者对已有的污染文物保护单位及其环境的设施未在规定的期限内完成治理的，由环境保护行政部门依照有关法律、法规的规定给予处罚。历史文化名城的布局、环境、历史风貌等遭到严重破坏的，由国务院撤销其历史文化名城称号；历史文化城镇、街道、村庄的布局、环境、历史风貌等遭到严重破坏的，由省、自治区、直辖市人民政府撤销其历史文化街区、村镇称号；对负有责任的主管人员和其他直接责任人员依法给予行政处分。

三、乡村振兴战略与文物事业高质量发展的融合

把实施乡村振兴战略与促进文物事业高质量发展有机融合起来，形成相互促进、相得益彰的效果，应该成为全社会共同努力的方向。

（一）高质量保护利用好文物资源，是实现产业兴旺的前提。巩固好全国文物普查成果，加强对文物资源的保护和利用，可以促进文创产业发展，带动旅游业提档升级。以浙江省为例，浙江有着丰富的大遗址资源，史前文化遗址尤为丰富，经过有计划持续实施的考古发掘和研究，已建立起较为完整的史前文化发展序列。在推进乡村振兴战略过程中，浙江全面提升大遗址保护、展示和利用水平，并为申报国家考古遗址公园储备更多更好的项目，浙江省文物局在2013年选定公布了浦江上山、嘉兴马家浜、温州曹湾山、湖州毘山、安吉古城、龙泉大窑龙泉窑、武义吕祖谦及家族墓、杭州南宋皇城8处大遗址为首批省级考古遗址公园项目。这些为实现产业兴旺提供了新动能，为拓展旅游业提供了新机遇。与此同时，一些地方还围绕文物进行文创产品研发，形成新的业态和产业集群，促进了地方经济的发展。今年上半年，浙江磐安县在杭州、金华等地举行招商发布会，面向全国推出六大古村落、千幢古民居招商项目，强势推进古村落业态植入，塑造乡村旅游特色品牌，着力打通乡村振兴经济转换通道。

（二）高质量保护利用好文物资源，与生态宜居要求相一致。《中共中央国务院关于实施乡村振兴战略的意见》发布，强调"良好生态环境是农村最大优势和宝贵财富。必须尊重自然、顺应自然、保护自然，推动乡村自然资本加快增值，实现百姓富、生态美的统一。"保护利用好分布在广袤农村大地上的文物资源，确保不可移动文物点免遭破坏，这与乡村振兴战略中生态宜居要求高度契合。一些地方因文物资源保护不力，导致少数不可移动文物点遭受破坏，古墓

被盗、古建筑受损等,不仅对文物造成损害,还对生态环境造成破坏,对不可再生的文化资源造成不可估量的损失。《中华人民共和国文物保护法》第二章第十九条规定:"在文物保护单位的保护范围和建设控制地带内,不得建设污染文物保护单位及其环境的设施,不得进行可能影响文物保护单位安全及其环境的活动。对已有的污染文物保护单位及其环境的设施,应当限期治理。"因此,保护好现有文物资源,就是对生态宜居环境的一种保护。

(三)高质量保护利用好文物资源,能够推进乡风文明建设。保护好利用好文物资源,是推进乡风文明建设的内在要求,《管子•版法》:"万民乡风,旦暮利之。"乡风是维系中华民族文化基因的重要纽带,是传承中华优秀文化的重要载体,更是标榜中华民族、实现中华民族伟大复兴的重要标志。改革开放初期,精神文明层面还不曾细化到"乡风文明"一说,但当时邓小平同志面对不良的社会现象提出两个文明要两手抓,两手都要硬,实践证明,精神文明的重视和发展有利于促进经济社会文化各方面的繁荣发展。《中华人民共和国文物保护法》第一章第一条开宗明义:"为了加强对文物的保护,继承中华民族优秀的历史文化遗产,促进科学研究工作,进行爱国主义和革命传统教育,建设社会主义精神文明和物质文明,根据宪法,制定本法。"因此,保护好利用好乡村文物资源就是在推进乡风文明。

(四)高质量保护利用好文物资源,才能真正体现治理有效。实现乡村"治理有效",是国家有效治理的基石,也是我国社会建设的基石。党的十九大报告提出,坚持农业农村优先发展,实施乡村振兴战略,同时提出了"加强农村基层基础工作,健全自治、法治、德治相结合的乡村治理体系"的要求。在乡村振兴中保护利用文物资源,推进相关文物法律法规落地生根,就是落实健全农村基层法治工作的要求。

总之,在实施乡村振兴战略中实现文物事业高质量发展,既是时代的要求,也是历史的责任。正如习近平总书记对文物工作作出重要指示所强调的:"切实加大文物保护力度,推进文物合理适度利用,努力走出一条符合国情的文物保护利用之路。"

参考文献:《中华人民共和国文物保护法》《江苏省文物保护条例》《中共中央国务院关于实施乡村振兴战略的意见》《管子•版法》《新华社•习近平对文物工作作出重要指示》《中国文物网•浙江积极谋划推进考古遗址公园建设》等。

(此文获淮安市2018年度优秀著作权等级作品二等奖)

第一节　城市新风

宜居城市是指对城市适宜居住程度的综合评价。宜居城市其特征是：环境优美，社会安全，文明进步，生活舒适，经济和谐，美誉度高。

宜居城市建设是城市发展到后工业化阶段的产物，是指宜居性比较强的城市，是具有良好的居住和空间环境、人文社会环境、生态与自然环境和清洁高效的生产环境的居住地。1996年联合国第二次人居大会提出了城市应当是适宜居住的人类居住地的概念。此概念一经提出就在国际社会形成了广泛共识，成为21世纪新的城市观。2005年，在国务院批复的《北京城市总体规划》中首次出现"宜居城市"概念。中国城市竞争力研究会连续多年发布"中国十大宜居城市"排行榜。

"宜居城市"是指那些社会文明度、经济富裕度、环境优美度、资源承载度、生活便宜度、公共安全度较高，城市综合宜居指数在80以上且没有否定条件的城市。城市综合宜居指数在60以上、80以下的城市，称为"较宜居城市"。城市综合宜居指数在60以下的城市，称为"宜居预警城市"。

近年来，金湖县围绕打造"宜居城市"，积极推动各项创建工作，先后获得国家生态县、国家生态文明建设示范县、国家平原绿化先进县、全国绿化模范县、国家园林城市、国家卫生城市、全国中小城市创新创业百强县等称号。一度时期，笔者被抽调至县"三城同创"指挥部办公室工作，参与和见证了城市创建所带来的喜人变化。以下是一组笔者采写的反映城市创建的新闻稿件。

金湖：请市民监督文明城市创建

本报讯　10月27日，金湖县精神文明建设指导委员会聘请卞玉珍等10位市民为"金湖县文明城市义务监督员"，请他们对群众性精神文明创建的工作情况进行随机巡访、监督、检查,重点监督省市文明单位、文明行业。这是该县加快文明城市创建步伐,加大精神文明建设力度而采取的举措。

"金湖县文明城市义务监督员"将根据创建文明城市的总体部署,按照市县文明办的要求对有关区域和部门、单位进行暗访,重点检查环境卫生、交通秩序、公共场所,听取并反馈市民的反映和呼声,对具体问题提出整改意见和建议。

(刊于2004年10月28日《淮海商报》、11月8日《淮安日报》)

湖城美景入画来
——金湖县城市建设与管理纪实

郁郁葱葱的绿地,风景如画的三河滩,清流潺潺的河道与休闲漫步的市民一起,构成了金湖县城最新最美的图画。近日回来参加第五届荷花艺术节的金湖老乡们由衷地赞叹金湖县城在变大、变亮、变绿、变美。

一

6年前的金湖县城是另一番景象:利民河、三里桥河等河道乌黑发臭,两岸垃圾成堆,污水四溢;房屋低矮零乱……该县城区没有几幢像样的建筑,市容市貌陈旧不堪,城区管理更是无从谈起。

金湖县委、县政府一班人认识到,城市建设与管理必须立足长远,制定一个高起点、大手笔、科学化的城市规划。1999年,该县按照水乡园林城市的总体定位,邀请国内著名的城市规划专家,对县城进行总体规划。如今,《金湖县城总体规划》经过四轮修编,已成为城市建设与管理的重要依据。这部规划为城市建设确定了方向,奠定了基础。

为了保证《规划》执行到位,该县成立了专门审查委员会,对临街建筑效果图进行逐一审查,对不符合设计要求的坚决不予批建,有效减少了城市建设中的"败笔"。规划设计不仅表现在单体建筑上,组团式的民宅、居民小区、道路人行道景观、绿化广场等建筑工程也被纳入了规划设计评审范围。在《规划》的指导下,金湖路、人民路、衡阳路等六纵十横主干道为城市建设拉开了框架;电信大楼、行政中心大楼、国祥大厦等一批标志性建筑物形成了城市的主格调;而爱特福广场、飞天广场、淮河风光带等一批景点的建设,提升了城市的品位。

二

城市建设与管理离不开资金,为此,该县积极探索经营城市的有效途径,变城市建设与管理单一由政府投入为多元化投入,走出了一条以城生财、以城聚财、以财建城的成功之路。

早在2000年5月22日,该县专门成立了土地储备开发中心,确保了政府垄断土地一级市场。几年来,该县每年都从城市国有土地使用权出让中获得好几百万元的城市建设资金。另外，该县还努力经营好路桥、广场等设施冠名权及广告权等城市无形资产。爱特福集团将尧园广场冠名为爱特福广场，出资近100万元将原尧园广场改建扩建成主广场、林荫广场、槐花灯等设施。县城街头护栏广告、灯箱广告等每年都通过公开竞价招标，获取城市建设资金超百万元。

金湖县还发动社会力量参与城市的建设与管理，将县工业园区和县城道路、桥梁、绿地认建认养任务分解到有关部门和单位，并明确序时进度、建设标准和责任人。有关部门和单位想方设法筹集资金完成建设任务，特别是标志性建筑、河道整洁、人行道彩面砖铺设、绿地认建认养等。据初步统计，近几年来，该县有关部门和单位用于城市建设与管理的资金已超过2000万元。

三

在城市建设与管理过程中，金湖县把以人为本构建和谐社会的理念贯穿其中，广泛征求社会方方面面的意见，力求使城市建设与管理顺民心、合民意。

在1月举行的先进性教育活动中，许多市民对城市的脏乱差问题提出了意见。该县立即召开城市建设管理工作会议，将城市环境"死角"整治列入"2005年为民办的10件实事"之首，城区59个被"遗忘"的角落由20多家党政机关单位"认领"。被称为金湖"贫民窟"的水上新村小区，原由县港务处管理，后单位改制，小区也无人过问，垃圾堆积如山。其认领单位投入50多万元，无偿清运垃圾，疏通下水管道，居民感激不已。每个单位的点滴之力，汇集成涌泉之势，如今金湖的大街小巷变得面貌一新。

金湖城市绿化也始终遵从以人为本的建设思想，注重绿化建设的实际效果，城区绿化努力与湖水、城河、自然湿地、自然森林、生态景观相结合，倾力建设富有水乡特色的园林城市。早在1999年，该县就推行了"绿色图章制度"，坚持做到绿化建设项目与其他建设项目同时规划、同时建设、同时验收；城区主干道绿化基本形成一路一特色、一街一景；以县级公园为基础，建成了翠湖园、烈士陵园、爱特福广场、市民广场等7大绿地广场。这些"城市花园"错落有致地分布在城市各角落，是市民休憩、健身的大乐园。金湖的城市绿化面积达到340公顷，绿化覆盖率为42%。

（刊于2005年8月6日《淮安日报》头版头条）

淮安创卫工作向基层延伸

晚报讯　我市在成功创建成国家卫生城市后，如何推动创卫工作深入开展？9月3日，在金湖县召开的全市基层创卫工作会议上，副市长陆长苏提出，要坚持"以城带乡"，加强基层创卫工作，让创卫成果惠及全体百姓。

创建卫生城镇、卫生村工作是建设社会主义新农村的重要内容，是促进经济发展、改善生活环境质量的重要保证，是新时期爱国卫生工作的重要载体。

在全市创建国家卫生城市总结表彰暨创建全国文明城市动员大会上,市委书记丁解民、市长樊金龙分别对基层创卫工作提出了明确要求。为此,陆长苏要求全市上下提高认识,找准差距,进一步增强基层创卫工作的责任感和紧迫感;明确目标,突出重点,大力推进基层创卫工作。今后一个时期,我市基层创卫工作要坚持"以城带镇,以镇促村,城乡联动,整体推进"的总体思路,统筹规划,分类指导,切实改善城乡环境卫生面貌,提高人民群众的健康水平,推进全市经济社会快速健康协调发展。到"十一五"期末,全市要创建国家卫生镇(县城)2个,省卫生镇(县城)10个,市卫生镇25个,省卫生村10个,市卫生村120个。今年基层创卫工作目标是:力争建成省卫生镇1个,省卫生村7个,市卫生镇4—7个。市政府将对建成命名的国家、省、市卫生镇(县城)分别给予20万元、10万元、5万元的奖励;对每个建成命名的国家、省、市卫生村分别给予3万元、2万元、1万元的奖励。

(刊于2007年9月4日《淮海晚报》A2版)

金湖百名巾帼志愿者上街学雷锋

本报讯 昨天,天气骤然变冷,下着小雨,而金湖县妇联组织开展的巾帼志愿者便民服务活动却温暖着社区居民的心。

在金湖县委门口,来自当地公安、供电、机关幼儿园等单位的巾帼志愿者们耐心地向过往行人宣传二代身份证办理、港澳商务申领、居民安全用电、儿童健康成长等方面的知识;在县城时代超市广场,来自该县人民医院、质量技术监督局等单位的志愿者们则忙着为群众进行义诊、向群众介绍真假商品的识别等;在县城西苑小区,来自该县工商局、药监局等单位的志愿者们正热情地为社区群众宣传法律法规知识。

据了解,当天金湖县共有20多家单位的100多名巾帼志愿者参加了这一活动。

(刊于2007年3月5日《淮安日报》2版)

金湖分区域整治县城背街后巷
全面整治明年6月底前进行

本报讯 从昨天开始,金湖县对县城园林路以西、衡阳路以东、健康路以北、后大圩以南区域的背街后巷进行集中整治,全力推进"三城同创"目标的实现。

该县从细节抓起,分区域对县城背街后巷进行集中整治,全面完成卫生设施更换、添置、背街后巷拆违、绿化、亮化、改厕等工作。今年4月,该县投资100多万元,首先对的"老街"——劳动桥社区进行集中整治,共拆除违章建筑126处,平整路巷4000多平方米,清理乱堆乱放杂物300多车,添置了18个垃圾筒,规划建成了8

块绿地,绿化面积达10000多平方米,使多年来难得一变的老城区从此旧貌换新颜。

据了解,此次集中整治计划到今年年底前全面完成,明年6月底前对县城其他区域的背街后巷进行全面整治。

(刊于2007年11月21日《淮安日报》A2版、11月24日《淮海晚报》A3版)

金湖集中整治县城交通秩序

本报讯 昨天一大早,金湖县城人民路、健康路上出现了一批头戴小红帽、手持小黄旗的交通志愿者。他们协助交警指挥交通,维护交通秩序。

今年6月26日,金湖县委、县政府发出省级卫生城、园林城、文明城创建动员令后,全县上下迅速掀起"三城同创"的热潮。该县把县城人民路、健康路"文明示范街"创建作为"三城同创"的第一仗,以"规范秩序,整洁市容"为重点,向县城"脏、乱、差"全面开战。经过一段时间的集中整治,县城交通秩序、环境卫生等有了很大改观,但与创建省级卫生城、园林城、文明城的标准相比,还有很大差距。特别是人民路、健康路"文明示范街"创建工作启动后,闯红灯、走反道、非机动车在机动车道内行驶等不文明交通行为依然存在。该县借鉴其他先进地区的创建经验,决定开展为期1个月的"创文明示范街、做文明交通志愿者"活动,通过整合社会力量,共同参与交通秩序整治。该县"三城同创"指挥部向全县机关企事业单位发出招募交通志愿者的倡议,得到了机关企事业单位干部职工的积极响应。不到一天的时间,就从全县61家机关、企事业单位中招募了232名交通志愿者,他们经过公安交警部门的短期培训,于昨日正式上岗执勤。

(刊于2007年8月7日《淮安日报》头版)

金湖实施"绿染湖城"计划

本报讯 本月18日上午,金湖县召开创建省级园林城市动员大会。会上,该县建设局等72家重点单位向县委、县政府递交了2007年创建省级园林城市责任状。标志着该县"绿染湖城"计划正式启动。

近年来,金湖县围绕建设水乡园林特色城市定位,坚持城市绿化、美化、亮化与经济建设同步发展,着力提高人民群众的生活环境质量,县城面貌发生了较大变化。先后建成了84广场、飞天广场等城市绿化广场,改造了翠湖园,形成了一批规模较大的公共绿地;新建了三河风光带、金马路景观带、衡阳路景观带和神华大道绿化带,启动了利农河风光带建设,对老城区主次干道绿化进行了改造,对新城区20多条新建道路进行了绿化,对利民河、三里桥河河道绿地进行了更新;建成了5个省级园林式单位(居住区)和6个市级园林式单位(居住区),园林绿化工作取得了阶段性成果。为冲刺省级园林城市目标,该县计划从今年秋季起,全面实施"绿染湖城"计划。力争到2008年底,增加各类绿地314万平方米,绿地总面积达到504万平方米,绿化覆盖率达到41%,绿地率达到36%,人均公共绿地面积超过9.5平方米。县城基本形成以公共绿地为基础,以道路、河道绿化为网络,以小区、庭院绿化为依托,以街头游园绿地为点缀的园林绿化体系,真正做到处处见绿,季季有花,点、线、面、环结合,乔、灌、花、草搭配,形成"城在林中、人在园中、蓝天碧水、绿树红花"的水乡园林城市特色。目前,相关创建目标任务已全部分解落实到各责任单位和具体责任人。

(刊于2007年8月20日《淮安日报》A1版、8月19日《淮海晚报》2版)

共创和谐　共享文明

金湖细化文明城市创建目标

金风送文明,湖城共和谐。9月15日上午,在金湖县委、县政府召开的创建省级文明城市交办会上,该县将省级文明城市创建的七大项、112个指标细化分解到11个镇、58个部门,并明确了各项指标的完成时间进度和相关要求,由此吹响了争创省级文明城市战斗的号角。

今年6月,金湖县委、县政府发出创建省级卫生城、园林城、文明城的动员令后,得到了该县广大干部群众的积极响应,全县上下掀起了创建工作的热潮。县城基础设施不断改善,环境面貌显著提升,各项管理更加规范,一个经济繁荣、社会文明、环境优美、生态良好、富有特色的城市形象正逐步展现在世人面前。为进一步推动创建工作,确保在2008年建成江苏省文明城市,该县对照省级文明城市测评体系,将创建任务进行细化分解,并在全县实施"文明示范、典型引导"工程,重点开展社会公德、家庭美德、职业道德教育活动,评选一批热心社会公益、见义勇为等方面的突出典型,开展清洁和美家庭、诚信和善家庭、文明和谐家庭等"三和家庭"评选,选树"十佳服务标兵""十佳爱岗敬业标兵""十佳诚信标兵""十佳白衣天使""十佳道德园丁""十佳人民卫士"等,在全县广泛开展"十讲文明、共创和谐"系列活动,即斑马线上讲文明,共创和谐的交通秩序;楼梯道上讲文明,共创和谐的邻里亲情;公交车上讲文明,共创和谐的出行风尚;人行道上讲文明,共创和谐的市容市貌;酒宴桌上讲文明,共创和谐的餐饮礼仪;鼠标键上讲文明,共创和谐的网络文化;售货柜上讲文明,共创和谐的买卖关系;观赏席上讲文明,共创和谐的娱乐氛围;风景点上讲文明,共创和谐的旅游环境;会议场上讲文明,共创和谐的会纪会风。来自该县机关、学校、社区的代表纷纷表示,要从我做起,从现在做起,争做文明人,共创文明城。

(刊于2007年9月19日《淮安日报》A2版头条)

金湖：整治城区环境迎佳节

本报讯 从1月22日开始，金湖县组织100多家部门、单位集中开展县城区环境突击整治活动，以此展示"三城同创"成果，以整洁优美的环境迎接新春佳节的到来。

去年，金湖县按照"水乡园林城市"的总定位，以创建省级卫生城、园林城、文明城为目标，坚持以规划为龙头，以建设为中心，以管理为重点，不断推进城市化进程。该县共实施了7大类82个城建项目，城建总投资达12亿元。为展示"三城同创"成果，以更加优美整洁的环境迎接新春佳节的到来，该县将县城区大街小巷包干到部门、单位，发动全社会力量对城区环境进行突击整治。整个整治活动将持续到本月底结束。

（刊于2008年1月24日《淮安日报》B1版）

打造宜居环境　构建发展平台
——金湖冲刺"三城同创"目标纪实

干净整洁的街道，郁郁葱葱的绿地，风景如画的公园，清流潺潺的河道，休闲漫步的市民……今年春节期间，回乡过年的金湖人，到金湖创业的投资商，都由衷地赞叹，金湖变了！湖城变大了，变绿了，变亮了，变美了！创建省级卫生城、创建园林城、创建文明城，这是金湖"三城同创"带来的喜人变化！

然而，一段时期的金湖县城却是另外一番景象：行人、非机动车走反道、闯红灯，车辆乱停乱放、流动摊点占道经营、背街后巷垃圾成堆……县电视台把县城脏、乱、差的状况制作成专题片，在全县创建省级卫生城动员大会上播放，引起了全县干群的强烈震撼。面对不尽如人意的县城环境，县委、县政府痛下决心，以人民满意为目标，以人民需要为出发点，以加快城市化进程、改善市容市貌为突破口，以"创建为民"为宗旨，在全县掀起创建省级卫生城、园林城和文明城的热潮。该县专门成立"三城同创"指挥部及三个分指挥部，抽调精兵强将，组成工作班子，按照省级卫生城、园林城和文明城的相关标准，制定工作方案，分解下达创建任务。

由该县"三城同创"指挥部办公室牵头组织，全县61个机关、企事业单位参与的城区交通道路集中整治活动，吸引232名志愿者参加。无论严寒酷暑，无论刮风下雨，志愿者们都坚守值勤岗位，引导市民"文明走路、文明骑车、文明驾车、文明交通"。几个月的辛苦换来了该县交通秩序的初步好转；全县近万名机关干部、在校学生、社区居民、个体经营者和离退休老干部参加"志愿金湖，同创三城"活动也产生了积极的影响。志愿者们走上街头，擦洗护栏，

脚印

捡拾垃圾，散发材料，保护绿化，维护交通，纠正不文明行为，如一缕缕文明新风扑面而来。

"三城同创"，领导先行。该县"三城同创"指挥部把"创卫"达标工作首先从领导干部家庭做起。以整治卫生、绿化美化为内容的全县领导干部"家庭卫生达标"活动有组织、有布置、有验收、有观摩，充分发挥了领导干部在"三城同创"工作中的示范带头作用。

榜样的力量是无穷的。在领导干部的影响带动下，该县掀起了卫生社区、卫生村、卫生单位、卫生大院、卫生家庭的创建热潮。全县涌现出创建达标卫生单位86个、卫生大院（楼）14个、卫生家庭1838户；闵桥镇横桥村和黎城镇黎城村、上湾村创建省级卫生村已顺利通过验收，另有两个村也已通过市级卫生村检查验收。

（刊于2008年4月6日《淮安日报》头版头条）

金湖综合整治社区美化居住环境

晚报讯 为创建省级卫生城、园林城、文明城，从今年3月起，金湖县在城区范围内开展社区环境综合整治活动，将县城建成区划分为87个区域，包干到87个部门、单位。各部门、单位积极筹措资金，组织人力，铲除包片区域内杂草，清除垃圾、杂物，拆除猪圈、违章搭建，改造旱厕，实行绿化、硬化、亮化等，为城区居民打造和谐舒适的居住环境，受到广大市民的普遍赞誉。

（刊于2008年5月12日《淮海晚报》）

金湖启动"全民健康生活方式行动"

本报讯 昨日上午，金湖县翠湖园内人头攒动，市民或翩翩起舞，或打太极拳，或在医疗单位设置的咨询台前询问如何选择健康的生活方式。这是该县"全民健康生活方式行动"启动仪式上出现的一组镜头。

为响应卫生部疾病预防控制局、全国爱国卫生运动委员会办公室与中国疾病预防控制中心共同发起的以"和谐我生活，健康中国人"为主题的全民健康生活方式行动，金湖县于昨天启动了"全民健康生活方式行动"，旨在提高全民健康意识和健康生活方式行为能力，有效控制主要慢性疾病危害及危险因素。

活动仪式上，该县向全县人民发出"全民健康生活方式行动"倡议书，200多名机关干部、医务工作者、社区居民在"和谐我生活，健康中国人"的横幅上签名。

（刊于2008年4月26日《淮安日报》A2版）

金湖启动全民健康生活方式行动

晚报讯 近日，金湖县启动全民健康生活方式行动，是旨在提高全民健康意识和健康生活方式行为能力，控制主要慢性疾病危害及危险因素。其第一阶段"健康一二一"的内涵为"日行一万步，吃动两平衡，健康一辈子"，强调以合理膳食和适量运动为切入点，倡导和传播健康生活方式的理念，推广技术措施和支持工具，设计与居民日常工作生活密切相关、简便易行、能长期坚持、效果明显的健康生活方式指导方案，调动广大居民自觉采取健康生活方式、努力提高健康素质的积极性，开展各种全民参与的活动。

（刊于2008年4月27日《淮海晚报》A3版）

处处体现以民为本
——金湖县打造水乡特色城市纪略

"金湖城市不大，但很精致。"这是市委书记刘永忠前不久考察金湖县城市建设时给出的评价。

近年来，金湖这个仅有37万人口的小县，围绕打造最宜人居的水乡园林城市目标，经典规划、精心建设、精细管理，积极开展江苏省卫生城市、江苏省园林城市和江苏省文明城市创建活动。在创建过程中，该县始终坚持以民为本，贯彻落实科学发展观，走出了一条独具特色的水乡城市创建路子。

"拆"出和谐新天地

绿树红花群童戏，荷花池畔舞曲扬。如果不是当地人为你介绍，初到金湖县委、县政府的人都会有走错地方的感觉。这里没有院墙,没有戒备森严的保安、门卫。无论什么时候,群众都可以自由进出这个红花绿树掩映、曲径通幽的行政中心广场。群众高兴地说:这里是我们健身休憩的乐园。

金湖县委、县政府办公大楼建成后,楼前有1.5万平方米的大院,有大门和传达室。有人说,这栋楼不仅是县委、县政府办公所在,而且还有县人大、县政协以及几十个部委办局在里面上班,为保证正常办公秩序,政府大院要加强出入人员的管理,不可让人随意进出。可是,当时的县领导却认为,政府大楼既然有1.5万平方米的大院空着,就应该利用起来,不妨向群众开放——这不仅可以省却土地和资金另建市民广场,而且政府大院直接向市民开放,有利于改善干群关系,密切党和政府同群众的联系。这样,2008年3月,县委、县政府大院非但没有"封门",反而将原有的大门、传达室和院墙全部拆除,与墙外的建设路连为一体,建成景观带。

对此,县委书记陶光辉认为,敞开了胸襟,减少了神秘感,反而得到了群众的理解,融洽了党群、干群关系,并不会影响办公。

"挖"来生机与灵动

"想不到,一条河流就彻底改变了城区水环境。现在我们才真正感受到依水而居的优势。"面对刚刚竣工的金水河,金湖县城沿河而居的居民发出由衷的赞叹,是金水河的开挖带来了县城的生机与灵动。

金湖是典型的水乡,一个县坐拥3个湖,全国唯一。可就是这样一个水网密布的地区,县城的几条河流却成了"一潭死水",不能循环流动,黎农河、利民河、三里桥河等三条河流的水时常发黑发臭,河岸居民苦不堪言。

从去年开始,该县府采取标本兼治的办法,投资1.2亿元兴建污水处理厂,以往排入城河的城区生活污水和开发区企业排污全部进入污水管网,通过管道截留,送入污水处理厂,不再污染河体。

最让百姓感动的是,该县咬紧牙关投资8300万元,开挖了一条7.6公里的金水河,把上游水引进县城,形成城区活水循环的格局。县长肖进方说,尽管财政非常紧张,但顺应民意的投资,值得。该县对贯彻县城的黎农河、利民河、三里桥河、新建河、大兴河等进行清淤、改造,在保留原有河道树木绿化的基础上,增加了景栏、灌木丛、园路、亭阁、亲水平台等园林设施,营造出水碧景秀园林特色,建成了富有特色的三河风光带、利民河、黎农河龙腾广场、金泽园及黎农河东岸风光带,还在金水河两岸建成滨河风光带,与三里桥河风光带相贯通,通过黎农河,再与大兴河、利东河、九里排灌河连接,形成活水绕城郭的滨河景观。

"免"掉心里一道坎

翠湖园是县城较大的市民公园，以前是封闭式公园，市民凭票方可进入。虽然票价只有2元钱，可它却成了市民心中的一道坎。去年，该县投资1000多万元，对翠湖园进行重新打造。很快，崭新的园林建筑、水景布局和湿地绿化风格展现在市民眼前。新的翠湖园不仅没有了围墙，而且市民进入无需买票。

和公园免除门票一样，金湖县所有公厕也不再收费。从去年开始，金湖县投资600多万元，对县城所有公厕进行升级改造，拆除城区所有旱厕，新建一类公厕1座，二类公厕15座，三类公厕27座。公厕免费后，并没有出现令人担心的管理跟不上的问题。用市民倪振玉的话说："好的环境改变了人们的行为习惯。公厕免费，免掉的不仅仅是几毛钱，更主要的是免掉了人民群众融入城市的一道坎"。

（刊于2008年11月3日《淮安·日报》头版头条）

一城绿色半城水
——金湖县创建省级园林城市工作纪实

不知近水花先发，疑是金湖春未消。虽然是初冬时节，但金湖县城大街小巷却处处彰显绿色生机，数万盆鲜花在寒风中傲然绽放，因为水的滋润，满城的绿色迟迟不肯褪去。这让11月24日到金湖考察的澳大利亚JPS公司董事长布莱恩深为惊叹，他认为金湖县城景致不比澳大利亚逊色。这是金湖创建江苏省园林城市带来的效果。

水乡特色园林城市是37万金湖人的凤愿。从2006年起，金湖吹响了创建省级园林城市的"集结号"，按照"经典规划、精心建设、精细管理"的思路，采取政府引导、群众参与、社会联动的方式，多方筹措资金，全社会动员，不断加大城市建设的投入，实施老城区、新城区、开发区三区联动，增绿添景，泼墨添彩，在金湖大地上绘制出一幅绿色家园、自然生态的怡人画卷。到目前，县城绿地面积已达493.5公顷，绿地率35.2%，绿化覆盖率42.6%，人均公共绿地9.1平方米。

金湖县自觉按照科学发展观的要求，高起点规划，高品位建设，制订并出台了《金湖城市绿化规划和管理办法》等一系列规范性文件和行业管理办法。聘请东南大学、同济大学规划研究所等专家修编了《县城总体规划》《城市绿地系统规划》等，认真分析绿地系统现状，以建设城乡一体的生态绿色网络为指导思想，以"城、水、林、田"并存为自然基础，以"绿水城市"为总体框架，营造"城中水、水绕城"，"城中绿、绿绕城"的生态县城。全面启动城市绿地、道路绿化、滨河绿化、城郊防护林及生态景观带建设。先后建成和完善了爱特福广场、理士随想园、金中北侧游园等一大批公共绿地，实现了居民出行500米就可步入1000平方米以上绿色空间的目标，满足了市民休闲娱乐和晨练的需求。位于金湖县城建设西路北侧、环城西路东侧的人民公园，规划建设面积15.3公顷，一期投资1100万元，工程建设面积5.3公顷，该公园建设体现以人为本的生态理念，以地形营造、水系环绕、绿化配置来凸显水乡园林特色。建设健身广场、停车场、茶吧等供游人休憩，休闲绿地按照"春花、夏阴、秋果、冬青"的要求，栽植不同植物，通过各种植物的搭配，形成鲜明的公园文化特色。

该县道路绿化也是独具匠心，在抓好道路普遍绿化的基础上，突出景观式道路和城市出入口的绿化建设。建成金宝南线绕城段景观带和理士大道、同泰大道等景观大道，改造了建设路、衡阳路、人民路、健康路、金湖路等园林式道路10多条，城市道路绿化率达100%，并充分考虑行道树品种的选择、植物造景的应用和综合生态功能的体现，体现了景观道路的品位。

围绕本地独特的地貌和自然资源创建园林城，可起到点水成金之效。水是自然赋予金湖人最宝贵的资源。金湖县围绕河道改造，进行综合整治，本着生态型、节约型原则，在保留原有城区河流绿化植物的基础上，增加景栏、亭阁、榭台等园林绿化设施，彰显滨河绿化韵味。开挖了6.7公里金水河，改造了三河风光带，实施黎龙河、利民河、三里桥河绿化、通达和美化亮化工程，引水入城、引水环城，将城区河流打造成流动之河、清澈之河和美丽之河。黎龙河是金湖县城一条重要的水上运输通道，也是城区一条重要的泄洪河道。该县围绕黎龙河建设了沿河景观岸线，新建成的金泽园，总造价850万元，是一座体现金湖地方特色的带状湿地公园，建有体现水乡园林特点的喷泉、涌泉及景观平台，以地面铺装、大型休闲广场为主的景点道路及别具一格的景亭、座椅供游人步行和休憩。在保持原生态系统和谐的原则下，提升环境的景观价值和适宜性。亲水环境为该园的亮点，所有的水面与黎龙河融为一体，在河道坡堤设置临水台阶等方式构筑亲水近水景观，创造和谐自然的亲水环境。

（刊于2008年11月27日《淮安日报》头版头条）

金湖创建创卫工作通过省级考核评估

15—16日，省国家卫生县城省级考核评估组，对金湖县创建国家卫生县城工作进行考核评估。

考核期间，考核评估组听取了金湖县委、县政府关于创建国家卫生县城的工作情况汇报，查阅了相关资料，并分8个专业组进行现场检查。通过全面检查，考核评估组认为，金湖县委、县政府高度重视爱国卫生工作，始终把开展爱国卫生运动、创建国家卫生县城工作作为保障人民身体健康，加快现代化建设，优化投资环境，推动经济社会快速发展的一项战略任务来抓。金湖县创建国家卫生县城工作领导重视，措施有力，成效明显，各项指标达到了《国家卫生镇（县城）标准》的基本要求，建议省爱卫会向全国爱卫会推荐申报。

（刊于2009年12月17日《淮安日报》头版）

春来荷乡别样绿
——金湖县创建国家园林县城工作纪实

虎年春来早，荷乡别样绿。初春的金湖绿意盎然，生机勃勃。2月4日，从首都北京传来喜讯，在国家住房和城乡建设部公布的《关于命名2009年国家园林城市、县城和城镇的通报》中，金湖县荣膺"国家园林县城"。据悉，淮安市仅此一家，全国获此殊荣的共61家。

2月26日，市委、市政府向金湖县发来贺信，充分肯定了该县率先创成"国家园林县城"的深远意义，希望该县继续按照建设资源节约型、环境友好型社会要求，进一步加强城市园林绿化工作，不断改善城市环境面貌，优化人居环境，为加快建设魅力淮安作出新的贡献！

这是金湖实施园林城、文明城、卫生城"三城同创"所取得的重要标志性成果。

两个没想到
折射金湖人的魄力和韧劲

2007年6月，金湖县委、县政府作出了"三城同创"的决策，目标直指"国家园林县城"：第一步用3年左右的时间创成省级园林城，第二步再用2—3年的时间创成国家级园林县城。

令人没想到的是，2009年1月18日，仅20个月时间，金湖就顺利通过了"江苏省园林县城"考核验收。

更令人没想到的是，获得"江苏省园林县城"称号后，金湖人没有沾沾自喜，而是一鼓作气，迅速擂响冲刺"国家园林县城"的战鼓，仅用了1年的时间就成功创建成"国家园林县城"。

金湖县的决策者带领当地干部群众用"两个没想到"的实践书写了城市建设的奇迹。就连前来考察的南京林业大学风景园林系教授徐大陆也感叹金湖人的创建激情和不懈韧劲。

省住建厅风景园林处处长王健的话更直接："金湖能用两年多一点时间，成功创建'国家园林县城'品牌，足以说明金湖的决策者有魄力，金湖的干部有韧劲，金湖的百姓能干大事。"

该县"国家园林县城"创建总策划、县委书记陶光辉说，金湖创造这个奇迹并不奇怪,首先这里有良好的自然禀赋,加之县城建设经过近几届县委、县政府的倾心推进,已从原始积累阶段走向特色创建、突破起飞阶段。

创建国家园林县城,是民心所向,顺应了老百姓渴望宜居宜业的迫切愿望;更是大势所趋,顺应了金湖提速发展、跨越赶超的现实要求。

参与创建工作的金湖县建设局局长张海波告诉笔者,"国家园林县城"的验收条件非常严格,考核项目多达7大项51小项,涉及县城规划、绿化建设、市政设施、水体环境等多方面,没有持之以恒的毅力与韧劲是很难实现这一目标的。2007—2009年,该县新增城市绿化150多万平方米,城市绿化覆盖面积达到623公顷,绿地率达36%,绿化覆盖率达42%,人均绿化达到9.6平方米。

一个核心理念
提高金湖百姓幸福指数

人以城为"家",城以人为"本"。群众的一大期盼,就是希望生活的城市尽快大起来、绿起来、美起来、靓起来。金湖县在经典规划、精致建设、精细管理的全过程中,始终秉持"以人为本"的核心理念,把群众的愿望和呼声,作为努力的方向和重点。科学规划是园林城市建设的龙头,他们按照公共绿地布局合理,服务半径达到500米(1000平方米以上公共绿地)的要求;城市绿化覆盖率40%、建成区绿地率35%等国家园林县城创建标准,邀请国内一流的园林规划单位,以"绿水城市"为总体框架,精心修编了《金湖县城绿地系统规划》《金湖县县城绿线规划》,倾心打造"城中水、水绕城""城中绿、绿绕城"的生态县城。

最受百姓欢迎的是,每一项创园工程在力保园林工程品位的同时,充分考虑到市民的需求,着力打造水乡园林的亲民经典工程:公园、广场、游园设计突出主题文化内涵;城市主、次干道重点建设沿路、沿河景观工程及节点游园,形成一路一条景观大道,一个游园辐射一片城区的特色;城市河道重点建设滨河风光带,打造出碧水环绕、水景相连、"水绿"特色鲜明的城区水环境;单位庭院和居住区以推广植物造景为主,打造城市的后花园,提升了百姓幸福指数。市民说:"生活在'出门见绿,四季放绿'的水乡园林城市,感觉开心多啦!。"

最为难得的是,金湖县四套班子的办公大楼前本来有着1.5万平方米的"县委大院",为了保证城市绿化建设,县委拆掉原有围墙,建成了市民休闲的行政广场,成为市民休闲、健身、娱乐的大乐园。"创城"过程中拆掉围墙的,还有很多单位。市民说:"拆掉的不是围墙,而是干群之间的一道坎。"

令让人感动的是,亲民化的园林县城创建赢得了百姓大力支持与广泛参与,形成了政府、部门、群众共同推进创建的生动局面,群众纷纷用各种方式支持创城。一位市民看到84广场一棵生病重阳木后,上网发了一条"快来救救我吧"的帖子。创园总指挥、县长肖进方看到帖子后，立即下载转批到建设局，相关部门快速组织了防治，并因此出台了县城区公共绿化养护管理方案，推动了城区绿化长效管理机制的快速建立。县林牧渔业局退休老职工管建主动与创园办联系，把自己在院中培育的2棵桂花树和1棵枇杷树无偿奉献给公共绿地，得到了考核组专家组的高度赞扬。

引水流城，点绿成园，一城绿色半城水。2300米的三河风光带、2500亩的淮河柳树湾湿地成为县城天然氧吧；行政广场、84广场、飞天广场、三河滩风光带、翠湖园等一批绿化广场和景观带成了10多万市民休闲健身的好去处；引水入城的金水河，引水穿城的三里桥河，引水环城的黎龙河、利民河将城区河流打造成流动和美丽之河，创造了和谐自然的亲水环境。如今走进金湖，就如同走进一个绿色生态家园。"我先后4次来金湖，每次都能给我不一样的感觉！"来自美国双S集团亚洲区总裁道格拉斯先生对金湖竖起了大拇指，他更惊叹于金湖"人景两相依，满目皆绿色"的和谐氛围，如今他所在团队投资10亿港元的嘉捷集团在金湖已正式投产。

一块最闪亮的名片
大力提升区域竞争力

荣获"国家园林县城"，除了能改善百姓生活环境外，对金湖还意味着什么？

据省建设厅有关领导介绍，"国家园林县城"是我们国家城市名片中的顶级品牌之一，是一座城市的无形品牌资产，其品牌价值无法估量，在海内外具有相当高的认知度和美誉度，将使金湖扬名海内外，提升区域竞争力。

事实上，该县2009年度总结清楚地反映，当年引进3000万元以上项目118个，新批外资企业20家，游客接待量达到119万人次，旅游总收入达3.78亿元，均创下新的发展纪录。

创建"国家园林县城"是手段，目的是为了加快金湖的发展。今年，该县将全面唱响"国家园林县城"品牌，把招商引资作为金湖加快发展的头等大事来抓，按照"全县抓经济、重点抓工业、关键抓投入、突出抓招商"的思路，高标准确立招商引资目标。全县招商引资固定资产到位资金不少于40亿元，新实施3000万元以上项目不少于80个，其中亿元以上工业大项目不少于25个，确保在招引10亿元以上的大项目上有突破。

3月1日，在全市举行的大项目集中开工活动中，金湖县集中开工了15个亿元以上大项目。江苏雨润食品产业集团投资的福润禽业加工项目经理说，"决定在这里投资的一个很重要的原因，就是看中这里一流的绿色满园的湖生态资源！"

(刊于2010年3月5日《淮安日报》头版头条，同日《新华日报》同时刊登)

第二节　乡村振兴

金湖素有"鱼米之乡""禽蛋之乡""中国荷花之""苏北小江南"之美誉，农业发展基础较好。多年来，金湖县围绕"产业兴旺、生态宜居、乡风文明、治理有效、生活富裕"乡村振兴目标，推出了一系列可资借鉴的新举措，从下列笔者采写的相关新闻中可见一斑。

面积扩大　播种适期　良种普及　投入增加

金湖加快发展农业机械化

本报讯　我省"九五"期间农机化综合试验示范县——金湖县，以耕作机械、农用排灌机械动力百亩拥有量大而出名。现在，这个县除水稻栽插外，耕旋、开沟、植保、排灌、运输、脱粒、加工等基本上实现了机械化和半机械化。

近年来，金湖县把发展农业机械化作为转变农业经济增长方式、调整农业内部结构的关键措施来抓，千方百计引导和鼓励农民购买各类农机具。全县涌现出了许多农机大户。该县白马湖乡新跃村农民冯守福，从1986年以来，先后购买了两台50型拖拉机、两台70型推土机，还有铲运机、收割机、挖泥机各一台，总投入达40多万元。现在，冯守福靠农机每年收入10多万元，当地群众都称他是"农机大经理"。在冯守福等农机大户的影响和带动下，该县掀起了一股购买农机具热。仅去年，该县投入的农机发展资金就达1368万元，新增大中型拖拉机291台，手扶拖拉机1347台。全县农业机械总动力已达31.7万千瓦，百亩耕地拥有机械动力61.45千瓦。现在，全县40万亩麦茬、油菜茬仅需两周左右时间就可完成收割、耕翻任务。全县农田机耕率达99.6%，机收率达80.6%，机开沟率达72.9%，三麦机条播率达41%。

（刊于1997年4月26日《淮阴日报》二版头条）

机手缺技事故多　农闲正是培训时

金湖对三万名农机手"充电"

本报讯　12月7日上午，金湖县淮建乡政府小礼堂内座无虚席，该乡近200名机手正聚精会神地聆听县农机化学校的高年工程师讲课，这是金湖县农机局今年首次在乡镇举办的农机培训班。

金湖县是全省农机化综合试验示范县，该县以耕作机械、农用排灌机械动力百亩拥有量大而出名。现在，该县已拥有大中型农业机械近2000台，小型农业机械近2万台，驾驶操作手近3万人，全县农业机械总动力已达34.8万千瓦，百亩耕地拥有机械动力62.45千瓦。

农业机械的迅猛增加，推动了该县农村经济的发展。今年，仅该县淮建乡93台大中型联合收割机在农机跨区作业中收入就达80万元，平均每台机械达8500元。但由于广大农机手缺乏专业培训，对农业机械操作规程、机械基础知识、安全使用和维修保养等懂得不多，农机事故时有发生，仅1998年全县就发生农机事故46起，死伤37人，直接经济损失30多万元。为此，金湖县农机局决定利用农闲季节举办150期农机操作人员培训班，对全县3万名农机手进行专业培训。

（刊于1999年12月13日《淮阴日报》）

金湖高质量完成秋播工作

本报讯 "今年我县秋播呈现面积扩大、播种适期、良种普及、投入增加四大特点，可以说今年秋播质量是多少年来所少有的……"11月11日上午，金湖县农业局作物栽培站站长、高级农艺师王守立对笔者如是说。

今年，金湖县共种植小麦35万亩、油菜12万亩，分别比去年增加2万亩和2.2万亩。播期比去年提前10天左右。目前小麦已有两叶一心，油菜已有6—7张大叶，而且长势普遍好于往年。更为可喜的是，该县农民在获得230万元的水稻良种补贴和920万元的水稻直接补贴后，加上夏秋两季粮食丰收、粮价上涨、农业税调减等因素，农民看到了种粮的新希望，纷纷加大对农业的投入，全县小麦和油菜良种普及率达100%，复合肥亩均用量达30公斤、尿素亩均用量达15公斤左右。

现在，该县农民正抓住雨后旱情缓解的有利时机，进行清沟理墒、控旺、化除等田间管理。

（刊于2004年11月13日《淮安日报》）

金湖：农业开发为农民增收"埋单"

16年累计投入各类开发资金1.48亿元，新增粮食综合生产能力1.08万吨

近日，从江苏省金湖县农业资源及开发局传出好消息：今年，该县共争取各类农业综合开发项目资金2147万元，其中财政资金1200万元。自此，该县自1988年被国家列入首批农业综合开发项目区以来，已累计投入各类开发资金1.48亿元。仅世行农灌二期项目和国家农业开发五期项目，全县就累计完成投资5871万元，改造中低产田14.4万亩，新增排灌站19座，建设中沟级以上桥涵

脚印

138

闸66座,铺设砂石路67.8公里,渠道修砌20.5公里,项目区农业生产条件得到了有效改善,新增粮食综合生产能力1.08万吨。

金湖县是农业大县,农业生产是农民的主要收入来源之一。为此,该县坚持"多予、少取、放活"的原则,大力实施农业综合开发,主动为农民增收创造良好的内外部环境,全县先后建设了10个优势农产品生产基地,培育了一批优势品牌农产品,通过提高农业生产技术,推广优良品种,改进栽培技术,共为项目区引进粮食、瓜果、苗木新品种20个,示范推广实用技术10多项。特别是全面实施了农业综合开发土建工程招投标制、推行县级财政报账制等创新举措,在全市乃至全省树立了典型。今年5月,该县荣获全省农业综合开发"创业杯"奖,7月,又被淮安市政府授予全市农业综合开发"先进集体"荣誉称号。

(刊于2004年11月25日《淮海晚报》"经济新闻"版头条)

文明育农　科教富民
闵桥镇积极兴办农民培训学校

晚报讯　12月3日上午,在阵阵喜庆的鞭炮声中,金湖县闵桥镇成人教育中心新校区揭牌。当天,就有来自该镇117位农民进校参加绒花加工、玩具制作、电动缝纫等方面的培训。

闵桥镇成人教育中心校成立于1985年,多年来,该校坚持"文明育农、科教富民"的办学宗旨,着力培训复合型、技能型、专业型人才,先后举办各类培训班160多期,经培训转移农村劳动力16000多人次。

为进一步加大农民培训力度,闵桥镇将撤并后的胡桥小学进行整修,建成占地12亩的新校区。目前,该校共开办5个培训班。

(刊于2014年12月8日《淮海晚报》)

目击镇党委书记直选

12月17日下午,金湖县涂沟镇影剧院内气氛庄重而热烈,中共涂沟镇第十一次代表大会第二次会议在这里隆重举行。出席会议的139名代表在这里投下庄严而神圣的一票,选出该镇新任党委书记。

参与该镇党委书记竞选的两名候选人分别是银集镇镇长吴佩坤和闵桥镇镇长沈华东。为了这次竞选,他们花了一周时间深入涂沟镇调研,并拿出了各自的施政方略。两位候选人先后登台演讲并回答代表们的提问。

"如果你当选党委书记,你对抓党建工作有什么打算和举措?"

"我们涂沟虽然是农业大镇,但农民增收的空间不大,请问你有什么措施提高农民收入?"

......

一个个问题的提出，一个个问题的解答，赢得了代表们一次又一次热烈的掌声。

通过听取两位竞选者的演讲和对相关问题的回答，代表们对选谁当镇党委书记有了自己的评判标准。最终吴佩坤得票85票，沈华东得票53票，吴佩坤当选涂沟镇党委书记。掌声再次响起。

另据报道，该县银集、陈桥两镇也以相同的方式选举产生了新任党委书记。至此，金湖县首次公推直选的3名镇党委书记全部产生。

（刊于2004年12月20日《淮海商报》2版"本市要闻"）

金湖党代表大会实行常任制

本报讯　12月25日闭幕的中共金湖县第九次代表大会第二次全体会议作出决定，中国共产党金湖县代表大会实行常任制度。

根据党的十六大、十六届四中全会及省委十届八次会议精神，为充分发扬民主，积极探索党代表大会闭会期间发挥代表作用的途径和形式，不断完善党的代表大会制度，中国共产党金湖县第九次代表大会第二次会议决定，实行常任制度同时决定，设立"县党代表大会决策咨询委员会、提案委员会、代表联络委员会"，为大会专门机构。实行县党代表大会常任制以后，该县党代表大会每年将召开一次会议，主要任务是审查县委工作报告、县纪委工作报告，审查党的路线、方针、政策在本县的贯彻执行情况及上一次党代表大会决议事项的落实情况，审议代表提出的提案，讨论全县政治、经济、文化、社会等领域中的重大事项及问题，并作出决议。

（刊于2014年12月27日《淮安日报》《淮海商报》）

八旬老党员为希望工程捐款5000

晚报讯　日前，金湖县希望工程收到一笔5000元的个人捐款，这是该县希望工程自设立以来收到最多的一笔个人捐款，捐款者是该县共产党员、离休老干部崔艺武。

今年87岁的崔艺武是一位入党52年的老党员。离休后，崔艺武一直坚持老有所为、老有所学、老有所用，平时通过书法绘画、种花养草陶冶自己的情操。重病卧床后的崔艺武依然坚持每天读书看报，关心国家大事和地方"三个文明"建设。

在保持共产党员先进性教育活动中，崔艺武没有因为自己年事已高、体弱多病而放弃学习，他将自己的学习心得经过口述，请人代写下来。他还带头践行"三个代表"重要思想,让老伴刘素沂带着自己平时积攒下来的5000元钱,请党组织转交希望工程,表达一位老党员对下一代的关爱之情。

(刊于2005年3月23日《淮海晚报》)

金湖陈广毅获全国"孝亲敬老之星"
获此殊荣江苏仅此一人

晚报讯　3月18日,金湖县塔集镇夹沟居委会共产党员陈广毅收到全国敬老爱老助老主题教育活动组委会颁发的"葆青杯•孝亲敬老之星"荣誉证书和奖章,获此殊荣的江苏省仅此一人。

今年79岁的陈广毅老人退休前是夹沟居委会主任,曾当过民办教师,从1986年夹沟敬老院成立之日起,陈广毅便在每年的中秋、重阳、春节等节日给敬老院的每位老人送去一些生活日用品和鱼、肉等改善老人们的生活,而这一送就是19年。有人替他粗略地算了一下,19年来,他为老人们花费在万元以上,而他每月只有200元的生活费。

2001年陈广毅联合王寿达、张中豪、杨监等7位老人在当地政府的支持下,创办了老年活动中心,当时他们从自己家里拿来桌凳、象棋等,现在该活动中心设有棋牌室、乒乓球室、阅览室、书画室等,每天都有老年人轮流值班,并订有一套规章制度,活动中心《夕阳红》园地还定期张贴一些老人的读书心得、老年保健知识等。现在,该老年活动中心成了全镇老年人的精神乐园。

68岁入党的陈广毅老人不仅关心老年人,还关心下一代的健康成长,他先后被江苏省文化厅聘为网吧义务监督员、镇关心下一代义务宣传员等,还被夹沟中心学校聘为家长学校常务副校长。去年在该县教育局举办的社区教育演讲比赛中,陈广毅还获得了"让生活更美好"个人演讲一等奖,他还连续6年被评为优秀党员。

(刊于2005年3月21日《淮海晚报》3版"淮安要闻")

金湖丘陵开发项目通过验收

本报讯　12月21日,金湖县2003年、2004年丘陵地区农业开发项目通过省农业资源开发局、省财政厅联合检查验收。

2003年和2004年,金湖县分别投资60万元,先后对黎城镇工农村和金南镇五里村丘陵地区进行农业综合开发。去年,工农村营造成片林3000亩、植树4万株,新建中沟涵闸6座,田间配套建筑物70座,对当地农民进行林业、农业生产技术培训500人次;今年,该县又在五里村建设优质蚕桑基地2000亩,引进优质桑苗4.7万株,新建小沟级及田间配套工程34座,修筑机耕路1.3公里,对当地农民进行技术培训200人次。

（刊于2004年12月23日《淮安日报》、2005年1月5日《江苏农业科技报》）

建成高标准设施农业2.5万亩,年产值近3万元
金湖高效农业成农民增收助推器

本报讯 又到一年芡实采摘加工时节。昨天上午,记者在金湖县塔集镇三柳村看到,几百亩的芡实池塘里,农民们正一派忙碌景象。据该县相关负责人介绍,随着芡实等高效农业品种的大面积推广,金湖高效农业今年有望实现"五连增",成为引领金湖农民增收致富的助推器。

采访中,三柳村农民欣喜地告诉记者:"与以往不同,今年的芡实个儿大、籽粒饱满,亩产超过200斤,价格也比往年翻了一番,每斤收购价95元。"今年,塔集镇农民与苏州客商合作,利用当地得天独厚的自然资源,调整农业生产布局,调高高效农业发展目标,发展芡实新品种培育基地1376亩,仅此一项就实现农民增收368元。

金湖高效农业农作物品种不止是芡实,金北镇农民范德林家今年承办200亩西瓜园也获得大丰收,亩均纯收入超过12000元。范德林表示,他选择在金北镇发展西瓜种植,主要是考虑靠近淮金线,交通便利,技术人员服务到位,让他对创业充满信心。

在前锋镇白马湖畔的生态观光园,省级高效设施农业项目基地目前已发展连栋大棚50亩、露地菜250亩,钢架大棚随处可见,工厂化育苗区的滑动式苗床等高科技种菜设施成了另一道靓丽风景。今年初,这里种植的400棵桃树、350棵梨树、188棵杏树已经吐绿成活,明年可挂果并对外开放,供前来白马湖旅游的游客休闲采摘和品尝。

截至目前,金湖县已建成高标准设施农业2.5万亩,年产值近3亿元。与传统农业相比,设施农业土地产出率、劳动生产率提高了5倍以上,单位面积种植效益提高了6倍。高效农业不仅丰富了该县人民群众的菜篮子,也改变了农民"看天吃饭"的传统耕作模式,成为全县农民增收致富的新路径。

（刊于2012年9月5日《淮安日报》B版头条）

改土治水兴天下第一产业 铺路架桥做人间最大善事
金湖农业综合开发请农民作主

"二组庄台前老百姓出入不方便,要修一条砂石路";"红星排涝站站房墙体有裂缝,要加强管护";"中学旁的拱桥年久失修,要改建"……这是金湖县农业资源开发局党组书记、副局长刘荣生到该县涂沟镇涂沟村下访时,村民代表张

脚印

正国、邹修明、芦定国等人反映的问题。

　　在金湖县，人们喜欢用这样一副对联来评价农业综合开发：改土治水兴天下第一产业，铺路架桥做人间最大善事。该县自1998年被国家列入农业综合开发项目区以来，已先后完成了六期农业综合开发、三期利用世行贷款加强灌溉项目的实施任务，扶持发展农副产品加工产业等，累计争取各类农业综合开发资金1.6亿元。在促进农产品生产能力大幅度提高和农业及农村经济全面发展等方面起到了积极的作用。该县农业综合开发工作已连续多年受到省、市表彰。今年，该县农业资源开发局为深化机关作风建设，加强农业综合开发项目跟踪管理，组织班子成员到农业综合开发项目区开展下访活动。全体班子成员通过走访、定访、约访、专访、回访等形式，每人下访到一个行政村，定期定点下访。与农民零距离接触，重点解决掌握与农民生产、生活密切相关又急需要办的项目工程、项目建成后管护措施落实情况及效益发挥、项目区干群对农业综合开发的建议及意见、农民反映的热点问题等。有组织地开展领导干部下访活动，在该局尚属首次。据该局局长朱元明介绍，组织班子成员下访到基层，与群众直接交流、沟通，群众心里有底，乐于把真实的想法说出来，便于问题得到快速解决。

　　目前，该局已组织班子成员24人次到基层下访，接待项目区农民256人次，受理农民来访及建议51件，现场解决问题7件，梳理限期办结问题24件，采纳建议8条。

　　（刊于2006年8月1日《淮安日报》4版）

金湖农业综合开发提振"三农"精气神

　　金湖县通过实施中低产田改造、高标准农田建设、丘陵山区、产业化经营四类项目，使农业龙头企业得到强筋壮骨，提振了农业、农村和农民的"精气神"。

　　近3年，该县合计投入财政资金1.12亿多元，仅今年一季度，就已落实项目财政资金3140万元。农业综合开发项目遍及县内10个镇，形成涂沟镇秦庄村300亩大棚蔬菜基地、黎城镇九里村1500亩大棚蔬菜基地、戴楼镇2000亩设施蔬菜、陈桥镇振兴村500亩蔬菜（苗木）基地等高效农业新亮点。

　　（刊于2013年4月24日《新华日报》）

特写：

粮农喜算增收账

　　"今年种粮最开心，农业税比上年少，还有直补资金，多亏了中央1号文件……"这是金湖县金南镇王庄村农民嵇尚东10月14日向前来检查粮食直补资金兑现情况的财税干部说的一番话。

嵇尚东同财税干部算了这样一笔账:他家种了24.8亩水稻,去年共交农业税1557.44元,今年农业税税率下调后,只有890.42元,而国家发给他家的粮食直补资金就有496元。今年水稻大丰收,亩产达610公斤,比上年净增50公斤。这样算下来,他家亩均要比去年增收近200元。

今年,金南镇共种植水稻57800亩,共向10120个农户兑现粮食直补资金115.6万元。福寿村一组农民陆义林种植水稻1.9亩,应交农业税68.22元。而他获得38元粮食直补资金,财政部门又帮他家落实30元社会减免款,陆义林实际只交了0.22元的农业税。好政策极大地调动了农民种粮积极性,前两年该镇出现的1000多亩抛荒田、低洼田被农民抢种一空。全镇今年全年的202万元农业税在夏季就全部入库。

(刊于2004年10月20日《淮安日报》头版)

金湖县建成种子营销网络
确保供种安全　保护农民利益

本报讯　1月21日,金湖县种子公司与40多位乡镇种子经销商签订了销售协议。协议明确规定:凡网络内经销的种子,一律由县种子公司负责调进,因种子质量问题造成的一切损失由县种子公司负责赔偿;全县种子实行一道价销售,不得擅自抬价,切实保护农民利益。至此,金湖县规范化的种子经销网络正式建成。

随着种子市场的放开,该县种子市场一度鱼龙混杂,给农业生产和农民增收造成了一定的影响。为此,该县种子供应部门从保护供种安全的角度出发,建成了覆盖全县的种子营销网络。该县种子公司严格按照当地农业部门推广的主体品种组织调购优质种源,并实行独家经营,在网络内实行封闭销售。据悉,该县今年重点推广的扬粳9538、南抗41、两优培九、K优818等水稻品种,以及南农98-7、科棉1号等棉花品种均已落实到位。

(刊于2005年1月23日《淮海晚报》1月24日《淮安日报》《淮海商报》,2月19日《江苏农业科技报》)

金湖农机闹春耕

本报讯　1月18日上午,在金湖县中学南侧的一块空地上,只见一台新型拖拉机正来回穿梭,拖拉机所过之处留下了精细的田块,30多位农民一边看,一边在"评头论足"。这是日本洋马公司在当地开展新型拖拉机旋田操作演示的一个镜头。

金湖县拥有小型拖拉机2.1万多台,大中型拖拉机1700多台(套),联合收割机2000多台(套),农机作业面积已达95%以上,成为江苏省农机化综合示范县之一。

银集镇劳动村四组农机手王广湘从19岁开始操作农机,如今38岁的王广湘不仅拥有拖拉机、自走式联合收割机等机械,还拥有服务高速公路建设的拖拉机,仅聘用机手,每月就要开工资7500元。去年秋天,王广湘又投资20.5万元,购买了一台洋马半喂式收割机。王广湘算了一笔账,去年秋天,他和妻子驾驶这台洋马收割机在安徽巢湖、全椒、汊涧以及我省高邮、泰兴等地跨区作业,一季收割水稻2000多亩,纯收入8万多元。他说,像这样两年不到就可收回成本。现在,金湖县像王广湘这样的农机大户已有2000多户。去年,该县农机手现金收入就在亿元以上。

正是由于当地农民对农机的偏爱,元旦刚过,该县农机部门就积极组织各类新型农机具,通过演示活动向农民推介,提前闹起了春耕。

(刊于2005年1月26日《江苏农业科技报》)

购机补贴七千元　技术培训紧跟上
机械化示范县里"机插"忙

6月5日,笔者从金湖县黎城镇利东村田头看到,蒙蒙细雨中,一行行整齐打的秧苗在插秧机手灵活的操作下,像绿色的音符不断流淌出来,眨眼间便铺满了整个秧田。这是该县推广机插秧的一个镜头。

金湖县是江苏省农机化综合示范县之一。现在,该县拥有大中型拖拉机1600多台,联合收割机近1300台,农机总动力达35万千瓦,平均每百亩耕地拥有机械动力和农机化综合水平处于全省乃至全国前列。

今年,该县被农业部列为水稻机械化示范县。为全面推广机插秧,该县采取县乡两级政府补贴的办法,鼓励农民自购插秧机,农民每购买一台插秧机,县里补贴5000元,乡镇根据情况补贴2000元。今年,全县新增东洋插秧机20台。为普及机械化育秧和机插秧技术,该县还举办五期培训班,使59名机手和20名技术干部都熟练地掌握了育秧和插秧技术。

据该县农机局局长顾福全介绍,一亩水稻插秧费只需30元左右,农民都乐意接受。一台插秧机一天可插秧30亩以上,抵得上六七十个妇女干一天。到发稿时为止,该县机插秧面积已超过5000亩。

(刊于2001年6月11日《淮海晚报》,6月21日《中国农机化报》)

小特写:

众人齐夸机插秧

眼下正是水稻由营养生长向生殖生长过渡的时期,在金湖县黎城镇上湾村三组水稻田头,相邻的两块水稻田分别插着一块醒目的标志牌:一块上面写着"机插秧示范田",另一块上面写着"人工栽插田"。参加县水稻种植机械化现场观摩活动的100多位种田大户,顶着炎炎烈日,在比较这两块田的水稻长势。

上湾村党支部书记林后宏高兴地说:"想不到机插秧长势这么好,现在机插秧田块单穴茎蘖数达19.6个,亩总茎蘖数超过30万个。看来每亩机插秧比人工栽插田增产100斤不成问题。"

种田大户杨金莲接过话茬:"我家承包了宝应湖农场150亩农田,过去一到栽秧季节,每天至少要请15个以上的帮工,而且需要2周以上才能插完,使用插秧机成本也低,过去请一个帮工每天工钱就是35元,而机插秧1亩只要花30元;同样栽100亩水稻,水育秧池需要15亩,旱育秧池需要5亩,而机插秧池只要1亩就够了。"

当谈到机插秧成本时,黎城镇利东村机插秧经营户李传志心里更是乐开了花:"我家去年买了1台韩国产的插秧机,总共花了18000元,后来省里、县里包括镇里给我补贴8000元,我只花了1万元,两年功夫不到,我就全部收回了投资,还小有盈余。"

代表们还兴致勃勃地参观了闵桥、宝应湖农场、吕良、陈桥等六个机插秧示范点。每都一处当地农民都对机插秧赞不绝口。农民们风趣地说:"才栽秧,只见行不见秧,心里急得直发慌;20天后回头再看机插秧,只见小秧不见行,乐得心里喜洋洋。"

(刊于2002年8月17日《江苏农业科技报》头版、9月1日《中国农机安全报》4版)

小特写:

灾后比较机插秧

遭受严重洪涝灾害之后,机插水稻与人工栽插水稻长势有何差异? 7月20日,省农机局局长陆为农就此专门来到金湖县调查。

在宝应湖农场五七队一块机插秧田头,农场场长张锡芳指着一片绿油油的水稻告诉陆局长:"在相同的田间管理条件下,机插秧活棵明显比人工栽插的快。现在,机插秧水稻亩均茎蘖数达23万以上,最高田块亩茎蘖数达30.4万,而人工栽插田块还不足20万。"

金湖县委副书记韦富接过话茬:"机插秧省时、节本、增产、增效的优势十分明显。过去靠人工栽插,栽秧时间要达2周以上,而机插秧1周就解决问题,而且花费远远低于人工插秧。同样栽100亩水稻,水育秧池需要15亩,旱育秧池需要5亩,而机插秧池只要1亩就够了。去年,全县机插秧水稻最高亩产达

774.5公斤,平均亩产普遍高于人工栽插水稻。"

金湖农民今年新增插秧机203台,全县推广机插秧面积3万多亩。陆为农高兴地说:"金湖县完成了机插秧试验示范到大面积推广的跨越,机插秧技术日渐成熟,真正为农民办了一件大好事。"

(刊于2003年8月2日《江苏农业科技报》头版、8月5日《中国县域经济报》)

金湖干群齐夸机插秧好
力争"十一五"末机插秧面积达80%以上

本报讯 "真没想到,今年内涝这么严重,机插秧水稻还能有这么好的长势,这稻子550公斤一亩没有问题。"这是日前在参观金湖县陈桥、吕良、前锋等镇和省农垦宝应湖农场水稻机插秧田块后,人们发出的啧啧称赞。

金湖县是省确定的"十一五"水稻生产机械化示范县,今年该县新增插秧机251台,水稻插秧机拥有量已达681台,水稻机插面积达10万多亩,覆盖全县11个镇80多个行政村,水稻机插秧率由去年的15%提高到今年的20%,名列全省前茅。

陈桥镇振兴村今年种植水稻3780亩,全村现有插秧机11台,今年共推广机插秧2290亩。该村党总支书记何学兰高兴地说:"不比不知道,我们村大多数农民目睹了水稻机械化栽插的好处,与传统手工栽插相比,省工节本、稳产高产、防病防虫,每亩水稻光成本就可节约140元左右。"

吕良镇陈庄村农机大户凌久全更加开心。在上级政府的补贴下,他家投资25000元购买了5台插秧机,成立了"吕良镇久全水稻机插秧服务公司",除了满足自家116亩水稻的栽插外,还为左邻右舍栽插水稻500多亩,年获利在3万元以上。如今,他对自己的水稻机插秧服务公司信心十足,明年准备为更多的农户提供水稻育秧、插秧等一条龙服务。

金湖县委副书记韩骅表示,到"十一五"末,该县力争机插秧面积达80%以上,实现真正意义上的水稻种植全程机械化。

(刊于2006年10月23日《淮安日报》3版"地方新闻")

高邮湖荒滩养禽人

烟波浩淼的高邮湖在金湖县金南镇南侧拐了一个弯,形成一大片浅滩、湿地,这里水退草长,成了天然的牧场。正是看中这里天然的食草资源,金南镇连湖村七组农民房立祥在这里安营扎寨,当起了"三禽"总司令。

今年55岁的房立祥从17岁开始拿起放鸭篙子,这一拿就从未放下。多年养禽让房立祥积累了丰富的经验:什么时候防病,什么时候驱虫,他了如指掌。因此,他养的鹅、鸭很少生病,产蛋率也高。今年以来,房立祥已出售公鹅2000

多只,收入5万多元。但由于春季闹禽流感,鹅蛋掉价,算下账来,他还亏3万多元。笔者问老房,养禽亏损为什么还要继续养时,老房信心十足地说:"低潮过后一定是高潮,高潮一到准能赚大钱。"他给笔者算了一笔账:一只老鹅一年产40只蛋,如果每只蛋卖到3块钱,那每只老鹅每年的收入就是120元,除去80元的饲料成本和10元的防病成本,一只老鹅就可纯赚30元,3600只老鹅一年就可赚10多万元。现在,房立祥除了饲养3600老鹅外,还养了1500只鸭子。老房老两口忙不过来,还请了两个帮手。

看着在草丛中时隐时现的老鹅,房立祥夫妻俩既喜悦又担心。喜悦的是,他们每年帮助当地农民就地转化粮食20多万公斤,还多次受到市县表彰奖励,这让他们坚定了养禽致富的信心;担心的是,入秋后时常会有不法分子在高邮湖上用药物药野鸭子,一不小心就会给他们的鹅鸭造成损失。更让他们担心的是,这里的湖边滩地即将被开发,他们有可能被赶出这片天然牧场,到时,他们的鹅鸭就没有了栖身之地。

(刊于2006年10月10日《淮安日报》3版)

金湖县对拖拉机驾驶员进行复训

本报讯 从7月4日起,金湖县农业机械管理局组织农机化学校、农机监理所工作人员,对全县拖拉机驾驶员进行集中统一复训,进一步增强广大农机操作人员的安全意识,提高其操作技能,开创金湖和谐农机新局面。

金湖县是江苏省农机化综合示范县,全县拥有大中小型农业机械25000多台(套),这些农机在建设新农村,致富农民的过程中发挥了重要作用,但同时也存在一定的安全隐患。为此,该县始终把对农机年检年审和驾驶操作人员培训放在首位,做到农机不经检审不上路,机手不培训不操作。这次全县拖拉机驾驶员集中复训由该县政府统一部署,农机部门具体实施,将对全县手扶拖拉机驾驶员、小型方向盘式拖拉机驾驶员、大中型拖拉机驾驶员、变型拖拉机驾驶员、联合收割机驾驶员等进行集中复训。复训内容包括道路交通安全法律法规和农机安全操作规程,拖拉机及配套机具使用基础知识,基本操作与场地、田间作业(挂接机具)、道路驾驶操作训练,联合收割机使用技术及跨区作业知识等。到7月25日,该县已连续举办4期这样的复训,培训机手200多名。

(刊于2008年7月28日《淮安日报》B2版)

金湖农民今年种田"打擂台"

本报讯 笔者从2月1日金湖县举办的2010年水稻新品种订货会上获悉,今年该县将开展"两优多系1号"高产擂台赛,农民种田获高产有奖励。

脚印

为引导广大农民选种高产优质水稻新品种,金湖县根据当地引进试验示范种植的水稻新品种,进行筛选比较,重点推出两优多系1号、Y两优1号、新两优6号等6个水稻高产新品种推介给当地农民,并邀请育种水稻专家为各镇农技人员、种子经销商进行栽培技术辅导,再由农技人员和种子经销商把栽培技术传递给农民。更令该县农民开心的是,今年该县还开展"两优多系1号"高产擂台赛,农民种田获高产有奖励。据金湖县金种子经营部经理冯贞涛介绍,今年他们联合安徽隆平高科种业有限公司,开展这一竞赛活动,凡连片种植"两优多系1号"水稻新品种5亩以上的农民均可报名参赛,经专家测产亩产在700公斤以上的就有机会获得大奖。特等奖可获彩电,一、二、三等奖有价值500元、200元、50元不等的奖品或现金,参与农民均有鼓励奖。

(刊于2010年2月2日《淮安日报》)

"红领巾""中日友谊牡丹""二桥芙蓉""观音莲"
金湖荷花扮靓北京奥运会

晚报讯 8月8日晚7∶30,虽然距离奥运会开幕式还有半个小时,但金湖县的家家户户早已行动起来,人们纷纷围坐在电视机前,等待那激动人心的时刻。从位于县城团结巷的许德成家庭院中飘出的是阵阵荷香,老许一家正在等待着奥运会开幕式的到来。

看奥运会开幕式,老许一家甭提有多高兴了。许德成激动地告诉笔者,刚刚中央电视台天气预报上出现的荷花画面叫"红领巾",就是由他培育的荷花品种。更让他高兴的是,他培育的"红领巾""中日友谊牡丹""二桥芙蓉""观音莲"等四个品种的观赏荷花还被北京奥运村选中,成为装点北京奥运村的花卉品种之一。

今年55岁的许德成,曾在金湖县原横桥乡任副乡长,著名的万亩荷花荡就座落在该乡境内,也许是由于是自小就喜爱荷花的缘故,2004年离岗创业的许德成养起了荷花。2005年在淮安市举办的第四届江苏园艺博览会让许德成看到了培育观赏花卉的巨大市场潜力,于是他开始培育观赏荷花品种,先后培育成"山地红""白云赤子"等30多个只开花、不结藕的观赏藕品种,2005年,他通过网络销售,"红领巾""中日友谊牡丹""二桥芙蓉""观音莲"等四个品种的观赏荷花被北京奥运村选中,先后向北京奥运村提供观赏荷花4000多支,把奥运村装扮得更加美丽。如今,许德成年销售观赏荷花超过5万支,收入10多万元。

(刊于2008年8月10日《淮海晚报》A3版头条)

金湖为农服务部门
春耕在即　服务超前

春节刚过，金湖县农资公司、农机公司等为农服务单位已备足货源，唱起了一年一度的春耕生产服务歌。

金湖县农资公司和农机公司为保障春耕生产所需农用物资的供应，积极调度资金，备足货源，并坚持热心服务。今年以来，县农资公司共筹集600多万元资金，组织调进尿素3700吨、碳铵11000吨、农药120吨、农膜40吨；农机公司筹措资金77万元，备足各种机器配件170万件。为保证质量，他们坚持从正规生产厂家进货，并严把质量检测关，以确保不损害农民利益。

为搞好服务，农资公司在全县增设了4处销售网点，并实行全天候值班，对资金暂时有困难的农户还实行赊销；农机公司为强化售后服务，实行了"三包一赔"制度，销售的产品出现质量问题，做到保修、包换、包退，造成损失的负责赔偿。目前，该公司已成立了由5名技术人员组成的"三包"小分队，上门为用户维修、调试农机。

（刊于1995年2月13日《淮阴日报》头版、2月28日《新华日报》8版）

农民郑念珠18年自费订阅《人民日报》

本报讯　10月31日，金湖县白马湖乡中营村三组农民郑念珠来到乡邮电支局，自费300元，征订了1997年度《人民日报》。至此，郑念珠已连续18年自费订阅《人民日报》。

郑念珠今年68岁，1979年从村会计岗位上退下来以后，到村里阅读报纸不太方便，他便自费订阅《人民日报》。18年来，《人民日报》年订阅价格从几十元上涨到300元，郑念珠仍不改初衷。每天《人民日报》一到，他总是认真阅读，并把报纸上登载的有关党的方针、政策的文章摘录下来，向周围群众进行宣传。

（刊于1996年11月5日《淮阴日报》）

两枚专用章　把住花钱关
金湖县新农乡规范管理统筹代办费

最近，金湖县新农乡10个村的村务公开栏和104个村民小组的组务公开栏，同时公布了各村、组1998年度统筹代办费统筹使用情况。农民看了公开栏后纷纷夸赞：有农经管理站的两枚"专用章"严格把关，干部花钱我们放心。

过去，该乡对村组统筹代办费的使用一直采取村组统筹多少，农经管理站就拨付多少的办法，容易出现滥支滥补和一些不合理的招待费等，变相加重了农民的负

脚印

担。从1996年开始，该乡在落实统筹方案时，除了把各项农民负担严格控制在上年农民人均收入的5%以内外，还刻制了一枚"村组统筹代办费拨付专用章"和一枚"村级招待费审批专用章"，以此加强村组统筹代办费的使用管理。该乡规定：村组要拨款必须由农经管理站统一审核，凭发票加盖"专用章"后方可拨付。

自实行两枚"专用章"制度以来，这个乡已累计核减招待费24.2万元，核减排涝费6.2万元。全乡没有一起因农村财务问题而发生的来信来访和矛盾纠纷，农民合同签约率和履约率均达100%。

（刊于1999年4月20日《淮海晚报》2版）

金湖农民艺人创作根雕喜庆十八大

农民艺人吉后富是金湖陈桥镇前进村人。他的作品以农村常见的动植物为元素，花鸟鱼虫、飞禽走兽，每件作品都栩栩如生，就连他家的日常生活用具都融入了根雕艺术的元素。

近日，吉后富精雕细刻了10多件以龙为主题的根雕作品，用自己独特的方式喜庆党的十八大召开，表达农民艺人的朴素情怀。

（刊于2012年11月20日《新华日报》B3版）

金湖向渔民发放科技入户物化补贴

本报讯　7月30日上午，金湖县在该县高邮湖村举办了渔业科技入户物化补贴发放仪式暨渔业科技入户培训活动，将包括鱼药、水产杂志等在内的雨夜科技入户物化补贴物品发放的养殖户和科技示范户手中。

据了解，金湖县是传统的水产养殖大县，水产养殖面积达17.5万亩。该县现有两个渔业专业镇、五个渔业专业村，从事渔业生产的专业养殖户达8300多户、1.8万多人口，年创产值10亿元左右。

为进一步加强全县渔业生产，促进渔业增效、渔民增收，该县采取发放物化补贴的形式，对渔业科技户和养殖户进行物化补贴，加大技术培训力度，帮助他们增强抵抗养殖风险的能力，及时解决渔业生产遇到的技术难题，通过示范带动作用推动渔业生产发展。

今年，该县连续第六次被省确定为渔业科技入户示范县。

（刊于2012年8月3日《淮安日报》）

"小气村"里的"大方事"

银集镇何营村是金湖县有名的富裕村，1997年该村就跻身全县集体经济十强村的行列。同时，何营村又是全县有名的"小气村"，1997年以来，这个村没有报销一分钱招待费。

何营村不大，仅有7个村民小组，681个人口，1553亩耕地；何营村干部不多，村组干部加到一块才10人。然而，这10名村组干部在群众中的威望却都很高，原因是村组干部的"小气"。上级来人，村里一般不招待，即使招待也是到村干部家吃"派饭"，但不得在村里报销；村组干部有开会等活动，再晚也得回家吃饭，从不乱花集体和群众一分钱。并不是何营村没有钱花，这个村每年的集体经济收入都在13万元以上，但该村村组干部深知"公生明、廉生威"的道理。全村群众也是看中了村组干部的"小气"，对他们更加信赖。

然而，在为民办实事方面，何营村却大方得出奇。1997年，全村建广播村，一只音箱喇叭34元，农户只需交17元，其余全部由村里补贴；去年4组25户农户安装有线电视，每户只交了200元，集体为每户补贴了250元；3组43户农民安装自来水，每户只花200元，集体为每户补贴400元。对待困难户，该村更是大方有余。4组村民何春喜，上有70多岁的老父亲，下有身患残疾的儿子、儿媳妇，家庭较为困难。今年5月，何春喜妻子不幸去世，何营村及时从集体精神中拿出1500元，帮助何春喜家渡难关。

如今，钱粮上缴、公差勤务、计划生育等农村难点工作在何营村一点也不难了，样样工作都走了银集镇乃至全国的前列。

金湖农机具购置享受中央财政重点补贴

本报讯 笔者6月30日从金湖县农机局获悉：该县被确定为中央财政农机具购置补贴重点县。今后几年，该县农民购置大型农机具将可直接享受购机补贴。

今年，中央财政共补贴该县农机具购置补贴50万元。补贴的具体机型是江苏清江拖拉机有限公司生产的江苏500型和650型拖拉机，补贴机具数量为50台，每台补贴标准为1万元。

（刊于2005年7月2日《淮安日报》头版、7月9日《江苏农业科技报》）

补贴农机开回家

晚报讯 7月17日上午，金湖县委门前鼓乐喧天，热闹非凡。该县农民在这里扭起秧歌、舞起长龙，表达他们对购买大型农机具享受国家补贴后的喜悦之情。50台由中央财政补贴的650型拖拉机在这里一字排开，当农民李仁富、何寿华等50人成为这批农机的新主人，他们欢欢喜喜地开着农机回家了；踏上致富的新征程。

金湖县是江苏省农机化综合示范县之一，全县拥有大中型拖拉机2018台

（套）、大中型联合收割机2205台、插秧机430台、手扶拖拉机19220台,农机总动力39.35万千瓦、百亩耕地拥有农机动力74千瓦,全县农机化综合作业水平达89.3%,高出全省10个百分点。近年来,该县通过组织农机跨区作业,走出了一条农民靠农机致富的新路,仅今年麦收期间,该县组织1200台联合收割机走出县门,赴山东、安徽及本省其它县市区跨区作业,创设2400多万元,仅此一项,全县农民人均增收96元。农机高额的回报,激发了当地农民投资农机的热情。今年,该县被确定为中央财政农机具购置补贴重点县,首批补贴当地50台农机、每台补贴1万元。50台补贴农机购置计划公布不到一星期,就被当地农民抢定一空。该县银集镇利生村七组种田大户李仁富承包本村100亩农田,又在南京市六合区承包农田220亩,现在他已拥有一台50型拖拉机和一台自走式联合收割机,今年夏季他家小麦收入5万多元,农机跨区作业收入2万多元。李仁富对投资农机信心十足,他这次又花42200元购买一台补贴农机。李仁富喜滋滋地告诉笔者:"国家补贴我一万块钱买农机,这在过去想都不敢想,像这种补贴农机一般两三年就可收回成本,有了这台新农机,我要多承包田,多外出跨区作业,争取更多的收入。"

（刊于2005年7月18日《淮海晚报》2版头条、《淮安日报》头版）

诚心引得大户来

近日,在金湖县戴楼乡大棚蔬菜种植区内,来自清浦区的蔬菜种植能手赵士荣指着一片大棚兴奋地告诉笔者:"这一片大棚共440亩,其中有40亩是我承包的,种植的是秋延后蔬菜——汴椒一号,现在已经开花结大椒了……"

今年,戴楼乡在经专家多方论证的基础上,把发展大棚蔬菜作为秋播结构调整的重头戏。乡里组织干部带着宣传资料深入村组、田头和农户家中,帮助农民分析市场行情,算好种粮与种菜的经济效益对比账。乡党委书记李顺英、乡长伍令还带人到淮阴、淮安、宝应等地以最优惠的政策招引能人大户到本地承包大棚蔬菜。八月份,清浦区蔬菜种植大户周学富抱着试试看的心理来到戴楼乡,没想到这里不仅交通便利,而且田间沟、渠、路、水、电配套齐全。更令周学富感动的是,乡村干部为大户们搭建好大棚,为大棚投了保险,每400亩大棚高薪聘请了一名蔬菜技术员,还在宁连路边和南京、上海蔬菜批发市场建立直销窗口,周学富一下子承包了40亩大棚。目前,戴楼乡共引进像周学富这样的大户75户,承包大棚980亩。在外地大户的影响带动下,戴楼乡兴起了大棚蔬菜热有65户当地农民建起了大棚,有近500位农民主动为"大户"当帮工、学技术,全乡大棚蔬菜面积一下子发展到1480亩。

（刊于2000年11月17日《淮阴日报》）

读者来信:

要严格加强种子销售管理

编辑同志:

近年来,假种、劣种坑农事件屡屡发生,广大农民叫苦不迭。日期,金湖县种子管理站对该县部分乡镇油菜种子销售情况进行检查,发现部分乡镇农科站擅自从外地购进油菜种,以假乱真、以次充好。少数乡镇还出现个人贩卖假种现象。这些单位和个人贩卖的秦油2号油菜种纯度仅有40%—60%,其它都是混杂品种,一旦种植将造成明显减产。

为什么会出现诸如此类的现象呢?笔者认为主要有以下三方面的原因:一是少数种子销售部门为农服务意识不强,只顾赚钱不顾农民利益;二是种子管理部门执法不严,是少数种子经销单位和个人有了可乘之机;三是部分农民自我保护意识不强,对伪劣种子缺乏应有的识别能力。

目前,秋播在即,笔者建议有关部门加强《种子法》的执法检查,种子销售部门要为农民着想,从正当渠道购进优质良种供应给农民,切实保护农民利益,防止假种、劣种坑农事件的再度发生。

金湖广播电台　陈祥龙

(刊于1994年9月9日《淮阴日报》)

金湖种子市场打假见成效

今年以来,金湖县加大种子市场监管力度和种子案件的查处力度。到目前,已立案查处种子案件五起,涉案金额11万多元,没收假劣种子5.3万公斤,对非法经营者处以罚没款4万元,有效净化了种子市场。

(刊于2001年5月21日《淮安日报》头版)

金湖县6个村遭龙卷风冰雹袭击

金湖4日电　10月2日晚7时30分至8时,一场龙卷风夹带着蚕豆般大小的冰雹袭击了金湖县吕良镇曹圩、幸福、金河、赤水、双岗等六个村,造成500个农户房屋受损,倒塌房屋800间;有6000棵树木被大风刮断;15000亩水稻、800亩旱谷作物被冰雹打坏,损失粮食225万公斤;全镇断倒"三杆"(电线杆、电话线杆、广播线杆)150根,造成供电、通讯、广播中断。所幸的是,这次灾害没有造成人员伤亡,但直接经济损失已超过500万元。

灾情发生后,金湖县委领导迅速深入灾区了解情况、慰问灾民,并组织当地

脚印

干群搞好抗灾自救,力争把灾害带来的损失降到最低限度。

（刊于1996年10月5日《新华日报》《淮阴日报》《淮海晚报》）

金湖合理调度科学用水

本报讯 在今年"三夏"工作中,金湖县做到合理调度水源,科学管水用水,确保了大旱之年水稻栽插工作的顺利进行。到6月15日,该县45万亩水稻已栽插70%以上。

去年汛后,秋冬连旱,降雨量偏少,上游洪泽湖蓄水量严重不足。目前,金湖正面临着比大旱的1992年更为严峻的缺水形势。针对这一实际,金湖县超前行动,积极采取蓄水、保水、节水等措施,千方百计保证水稻栽插。夏插前,该县利用三河拦蓄水25000万立方米,并对新河洞等10个重要涵闸洞实行专人看管,由县防汛防旱指挥部统一指挥调配水源,确保水源丰足。为保证抗旱用水,该县组织人力对184座305台(套)抗旱机泵进行抢修,并突击清除灌溉渠道阻水障碍800多处,确保机械开得响,渠道灌得上。与此同时,该县还大力推行节水灌溉技术,全县有25万亩水稻采用了浅湿调控灌溉移栽技术,大大节约了水资源。

（刊于1999年6月21日《淮阴日报》二版）

创造"中国之最"
——农民杨其干试验小水体高密度网箱养鱼的事迹

也许被认为是天方夜谭吧,一位地地道道的农民,竟破天荒地试验成功连美国专家都啧啧称赞的小水体高密度网箱养鱼,这项技术为全国首创,鱼产量为全国最高纪录。创造这一奇迹的农民姓甚名谁呢?

这位农民叫杨其干,家住金湖县涂沟镇宝应湖村。宝应湖村位于高邮湖畔,这儿的农民自古以来就和水打交道。近几年来,这儿的农民已感觉到不妙,天然资源呈逐年减少趋势,靠捕捞为生的农民生活已面临危机,怎样才能摆脱困境呢?杨其干看在眼里,急在心上。去年3月份,他听一位朋友说,我省最近从美国某公司引进一种高新技术,叫做小水体、高密度网箱养鱼,这项高新技术能使养鱼生产获得高产,现在这项高新技术正急需找下家试验。得到这一信息,杨其干立即登车上县城,找到县水产局局长周胜国询问是否有此事,当得知信息可靠后,他马上请周胜国替他与省水产局联系,由他来承担此项试验任务。周局长曾在涂沟镇当过党委书记,对杨其干的为人、性格是了解的,经周局长牵线搭桥,省水产局拍板决定,让杨其干来承担小水体高密度网箱养鱼试验。在省水产局技术人员的指导下,杨其干做了三种不同规格的网箱,总共9只42立方米。在试验过程中,杨其干起早摸黑,一心扑在网箱上,夜里人们进入了梦乡,而杨其干总要起身好几次,以防水老鼠把网箱咬坏、鱼儿逃跑。

经过8个月时间的精心饲喂,奇迹出现了,经省水产局专家现场核产,9只网箱共产成鱼2331.8公斤,毛收入1.3万元,平均每立方米单产27.76公斤,纯收入110.13元。按其试验结果来推算,1亩小网箱,亩产可达37650公斤,除去成本,1亩小网箱可创纯收入79600元。杨其干的小水体高密度网箱的试养成功,为我国水产养殖夺高产立下了汗马功劳,提供了科学依据,也为本地农民致富找到了一条捷径。

今年,杨其干在去年9只网箱的基础上,又新增加了12只网箱。省、市、县不断组织人员到他那里参观学习。一花引来百花开,在杨其干的带动下,涂沟镇今年一下子就制作了500只网箱,预计可产成鱼580多吨。

(刊于《淮阴日报》二版头条)

两座病险闸须动"大手术"

本报讯 近日,由省水利厅、扬州大学、淮阴市水利勘测设计研究院等单位11位专家、教授组成的专家组,对淮河入江水道淮南圩上的两座病险闸——扬金闸、红桥闸进行安全鉴定。专家组经过充分讨论认为:这两座闸须拆除重建。

扬金闸、红桥闸担负着金湖县淮南圩地区的挡洪、部分排涝和灌溉任务。扬金闸建成于1965年,红桥闸兴建于"文化大革命"期间,受当时条件的限制,两座闸均存有先天不足。原设计标准偏低,结构强度不足。浆砌块石挡土墙普遍断面偏小,变位严重。再加上要按入江水道的标准复核,更不能适应。今年6月3日,一场暴雨后,扬金闸南翼墙突然倒塌。

(刊于2000年11月23日《淮海晚报》)

金湖县遭受龙卷风袭击

淮安电 7月16日晚7时10分至9时,金湖县遭受罕见龙卷风袭击,致使全县10个乡镇严重受灾。

这次龙卷风最大风力达11级以上,并伴有特大暴雨。据当地气象部门介绍,风力之大,持续时间之长,在该县已有20年没有出现过。龙卷风造成该县金北镇455间房屋受损,66间房屋倒塌,有1万多株树木被大风刮断,断倒电线杆、电话杆、广播杆21根,700亩在田农作物倒伏,3200亩水稻受涝,预计灾害造成直接经济损失250万元。与金北镇相邻的陈桥镇遭受龙卷风袭击的损失更为严重。据了解,所幸的是这次龙卷风只造成两人受伤,没有人员死亡,但全县直接经济损失已超过1000万元。

灾情发生后,淮安市和金湖县领导深入灾区,了解灾情,慰问灾民,组织全

脚

印

县干群抗灾自救,力争把灾害造成的损失降到最低限度。目前,灾区群众情绪稳定,各项自救工作正在有条不紊地进行。

（刊于2002年7月19日《新华日报》A4版、7月18日《淮安日报》1版、《淮海晚报》头版头条）

金湖"粤优938"制种冠全省

本报讯 3月5日至6日,来自全省12个县(市)的制种基地代表云集金湖县,与江苏明天瑞丰种业科技有限公司签订了3万亩"粤优938"制种"订单"。其中,金湖县制种订单面积9000亩,再度成为全省最大的"粤优938"制种基地。

"粤优938"是由江苏省农科院粮作所、原子能所育成的杂交稻品种,2000年通过审定定名。经过几年的推广,该品种优质、高产的特性已被江苏、安徽、湖南、广东等地广大农民所认同。

（刊于2004年3月8日《淮安日报》头版、《淮海晚报》8版）

面对农民土地投入热情
金湖涉农部门春耕服务周到

本报讯 春节刚过,金湖县农资公司、农机公司、种子公司等单位的门市前就排起了长长的队伍,农民们争相购买化肥、农药、农机、种子等生产资料,掀起了春耕备种热潮。

今年该县全面推行税费改革的消息传开后,农民对土地投资的热情再度高涨。该县涉农服务部门抓住这一契机,积极筹措资金,备足货源,并坚持热心服务。今年以来,该县农资公司虽然正在进行企业改制,但他们做到改制与保障农资供应两不误,先后筹措资金100多万元,组织调进尿素2500吨、复合肥500吨、农药50吨、农膜80吨。农机公司针对当地农机化发展的新特点,筹措资金120万元,超前与厂方联系,及时调购水稻工厂化育秧机械、插秧机械以及蔬菜、植保机械等,还备足各种机器零配件100多万件,并严把产品质量检测关,确保不损害农民利益;种子公司围绕当地种植业结构调整,加强与江苏省农科院的合作,组织近200万元资金,引进适合当地发展稻田养殖种植的水稻新品种以及棉花、玉米、蔬菜等新品种,满足农民需求。

为搞好服务,农资公司在全县23个分公司和163个销售网点备足了化肥、农药、农膜等农资,实行全天候供应,并主动与种粮大户合作,先赊销农资,待庄稼收获后再付款;农机公司继续实行"三包一赔"制度,销售的产品出现质量问题,做到包修、包换、包退,造成损失的负责赔偿。目前,该公司已成立了由5名技术人员组成的"三包"小分队，上门为用户维修、调试机械；种子公司还把农作物新品种的特征、特性及栽培技术要点印发给购种农民。

（刊于2001年2月11日《淮安日报》）

宝应湖米厂建设5000吨国家标准粮库

本报讯 4月20日上午，省农垦米业有限公司宝应湖米厂5000吨国家标准粮库建设工程正式启动。

省农垦米业有限公司宝应湖米厂由金湖县农机局引进，省农垦米业有限公司负责投资。该项目计划投资2000万元，对原江苏农垦宝金玉粮油有限责任公司进行改造。目前，已投资900多万元，新建了占地1万平方米的晒场，添置了日本产色选机、烘干锅炉、输送机等设备。省农垦米业有限公司将利用宝应湖农场万亩绿色食品基地和"宝金玉"品牌优势，实施"公司＋基地"生产模式。5000吨国家标准粮库的建设，对于保障粮食安全，保证企业正常生产，维护企业品牌形象将产生积极影响。

（刊于2006年4月22日《淮安日报》1版）

白马湖成为全国工农业旅游示范点

晚报讯 日前，白马湖旅游景区被确定为全国工农业旅游示范点。

白马湖旅游景区是一个集现代农业开发、旅游观光和休息度假、农业产品（水产品）生产销售为一体的综合性旅游景区。该景区盛产螃蟹、甲鱼、青虾、长鱼、鳜鱼、乌鱼、龙虾、鸡头菜等特种水产品，拥有渔歌催晓、双龙聚首、美食渔村、水上漂、野生动物观赏带、孤岛独钓、荡舟采莲、白马观光、神种池、海市蜃楼、长寿岛等12个颇具特色的自然景点，吸引着大量游客光顾。特别是随着连续六届中国荷花艺术节的成功举办，白马湖旅游景区知名度也越来越高。目前，白马湖景区已被纳入金湖县旅游业发展总体规划，并被省农林厅命名为无公害水产养殖示范基地，被南京农业大学列为实验基地，被市旅游局评为生态旅游示范基地。

（刊于2006年8月22日《淮海晚报》1版头条）

国家无偿投资400万元开发金湖滩涂

本报讯 3月17日，淮安市国土局土地开发事务所与金湖县滩涂开发公司正式签约：由国家无偿投资400万元，对金湖县7000亩滩涂资源实行保护性开发。

金湖县境内有4万多亩滩涂，为了保护性开发滩涂，使建设用地和耕地保持占补平衡，让滩涂资源发挥最佳效益，经过徐州矿业大学专家论证，并由省国土厅报国土资源部立项，由国家投资400万元，对金湖县滩涂开发公司刘协记站7000亩滩涂进行复垦开发，按规划要求筑沟渠、建泵站。预计整个开发工程6月底结束。到时，昔日的"芦苇荡"将变成"米粮仓"。

（刊于2001年3月19日《淮安日报》）

金湖农民买水稻良种有补贴

本报讯 日前，金湖县被江苏省确定为23个水稻良种补贴县之一。今春，该县农民凡按规定购买水稻良种的，常规粳稻将享受每亩8元、杂交稻将享受每亩15元的直接补贴。

目前，该县10万亩常规粳稻良种已经选定，分别为淮稻6号和南粳41；10万亩杂交稻良种分别选定为丰优香占、丰优559和川香优2号。

（刊于2004年《江苏农业科技报》头版）

金湖农民获赠"丰产仓"

本报讯 5月22日，金湖县吕良镇邹开余等25户农民喜滋滋地领到了国家粮食局赠送的"丰产仓"。

我国农村粮食产后损失一般为8%—10%，每年仅农户储粮损失就达2000万吨，经济损失约240亿元。为了探索符合我国农村储粮新模式，国家科技部、国家粮食局共同研究开发了适合不同区域的粮食新储具。这次在金湖县推广的"丰产仓"由成都粮食储藏科技研究所研制，形状呈圆柱形，直径1.5米，高约1.8米，为铝合金材料所制，每个"丰产仓"价值400元，可储粮1吨，具有防潮、防鼠、易拆卸、易组装等特点。

（刊于2006年5月24日《新华日报》3版、5月23日《江苏经济报》A2版）

市民嘴"刁" 农夫手"细"
金湖瞄准"绿色消费"发展生态农业

本报讯 随着人民生活水平的提高，无公害大米、无公害蔬菜成了城市居民餐桌上追求的新时尚。金湖县瞄准这一"绿色消费"新需求，积极实施"放心粮""放心菜"工程，建立起三大生态农业保护区。

近年来，该县大力发展稻田养殖，生产出的稻米品质更是上乘，被命名为"绿色食品"，市场上十分抢手。为发挥本地资源优势，增加农民收入，今年，该县以闵桥、塔集、涂沟、银集这4个镇为重点，建立10万亩优质无公害水稻种植区；以吕良、涂沟、闵桥、前锋等镇为重点建立10万亩水生蔬菜种植区；以黎城镇、戴楼乡为重点，建立5万亩无公害蔬菜种植区。该县规定：这三大生态农业保护区内的化肥、农药使用量受到严格限制，禁止使用高毒、高残留农药，全面推广生物农药和高效低毒农药。

目前，该县保护区内农业生产由农业部门负责指导，农民所产稻谷全部由该县"金叶"粮油食品有限公司按保护价收购，蔬菜全部按绿色食品销售渠道进入超市。

（刊于2001年3月6日《淮海晚报》A2版头条）

金湖生猪屠宰全程电子监控

本报讯 金湖县在生猪屠宰现场安装"电子眼"，实现生猪屠宰全程监控。

作为生猪生产大县和消费大县的金湖，日平均消费量1万公斤。"放心肉"监控系统直接与省、市生猪屠宰网互联，可以24小时实时监控生猪进场查验、宰前停食静养、流水线屠宰、肉品检疫检验出厂、病死猪无害化处理等五个关键环节，确保百姓吃上"放心肉"。

（刊于2011年2月22日《新华日报》B5版）

提高农业开发项目的科技含量
金湖实施品种技术创新三大工程

本报讯 金湖县立足整合地方资源，大力实施农业综合开发，精心打造特色农业。自被列为国家农业综合开发项目区以来，该县先后完成了四期农业综合开发、两期利用世行贷款加强灌溉农业项目的实施任务，争取各类开发资金1.06亿元，农业开发一期、二期项目还获得了省政府"创业杯"三等奖。

加强农业基础设施建设，促进农业结构调整。截至去年底，全县共完成与中沟配套的桥、闸、排灌站273座，田间配套建筑物8300多座，铺设砂石路88.3公里，基本达到了田成方、渠相连、路相通；坚持面向市场，进一步优化品种结构，合理配置资源，不断拓宽主导产业生产规模，先后建成了利东科技示范园、闵桥姜湾生态示范园、银涂特养带、海容蔬菜园、涂沟万亩棉花套种基地和金南优质蚕桑生产基地等一批率先调整农业结构，经济效益明显提高的项目。

大力发展特色产业，精心打造品牌农业。该县利用争取到的开发资金，走发展耐水杉木、水产品、水禽、水生蔬菜的"四水"之路。通过抬田造林，在滩涂上开发了万亩森林——嵇圩林场；通过水面资源的开发利用，重点抓了改粗养为精养、从常规养殖发展到特种养殖，实行鱼蟹、鱼鳖、鱼蚌等混养，大大提高了水面开发的总体效益；通过对鹅、鸭等水禽产业的扶持，加速了品种改良，壮大了饲养规模，成为农民增收的一大支柱；通过大面积发展水生蔬菜，形成了集旅游观光和荷藕生产于一体的闵桥荷花荡生态观光农业示范区。

在开发项目实施过程中，该县注重提高科技含量，积极倡导实施"品种、技

脚印

术、创新"三项工程,加强对项目区农民实用科技的培训和农业高新科技项目的推广,坚持与高校和科研单位联合,走产学研一体化道路。通过科技示范园区建设,形成了海容蔬菜、惠南西瓜等知名品牌;通过多种经营及龙头加工项目建设与扶持,盘大盘强了一批农副产品加工企业,培植了金宇整肢龙虾、白马湖螃蟹、金叶大米、金水咸鸭蛋等一批拳头产品,成为国内叫得响的品牌。

(刊于2002年8月26日《淮安日报》)

金湖农业开发工程推行招投标制

四年节约工程造价250多万元,该做法向全省推广

本报讯 9月6日,金湖县对今年农业开发工程进行公开招标,县内外9家施工单位参加竞标,3家施工单位以268万元的总造价中标,比预算节约资金28万元。至此,该县已连续四年推行农业开发工程招投标制度,累计节约工程造价250多万元。这一做法得到省开发局的肯定,并向全省推广。

农业开发工程资金以往由各级财政直接划拨到工程施工乡镇,再由乡镇委托施工单位,其运作模式极易造成开发资金浪费,被截留挪用、工程以旧充新、以次充好现象时有发生。为改变这一现状,从1999年起,金湖县积极探索新的工程运行机制,率先在拟建在建项目中全面推行招投标制度,规定所有开发项目由县统一招标,在项目计划下达后,公开向社会发布招标公告,开发部门提供工程量清单,招标项目必须有3个以上施工单位参加竞标,方可开标竞争产生施工单位或施工人。该县还对招标开发工程资金实行县级报账制,将上级项目资金和县级配套资金进入财政专户,在与中标单位签订施工协议后,先拨付30%的工程预付款作为项目启动资金,由开发、财政部门根据项目工程进度和质量,确定续拨资金的数额,确保了开发资金的专款专用。涂沟镇砂石路、涵洞、桥闸世行二期开发项目,原估算造价100万元,通过实行工程招投标,不仅节约工程造价22万元,而且工程质量优良、进度比计划提前了两个月。

截至目前,该县用于公开招标的农业开发项目资金1200多万元,重点扶持了闵桥荷花荡旅游观光农业示范区、黎城黎东科技示范园区、涂沟优质棉花基地、金南优质蚕桑基地等数十个产业结构调整开发示范区,使这些受益项目区农民人均增收200元以上。

(刊于2002年9月16日《新华日报》A4版头条、9月18日《淮安日报》二版)

金湖:驻守入江水道大圩

本报讯 日前,江苏省金湖县境内淮河入江水道两岸115公里长的防洪圩堤上,已上足近万名民力,并备足各种防汛物资。该县干群正严阵以待,确保行

洪期间大堤安全。

从7月26日上午7时起,三河闸泄洪流量增加到5000立方米每秒,为确保行洪期间淮河入江水道大堤安全,该县以乡镇为单位,迅速组织劳力和防汛器材,实行分段防守,责任到人,做到24小时值班巡逻。目前该县境内所有防洪圩堤都已打通"观察通道",清除了背水坡杂草,沿堤涵闸全部落实专人看管,防汛应急队伍和防汛器材已全部到岗到位。

(刊于2002年8月6日《中国水利报》2版)

金湖干群死守115公里大堤

金湖县境内淮河入江水道两岸115公里长的防洪大堤上,500多公里长的内湖小堤上,连日来有7万多人防汛大军昼夜守护,确保行洪期间大堤小堤安全;有5万多名干群奋战在田间地头,清沟理墒,突击排涝,保障农业生产正常进行。在大堤上,每公里500人"布防"。在内湖小堤上,300多个突击队、巡逻队和抢险队,24小时巡逻、驻守涵闸,全县500台套大型排水机械、1200台中小型抽水机全部启动,日夜满负荷运转。

(刊于2003年7月9日《江苏农业科技报》头版)

金湖建立农产品质量检测网点

今年以来,金湖县在城乡农贸市场建立农产品质量检测网点,凡进市场销售的农产品,必须先检测再上市,经检测合格的农产品发放准入证,对农药残留超标的,一律拒之场外或当场销毁。

(刊于2002年9月17日《淮安日报》头版)

建设新农村　我来出把力
金湖县塔集镇双桥村在外游子"反哺"家乡

晚报讯 "甜不甜,家乡水,亲不亲,故乡人"。12月16日上午,金湖县塔集镇双桥村在外工作创业的能人志士纷纷回到家乡,为家乡新农村建设献计出力。

双桥村是金湖县有名的"状元村",全村2785个人口,已培养出186名大学生、研究生、博士生,他们中有的在国家机关工作,有的在美国、英国等国家经商办企业,仅创业的企业老板就有60多人。这些能人志士有的虽然远在他乡,但都十分关注家乡的发展,这次,他们听说家乡要建设6.5公里中心水泥路,纷纷主动与家乡联系表达支持家乡新农村建设的愿望。在双桥村举办的"故乡行"联欢会上,回乡游子纷纷表示,要关心、支持家乡建设,吸引能人志士到双桥投资兴业。在县城做水产生意的吴干华还带头捐资1万元,支持家乡道路通达工程建设。在他的带动下,有150多位能人志士慷慨解囊,为家乡新农村建设出力,现场就收到捐款近10万元。该村主要负责人表示,该村将积极实施道路通达工程、广播电视户户通工程、自来水工程、农田水利建设工程和村容村貌美化工程,把双桥的明天建设得更加美好。

(刊于2007年12月20日《淮海晚报》A2版)

开发助农农更兴

在江苏省金湖县,人们喜欢用这样一副对联来评价农业综合开发:改土治水兴天下第一产业,铺路架桥做人间最大善事。该县自1988年被国家列入农业综合开发项目区以来,已先后完成了四期农业综合开发、两期利用世行贷款加强灌溉农业项目的实施任务。累计争取各类农业综合开发资金1.06亿元。在改善当地农业基本生产条件,促进农产品生产能力大幅度提高和农业及农村经济全面发展等方面起到了积极的作用。该县农业综合开发工作多次受到省、市表彰。农业开发一期、二期项目被江苏省政府授予"创业杯"三等奖、农业开发二期项目被淮安市政府评为先进县等。

利用资源优势,大力发展特色产业,精心打造品牌农业

金湖县三面环湖,淮河入江水道穿腹而过,是典型的水网地区,水和水产品资源优势明显。为此,该县利用开发资金投入,走发展耐水杉木、水产品、水禽、水生蔬菜的"四水"之路。通过抬土造田、抬田造林,在滩涂上开发了万亩森林——嵇圩林场;通过水面资源的开发利用,重点抓了改粗养为精养、从常规养殖发展到特种养殖,实行鱼蟹、鱼鳖、鱼蚌等混养,大大提高了水面开发的总体效益;通过对鹅、鸭等水禽产业的扶持,加速了品种改良,壮大了饲养规模,成为农民增收的一大支柱;通过大面积发展水生蔬菜,形成了集旅游观光和荷藕生产于一体的闵桥荷花荡生态观光农业示范区。

在开发项目实施过程中,该县注重提高科技含量,积极倡导实施"品种、技术、创新"三项工程,加强对项目区农民实用科技的培训和农业高新科技项目的推广,坚持与高校和科研单位联合,走产—学—研一体化道路,使农产品生产由追逐数量型逐渐向追求质量、效益型转变,不断打造品牌农业和精品农业。近年来,通过科技示范园区建设,形成了海容蔬菜、惠南西瓜等知名品牌产品;通过多种经营及龙头加工项目建设与扶持,盘活了一批农副产品加工企业,打造出了金宇整肢龙虾、白马湖螃蟹、金叶大米、金水咸鸭蛋等一大批拳头产品,成为该县农副产品知名品牌。

着力基础设施建设，促进农业结构战略性调整，努力增加农民收入

14年来，该县围绕国家农业综合开发三次指导方针的转变，实施了以不同对象为目标的农业综合开发，加强农业基础设施建设一直是该县农业开发的着力点。截至去年底，该县共完成中沟以上桥、闸、排灌站273座，田间配套建筑物8300多座，铺设砂石路88.3公里。农业基本生产条件得到明显改善，基本达到了田成方、渠相连、路相通，有力促进了农业结构的战略性调整。该县还坚持面向市场，进一步优化品种结构，合理配置资源，不断拓宽主导产业生产规模，先后建成了利东科技示范园、闵桥姜湾生态示范园、银涂特养带、海容蔬菜园、涂沟万亩棉花套种基地和金南优质蚕桑生产基地等一批农业结构率先调整，经济效益明显提高的典型项目，使项目区农民得到了实惠。

（刊于2002年9月9日《中国特产报》头版头条）

金湖农民选种高产水稻新品种

本报讯 在2月7日金湖县金种子经营部举办的2009年水稻新品种订货会上，超级杂交稻Y两优1号和新两优6号受到来自该县各镇80多位种子经销商的追捧。

新两优6号是农业部首批确认的超级稻品种，Y两优1号是国家杂交水稻工程技术研究中心选育的两系超级杂交稻组合，该县分别从2004年和2006年引进试验示范种植。从示范种植的情况看，Y两优1号与新两优6号的生育期相仿，都是140天左右，比一般品种的水稻早熟一星期左右。2007年该县示范种植Y两优1号500亩，一般亩产在600公斤左右，其中，塔集镇龚河村四组村民张后荣家示范种植2亩，亩产达660公斤，去年全县扩大示范面积1万亩，一般亩产稳定在650公斤左右。该县陈桥镇农民万德梅说，从自家种植的情况来看，这两个品种单产稳定在600公斤以上没有问题。据该县金种子经营部经理冯祯涛介绍，去年，该县在银集镇新胜村2组和闵桥镇金桥村1组分别建立Y两优1号百亩示范方，平均亩产分别达623公斤和602.5公斤；在银集镇新胜村2组又建立新两优6号百亩示范方，平均亩产达618公斤。今年该县这两个品种的推广面积将达5万亩左右，高产、优质水稻新品种将成为农民稳粮增产的新途径。

（刊于2009年2月9日《淮安日报》B1版）

金湖渔民抢注"玄武湖"水产品商标

本报讯 昨天上午，金湖县涂沟镇高邮湖村渔民夏春元收到国家工商总局商标局颁发的商标使用权证。标志着由其申请的"玄武湖"牌商标注册成功。

脚印

夏春元是地地道道的渔民，他搞过水产养殖，做过水产品生意，曾在南京玄武湖搞过水产养殖，对风景秀丽的玄武湖有着良好的印象。2008年，一直在做水产品生意的夏春元受人启发，决定开发属于自己的水产品商标，他就试着向工商部门注册了"玄武湖"牌商标，经国家工商总局商标局核准，最终获得成功。

（刊于2010年12月17日《扬子晚报》A17版）

金湖："麦莎"造成巨大损失

本报讯　9号台风"麦莎"给金湖县造成巨大财产损失。据有关部门初步统计各类损失近亿元。

在受灾较为严重的涂沟镇高邮湖养殖区，昔日被人们誉为"水上长城"的围网养殖设施被狂风暴雨吹打得七零八落。湖滨村渔民周开金指着一片白茫茫的湖面欲哭无泪，"我家118亩围网养殖全部泡汤，鱼蟹全部跑光，损失不下5万元。"高邮湖村82岁的刘顺清说，他活了82岁，还是头一回看到高邮湖上有这么大的风浪。据高邮湖村董业军介绍，他们村有20多条渔民住家船船顶被台风掀翻，20多条生产船失踪。渔民杨桂明家400多亩围网设施全部被摧毁，损失10多万元。

据该县民政部门统计："麦莎"使该县26.5万亩水稻、6.14万亩旱谷、2.9万亩胡桑、3.3万亩棉花、2万多亩蔬菜受损；9万多亩湖区养殖水面鱼蟹逃逸；倒塌民房292间，损坏民房1436间；倒断树木6.9万棵、三杆（电力、广电、电信）446根；2.1万多人口被安全转移，造成直接经济损失9860万元。所幸没有造成人员伤亡。

（刊于2005年8月10日《淮安日报》）

小特写：

粮农喜领直补款

"如今我们庄稼人种粮有补助，买农机有补贴，这田是越种越开心。"这是金湖县涂沟镇涂沟村街北组农民房中卫8月24日从镇财政所工作人员手中接过190元粮食直补资金后说的一番话。

在涂沟镇财政服务大厅内，挤满了前来领取粮食直补资金的农民，大家的心情都和房中卫一样，对党和政府充满感激之情。涂沟镇涂沟村二组农民戚培兵家今年种植7.3亩水稻，戚培兵的妻子喜滋滋地领到了146元的粮食直补资金。

据了解,涂沟镇今年共兑现粮食直补资金85万元,惠及2800个农户。

（刊于2005年8月31日《江苏农业科技报》头版）

舍小家为大家的吴仁林

提起金湖县闵桥镇闵桥村党支部书记吴仁林,有人说他傻,放着每年上万元的收入不要,偏爱这个一年才千把元工资的村支书工作,更多的人则敬佩他这种舍小家、为大家的奉献精神。

今年43岁的吴仁林有一位贤淑的妻子,两个儿子也都已长大成人。爱人祖籍安徽天长,1986年农转非后被安排到天长工作,两个孩子也跟着妻子到了天长,吴仁林却独自一人留在了闵桥。多少年来,妻子和孩子们不知多少次动员他,要他到天长与家人一起生活。如今,妻子在天长办了一个服装厂,又开了一片小店,更加需要吴仁林区帮忙照料。妻子曾对吴仁林说,如果他到天长帮忙,每年再增加上万元的收入不成问题。面对妻子和孩子们的一次次苦口婆心劝说,吴仁林作出了有益于村民的选择。他知道,自己欠妻子和孩子们的太多了,他也希望能和妻儿团聚在一起,但闵桥村更需要他。

干了20多年村组工作的吴仁林,对闵桥村有着深厚的感情,他曾发誓要改变闵桥村贫穷落后的面貌,也正是为了完成这一夙愿,他留在了闵桥。

1990年,刚当上村支书不久的吴仁林和村里"一班人"整整开了三天三夜的会,共同商讨富村富民的大计。最后,他们把措施定在了发挥集镇优势、兴办村办工业和发展个体私营经济上。

说干就干,吴仁林带领村里"一班人"外出请能人、找项目、筹资金,先后办了计量仪器厂、木器厂、石棉瓦厂等8家村办企业。他们制定了20多条优惠政策,不但吸引本地人才,还引来省城的工程师。靠人才,该村计量仪器厂研制开发了填补国内空白的YBS数字压力表。最近,该厂生产的BP800液位变送器还荣获'95中国高薪技术、新产品博览会金奖。村办企业的经济效益蒸蒸日上。

闵桥村地处集镇,人多地少,过去这里的农民大多守着几亩口粮田过穷日子。为改变这一现状,闵桥村制定了鼓励发展个体私营经济的优惠措施,吴仁林和全村党员干部每人都在群众中开展联系帮扶活动,为农户出点子、筹资金、找项目,一批批农户在他们的帮助下,纷纷到集镇开店、办厂,有的成了种植、养殖专业大户,现在该村有近30户在集镇上开店、办厂,从业人员达130多人,全村形成各类种养专业户20多户,户户年收入都在万元以上,农户徐成军在集镇搞冷饮、食品加工,年收入超过10万元。1994年,该村人平纯收入达到1730元,成了全镇的首富村。

（刊于1995年8月5日《淮阴日报》4版"村支书风采"）

30亩大棚荷藕诞生记

走进金湖县戴楼乡中东村3组,您会发现在一大片水田中支撑起的一座座大棚,这就是戴楼乡刚刚建成的30亩大棚荷藕试验示范区。前不久,市主要领导来这里视察时赞叹不已,称之为我市农业上的又一创举。

说起这39亩大棚荷藕,它的诞生还有一段故事呢!

去年10月份,戴楼乡党委书记柏连基在规划落实本乡2000亩露地荷藕园过程中,受大棚蔬菜的启发,萌发了这样一个念头:如果搞大棚荷藕,生产反季节荷藕,抢占市场空隙,经济效益一定会更加可观。他把这一想法告诉县农业局的科技人员,得到了肯定的回答。为确保试验种植成功,今年元月,柏连基将这一任务交办给了乡副办室主任刘锋,并请来了县蔬菜办技术员和南京农业大学的教授担任现场技术指导。到2月中旬,30亩荷藕大棚全部搭建成功,并进行了土壤培肥,每亩栽下藕种300公斤。他们按照土温在摄氏28度以下,保持湿土旱长,土温在摄氏28度以上,保持地面薄水生长的要求,抓好大棚荷藕的科学管理。目前,大棚内荷藕长势喜人,已普遍举荷。

据专家预测,这30亩大棚荷藕的成熟期约为120天,亩产可达750公斤左右,6月中旬可上市销售。

(刊于1999年4月17日《淮阴日报》《淮阴经济报》等)

金湖种子公司切实为农服务
先跑市场 再供良种

本报讯 金湖县种子公司积极转变观念,围绕农产品市场需求,及时做好优质农产品良种供应工作。去冬今春,该公司已为春耕生产备足各类良种40多万公斤。

针对近年来农村出现粮难卖的实际情况,金湖县种子公司通过广泛市场调研认为,农产品品质低、品种老化是影响农产品走向市场的关键因素之一。为此,他们围绕当地"压麦扩菜、压稻扩渔、压粮扩桑、压籼扩粳"这一结构调整重点,组织人员跑市场调研农产品的市场需求,以市场需求确定农作物当家品种。他们还与南农大等院校挂钩,加大农作物新品种引繁力度,加快新品种的更新速度。通过全面优化农作物品种,提高农产品质量。

今年,他们在科研部门的指导下,重点引进推广了武育粳3号,杂交玉米掖单13,苏棉8号、9号等新品种,为指导农民种植好新品种,该公司在售种时还把农作物新品种的特征、特性及栽培技术要点印发给购种农民。与此同时，他们还积极与粮食收购、加工部门联系，为优良品种的农产品预先找"婆家"。

现在，金湖县种子公司已备足水稻、棉花、玉米、蔬菜等四大类近百个优良农作物品种供农民选择，并向农民承诺种子质量，让农民买放心种。

（刊于2000年2月25日《淮阴日报》）

金湖县依法治负见成效

今年以来，金湖县全面完成了22个试点村依法治负试点工作，共清收欠款235.8万元，占应收数的90.1%；核减不合理的负担项目8个，17.5万元；减免特困户欠款11.5万元。为切实解决农村税费难收、不合理负担过重等"难点"问题找到了办法。

针对农村出现的农民负担重、村级负债不断增加、农民应承担的税费难收等新情况，今年5月初，该县在唐港乡红星村进行了依法治负试点，8月中旬，试点推广到22个村，每个乡镇一个村。县委从51个部门抽调110名县直机关干部，组成22个工作组，与各乡镇抽调的乡直机关干部一道，进村开展工作，广泛宣传法律、法规和减轻农民负担的政策。通过宣传教育，广大农民明白了依法治负的目的和意义，明白了党在农村的有关方针、政策，明白了自己的权利和义务。在此基础上，该县在各试点村开展民主理财工作，民主推选群众代表参加，认真核实村组账目，对逐年收支账、农户往来欠款明细和农民负担账目进行逐笔公布、逐户核对。通过清理，22个试点村共清理出不合理开支80笔，5.6万元；清出私人占用公物32件，折价11.2万元；清出有贪污挪用行为的18人，金额2.67万元；清出不合理的农民负担17.5万元；清出其他经济问题2.3万元。各工作组对清出来的问题依照有关政策，逐一进行了处理，并公布于众，接受群众监督，消除了群众的疑虑。

（刊于1999年10月27日《江苏农业科技报》头版、1999年10月30日《淮阴经济报》2版头条）

"豆腐村"农民发豆腐财

金湖县新农乡有个远近闻名的"豆腐村"新农村。早在农村实行家庭联产承包责任制前，这里就有人开始磨豆腐，到1987年，全村磨豆腐的农户增加到80多户。

这里磨豆腐的农户年纯收入最高的在2万元以上，一般农户年纯收入也在几千元，豆腐渣是育肥猪的好饲料，磨豆腐还带动了这个村养猪业的发展，这个村已连续多年饲养生猪在1600头以上，年户平出栏生猪超过4头。去年，该村张庄组农民张志云用豆腐渣育肥了12头大肥猪,收入1万多元。养猪业的发展又促进了农业生产水平的提高,俗话说"猪多肥多",这个村农户施入农田中的大多是有机肥,化肥使用量逐年减少,与邻村相比,这个村仅化肥一项,每亩年均少投入150元左右。农户家猪圈中的粪便常常多得没处放。

现在这里农民磨豆腐的热情更高,全村353户有近1/4的农户会磨豆腐,他们已不再满足本地市场和传统加工工艺,全村有近20户走出家门,到外地磨豆腐,该村张庄组农民张光阳夫妻俩把豆腐摊摆到了淮阴市区,农户吴发会到宜兴市找到了豆腐市场,在那儿磨豆腐,原来,这里农民只会加工水豆腐和百叶,现在他们已掌握了六七个豆腐加工品种,市场竞争能力也越来越强。

(刊于1995年5月12日《淮阴日报》)

金湖:百姓喜过旅游年

本报讯 2月12日一大早,一辆豪华旅游大客车停在了金湖县金盛旅行社门前,该县40多位游客带着南国的暖意,回到了被瑞雪覆盖的家乡。这是春节期间金湖百姓喜过旅游年的一个镜头。

生活逐渐富裕起来的金湖人,过年习惯也在悄悄地发生变化。往年,他们习惯了走走亲戚、串串门,小范围团圆过年;如今他们纷纷把旅游过年当作一种新时尚。刚从香港归来的游客罗程高兴地说:"这次全家在香港过年,天气不冷,气候宜人,过得很舒服。"而游客陈士红却津津有味地谈起了在香港除夕夜那顿很特别的年夜饭,不仅享受到了全家团圆的乐趣,同时也感受到了异地过年的别样情调。

据了解,往年春节,金湖县的旅行社没有多少业务,像这样的长途业务几乎没有。今年春节,该县县城3家旅行社从去年农历腊月二十八就开始组团,仅金盛旅行社一家就已组团开辟了海南六日游、香港澳门直飞五日游等4条旅游线路,共接待游客100多人。

(刊于2005年2月16日《淮安日报》)

金湖:打工户家庭插秧无虞

本报讯 连日来,金湖县组织100多支帮工队在外打工人员家庭和缺劳力户抢栽抢插,确保在外打工人员安心打工挣钱。

金湖县在外打工人员共有8万多人,他们的责任田大部分由家里的老人耕种或请亲戚朋友代种。往年每到农忙季节,他们中的大部分人员都要放弃在外挣钱的机会,从全国各地回乡抢栽抢种。今年,该县各镇为解决他们的后顾之忧,纷纷组织义务帮工队,帮助在外打工人员家庭抢插秧苗。吕良镇幸福村共有800多人在外打工,村里为使他们在外安心挣钱,村组干部采取分户包干的办法,组织义务帮工队帮助在外打工人员家庭栽插小秧。该村村民季刚兰告诉记者,她的子女全在苏州打工,今年老两口在家种了20多亩田,从收割小麦到栽秧全靠帮工队帮忙。最近她们村里天天都有几十支帮工队活跃在田间地头,帮助缺劳力户抢栽抢种。

到目前,该县已帮助在外打工人员家庭栽插小秧10万多亩。

(刊于2006年6月16日《淮安日报》3版)

金湖启动农业科技入户工程

晚报讯 3月9日,金湖县启动农业科技入户工程,全县33名有丰富农村工作实践经验的农业技术人员将分赴8个镇、25个村,现场指导500户荷藕种植示范户。

据悉,该工程将从农业发展和农民的实际需要出发,以主导品种、无公害生产技术和主体培训为关键,工作措施到村组,上下联动到农户,构建以农业科技示范户为主要对象的农业技术推广服务平台。今年重点实施农业科技入户工程荷藕项目。

(刊于2007年3月12日《淮海晚报》3版)

第三节　工业兴县

工业经济是金湖实现跨越发展的基础,是金湖建成高水平小康社会继而开启现代化新征程的重要保证。作为记者,从业期间亲身经历了金湖工业经济由小到大,由弱变强。

金湖县计量仪器厂
靠新品开发　领市场风骚

近年来,金湖县计量仪器厂坚持依靠科技进步,大胆使用和引进科技人才,不断开发新科技产品,使企业在激烈的市场竞争中立于不败之地。

金湖县计量仪器厂是闵桥镇的一家镇办企业。他们不惜高薪聘请科技人员,并与全国10多家大专院校、科研单位建立科技协作关系。近几年来,企业连续开发5个高新技术产品、101个规格,有2项产品填补了国内空白,有3项产品属于国内首创。在'93全国专利博览会上YBS精密数字压力表、BP800压力变送器荣获金奖和银奖。这两项产品不仅替代进口产品，几年来为国家节约外汇100多万美元，还打入了国际市场。

最近，该厂科研人员又研制开发出GYB94系列静压式液位变送器，这是该厂创建以来研制开发的第6项高新技术产品，该产品与国外同类产品相比有较高的性能，具有体积小、重量轻等优点，目前该产品已进入批量生产阶段。

高新技术产品的不断开发使该厂在激烈的市场竞争中争得主动，企业效益也随之上升。今年1至10月份，该厂创产值775万元，销售400万元，利润88万元。分别比去年同期增长22%、25%、51.8%。

（刊于1994年12月4日《淮阴日报》二版）

以诚经营树形象　文明经商创效益

金湖中百一店诚心引来四方客

8月24日，金湖人民广播电台、金湖电视台同时播出了一则招领启事："该县中百一店针织柜女营业员李学梅，在营业柜台上拾到一顾客遗失的钱包，内有现金1000多元……"这是该店文明经商中出现的一个小镜头。

自去年初开始，该店在全店员工中开展了仪表规范、岗位规范、接待规范等十项40条行为规范教育，除每月定期组织职工学习规范外，还把《行为规范》打印分发到每位员工手中，并实行考试上岗，该店每位营业员都能熟悉并正确运用"请、您好、谢谢、对不起、再见"等十字文明礼貌用语，"不知道"、"你自己看"、"挑完了没有"等不礼貌用语被该店一一列出，作为营业忌语，该店孙淑章经理说，像李学梅这样拾金不昧的事，在该店已发生过6次。

该店出售出去的商品做好跟踪服务，在全县商业系统中率先提出"购物到一店，风险等于零"的口号，并实行五项"无风险"服务，即：无价格风险、无质量风险、无服务风险、无兴趣风险、无被窃风险。去年秋天，该县吕良中学高三学生雷鸣峰，从该店买了一双鞋子，穿了一段时间后发现有质量问题，他抱着试试看的态度，给该店写了一封信，该店接到信后，组织有关当事人带一双新鞋上门道歉。

诚心给该店带来了良好的经济效益，今年1—7月份，该店销售额突破700万元，实现利润22万元，分别比去年同期增长75%和23.3%。

（刊于1995年9月17日《淮海生意导报》头版）

税官当"红娘"　税企两兴旺

本报讯　金湖县地税局银集税务所积极为改制后的乡镇企业当"红娘"，帮助所辖企业筹措资金，联系产品销路，既为企业促产增效，又增加了税收。

　　银集税务所共辖银集、涂沟、唐港3个乡镇76户企业。今年上半年,这些企业全部完成了改制任务。对改制后的企业,该所做到服务热情不减。银集砖瓦厂由集体企业改为股份制企业后,由于通往县城的入江水道漫水公路长期被淹,交通不便,该厂生产的红砖一度出现滞销,蹲点在银集税务所的金湖县地税局副局长殷舜珠到企业调查时了解到这一情况后,看在眼里,记在心上,主动为企业产品找"婆家"。今年3月份,当殷舜珠得知邻近的白马湖乡某单位建房需要红砖时,立即上门为其联系销售红砖40万块,并及时回笼了货款。在地税部门的大力支持下,银集砖瓦厂很快打开了产品销路。

　　一些企业改制后,流动资金发生暂时困难,该所也总是想方设法帮助解决。今年4月份,金湖县水泥制品二厂改制成股份制后,企业由于流动资金短缺,陷入半停产状态,该所主动为企业融通5万元资金,终于使企业恢复了生产。上半年仅两个月时间,这个厂就创销售150多万元,不仅还清了5万元贷款和利息,还主动缴纳了7000多元税金。该厂厂长冀春山动情地说:"要不是地税部门穿针引线,及时帮助我们贷款5万元,企业哪有今天?"

　　地税关心企业,企业支持地税。企业获利后首先想到的是纳税。上半年,银集税务所共入库税金42万元,占全年任务的51.2%,实现了时间、任务"双过半"。

　　（刊于1998年8月13日《淮阴日报》）

金湖龙虾仁俏销美国

　　本报讯　6月7日,金湖县涂沟镇水产食品加工厂来了两位美国客商——艾力克和伊莱利亚。他们戴上口罩,穿上白色卫生服,全身经过严格消毒后走进了熟龙虾仁生产车间。

　　在生产车间,客商边参观生产流程,边通过翻译询问龙虾的产区、来历等情况。当看到从消毒、清洗、蒸黄到冷却的一条龙自动化生产流水线时,连声发出"OK!OK!"的赞叹声。

　　在质检车间,客商又当起了"质检员",随机拆开80—100和150—200规格的真空小包装,数了数,分别是90粒和177粒虾仁。对此,他们竖起了大拇指,高兴地说:"Very very good!"

　　前不久,金湖产熟龙虾仁通过了美国HACCP计划验收,获得了直销美国、欧共体的绿色通行证。艾力克和伊莱利亚先生就是受美国PIAZZA水产世界公司委托前来中国调查了解熟龙虾仁生产的。据了解,该厂90%的熟龙虾仁产品销往美国,去年出口创汇85万美元,今年已出口100吨,创汇35万美元。

(刊于1999年6月21日《淮阴日报》头版、6月23日《江苏农业科技报》头版)

金湖乡镇企业项目储备丰厚

投资额100万元以上项目30多个,计划实施20余项

本报讯 截至10月15日,江苏省金湖县乡镇企业已储备投资额在100万元以上的项目有30多个。其中,正在建设或计划实施的有20多个。经过洽谈签订意向性协议的项目有10多个,计划投资额1.7亿元,项目实施后,预计可新增产值3亿元。这将成为该县明年乃至今后乡镇工业持续健康发展的新的增长点。

今年7月份以来,金湖县乡镇企业及主管部门把项目开发和建设摆上重要议事日程,以此作为抓发展、抓财政增收的重要途径,先后有一批技改项目建成投产。同时,各乡镇还千方百计找项目、上项目,积极拓宽内引外联渠道。各乡镇均成立了招商引资抓项目工作领导小组,普遍建立了挂钩责任制,每人挂钩一个企业,负责一个项目,并拟定了考核奖惩办法。

由于目标明确,措施有力,不仅使该县乡镇工业项目的开发、实施走上了良性循环轨道,而且提高了工业项目的质量。白马湖乡兴办的宝马电器有限公司,生产设备全部为日本进口生产流水线,项目总投资达850万元,乡里只提供厂房和电力等生产、生活设施,投资风险小、产品科技含量高、效益显著,年可实现销售1800万元,实施利润200万元。

(刊于1999年10月27日《淮阴日报》头版、11月15日《中国乡镇企业报》头版)

"金宇"龙虾产品直销欧美市场

本报讯 日前,一辆满载18吨熟龙虾仁和整肢龙虾的集装箱大卡车从金湖县金宇水产食品有限公司驶出,直奔南京港口,发往美国波士顿。

去年,金宇水产食品有限公司生产的熟龙虾仁和整肢龙虾分别通过了美国HACCP计划验收,获得了直销美国、欧共体的绿色通行证。"金宇"牌龙虾产品在美国市场畅销后,引起了国内外客商的关注。年初,美国彼佛渔业公司通过国际互联网与该公司签订了20个集装箱(共360吨)龙虾产品包销协议,彼佛渔业公司还主动投资15万美元,帮助该公司进行龙虾车间改造。今年,该公司在本地干旱、龙虾货源紧缺的情况下,从启东、南通、浙江、安徽等地组织货源,满足了生产需求。现在,金宇水产食品有限公司的"龙头"作用越来越明显,越来越多的渔民、农民愿意把自己生产出来的农副产品出售给该公司进行深加工,然后打进国际市场。

(刊于2000年6月5日《淮阴日报》)

金湖淮河入江水道大桥主梁合龙

16日上午，金湖县淮河入江水道公路大桥实现全桥主梁合龙，比原计划提前15天。该桥全长3354.49米，宽15米，造价达1.04亿元，是全省最长的内河公路大桥。桥面设二车道，设计时速为80公里。整个工程分A、B两个标段，1999年7月9日开工，今年6月份可全线通车。

（刊于2001年3月19日《淮安日报》头版，2001年3月17日中央人民广播电台"新闻和报纸摘要"节目采用）

金湖通过省"质量兴县"验收

本报讯 8月19日，金湖县"质量兴县"工作顺利通过江苏省"质量兴市"督查验收组的验收，这在苏北尚属首家。

金湖县自2001年被确定为江苏省"质量兴市"试点县以来，紧贴地方经济特色，不断提高产品质量、工程质量和服务质量。全县产品质量监督抽查合格率达86.2%，比2000年提高6.2个百分点，全县贯标企业109户，规模以上企业贯彻ISO9000族标准达100%，工业企业标准覆盖率达100%，企业名牌战略实施取得明显成效。目前，该县共有省级名牌产品4个、省质量信得过产品8个，名牌产品生产企业已成为全县工业经济的骨干，其份额已占全县工业总量的三成以上。

该县以结构调整和农业增收为目标，强化农业标准化工作。建成了20万亩无公害水稻、18万亩优质专用小麦、5万亩优质棉、8万亩优质油菜和1个万亩无公害荷藕示范基地，并申报了一批示范项目，认证了一批农产品。通过省农林厅验收并取得绿色食品4个、无公害农产品6个。"中国蒿茶"的省地方农业标准已发布实施，无公害万亩荷藕被列入市级农业标准示范区项目，"金叶"牌大米获得省名牌产品，"宝金玉"牌大米、"金栗"牌珍珠米获全国稻米金奖，并已申报江苏省名牌产品。两年来，该县还开展各类专项打假行动33起，查处假冒伪劣商品总价值500多万元，捣毁制假窝点11个，查处行政违法案件近600起，为企业挽回经济损失200多万元。

（刊于2003年8月22日《淮安日报》2版、9月23日《中国特产报》）

放宽三项政策 破解四道难题 打造五支队伍
金湖全力推进全民创业

本报讯 金湖县迅速贯彻全市全民创业动员大会精神，县委、县政府决定，放宽三项政策，破解四道难题，打造五支队伍，全力推进全民创业。

为鼓励全社会投资创业，该县决定放宽民营经济发展方面的"三项政策"。

一是放宽注册资本限制，实行直接登记制度，允许注册资本分期到位，先发展，再规范，促进民营经济快速发展。二是放宽市场准入范围，法律之外即自由。只要不是国家法律命令禁止的领域，都可以放开经营，特别是教育卫生、城市公共设施等特种行业，将实行重点突破，不但要放开非义务教育，九年制义务教育也将逐步放开，让教育资源充分优化配置。三是放宽投资者身份限制。除法律、法规规定人员外，鼓励在职人员投资入股民营企业，或者离岗创业，教师、科技人员也可以以资金、技术、智力成果等各种形式投资入股创办各类企业。该县还采取切实措施，解决创业过程中出现的"审批难、融资难、积累难、保险难"等四大难题，为全民创业创造了良好的外部环境。与此同时，该县重点打造五支队伍，推动全民创业。一是干部创业队伍。该县将在已有100多名干部进入民营经济创业行列的基础上，对机关事业单位干部职工做出允许兴办工商业、允许外出打工等十个方面允许。二是科技人员创业队伍。鼓励和引导科技人员创办民营科技企业和中介组织，收入归己，使科技优势转化为经济优势，促进科技成果转化。三是下岗职工创业队伍。鼓励和引导下岗职工充分利用国家相关优惠政策，在艰苦创业中求生存、找出路、谋发展，实现人生价值。四是私营个体工商业主创业队伍。引导广大私营个体业主破除小富即安的思想观念，立志创大业，谋发展，不断提升层次，使小业变大业，旧业变新业，一业变多业，成为全民创业的中坚力量。五是农民创业队伍和经纪人队伍。通过对农民经纪人队伍进行培训扶持和引导，促其提高素质，提升档次，成为全县民营经济发展的生力军。

（刊于2003年9月12日《淮安日报》）

金湖至宝应干线公路获立项

本报讯 12月24日，江苏省发改委、省交通厅在南京联合召开331、332省道金湖至宝应南线（简称"金宝南线"）可行性研究报告审查会，同意该工程项目立项。金宝南线起于331省道金马公路，止于京沪高速公路界首段，线路全长约50公里。

（刊于2004年12月27日《扬子晚报》A18版重要新闻，12月28日《淮海晚报》3版，12月29日《淮安日报》头版）

金湖发出招商引资"动员令"
策应突破年　招商二十亿

本报讯 "今年全县招商引资任务要比去年翻一番，务必完成20亿元以上，全年要确保签约进园项目60个以上，新开工项目50个以上，新竣工项目40个以上……"这是金湖县在近日召开的全县招商引资工作万人动员大会上发出的"动员令"。

该县规定，从县四套班子到乡镇、部门必须把招商引资作为中心工作，分别下达招商引资的目标任务。做到70%以上的班子成员、机关干部投入招商，并实行"四个一票否决"。即：凡完不成招商引资任务的，年终目标考核一律不得评为先进单位；软环境建设一律不得评为"十佳"单位；部门和个人一律不得上报为国家、省、市先进集体和先进个人；干部一律不得提拔使用。为保证招商引资的时间与效果，该县还规定：每年的3月、6月、9月为无会月，确保各级领导集中精力抓招商。

招商引资"动员令"发出后，在该县产生了积极的反响，各乡镇、各部门纷纷行动起来，吹响了招商引资的"冲锋号"。黎城镇主动将县委、县政府下达的8500万元招商引资任务上调到1.5亿元，并量化到人、到村、到企事业单位，目前正抓紧洽谈在手的一个6000万元项目和2个1000万元项目；陈桥镇将70%的镇干部组成招商专业队伍，长期招商，并实现半年考核制，全年一兑现。目前，该镇对5000多名在外务工人员的老板进行筛选，有重点地将其列为今年招商的主攻目标。

（刊于2005年2月1日《淮安日报》2版头条）

金湖二十二个项目同时开工
总投资额近五亿元

本报讯 28日，金湖县工业园区和戴楼等7个镇有22个工业项目同时开工，总投资额近5亿元，实现了招商引资首季开门红。

今年是金湖"工业经济突破年"，该县充分发挥招商引资作为工业突破的主渠道作用，不断创新招商引资方式，采取驻点招商、小分队招商、网上招商等一系列措施，县委书记成迎初大年初五就带领乡镇党委书记、局长等到浙江、苏南一带以行政推动招商。苏州森森纸业公司的陈照华被县建设局领导招商精神所感动，投资1亿元在金湖开了分公司。机电行业是该县的第一支柱产业，去年实现产值15亿元，该县紧紧依托这一优势产业链成功引进了4200万的建筑机械设备项目、投资1500万的压力自动化效验装置生产线等10个相关项目，投资2.1亿元。江苏金叶粮油食品有限公司与江苏海悦实业有限公司合作，投资1520万元新上年产4万吨优质稻米生产线项目。

（刊于2005年3月30日《新华日报》A3版、3月31日《淮安日报》）

以工促农 以城带乡
金湖向产业和谐发展奋力迈进

晚报讯 3月28日上午，在阵阵喜庆的鞭炮声中，金湖县工业园区和所辖乡镇又有22个工业项目集中开工奠基，投资总额近5亿元。这是该县今年招商引资结出的第一枚硕果,也是该县实施以工促农、以城带乡战略,实现和谐发展的务实之举。

该县干部群众深切感到,就农业抓农业,很难有较快发展,必须实施以工促农、以城带乡战略,才能实现和谐发展。为此,该县各部门、各乡镇把建设工业园区、引进工业项目作为实现经济发展目标的重要举措。自2002年以来,该县工业园区内已聚集近百个工业项目,去年园区实现销售3.24亿元,用工7000人,成为以工促农、以城带乡的一个样板。各乡镇也纷纷利用资源优势招商引资,兴办企业,为农民提供更多的就业岗位。

据了解,此次开工奠基的22个工业项目,主要集中在该县工业园区和乡镇集镇。由苏州客商陈照华投资1亿元新上的森森纸业(金湖)有限公司彩印包装项目,成为其中投资额最大的项目,而江苏海悦实业有限公司独资新上的年产4万吨优质稻米生产线项目、台湾客商简永丞独资兴办的米酒酿造项目等,将成为推动当地农业生产和农民致富的龙头项目。

(刊于2005年3月31日《淮海晚报》11版"经济新闻"4月4日《淮海商报》)

金湖220千伏双龙输变电工程开工

本报讯 总投资超过2亿元的220千伏双龙输变电工程近日在金湖全面开工建设。这是该县目前单体投资最大的项目,是华能淮阴电厂二期送出工程的重要组成部分,也是国家重点工程——南水北调东线工程电源保障工程。

该工程由淮安供电公司总承建,预计到今年底全部竣工。工程竣工后将有力改善江苏电网结构,并将对促进地方经济发展产生积极的作用。

(刊于2005年4月10日《淮安日报》头版)

金湖重奖招商功臣

本报讯 7月24日,金湖县拿出近40万元,对15个招商项目引资人员给予重奖。

1—6月份,该县新引进项目108个,固定资产合同引资额15.2亿元,占市下达目标任务的75%,实际到位资金2.6亿元,比去年同期增长57%。为进一步营造学先进、赶先进、争创一流的局面,该县决定对15个招商项目的引资人员给予重奖。同时,该县还对14个上半年既没有签约又没有到位资金的单位给予通报批评。该县规定,凡三季度没有完成任务序时进度,有入园任务但没有正式签约项目的单位负责人,一律离岗招商,到年底仍未能完成任务的镇及部门党政正职一律降为副职,离职招商,班子成员一律不得提拔。

(刊于2005年7月26日《淮海晚报》2版"淮安要闻"、7月27日《淮安日报》三版)

消防帮私企　老板送清凉

晚报讯　7月29日上午，金湖县消防大队军营里出现感人一幕：一位年轻人紧紧握住大队长吴国洪的手，连声道谢，并送上一台价值3000多元的澳柯玛空调，表达一片拥军之情。

原来这位年轻人是金湖县金茂建筑工程装饰有限公司董事长顾银群，今年39岁的顾银群办企业已有5年的经历。特别自2003年企业落户金湖县工业园区后，新上了一条泡沫生产线，企业安全生产显得尤为重要。当地消防部门通过上门服务得知这一情况后，主动组织官兵送消防安全知识到企业，免费为企业员工进行消防安全方面的知识培训，帮助企业规划消防安全设施等，使企业能够在一个安全的环境下正常生产，企业效益也逐年攀升。目前，这个仅有58名员工的私企，已形成年销售2000多万元，利税170多万元的规模。企业董事长顾银群感慨地说："企业能有今天，离不开消防官兵的关心、支持和帮助。"

（刊于2005年7月31日《淮海晚报》）

政府当红娘　银企对接忙
金湖：诚信企业得实惠

晚报讯　昨天上午，金湖县政府对江苏金石机械集团有限公司等6户最佳诚信企业和江苏金莲纸业有限公司等25户诚信企业进行隆重表彰。令这些诚信企业负责人意想不到的是，表彰会还没有散场，他们就成了当地金融机构负责人追逐的对象。工行、农行、中行、建行和信用社负责人主动与他们洽谈，当场与包括这些信用企业在内的71户企业签下了总额5.951亿元的贷款合作意向书。最佳诚信企业、江苏理士科技有限公司负责人在分别与中行和建行行长签下3500万元的合作意向书后感慨地说："真没想到，诚信能为企业带来这么多好处，有金融部门的大力支持，我们的企业将发展得更快。"

去年，该县通过组织银企对、银企联谊等活动，5家金融机构与信贷项目储备库中的58户企业签订协议贷款4.97亿元，资金已全部落实到位，有力地支持了企业的发展。

（刊于2006年3月15日《淮海晚报》A2版）

金湖工业园区跻身省级经济开发区行列

晚报讯　近日，省政府批复同意设立34家省级经济开发区，金湖县工业园区名列其中。

该县工业园区项目投资强度从2002年建园初的50万元/亩，增加到2003

脚

印

年的80万元/亩,再到2004年的100万元/亩。从2005年开始,该县作出入园项目投资强度不低于120万元/亩的硬性要求。

3年来,该县共拒绝了近20个小化工、小线缆、小服装、小加工项目入园,从而保证了园区项目的整体质量。目前,该县工业园区列统企业已达16家,去年园区列统企业实现销售5.26亿元。

(刊于2006年5月10日《淮海晚报》)

爱特福"飞毛腿"磁动车下线

本报讯 8月4日上午,江苏省金湖县经济开发区内传来喜庆的鞭炮声,年产50万辆"飞毛腿"磁动车在江苏爱特福集团第二生产基地成功下线,由此填补了世界永磁电动车的空白。

"飞毛腿"磁动车是爱特福集团以中国电子科技集团公司第二十一研究所技术为依托,与苏州诺亚科技有限公司于去年8月4日立项合作开发的技术项目。该项目针对目前市场上电动车普遍存在的电池污染、车体笨重、耗材多、占据公共空间大等众多缺点,精心研发而成。该车采用环保高效的锂电池替代传统的铅酸蓄电池,以体积和重量仅为普通电动车轮毂电机的十分之一的盘式永磁电机为动力,整车7公斤,载重80公斤,限速20公里/小时,一次充电可续行30公里。是目前世界上最理想的代步工具。"飞毛腿"磁动车获得多项专利属自主知识产权,并向世界多个国家进行了申请保护。

(刊于2006年8月5日《江苏经济报》)

服务促发展　引得客商来
金湖县农机局寓招商于服务中

本报讯 日前,应金湖县农机局的邀请,省农机局副局长沈建辉带领省农机局科技质量处的专家来到金湖小青青机电设备有限公司,为企业分析市场行情,指导生产管理,积极帮助企业申领农业机械产品鉴定、推广许可证。这是金湖县农机局利用行业优势服务企业又一范例。

金湖小青青机电设备有限公司是当地一家专业生产渔业机械的企业,企业原注册资本仅有50万元。从去年下半年开始,金湖县农机局主动服务该企业,一方面帮助企业加强生产管理,提升增氧机、投饵机等渔机产品的质量,并不断开发新产品,企业现已形成两大系列几十个品种。其中,双向投饵机属国内首创,正在申报国家专利。"小青青"牌渔机系列产品荣获国家质量监督抽查"十佳放心品牌"。公司的年产量也有过去的1000多台猛增到目前的40000台左右;另一方面,金湖县农机局通过省农机局,在全国农机系统推广小青青渔业机械,使其产品的市场份额由过去的2%一下子提高到20%,并已被广东、浙江、湖北、江西、上海等省(市)列入地方农机补贴项目。企业良好的发展前景,吸引了外地客商的加盟。今年3月,经金湖县农机局牵线搭桥,南京客商张先生决定再投资800万元进行技改,这为小青青渔业机械的发展注入了新的动力。

　　宝金玉粮油公司是一家规模不大的粮食加工企业,为帮助该企业上规模、创品牌,金湖县农机局从帮助企业建立生产基地入手,积极申报省水稻生产全程机械化项目,在项目区的宝应湖农场及金北、吕良、前锋、陈桥等镇推广插秧机551台,建立了8万亩机械化插秧优质稻生产基地。通过农业机械化项目实施水稻生产全程机械化,为企业提供了充足的优质稻米原料,企业生产的"宝金玉"牌大米创成省名牌产品,并成功打入了上海农工商超市、南京苏果超市等大型超市。企业发展了,投资商也来了。经金湖县农机局牵头,江苏农垦米业有限公司相中了宝金玉粮油公司,对该厂整体收购后又投资1500万元,对企业进行改造。

　　(刊于2006年8月22日《淮安日报》3版)

科技助推金湖工业上台阶

　　本报讯　日前,金湖县人民政府与江苏工学院正式签订产学研合作协议,双方将在科学、成果推广、新品研发和人才培养等方面进行广泛的合作。在政府创设的合作平台上,金湖石油、化学化工、仪器仪表等行业的10多家企业纷纷与江苏工学院相关院系签订了35个具体合作项目。这标志着金湖县利用科技推动工业经济发展进入了一个新阶段。

　　在全力做大做强工业、实施项目带动战略过程中,金湖县注重发挥科技进步和技术创新作用来转变经济增长方式,先后出台了一系列优惠政策,全县有120多个项目获得政府拨款、贴息和政策资助2000万元。由于政府的鼓励,该县工业企业依靠科技谋求更好更快发展的热情空前高涨。据统计,近年来,全县企业技术改造投入达6亿元。今年,该县组织实施省级科技计划项目16项、市级科技计划项目12项。金湖县委县政府还先后10多次邀请科研院所的专家、教授来金湖为工业"把脉",在宏观上为支柱产业发展支招,在微观上对科技项目进行指导。依靠科技进步与创新,金湖县工业企业的核心竞争力正在由弱变强,涌现出像金石集团这样的国家级高新技术企业和江苏红光、江苏杰创、江苏理士等7家省级高新技术企业以及江苏全兴等15家市级高新技术企业,拥有省级、市级高新技术产品和国家级重点新产品37个,崛起了像石油机械、消毒剂、汽车门泵、输油泵、卫生巾设备等一批享誉全国的工业"单打冠军",形成了颇具竞争优势的机械电子、医药化工、轻纺服装、粮食加工等四大支柱产业。科

脚印

技已成为领跑金湖工业经济的强大动力。

省级高新技术企业、省星火龙头企业江苏红光仪表厂是该县较早创立工程技术研究中心的企业。2002年以来,该企业分别与东南大学等院校联姻,实施了省级以上科技项目6项,研发新产品5个,鉴定技术成果1项,申请专利7件。科技实力的增强,不仅增强了自身发展活力,还引来外地客商的加盟。今年4月,由该企业与广东客商共同投资5000万元兴办的项目正式落户金湖经济开发区。和江苏红光仪表厂一样,输油泵公司、赛尔电池、常盛动力、全兴电缆、金莲纸业等一批企业,或引进技术人才,或挂靠大专院校、科研机构,纷纷创建自己的研发机构。江苏杰创科技有限公司依托南京理工大学,在充分研究国内外类似仪器仪表产品性能的前提下,提出了"内嵌压力源的全自动便携式油田压力校验仪"产品的设计方案,并组织科研小组两次赴大庆油田采油厂与技监及现场人员一起对方案进行改进提高。如今,成品样机已开发研制成功。

金湖县工业企业的科技进步还突出表现在信息技术的应用上。金湖国祥工贸有限公司利用信息技术,跟踪世界聚氯乙烯(PVC)材料研发前沿,大胆对废旧PVC的循环应用技术进行研发,高薪聘请国内高分子材料专家,并从高校引进高分子材料专业本科生10多名,进行科技攻关。目前,该公司在核心技术上已取得重大突破,成功开发出了性能接近原料级的再生产品。

(刊于2006年12月12日《淮安日报》头版头条)

大项目为金湖注入发展新动力

本报讯 由中电新能源公司投资2.5亿元的秸秆发电项目近日在金湖县开发区落户,该项目投产后可使该县70多万亩耕地产生的秸秆成为新能源。这是该县围绕大项目突破,推进招商引资取得的又一成果。

金湖把今年确定为"项目推进年",争取在项目体量上求突破,重点实施3000万元以上项目双倍增计划,确保今年引进3000万元以上项目50个以上,其中工业亿元以上项目不少于10个,力求引进5亿元、10亿元或超千万美元、超亿美元的大项目。县里专门成立了重大项目办公室和重点项目督查考核办公室,为全县招商引资提供产业政策咨询服务和"保姆式"帮办服务。

该县今年元旦起在全县开展首季招商引资竞赛活动,将11个镇和县直66个单位分成6个竞赛小组,迅速掀起你追我赶抓招商、全力以赴攻项目的热潮,春节期间连续在宁波、上海、无锡举行了三场项目推介会。首季招商有70多个投资项目落户金湖,总投资超过40亿元。瑞宝通项目进展顺利,项目投产后,年产值可达10亿元,利税4亿多元;常熟客商投资1亿元的银洋电子项目、福建客商投资1.5亿元的四星级宾馆项目和台州客商投资1.5亿元的收购金莲纸业项目等已经动工。投资10个亿的常熟·金湖工业园已经达成合作协议。

发挥本土企业的产品优势,积极与县外大企业实施项目对接,是金湖推进大项目战略的成功举措。该县坚持在传统产业招商引资上求突破,围绕全县机械电子和医药化工两大主导产业,延长产业链条,促进产业集聚、企业集群。金湖的石油机械在国内外有名,今年以来,先后有恒力机械、同心机械、宝腾机械、富达机械等10个机械加工项目前来加盟。该县的企业"大哥大"金石集团与美国一家公司、中国石油技术开发公司合资2亿元的金石科技园已顺利开工。该园的建成将进一步完善金石集团高新技术产业转化体系,加快科技成果的产业化、商业化和国际化。

在县经济开发区引进大项目的同时,该县各镇工业集中区招商引资活动也如火如荼,仅3月份就有15个项目进区。银集镇将该镇淮建工业集中区内原有的江苏金菱电线电缆厂对外招商,引来浙江客商2.1亿元的投资。今年第一季度,该厂就实现销售5000万元,相当于去年全年的销售额。

(刊于2007年4月5日《淮安日报》头版头条)

同唱一台戏
——金湖全民创业调研服务活动纪略

金湖县金开服饰有限公司总经理潘咏梅近日心情格外舒畅。前不久,离开银集镇镇长岗位创业的她,遇到了资金、用工、用电等难题。但这些难题很快被服务上门的各级领导一一化解:县委书记陶光辉帮她贷款,解决了企业流动资金不足的困难;企业所在地塔集镇政府帮她招工,110多名工人很快招满;县供电部门派员仅用两天时间就为企业架好供电专线……这一切更加坚定了潘咏梅创业的信心和决心。

今年的服务月期间,金湖县县镇干部共下访6238人次,走访民营企业2859户、个体工商大户6298户,召开座谈会58场次,收集问题建议437条,针对问题和建议,该县进行了认真梳理,并重点就企业反映较为集中的"融资难"、"用工难"等共性问题进行集中会办。

针对企业"融资难"问题,该县要求各级金融机构牢固确立"地方发展我发展"的理念,进一步转换经营机制,不断推出贷款营销新举措,创新贷款新品种,拓宽融资渠道。

各金融机构结合自身特点,根据中小企业不同层次的需求,量身定制,推出了金信贷、速贷通、保险、保函等信贷新品种,为企业提供融资服务。为了降低风险,该县还积极创新抵押担保方式,由传统的不动产抵(质)押担保扩大到经营权抵押、应收账款抵押、仓单质押、存单质押和小企业联保等担保方式,开办了集团内担保和同城购货合同抵押贷款,以外地的企业作为母体作担保,对招商引资企业发放贷款。该县还探索了信用互助新举措,由农户和企业自发组建"信用互助协会",协会成员缴纳一定的会员基金,以会员基金作为担保基金,协会内部成员之间明确贷款担保连带责任,借助引导社会信用意思的提高,有效地解决贷款抵押担保梗阻问题。该县人行和民营局先后举办了两期私营业主、个体工商户"三通"贷款推广培训班,县农信社还建立中小企业贷款绿色通道,设立了专门为中小企业信贷服务的机构和窗口,已建档中小企业160多户,累计发放贷款4000多万元。该县还加大银行与企业的对接力度,先后举办2次大规模的银企对接活动,新增"三通"用户1000户,意向对接企业100多户,授信8.14亿元。

在解决企业"用工难"方面,该县更是煞费苦心。今年以来,该县通过"外引、内培、促回流"等举措,有效化解了企业用工难题。根据企业缺工情况,该县多次组织人员赴四川、云南、安徽、河南等劳动力资源相对丰富的地区,参加当地组织的各种用工洽谈会,并与当地劳动保障部门建立劳务协作关系,在云南、安徽等省设立12个劳务输出与输入对接基地,及时向基地通报金湖企业用工需求,今年以来,该县已从这些基地引进劳动力2500多人,缓解了该县经济开发区企业用工不足的矛盾。为鼓励失业人员到开发区就业,该县还采取激励措施:凡持《再就业优惠证》的失业人员,经免费培训后被县劳务公司派遣到县开发区就业的,可享受社保补贴待遇。与此同时,该县还整合劳动和社会保障、教育等部门的培训资源,形成优势互补的培训输送机制,采取订单定向培训的方式,开展电动缝纫、机械加工、电子装配等紧俏工种的培训,已先后为缺工企业输送1200多名技能型员工。利用外出务工人员春节、五一期间大量返乡的时机,举办14场用工招聘会,并组织回乡人员参观考察用工企业,为返乡人员与用工企业搭建供需交流平台,共促成4148人回乡就业。金湖还鼓励企业外加工,把车间向外延伸。同泰服饰为缓解员工不足的矛盾,将剪线头的零活交给附近戴楼村民去做,既降低了劳动成本,又解决了周边失地农民的就业和收入问题。

为提高县镇干部服务企业发展的能力和水平,金湖县专门举办科级以上领导干部培训班,邀请省市专家分别就"当前经济形势及产业发展政策"、"民营企业的发展与创新"等课题,做专题辅导。该县还出台了县四套班子领导挂钩服务的具体实施意见,将县四套班子领导挂钩到乡镇和企业,定期或不定期地帮助企业解决各类矛盾和问题,使服务企业工作常态化,引领全县上下形成关心、支持企业发展的良好氛围。

(刊于2007年6月2日《淮安日报》报眼)

金湖一专利产品获国家创新基金70万元

本报讯 日前,笔者从金湖县科技局获悉:国家科技部公布的全国2007年首批科技型中小企业创新基金项目中,金湖小青青机电设备有限公司研发的"提高采煤安全性和回采率的DWX型(悬浮式)单体液压支柱"项目榜上有名,并获得70万元支持资金。

"单体液压支柱"是中国矿业大学的发明专利产品。该项目拥有10项授权专利,其中发明专利2项。产品用于煤矿采煤工作支护顶板,可以大大提高采煤安全性和煤炭资源的回采率,产品产业化程度高,市场前景十分广阔。目前,金湖小青青机电设备有限公司已累计投入资金上千万元,建成了年产10万支悬浮式液压支护装置能力的生产线,用户订单不断,产业化步伐进一步加快。

(刊于2007年8月21日《江苏工人报》头版)

江苏省首家木业信用协会在金湖成立

本报讯 江苏省首家木业信用协会日前在金湖县前锋镇成立。

该协会由前锋镇淮胜木业企业联合发起,30家诚实守信的木业企业成为首批会员。金湖县农村信用合作联社向该协会的授信总额已达725万元,已有14户会员从当地信用社取得贷款110.4万元。木业信用协会的成立为该县中小企业突破发展"瓶颈"找到了一条创新之路。

(刊于2007年10月6日《淮安日报》头版、《淮海晚报》3版)

特写:

火爆的招聘会

昨日(农历正月初六)一大早,金湖县体育馆内人头攒动,人山人海。该县2008经济开发区企业用工招聘洽谈会在这里隆重举行。

本次企业用工招聘洽谈会由该县劳动、人事部门共同举办,吸引了该县70多家企业进场招聘。金湖县有关方面负责人告诉笔者,这次招聘会是该县春季为开发区企业用工服务系列活动中的一场,去年农历腊月26日,该县已经举办了首场企业用工招聘会,为1428名劳动者找到了就业岗位。本次招聘会进场的劳动者有近万人,一共有3200多个岗位可供选择。

政府精心组织的企业用工招聘会,让企业开心不已。江苏同泰服饰有限公司是该县经济开发区企业内的用工大户,该公司总经理樊懋兴评价说,政府花钱组织招聘活动,真是急企业所急,想企业所想,是真正的为企业排忧解难。

脚印

在三禾玩具企业应聘台前，刚刚签完用工协议的钱永林告诉记者，他来自金北镇，以前在外面打工开销比较大，现在在家门口上班，一个月也能有1200元的收入，他感到很满足。

据了解，不到半天工夫，3200个就业岗位就被应聘一空。该县有关部门的同志表示，针对城乡劳动者渴望就业的实际，该县还将举办类似的企业用工招聘活动，为企业和劳动者之间架设就业桥梁。

（刊于2008年2月13日《淮安日报》B1版）

专家学者为苏北县域经济发展把脉
百余外地客商齐聚金湖

晚报讯　2日下午，100多位苏商代表与我省著名经济学者在苏商高层金湖论坛上面对面对话，共同探索优化投资环境、加快区域发展的新方法、新思路。江苏省发展改革委员会原主任、南京大学教授、博士生导师钱志新等专家学者分别为振兴江苏县域经济，特别是苏北县域经济把脉、支招。

本次论坛的主题是"投资环境与区域发展"，旨在通过交流、研究、探讨等多种形式探索优化投资环境、加快区域发展的新方法、新思路；加强相互了解，扩大相互合作，寻求商机，寻求发展，寻求双赢。

与会专家们以金湖为例，阐述了江苏县域经济特别是苏北县域经济如何走可持续发展之路。钱志新认为，金湖县资源丰富，如何把资源的比较优势变成竞争优势，是类似金湖这样的县域所要考虑的问题。首先，他认为金湖有自己的特色，发挥竞争优势应在三个产业的发展上做文章：农产品、有机食品的深加工产业。随着人们生活水平的提升，有机食品将越来越受关注，金湖的大米、荷藕、麻鸭等农副产品品质都很好，如果发展有机食品产业，打有机食品这个品牌，搞有机农产品加工，将具有较强竞争优势；第二是机械装备产业。这是国家今后鼓励发展的产业。金湖机械装备产业已形成一定的规模优势，应集中力量做大、做强、做出品牌；第三是生态旅游产业。一个县坐拥三个湖，完全可以打生态牌，发展生态旅游这一前景广阔的产业。钱志新教授强调：苏北发展县域经济，就是要把"珍珠串成项链"。他建议金湖要举全县之力壮大产业集群，形成产业链，相互之间要形成专业化配套，形成"一片森林"，而不是"一棵大树"。

（刊于2008年8月3日《淮海晚报》A2版）

废弃塑料回收项目落户金湖

本报讯　省首批循环经济试点工程——年产20万吨废弃塑料回收和应用项目近日在金湖县开工。该项目总投资1.2亿，将建设世界上第一条有自主知识产权的废弃塑再生生产线。

据悉，国内每年就产生1500万吨的废弃塑料。为解决废弃塑料再生利用技术难题，金湖从2006年开始先后投入200多万元，聘请国内高分子材料专家进行技术攻关，目前核心技术已取得重大突破。

（刊于2008年11月25日《新华日报》A7版）

金湖积极应对经济形势新变化

本报讯 近日，由省经贸委、外经委、环保厅联合确定的首批循环经济试点工程——年产20万吨废弃塑料回收、再生、应用项目在金湖县经济开发区开工建设。该项目由金湖县国祥塑料有限公司投资1.2亿元兴建，占地6万平方米，将建设世界上第一条具有自主知识产权的生产线。这是该县为落实党中央、国务院和省委、省政府关于扩大内需政策措施，全力促进经济又好又快发展的具体举措之一。

面对金融"寒流"，连日来，金湖县委书记陶光辉、县长肖进方等四套班子领导多次到金石集团、金莲纸业、理士科技、神华药业、杰创科技等企业，向企业负责人传达了国家和省市关于"保增长、扩内需"的战略和政策措施，鼓励企业树立信心，利用好国家和省出台的政策，加大破解难题的力度。针对调研中企业反映强烈的资金不足和用工难问题，该县还先后组织银企对接融资签约活动和企业用工座谈会，引导金融部门继续加大有效信贷投入。目前已有128户企业与银行达成融资协议9.62亿元，已到位12亿元，到位率达到124%。同时，该县为适应工业经济发展的需要，改革人才培养模式，进一步确立"政府统筹、部门服务、校企合作、社会参与"的工作方针，实现职教办学与企业经营无缝对接，切实解决企业"用工难"问题。

为解决中小企业信贷融资中抵押担保难题，该县在进一步完善全市第一家木业信用协会信贷模式的基础上，筹建成立了大兴机械行业信用协会。通过信用互助形式开展企业授信，同时积极向上争取，获准试点成立小额贷款公司，以推动民间贷款的合法运行、规范发展。与此同时，该县还先后注册成立了国信、金联、金港、兴业等担保公司，总注册资本达1.06亿元，担保企业近700户次，累计担保1.6亿元。良好的金融生态环境，成为该县经济发展的动力之源。人民币各项贷款余额32.72亿元，比年初增加3.95亿元，增长13.7%。各项贷款增长对GDP和财政收入增长的贡献率分别达到61%和32%。

同时，企业也不断调整战略，增强自主创新能力来提升企业竞争力。金石集团先后完成了复合式井口、带安全自动控制金属密封的井口采油树、70Mpa高压明杆膨胀阀等20项省星火、科技攻关项目和国家火炬计划项目。目前，

脚印

已获得15项国家专利，拥有知识产权100多项，每年研发新品近10个。这些高科技新产品为集团牢牢占有市场打下了基础。江苏三禾鞋业服饰有限公司是以出口为主的企业，面对美国市场销售额的下滑，公司业务明显减少，加上人民币升值、劳动力成本上升、原材料价格提高等对企业产生了一定的影响，他们及时调整思路，将市场及时从90%的出口调整为50%，其他50%与上海通赢公司合作，贴牌生产"迪斯尼"品牌鞋类产品。服装生产则从100%出口调整为70%出口，30%内销，从而降低了风险，轻装上阵，确保了企业的稳定发展。1—10月份，企业完成销售收入7980万元，出口贸易额165万美元，上缴税收345万元。2009年，企业已与上海通赢公司合作，签订了120万双的工艺鞋订单；与著名童鞋企业签订贴牌"巴布豆"童鞋30万双；与"天有"公司和省纺织品进出口公司分别签订200万双、50万双工艺鞋订单，确定了新的国内外市场扩张战略。

（刊于2008年12月17日《淮安日报》B版头条）

首家无污染水泥厂落户金湖

本报讯 日前，苏北首家花园式水泥企业落户水乡金湖。据介绍，该项目投资5000万元兴建，采用目前世界上最先进的生产工艺，进口德国西门子自动化控制系统，可保证整个生产过程无污染。项目投产后将形成年产60万吨水泥的规模，年可创产值2.5亿元，利税3000多万元。

（刊于2009年1月19日《人民日报·江南时报》）

金湖再掀乡镇工业集中区建设热潮

本报讯 "看了盱眙乡镇工业集中区建设规模深感震撼，我们黎城镇如果再不寻求突破，全市乡镇工业集中区第一的位置将会动摇。"这是8月17日夜晚，金湖县委、县政府召开的乡镇工业集中区和村创业点建设推进会上，黎城镇党委书记徐建民发出的感叹。

为迅速传达贯彻全市乡镇工业集中区建设推进会精神，进一步坚定乡镇工业集中区建设在全市保第一、争第一的信念，金湖县再次掀起乡镇工业集中区和村创业点建设的热潮。全县11个镇纷纷结合参加全市乡镇工业集中区建设推进会，特别是参观盱眙部分乡镇工业集中区和村创业点后的感受，提出了各自下一步的发展思路。黎城镇表示，将立即启动大兴工业集中区集中拆迁，加大标准化厂房兴建力度，确保全年完成8万平方米标准化厂房建设任务，力争建成10万平方米的标准化厂房，从现在起抽调30人的离岗招商队伍，苦战3个月，力争招引项目30个；戴楼镇表示，将充分利用金湖"西大门"的区位优势，加大招商引资和工业集中区建设的力度,努力保持全市领先的位次。

金湖县委书记陶光辉要求全县各镇要虚心学习盱眙县乡镇工业集中区和村创业点建设的好经验,查找各镇在乡镇工业集中区和村创业点建设中的不足,坚定乡镇工业集中区和村创业点建设在全市保持第一的目标不动摇,已进入全市乡镇工业集中区建设30强的镇要确保不掉队。真正做到聚精会神、高度重视、狠抓落实、科学考核,把乡镇工业集中区和村创业点建设作为书记工程、镇长工程抓紧抓好,进一步提高镇一级、村一级作为独立作战单位的能力,立足自身发展,拉开乡镇工业集中区和村创业点建设的框架,抓好水电路等相关设施配套,全力招商引资,促进凤还巢,搞好帮办服务,全面提升乡镇工业集中区和村创业点建设水平。陶光辉表示,该县里将进一步建立科学的考核体系,促进乡镇工业集中区和村创业点建设健康快速发展。

(刊于2009年8月20日《淮安日报》B3版)

污水处理厂二期工程开工

昨日上午,总投资近2亿元的金湖县污水处理厂二期开工奠基。

二期工程采取BOT方式建设,项目建设包括日处理能力4万吨的污水处理厂一座,污水提升泵站两座以及覆盖城区所有工业企业的污水管网近50公里,项目建成后,金湖县将实现城区生产、生活污水处理全覆盖。

(刊于2009年10月21日《淮安日报》头版)

6个工业项目落户金湖无锡工业园

本报讯 10月28日上午,位于江苏金湖经济开发区内的金湖无锡工业园不时传来阵阵喜庆的鞭炮声,该县在这里隆重举行金湖无锡工业园第二批入园项目集中开工奠基仪式,6家来自无锡的投资企业在这里安家落户,总投资近4亿元。

进入10月份以来,金湖县以贯彻落实党的十七届四中全会精神为契机,深入落实科学发展观,全力招商引资,冲刺全年目标,一批招商项目成功落户。这次集中开工的6个项目分别是投资6400万元的玻璃钢化项目、投资6000万元的万顺无纺布生产项目、投资6000万元的捷成纸业包装项目、投资5000万元的彩印包装项目、投资5500万元的华威机械加工项目和投资4000万元的汽车密封件项目。无锡中润再生资源有限公司总经理王传照表示,玻璃钢化项目是他在金湖投资的第二个工业项目,去年2月份,他在金湖投资创办的江苏中润再生资源有限公司至今已实现销售7000万元,入库税收1000多万元,预计到年底可实现销售1亿元,创税收1500万元。金湖良好的投资环境,优质高效的帮办服务,坚定了他再次投资金湖的信心。来自台湾台北县的高国良原来在无锡锡山创业,随着企业的发展壮大急需寻求新的发展空间,经过多方考察,金湖独特的自然禀赋、优美的生态环境、良好的工业基础、和谐的人文风气,给他留下深刻的印象,并最终选择在金湖投资,新上纸业包装项目。

(刊于2009年11月2日《淮安日报》B2版)

雨润2.3亿元肉鸭项目落户金湖

本报讯 金湖县与国内500强企业雨润集团新近正式携手合作,后者将投资2.3亿元在金湖上马年加工3000万只肉鸭产业化项目,建成后可实现年产值8亿—10亿元。

(刊于2010年1月3日《新华日报》A3版)

331、332省道金宝南线昨通车

本报讯 备受淮安、扬州两市人民关注的331、332省道金宝南线工程通车典礼昨天举行。

331、332省道金宝南线工程西起金湖县戴楼镇,与金湖至马坝高速公路相接,经金湖县城南,接入江水道金湖大桥,经宝应湖农场、银集镇、涂沟镇,沿大汕子隔堤向东,经宝应县氾水镇,跨越京杭运河及237省道后,止于京沪高速公路界道互通,路线全长50.5公里,其中金湖段41公里,宝应段9.5公里。全线采用一级公路标准建设,路基宽度24.5米,双向四车道。项目预算投资约11.1亿元,其中金湖段投资7.1亿元、宝应段投资4亿元。

该工程竣工通车后,将完善我省中部地区东西方向的干线公路网布局,打通京沪高速与宁连高速之间东西方向的快速干线通道,使金湖向东往苏南、上海等方向缩短时间近40分钟,同时大大缩短了宝应县上宁连、宁宿徐等高速的时间。

(刊于2010年12月20日《江南时报》6版)

南水北调工程已投入45亿元

本报讯 江苏省南水北调工程进展顺利,目前已累计完成工程投资45亿元,占整个工程投资的35%。规划建设的102项治污项目,已完成98项;14个国家考核断面水质已有12个断面稳定达标;以宝应站、淮安四站、淮阴三站、刘山站、谢台站、林家坝站、江都站等一批主力泵站建成为标志,依托该省江水北调体系,已经具备调水出省的工程能力,实现了阶段性建设的重要目标。

据介绍，运西线工程是在基本建成京杭运河输水干线工程的基础上，新开辟的一条重要输水线路，是东线工程的重要组成部分。运西线通过新建5座大型提水泵站，扩挖整治金宝航道、徐洪河等输水河道，与运河形成双系输水的工程布局，共同实现南水北调工程一期调水目标。

（刊于2010年7月12日《人民日报·江南时报》6版）

金湖汽摩配产业形成集聚优势

本报讯 7月10日下午，金湖汽摩行业协会成立大会暨揭牌仪式在金湖经济开发区浙江汽摩配产业园内隆重举行，标志着该县汽摩配行业的产业配套、加速发展进入了一个新的阶段。

浙江汽摩配产业园位于金湖经济开发区内，该产业园自去年下半年正式开工建设以来，成长迅速，目前投资达效的企业已有17家。协会目前吸纳了包括江苏奥威汽车零部件制造有限公司在内的33家成员理事单位，会长缪琦表示，协会力争在三年内吸纳60家企业，实现投资30亿元，销售20亿元；五年吸纳100家企业，实现投资50亿元，销售超百亿元。

（刊于2010年7月15日《淮安日报》C2版）

金湖16个大项目成功对接台商

本报讯 7月16日，金湖县成功举办第二届台商论坛，为台商量身定制的台湾农业科技园和台商工业园等16个亿元以上推介项目，受到与会台商的热捧。

该县精心组织了总投资超60亿元的推介项目，其中，IT产业园、石油机械产业园、汽摩配产业园、自动化控制仪表线缆产业园及水上森林公园开发、荷花荡景区开发、白马湖生态渔村开发等项目，均和台商成功对接。

（刊于2010年7月21日《新华日报》A7版）

碳纤维复合材料项目落户金湖

本报讯 江苏泛达碳纤维复合材料项目13日在金湖开工工程全部投产后年产值将达到2.5亿美元。

该项目由美国fentus控股有限公司和常州鼎杰床服制品有限公司合作投资。一期投资1000万美元，引进建设一条年产2000吨的碳纤维预浸料生产线，明年7月份批量生产，产品主要为国内外大型海上风力发电叶片生产厂家配套。

（刊于2010年12月14日《新华日报》A7版）

商场父子兵

——江苏山河水泥有限公司董事长曹金培、总经理曹建明的创业故事

商场如战场，机遇稍纵即逝；

经商如做人，唯诚信不可欺。

人间最美四月天，4月的最后一天，我们来到位于金北街道境内的江苏山河水泥有限公司，这里一年多前还是一片低洼田地，一年过后，一座占地80多亩的现代化水泥厂拔地而起，让人在为企业建设速度惊叹的同时，不禁对企业经营者啧啧称奇。

江苏山河水泥有限公司董事长曹金培，56岁，有着多年从事房地产开发的经验；江苏山河水泥有限公司总经理曹建明，33岁，是位从海外学成归来的大学生。他们是父子关系。

故事还得从父亲曹金培说起。

90年代后期，金湖县房地产市场如火如荼，曹金培从事的房产开发也风生水起。那时候，建筑行业基本都是现场搅拌水泥混凝土和砂浆，因为金湖境内没有水泥厂的缘故，导致从外地采购的水泥不是短斤少两，就是因供应不及时而影响工程进度和质量。记得在开发西苑新村综合楼过程中，曹金培和他的团队就遇到了这么一件尴尬的事情，当时还没有商品混凝土的时代，大面积的楼面需现场连续浇筑，有时需要连续浇筑几天几夜，在浇筑过程中需使用大量水泥，供应商供应的水泥常常不能及时到货，有时还要坐地起价，给正常施工和质量保证带来很大困难，让曹金培忧心忡忡。这也深深刺激了他，金湖一定要有自己的水泥生产企业，说干就干。

有着多年从商经验的曹金培深知谋定而后动的道理。兵法云："兵者，国之大事业，生死之地，存亡之道，不可不察也"。同样，作为企业，重大决策前周密观察、分析、调研也非常重要。

他一边继续自己的房地产开发，一边组织对全国水泥市场进行考察，先后考察了30多家水泥生产企业，足迹遍布大半个中国，而其中2/3的水泥生产企业不能令曹金培满意，不是能耗太大，就是污染严重。为此，他把目标定位在行业内最先进的龙头企业——海螺集团。2008年，他多方筹资5000余万元，投资兴办江苏山河水泥有限公司，企业位于金湖县联合砖瓦厂东侧，占地近50亩，项目采用

当时国内最先进的生产工艺，引进德国西门子自动控制系统，整个生产过程安全无污染，2009年底，项目顺利建成投产并迅速形成年产60万吨水泥的规模。

2009年，曹建明从澳大利亚学成归来，工商管理专业毕业的他回国加入山河水泥，开始创业征程，从此，金湖商场上有了一对"创业父子兵"。

2010年起，曹金培主动放弃房地产开发，专心从事水泥生产，在他的经营管理下，企业迅速成长为苏北首家花园式水泥企业，并成为江苏省建材行业协会理事单位、江苏省建材行业协会水泥分会副会长单位、淮安市水泥工业协会常务副会长单位。

正在父子俩精心耕耘，诚信经营，企业越做越大、效益越来越好之际，一次凤凰涅槃不期而至。

根据我县新一轮的发展规划，江苏山河水泥有限公司需要退城搬迁重建，2017年下半年，正值水泥市场销售一片红火之际，面对县委、县政府建设游艇小镇的发展规划，面对滚滚而来的市场需求订单，面对80多名员工忧心忡忡的眼神，曹金培、曹建明父子俩茫然了。

经过一番激烈的思想斗争，父子俩作出快速而果断的决定：坚决服务全县发展大局，服从政府统筹安排，实行停产，退城搬迁重建水泥厂。

2017年12月，企业停产搬迁正式启动。为了尽快腾地给新项目，父子俩没日没夜地忙碌在老厂区搬迁工地和新厂区建设工地上，既要负责老厂区拆迁安全，又要负责新厂区建设施工。因水泥厂重大型设备较多，在拆卸主要设备期间，联系的大件运输公司为了安全需夜间运输，2017年底2018年初连续多天雨雪，天空中鹅毛大雪，父子俩连续多天从晚上忙到第二天天亮，当他们把主要设备运送到新厂区时心都碎了，所谓新厂区连条像样的道路和放置设备的地方都没有，面对的是一片稻田和水沟水塘。

在拆除老厂区主要建筑时，父子俩甚至都不忍心在现场，那里的一砖一瓦、一草一木凝聚着他们多年的心血和汗水，人非草木，孰能无情，辛勤耕耘积累的8000多万元的固定资产说拆就拆了，父子俩的眼圈红了。

老厂拆迁了，新厂还在建设中，与客户签订的订单怎么办？员工如何安置？

孔子曰："民无信不立。"曹金培、曹建明父子俩深知诚信对一个企业的意义，迅速做出决定，继续保供客户，停产期间从淮安海螺及附近水泥企业采购水泥，维系合同的执行，满足客户的需求，甚至贴钱来满足老客户的订单需求，成功留住了客户；坚持人才就是企业发展的基石和最大的财富，停产期间，山河水泥未辞退一名员工，照发员工工资，并组织对员工进行技能培训，未发生一起人事纠纷，成功留住了人才。

　　新企业如何定位？曹金培、曹建明父子俩为此产生了小小的分歧。曹金培认为，企业原先的生产工艺已经较为先进，没有必要再进行大的改造升级，希望投入更经济、更实用一些；而曹建明则认为，这次企业异地搬迁重建，正是企业脱胎换骨、转型升级的绝佳良机，可以借此对接国家最新产业政策，升级生产工艺，实现节能、环保水平大提升。

　　通过市场调研、内部沟通，曹金培被儿子丰富的学识、前瞻性的理念所说服。父子俩一致决定，通过搬迁重建，弥补原有生产工艺上的缺陷，引进国内技术最先进的联合粉磨技术，对环保设备进行全面升级，引进浙江中控DCS自动控制系统和金蝶ERP管理系统，全面实现自动化、信息化两化融合应用。企业由原来的高能耗的开路粉磨工艺改造为国内技术最先进的联合粉磨水泥生产系统，将新厂区建设成绿色节能的新型水泥企业。

　　经过一年零两个月的紧张建设，2019年4月12日，这条全新的生产线试产成功，总投资1.2亿元，一条年产80万吨的水泥粉磨生产线由此诞生。通过对比，新的生产工艺只需要利用夜间的谷电，即可满足本地区及部分周边市场的需求，市场高峰期还可以利用平电进行调节，避免了过去的峰电生产，并且随着新工艺、新技术的投入，一个班次仅需3个人即可完成原来24小时的生产任务，大大降低了劳动强度，提高了生产效率。在节能降耗方面，与过去的老工艺相比，新工艺产出的水泥每吨单位能耗降低了2度电，这对于一年用电量1000多万度的企业来说，该是一笔怎样的节约啊？同时，企业注重管理工作，采用

ISO9001质量管理体系和ISO14001环境管理体系组织生产,产出的P.O42.5水泥、P.C32.5水泥、道路用缓凝水泥等产品质量稳定,确保产品合格率、富裕强度合格率100%。

在新厂区,父子俩配合愈加默契,父亲曹金培负责企业的战略定位和发展;儿子曹建明负责生产技术、招标采购、销售等。在父子俩的精心培育下,一个欣欣向荣的现代化绿色水泥工厂正向我们走来。

(刊于《湖乡岁月》2019创刊号)

第四节　法治建设

在金湖,优质、高效、规范、公平已经成为各机关的追求,人们越来越能够感受到县直各机关的服务好了、效率高了,这一切源于金湖开展的效能建设。

效能建设引领法治金湖新进程

金湖,是今年全省首批法治县(市、区)创建先进单位。面对新的荣誉,金湖县委、县政府开始了新的思考——法治建设如何在新的起点上更进一步。县委、县政府通过深入地调研,在全县开展了"向万人征集法治建设意见"活动,准确地了解和掌握在社会发展过程中迫切需要解决的突出问题,在推进法治建设和保证又好又快发展上寻求切入点,于是,一个以法治建设为载体,以效能建设为切入点,县委、县政府领导,县纪委牵头,各部门齐抓共管,法治金湖与效能金湖相辅相成、相互促进的生动实践在金湖各机关中展开。

科学民主决策:不断增强百姓认同感

【思路】决策是一切工作的起点和前提。决策是否科学、是否适应百姓的需要,决定着决策执行的效率和成败。因此,金湖县委、县政府始终坚持科学决策、民主决策,并把依靠专家和群众决策作为重中之重,把发展需要与群众需要有机结合起来,不断增强群众对决策的认同感。

【做法】县城建设路始建于建县初期,距今已有近50年的历史。随着城市的发展,人口的大幅增加,路窄人多的矛盾凸显。县委、县政府领导和有关部门的同志广泛征求市民意见,并邀请高校和城市规划设计、科研单位的专家进行调研论证,最终确定实施扩宽改造方案。工程需拆除34户住房、12家单位合计12000平方米,由于决策得到了大多数百姓和单位的理解和支持,不到一个月的时间就完成了拆迁安置任务,整个工程仅用两个多月时间就完成了。如今,这条马路宽了,景色美了,还成为市民早晚休闲、锻炼的首选场所。

城市拆迁一直是困扰各级政府的难题,但在金湖却被完美破解。这主要是县委、县政府主动面对问题,认真梳理和解决拆迁中遇到的难题和老百姓的诉求。他们确立了依法拆迁、和谐拆迁的理念:拆迁不是政府捞多少好处,而是怎样让老百姓得到更多实惠。于是,《金湖县城市房屋拆迁管理细则》出台了,它在拆迁补偿标准上照顾百姓,在安置政策上优惠百姓,并建立健全拆迁公示、信访接待、责任承诺、举报、监督、责任追究等"六项制度",实行拆迁许可证、拆迁政策、拆迁补助补偿标准、产权调换房源、拆迁工作流程、拆迁实施单位和评估单位名称"七公开",实行"阳光操作",既维护了被拆迁人的合法权益,又促进了依法行政。

在拆迁过程中,该县首先转变政府职能,实现拆管分离,从依法行政手段调解转变为依靠法律手段解决,其次是严格拆迁许可。根据《行政许可法》的规定,制定了《金湖县拆迁许可审批流程》《金湖县拆迁实施运作流程》等制度,不断规范拆迁许可程序,确保所有拆迁项目都符合法律的要求。在做好有关法律法规宣传教育的同时,公示拆迁补偿安置政策、拆迁安置房源、拆迁房屋评估补偿标准、提前搬迁奖励政策及有关拆迁程序等内容,还采取货币补偿、产权调换和重置成新价加上土地置换等多种补偿方式进行补偿安置,使被拆迁户自主选择有利于自己的补偿方式。今年以来,该县旧城区改造涉及的600多户家庭全部愉快地搬出,并得到妥善安置,其中70%以上经济条件一般的家庭通过拆迁大大改善了住房条件。整个拆迁工作实现了零上访、零投诉、零冲突、零裁决、零强拆、零事故。县城新村路的一位居民看到许多居民通过城市拆迁改造改善了居住条件,羡慕地说:"哪一天要能拆到我们这里该多好啊!"

规范行政行为:实现政府效能新提升

【思路】今年,金湖县在工商、税务、公安、质监、卫生等22个重点执法部门开展了以行政效能(软环境)建设"推进年"为突破口,以行政效能"合格单位""示范单位"和"法治合格单位"创建活动为载体,开展"开放型依法行政示范点"创建活动,作出了"一切向社会开放""一切让社会监督""一切由社会评判"的承诺。"三个一切"源于他们对规范执法、依法行政的信心和决心。

【做法】提升效能,基础是队伍。该县把行政执法队伍建设作为基础工作来抓,用3个月时间,在58个行政效能(软环境)评议重点部门的中层干部、重(热)点岗位的工作人员和承担行政职能和公共服务职能的事业单位工作人员中开展了"改进作风,提高效能"的集中教育活动,把社会主义法治理念贯穿其中。重点教育引导行政执法人员树立服务大局、服务发展、服务民生的理念,依法办事、规范执法的理念,文明执法、和谐执法的理念,执法公开与执法必受监督的理念。各部门向服务对象征求意见,查找问题;县行政效能中心向社会各界发出5000多份调查表,收回4000多份,梳理出800多条意见和建议后,一一向相关部门作了交办。据统计,全县行政执法部门累计有1200多人参加了此次集中教育活动。通过集中教育活动,广大机关工作人员的规范服务意识和依法行政意识明显增强。109个科、所、站、队等基层执法单位通过新闻媒体向社会做出公开承诺。

提升效能,规范执法行为是关键。全县行政执法部门围绕提速增效的要求,进一步简化办事程序,缩短工作流程,提升办事效率。规范行政执法行为,首先规范政府行为。县政府出台了《金湖县人民政府工作规则》,引入群众参与、专家咨询和政府决策相结合的决策机制,对重大社会保障、福利措施的制定,土地、水资源大规模开发,城市改造规划等17项重大事项决策前的程序作了规定;对政府组成人员职责、履行政府职能、推进依法行政、健全监督机制、公文审批、作风纪律等七个方面作了严格的规定。同时配套出台了《金湖县人民政府问责暂行办法》,对镇政府镇长、县各行政部门主要负责人不按规定程序和议事规则进行决策、制定与法律或者上级政策相抵触的规范性文件、违反人事管理制度等16种情形,以及县、镇两级政府工作人员不履行法定的受理、公示、告知,不按规定项目、标准收费等15种情形进行问责追究。在此基础上,县委、县政府要求各行政部门重点抓好审批流程和审批期限的规范,下发了《关于公布项目审批服务时限承诺的通知》。县工商、国土、建设、环保、房管等15个重点部门对92项审批事项进行了再完善,由原来承诺的平均每项7.8天压缩为现在的3.2天,总体时间压缩幅度达59%,比法定平均每项17天压缩了81.2%。一些部门还对一批审批项目公开承诺随到随办,最大限度地提高了审批效率,实现了行政效能的再提速。

"工作优劣让服务对象评说,岗位去留由服务对象议定。"在金湖,人们深深感到,提升行政效能,社会监督是保证。于是,"一切让社会监督""一切由社会评判"的基层执法评议活动在金湖全面展开,把对行政执法部门的监督权、评判权交给了社会、交给了群众。实现在办事大厅放置评议卡随时评议、邀请服务对象、人大代表、政协委员、纪检监察部门、行风（软环境）建设监督员定期评议与开设"勤廉热线"。每半月在电台开办一次"勤廉热线"，由各部门的主要领导和业务人员介绍自己的工作，回答群众提问，办理群众诉求。今年以来，开办"勤廉热线"21期，已开展各类评议30余次，解答群众咨询问题和投诉400余件。在金湖，通过评议和监督，重点解决的问题还是部门"中梗阻"问题。今年7月，该县举行机关中层及重（热）点岗位干部勤廉评议活动，邀请72名招商项目工作人员对15个负责项目审批服务部门的61名中层干部进行评议，有7名干部因满意率低于50%被当场宣布待岗。待岗期间，只发国标工资，并要无条件接受单位其它工作安排。一石激起千层浪。一个机关中层及重（热）点岗位干部勤廉评议活动的热潮在该县迅速掀起，各部门纷纷按照规范程序和要求，对本部门其他中层干部组织了评议。不仅如此，该县还加大对机关中层干部轮岗交流的力度，今年以来，先后对31个部门的39名中层干部实施轮岗交流，其中跨部门交流24名，此举大大激发了机关中层干部队伍活力，有效解决了"中梗阻"痼疾。

强化绩效考核：杜绝迟到的公正

【思路】金湖的政法部门面对效能金湖建设，确立了"迟到的公正就是不公正"的理念，主动加入到效能建设行列中来，让公正、公开、时效及时呈现。

【做法】金湖县法院制定了《岗位目标考核办法》，将任务分解到分管领导和各庭室，明确工作标准、完成时限，并建立了《工作要点督办责任制》，进一步提升司法效能。他们在日常工作中提倡"三快"，即"快立、快审、快执"，妥善处置经济案件、民生案件，让企业和百姓充分感受公正司法带来的便利和实惠。

"快立"，就是对涉及经济和民生的案件，诉讼材料齐全的当即予以立案受理；准备不充分或者不知如何诉讼的，该院立案窗口设立了导诉台，由导诉法官面对面、手把手地全程引导。该院还开通便民咨询热线，由立案法官轮流值守，随时为群众解答有关立案程序、收费标准、材料准备等相关疑问以及其他法律咨询。自咨询热线开通以来，已累计接听热线电话500多个，咨询群众均得到了满意的答复，一些当事人到该院立案时还专门向接听电话的法官表示感谢。

县法院建立民生案件"快速通道"，在法定程序内缩短办案周期，提高工作效率。该院注重调判结合，对争议不大、法律关系并不复杂的经济纠纷、婚姻家庭等一般性案件，在立案后两天内通知双方当事人到庭，进行诉前调解，尽可能促成双方达成调解协议；对标的额较大或涉案人数较多的"集团性"诉讼案件，取消排期开庭，优先审理，以优质、高效、公正的裁判保障民权的实现。今年初，该院在审理某制衣厂拖欠农民工工资案时，承办人员打破"开庭办案"的思维定势,采取"一竿子插到底"的办法,直接深入到企业和农民工当中,从法理、情理等多角度耐心细致地做好疏导和调解工作,仅用4天时间,就使案件得到圆满解决,取得了良好的法律效果和社会效果。

"快执"是以有力的执行实现民愿。今年4月,该院成功执结的陈桥镇部分村民阻挠村集体经济组织出售树木案就是很好的例证。2006年12月,陈桥镇南宁村村委会与树木经营人李某签订了一份树木出售协议,将集体所有的300余棵杨树出售给李某。按照协议约定,李某向南宁村村委会支付了购树款,南宁村村委会为李某办理了树木砍伐证。2008年元月7日,李某对所购树木进行砍伐时,却遭到了南宁村四组村民伍某等人的无理阻拦,不仅使砍伐工作逼迫中断,而且也影响了村委会工作的正常开展,在当地造成了恶劣影响。为保障公民的合法权益,维护法律的尊严,4月29日,县法院组织50多名干警来到陈桥镇南宁村,并邀请陈桥镇部分县、镇人大代表参与,强制执行排除伍某等人妨碍李某砍伐所购南宁村集体树木案。在强制执行过程中,干警们对想进入现场阻挠执行的少数村民宣讲有关法律法规,不厌其烦地进行思想劝导,使他们认识到阻挠执行所要承担的法律责任,从而自动散去。整个强制执行过程持续到下午五点左右,没有发生任何暴力抗法现象,所售树木顺利砍伐结束。这起案件的成功执结,既有效遏制了歪风邪气,又为新农村建设提供了司法保障。

县公安局强化绩效考核,与各科、室、所、队的"一把手"签订责任状,将全年目标分解到月,明确到执法单位,设立红、黄旗制度,完成好的扛红旗,完成不好的给予黄旗警告,并与奖金挂钩,每季在局办公楼一楼大厅公布。局领导班子成员实行与分管执法单位挂钩联系制度,同考核,同奖惩,极大地调动了全体干警的积极性。金湖县公安局出入境管理科开辟"绿色通道",受到群众广泛称赞。2008年5月,金湖县育才小学退休教师常某的哥哥因肝癌晚期住进台湾某医院,要求兄弟去台湾探望。费钱费力倒是小事,一旦在哥哥弥留之际不能见上最后一面,兄弟俩岂不是要后悔一辈子?初步调查证实后,出入境管理科民警为其开辟"绿色通道",一边通知常某利用航空托运的方式将入台许可证寄来,一边加紧材料的审核和受理。需15个工作日办成的证件,只用不到3天的时间就办好了。事后,常某的哥哥特地从台湾打来电话表示感谢。

效能金湖总目标:服务发展与民生

【思路】"治国有道,利民为本"。在推进行政效能建设过程中,金湖县始终把服务发展、服务民生作为孜孜以求的总目标,做到一切服务发展,一切方便群众,一切惠及社会。

【做法】前不久,金湖县委常委、政法委书记杨步新走进该县广播电台《勤廉热线》直播室,通过电波与老百姓沟通。市民张某就车辆违章行驶的处理拨通热线电话,杨步新在作了认真答复后,表示对张先生所提问题将及时予以调查解决。这是该县为畅通民意反馈渠道、实现权力公开透明运行采取的举措之一。据了解,截至10月中旬,该县已举办81期《勤廉热线》广播直播节目,近百个部门(单位)负责人与老百姓直接对话,现场解答听众疑问300多个,事后办结群众投诉76件。

——金湖县纪检监察部门把基层普遍存在的、群众反映强烈的突出问题作为执法评议的重点内容,采取明察暗访、专题督察、社会监督等多种形式,内外结合扩宽监督渠道,动真碰硬加大查纠力度。今年,他们向社会聘请100名效能监督员,确定60家企业为软环境监测点,已经开展各种形式的督察50多次,发出督查通报19多期,受理投诉20多件,全部按时办结。通过督察反馈和群众测评,各部门、各单位提高了服务质量和水平,更加有力地强化制度建设和效能建设。

——县劳动和社会保障局以行政效能建设为载体,积极开展法治惠民活动。该局以社保扩面为目标,通过狠抓基金征缴,切实维护劳动者权益,完善社保政策措施,仅上半年就将养老等五大保险扩面新增8992人,完成目标的52.6%。该局实行监察检查和指导服务并举,以全面推进为目标,分类管理,对执行劳动保障法律法规不够完善,以及新开工投产企业,重点是指导和帮助企业规范用工行为侧重宣传劳动保障法律法规,指导企业依法与职工签订劳动合同、参加各项社会保险,使企业走上依法用工的良好轨道;对执行劳动保障法律法规相对较好、已形成一定规模的企业,重点是指导和帮助企业形成贯彻实施劳动保障法律法规的长效机制。该局在大力宣传《劳动合同法》《劳动保障监察条例》的基础上,组建由劳动保险处、劳动就业处和劳动监察大队人员参加的统一审计稽核小组,实行"五险"统一稽核,切实维护广大劳动者的合法权益。

——县国土资源局以落实执法监察责任为重点,加大县城区的执法力度,在县城区聘请了38名土地执法监督员,形成土地监察网络。今年2月,该局对县城青年路18起较为严重的违法用地行为进行处罚,限期拆除在非法占地上的建筑物,最后,申请县法院强制执行,使其退出非法占用的1236平方米土地。该局联合多个部门对城区项目用地进行清理,已清理出闲置土地170亩,其中申请法院强制执行收回5.17亩,分别安排给新的项目用地,不仅规范了用地行为,还促进了经济的发展。

——县经济贸易委员会以服务企业为己任,今年以来,该委对全系统16个重点项目落实了领导和部门帮办责任制,狠抓项目的实施进度,并帮助协调解决建设过程中存在的问题，同时，该委积极为重点项目向上争取优惠政策。去年，该委为全系统争取省技改贴息企业4户，获补贴资金270万元，获国产设备抵免所得税1650万元；为金莲纸业公司等6户企业争取省电费折价补贴76万元；为砖瓦行业企业、扬子木业等资源综合利用企业争取减免增值税400万元，有力地支持了地方经济的发展。

（刊于2008年12月5日《江苏法制报》5版）

以病人为中心　视患者为亲人

金湖县人民医院示范窗口真亮

金湖县人民医院坚持以病人为中心的办医宗旨，切实加强医德医风建设，形成了廉洁行医、文明行医的良好氛围，成为该县创建文明行业的一道靓丽风景。

金湖县人民医院现有在职职工338人，其中具有高级职称的人员23人、中级职称人员77人，是融医疗、教学、科研于一体的二级甲等医院和爱婴医院。近年来，该院先后被确定为金湖县"创建文明行业示范窗口"和"创建文明行业示范点"。为搞好创建工作，他们在门诊部、急诊科、挂号室、化验室、放射科、住院处、病房等10个窗口开展服务竞赛活动，规范考核标准，把"社会服务承诺"作为主要考核内容。该院健全医德考评和建立医德档案制度，每半年考评一次，把医院、科室、个人的评价统一起来，并把考核结果与晋级、评先、奖金挂钩，奖优罚劣。该院定期向患者发放"满意度调查表"。今年以来，该院先后征求820名在院和门诊、出院病人的意见，从回信统计看，满意度在95%以上。

该院还从教育入手，通过座谈讨论、考试考核、知识竞赛、演讲会、报告会、表彰会等不同形式，突出服务宗旨教育，组织了6次职业道德和时事政治讲座，组织了2次医德知识答卷和一次现场知识竞赛，并召开了先进人物座谈会。通过这些活动的开展，该院医德医风出现良好势头，医疗质量明显改善，群众满意度不断提高。该院上下兴起了远学徐景藩，近学该院儿科主任管惠华的热潮，涌现出了拾金不昧的护士长王玉琴、会计仲怀兵、视患者为亲人的葛海东等一批先进人物。今年以来，该院已收到患者赠送的锦旗（匾）24块、表扬信18封、感谢信13封。

今年7月下旬，该院传染科收治了一位叫刘学余的患者，入院时患者体内消化道大出血，第二天夜间，处于昏迷状态的患者又突然大出血，面部及上身全是血污，黑便解得满床都是，病人家属都不愿靠近。护士长徐世英和护士张芙蓉不嫌脏、不怕臭，帮助病人擦洗血污，清洗鼻腔，换去脏衣服。主任医师吴一德、医师夏夕霞经常守在病人床头，观察病情，调整治疗方案。经过医护人员的共同努力,病情很快得到控制,病人出院这天,怀着万分感激的心情,特地赠送了一面锦旗,上书"一流的医术,高尚的医德"。

(刊于1998年12月11日《淮阴卫生报》头版头条)

特写:

寒冬里的暖流

元月2日上午,在金湖县戴楼乡敬老院门前,6位五保老人在晒着太阳,而3位民警和4名联防队员在全国优秀人民警察、戴楼派出所所长张业才的带领下,正在为敬老院老人们拆洗被褥、打扫卫生……这是金湖县公安系统开展"爱民月"活动的一个镜头。

金湖县公安局把今年1月份作为"爱民月"全局上下深入推行规范化服务,把爱民、便民、为民作为活动宗旨,形成了全体民警参与的浓厚氛围。在县城,交警大队把办牌办证、城区管理、事故处理等群众关心的热点问题进行公开,接受群众咨询、开展假日办牌办证服务;消防大队走上街头开展消防知识宣传;城镇、城郊派出所深入居民户送温暖,把办好的居民身份证送到居民家里;在农村,各基层派出所开展走千村、访万户、察民情、办实事活动,曾连续两次荣膺江苏省人民满意派出所称号的银集镇派出所,向全镇人民发出一封公开信,把各项服务置于人民群众的监督之下。该所所长闵福勤还带着全所民警掏钱买来的价值300多元的礼品,到银集敬老院慰问8位孤寡老人和2名孤儿。

戴楼敬老院65岁的五保老人柏传道告诉笔者,他今年已65岁,到敬老院已有10个年头,这10年里,派出所的同志把他当亲人,经常上门问寒问暖,还送滋补品给他们。

(刊于1999年1月5日《淮阴日报》)

"嫁"出去的"红包"回"娘家"

本报讯 6月17日上午,一辆标有"金湖县中医院"的救护车来到了金湖县闵桥乡农电站孙序林的家,当车上的来者将300元钱送到孙序林手中时,孙序林感慨万分,连声说:"没想到,没想到……"

半个月前,孙序林的妻子患子宫肌瘤到金湖县中医院住院做手术。孙序林担心妻子手术中有什么意外,悄悄给该院外科主治医师高青300元"红包"。为了不影响患者手术期间的情绪,给她心理上一个安慰,高青医师收下了"红包",后立即上交院部处理,院部决定等病人出院时还给病人,但病人愈后悄悄出院了。

病人的家属没想到"嫁"出去的"红包"终又被送回了"娘家"。

（刊于1995年7月1日《淮阴日报》2版）

新农乡加强服务行业管理
减少各类违法犯罪的发生

本报讯 金湖县新农乡结合农村社会治安综合治理，狠抓服务行业的治安管理，有效地减少了行业各类违法犯罪的发生。今年1—9月份，这个乡服务行业没有发生一起刑事案件。

新农乡位于金湖、洪泽两县结合部，省道金淮公路贯穿其集镇腹地。这个乡已发展旅舍、废旧收购等特种行业24家。这些地方一度成了藏污纳垢、违法犯罪的集中场所。针对这一情况，该乡强化从业人员的思想教育，不断增强他们的法纪观念。

乡派出所还牵头与服务行业户主签订治安联防合同，明确双方的权利和义务。合同规定：乡派出所保障经营户的合法权益不受侵犯，及时排除一切干扰，打击违法犯罪活动；经营户必须保证依法经营，发现治安苗头性问题要及时报告派出所。通过签订合同，广大特种行业经营户守法经营意识明显增强。今年4月的一天，省油田金湖试采二厂的几个人用卡车运来杂钢管和4只半新电瓶到该乡集镇一个体收旧点出售，店主张宝英见状立即到派出所反映，经审查，这些杂钢管、电瓶是试采二厂发电房的备用材料，属国家财产，是被这几个人内盗出来的。

（刊于《淮阴日报》）

肇事之后理当施救
逃离现场法理不容

本报讯 9月10日，金淮公路金湖县新农乡境内发生一起交通事故。肇事者将一老人撞倒后驾车逃离现场，致使被害人抢救不及时而死亡。

10日凌晨5时左右，家住洪泽县仁和镇临泽村的傅士昌，驾驶手扶拖拉机载着几个个体户到金湖县吕良镇赶集，当该车行至新农乡淮路村境内时，由于视线不清，手扶拖拉机保险杠将一同向行走的淮路村丰乐组68岁的老人孙守祥撞倒，并带冲出14米远才停住。此时，肇事者明知被害人已受重伤，理应立即将其送医院抢救，然而他却不听过路人的劝阻，驾车逃离了现场。新农派出所接到报案后，所长万伏珍立即乘车赶到现场，见到被害人还躺在血泊之中，就立即组织人员一面追赶肇事者，一面将被害人抱上车送到当地医院抢救，由于被害人伤势较重，加上耽误了抢救时间，于当日早上6点30分死亡。

11日,金湖县公安局根据新农派出所提供的线索,及时将肇事者缉捕归案,肇事者现已被刑事拘留。

(刊于1995年9月25日《淮阴日报》)

丈夫赌博不思悔
妻子怄气送一命

6月20日下午,金湖县淮胜乡淮新村6组26岁的青年妇女何春梅因劝说丈夫董志宏不要参与赌博,反而遭丈夫训斥,一气之下服毒身亡,抛下了一个3岁的男孩。

当天下午,天下着雨,何春梅与丈夫董志宏一起到场头抬麦,后何春梅到田间挖沟,董志宏抬完麦后,遇见村干部吴某、乡信用社殷某和本组农民何某,他们因下雨无事,便喊其打麻将赌钱,董不顾妻子事前嘱咐,坐下参赌。

何回家听说丈夫赌博,就去喊他回家,董很不高兴,在何第二次喊其时,董将牌一推,对妻子的劝说当作耳旁风,相反回家后对妻子进行训斥。何春梅一气之下服下农药,被发现后送乡卫生院抢救无效死亡。董志宏后悔万分。

(刊于1995年7月11日《淮阴日报》《扬子晚报》)

金湖医院扶贫孙集乡

昨日,金湖县人民医院院长朱成鸿等将价值5万元的医疗设备赠送该县孙集卫生院。至此,该院对孙集卫生院实施的扶贫计划已全部落实到位。

近年来,该院协助孙集卫生院进行总体规划,向该院赠送部分医疗设备,帮助培训医疗专业人员常年进行业务指导。

(刊于1997年8月19日《淮阴日报》)

今天有病人帮我 明天无病我帮人
金北农民看好合作医疗保险

3月15日,金湖县金北乡卫生院举行了一次农村合作医疗保险集中补偿兑现仪式,12名转院外出治疗的投保者分别得到了相应的补偿。

去年,金北乡推行了保健风险型合作医疗保险,农民每年只需交纳20元钱,不论看大病、小病都将得到一定比例的补偿,而且兑现及时。该乡共有7000多位农民参加了此种保险。自去年9月1日正式运行以来,已先后向14600多人次兑现补偿金56000多元。

在兑现仪式现场,该乡周庄村董万组农民万洪江在拿到300多元补偿金后激动地说:"原先我对农村合作医疗保险还有怀疑态度,现在看来它确确实实是政府为民办的一件大好事。今天有病人帮我,明天无病我帮人,我们全家下一年还要继续投保合作医疗保险。"吴庄村农民施立珍拿着近3000元的补偿金,眼泪在眼眶里直打转。她告诉笔者,她爱人张长贵因病花去治疗费和医药费1万多元,这次多亏合作医疗保险帮了她家大忙,要不然她家连春耕生产的钱都拿不出。

(刊于1999年3月26日《淮阴卫生报》)

抢劫一元钱
三人进班房

春节前夕,经金湖县检察部门批准,在金湖县白马湖中学实施抢劫的犯罪嫌疑人郑某等三人被逮捕、收监待处。

去年9月8日晚,犯罪嫌疑人郑金来、陈伟、林勇等人,预谋在白马湖中学晚自习放学后,敲诈学生钱物。当天晚上10点左右,郑某等3人在学生放学的路上,拦截过往学生,索要钱物,殴打不肯给钱物的周某等4名学生,并抢得人民币1元,面包4只等。

(刊于1998年2月6日《淮阴日报》)

奉献者的足迹
——金湖县人民医院"志愿者服务队"二三事

在市场经济蓬勃发展的今天,有这样一群青年,用自己的一技之长,长年真诚奉献社会,奉献人民,不计报酬,不图索取,以实际行动谱写了一曲新时代的"雷锋赞歌"。

金湖县人民医院团总支共有4个团支部、63名团员,分布在该院内、外、妇、儿等不同科室。1995年3月,"金湖县人民医院青年志愿者服务队"正式创立,63名团员自愿成为"青年志愿服务队"队员。从此,这支服务队便在金湖县城乡活跃起来……

街头义诊

金湖县属苏北经济欠发达地区,这里的群众医疗保健意识还不强,尤其是花钱体检者更是少数。针对这一情况,金湖县人民医院青年志愿者服务队利用"双休日"在街头开展义诊活动。

"不用花钱,县人医青年为你查病、治病。"这消息像长了翅膀一样,每到双休日,金湖县城街头的人总会多起来,在青年志愿者服务队义诊点前,常常排起长队,量血压的,查病、治病的,健康咨询的……青年志愿者总是不厌其烦,热情服务,似春风化雨,滋润了每一位就诊者的心田。据不完全统计,开展街头义诊6年来,这支青年志愿者服务队累计义诊达12万人次。

脚印

医疗拥军

金湖县境内驻军较多,且部队农场较集中。由于驻军农场离县城较远,官兵就医较为困难。金湖县人民医院青年志愿者服务队决定,每年"八一"前后,深入部队农场为官兵免费体检,此举受到了驻军官兵的欢迎。

去年7月24日,该院青年志愿者带着B超、心电仪等医疗器材,冒着高温酷暑,来到省军区运西农场和武警江苏总队农场,为官兵义务进行体检,并免费送去了防暑药品。今年8月7日,当青年志愿者服务队再一次来到部队农场时,受到了官兵们的列队欢迎。

官兵们在体检后纷纷表示,要安心在农场,安心服役,学习金湖县人民医院青年志愿者的崇高精神,为第二故乡的建设作出应有的贡献。

情系孤老

在金湖县人民医院青年志愿者服务队的服务对象中,那些生活在敬老院的孤寡老人们时常牵挂志愿者的心。

黎城镇敬老院有11位五保老人,该院青年志愿者服务队专门为这11位老人建立了健康档案,定期上门为老人们体检。1998年5月20日,79岁的田德山老人突发心肌梗塞,并发消化道出血,被送到该院后,青年志愿者立即拿出老人的健康档案,查出老人的血型、血糖、病史等,接诊医生及时输血和对症治疗后,老人转危为安。出院前,老人特地找到院领导动情地说:"这次多亏了青年志愿者服务队,他们真是一群'活雷锋'啊!"

重视发挥妇女在消防工作中的作用

编辑同志:

日前,金湖县制药厂举办了一次别开生面的女子消防比赛。近70名参赛者均为这个厂的女职工。据该厂厂长蔡进介绍,此举的主要目的是为了提高包括女职工在内的每一位干部职工的消防意识和消防技能。

多年来,不少单位在加强防火、灭火宣传教育的时候,忽视了对女职工的消防宣传教育,举办各类消防知识培训,搞灭火演练,总是清一色的男同胞。殊不知,现在女同志承担着各种各样的社会工作,火灾事故不仅要求男同胞重视防范、灭火,也需要女同志参与。尤其是女同志占多数的企事业单位,更要注重培养她们的防火、灭火意识及技能。

《中华人民共和国消防法》第五条规定:"任何单位、个人都有维护消防安全、保护消防设施、预防火灾、报告火警的义务。任何单位、成年公民都有参加有组织的灭火工作的义务。"可见,女同志也应是防火、灭火的"半边天"。

金湖　陈祥龙

陈祥龙读者来信提出的问题很好。对女同志进行一些消防知识、技能的培训,对社会、家庭都是非常有益的。"妇女能顶半边天",在对火灾的防范上亦应重视发挥妇女的作用。当然在组织妇女参与灭火工作中,对其生理上给予必要的照顾也是应当的。

——编者

(刊于1999年第11期《火警》杂志)

金湖县严肃处理"圣灵重建教会"的非法活动

9月2日,金湖县公安局、金湖县民宗局联合采取行动,制止"圣灵重建教会"的非法活动,并宣布解散此教会。

"圣灵重建教会"是1990年从台湾渗透到江西,由江西传到江苏宝应,再传到金湖县唐港乡等地的非法组织。90年底,已被我政府制止解散。时隔不久,唐港乡曙光村村民陈福元、陈洁等人不接受教育,又私下开始活动,由暗到明发展教徒,举行"受洗"仪式,私自设点聚会,影响了正常的生产、生活秩序,扰乱了社会治安,群众对此意见很大。坚决制止其非法活动,解散其非法组织,已经成为广大干群的共同意愿。

9月2日下午,金湖县公安局、金湖县宗教局、唐港乡政府联合组成工作组,一行10余人,前往唐港乡曙光村,进入非法宗教组织"圣灵重建教会"的活动点陈福元家。当天虽然不是他们的活动日,但仍有十几个信徒在聚会,工作组当即停止了他们的非法聚会活动,并就地向他们宣传了党的宗教政策和有关法规,明确指出"圣灵重建教会"是反对"三自"、影射攻击共产党领导和社会主义制度的非法组织。工作组当场宣布解散该组织。同时对非法活动的陈福元家依法搜查,查获了台湾石牌教会主领人左坤编造的非法信教书籍《全备福音》《生命之光》《信徒职份》等多册,复印件10数本,以及左坤等人与之联系非法活动的信件30余封,还有用于非法传教活动的磁带、通讯录等物。

目前,此案仍在进一步调查、审理之中。

(刊于1992年《淮阴民宗工作》杂志)

困难户家来了帮工队

6月6日是端午节,下午3点多钟,烈日炎炎。金湖县银集镇银集村一组施士清家麦田里,一群干部模样的人,割麦的割麦,运把的运把,干得热火朝天。

为帮助挂扶村迅速完成麦收任务,金湖县卫生间抽调局机关和县直医疗单位20名干部职工组成帮工队,自带镰刀和干粮,深入挂扶村帮助困难户、烈军属抢收。一大早,他们就来到银集村4组老复员军人冯怀青家。冯怀青身患癌症,家中劳力少,帮工队的到来,帮助他家迅速收完了3亩小麦。中午,帮工队成员每人吃一碗自带的方便面，又来到1组困难户施士清家帮助抢收。施士清身患白血病，正在市第一人民医院治疗，家中6亩麦子的抢收重担全部压在了妻子柏元香的肩上，帮工队的到来，使柏元香感动得热泪盈眶。

（刊于2000年6月10日《淮阴日报》）

"揭短会"成了"表扬会"

6月7日下午，金湖县人民医院五楼会议室内，来自该院各住院科室的15位病员及病员家属代表，被院方请来参加病员代表座谈会，请他们为医院"揭短"。

"我先说"，一位名叫于广珍的中年妇女快人快语，"我的小孙女生病住在儿科，我跟她们医生一个都不熟悉，可她们待我家小孙女个个都像是亲人一般。孩子病情复杂，科主任管惠华为了查清孩子病情，经常到孩子身边观察，一看就是大半天。现在孩子病情终于查出来了，医生、护士照顾得更加细心了……"

另一位老太太接过话茬，"我看现在县人医医护人员的服务态度真正是大有提高。我老伴孟广远患脑肿瘤住进内一科后，思想负担一直很重，医生、护士经常开导他，帮他树立了战胜疾病的信心，现在我老伴开朗多了……"

一位来自农村的老奶奶眼含热泪讲述了她老伴郁庆仁入院以来的所见所闻。"我家老头子是从车子上摔下来的，住到外二科，住院一个多月了，医生、护士没有半句怨言，随叫随到。更令人感动的是，前几天，'110'送来一个骑摩托车撞伤的男子，这名男子昏迷不醒，而且没有一个家人在场，医生、护士抬着他楼上楼下做CT、查病情，这种救死扶伤的精神实在令人感动！"

尽管主持人多次要求多提意见少表扬，可病员及病员家属代表都如数家珍一般，谈起住院后遇到的好人好事，两个多小时的"揭短会"竟成了"表扬会"。

据该院党总支副书记何素东介绍，过去的座谈会上时常听到病员的批评声。去年，他们根据病员反映的情况，调查核实后，先后对7名违反行风的医护人员进行待岗处理。通过不断听取意见，改进工作，该院社会满意度越来越高。去年，该院被评为市级文明单位。

（刊于2001年6月18日《淮海晚报·卫生与健康》）

金湖领导干部"双推双考"规范运行

本报讯 7月25日上午，金湖县275名后备干部走进考场，参加科级后备干部理论知识考试，这是该县"双推双考"领导干部的一个重要环节。

"双推"就是群众推荐和组织推荐，"双考"就是理论考试和组织考察。该县对列入"双推双考"后备干部的人选，在政治上、业务和作风上、资历和年龄上、政绩上、群众公认等方面都制订了严格的标准,并制订了严格的"双推双考"操作程序。通过理论知识考试后的人选,还将进入严格的组织考察。考察优秀的方可作为后备干部人选。

(刊于2002年7月29日《江苏法制报》)

金湖:优抚对象喜获医疗卡

本报讯 金湖县出台优抚对象医疗优惠制度,切实缓解优抚对象治病难。7月29日,该县为9047名现役军人、退伍军人等优抚对象发放医疗优惠卡。

该县对持卡的优抚对象看病实行"五优""二免""六减半"的优惠政策。"五优"即优先挂号、就诊、检查、取药、住院;"二免"就是免收门诊诊疗费、出诊费;"六减半"即减半收取常规化验费、透视费、心电图、针灸费、住院床位费、推拿费。在此基础上,该县各医疗单位都建立了"优抚对象医疗保健中心"和"优抚门诊",设立了优抚病房和优抚床位,县人民医院、中医院等10家医院还为优抚对象建立了优抚医疗档案,定期组织医护人员上门为重病优抚对象提供医疗服务。

(刊于2002年8月1日《新华日报》B2版)

金湖:节日攻破劫杀重案

本报讯 10月2日,金湖县委、县政府向该县公安局发出贺信,祝贺该局成功告破"9·30"特大恶性抢劫杀人案。

2003年9月30日下午2时,金湖县公安局110指挥中心接报,家住县城惠民市场西北侧工商银行宿舍2单元601室的赵长权死在自家卧室,尸体已高度腐烂。经初步勘查,警方确定此案系他杀,排查中发现与死者交往密切的王爱国有重大作案嫌疑。在证据和事实面前,王爱国供述:9月24日下午,王发现赵长权身上有为小孩准备转学用的4000元钱,遂见财起意,当天夜里12时许,王携带作案工具,到赵长权家,以帮助赵长权办小孩转学手续为名,留在赵长权家睡觉,25日凌晨4时许,王趁赵熟睡之机,用凶器击打赵头部数下,将赵杀死,劫得现金4000元和一部手机后逃回家中。

目前,此案正在进一步审理之中。

(刊于2003年10月8日《江苏法制报》、10月4日《扬子晚报》)

塔集司法所荣获全国"残疾人维权示范岗"称号

本报讯 近日,司法部、中国残疾人联合会授予金湖县塔集镇司法所"残疾人维权示范岗"称号。我市获此殊荣的仅塔集一家。

脚印

塔集镇共有残疾人1286人，两年来，塔集镇司法所充分发挥司法所扎根基层、贴近百姓、服务便利的工作优势，关心残疾人维权工作，及时主动地为全镇残疾人提供优先、优质的法律服务和法律帮助。两年来，该司法所组织法律服务工作者为全镇残疾人免费办理诉讼代理维权案5件，办理非诉讼代理案15件，协办公证业务14件，代写法律文书23件，解答法律咨询58人次，为残疾人避免和挽回经济损失5万元，累计进行残疾人专项纠纷排查8次，调解率和调解成功率均达100%。不仅如此，塔集司法所还开办残疾人法律知识学习班两期，向残疾人赠送普法教材1286册，使残疾人维权意识、法制意识显著提高。

（刊于2005年6月9日《淮安日报》报眼）

一度是干群关系紧张、社会矛盾复杂的江苏省金湖县黎城镇大兴村，如今成为全国民主法治示范村——

管理民主是如何实现的？

依法治村　治出新天地

俗话说："没有规矩，难成方圆"。江苏省金湖县黎城镇大兴村委会一班人从普法抓起，首先抓好村党总支、村委会一班人的学法工作，他们系统学习了《村民委员会组织法》《合同法》等法律。其次，该村利用村党员电教室，定期或不定期地组织党员和村民代表进行相关法律法规知识的培训，通过多层次、多形式的普法宣传，提高了村组干部依法办事的意识和能力，广大村民的法制观念也明显增强。

随着村民法制观念的增强，村民的自我维权意识也在提升，大兴村四组、五组是蔬菜种植组，针对蔬菜上市季节一些不法分子常常在夜间偷盗蔬菜的情况，他们按每晚2户自行组成联防队，轮流看护菜地，有效预防了盗窃蔬菜的不法行为。

还权于民　还来新面貌

"我们村大小事情都由村民说了算。"这是黎城镇副镇长、大兴村党总支书记杨登琴接受记者采访时说的一句话。

在大兴村，有110名村民代表格外引入关注，他们是由全体村民按照每十户一个代表推选出来的，平时村民有什么意见和要求可以通过他们反映到村里。大到村三年发展规划的制定，小到村里各项事业性支出，全部由村民做主，村干部只充当服务员的角色。

村级财务是村民关注的热点之一，在大兴村，所有财务支出都必须由2名以上村民代表审核签字，经手人签名，村民小组组长把关，并在村务公开栏中公示，广泛接受村民监督后才能报销。

基础设施建设是村民关注的又一热点，该村规定，5万元以上的基础设施建设必须经过党员座谈会、村民代表座谈会讨论，只有60%以上的村民赞同后才能实施，所有基础设施建设都必须严格按照招投标程序进行，并接受村民的审计和监督。村干部还权于民，公平公正、公开地处理各类村务，不仅调动了村民参与村里各项工作的积极性，也提高了村干部的威信。

争创"三户" 争出新气象

从2003年开展，大兴村在全体农户中开展"文明户、新风户、遵纪守法户"评选活动。今年初，该村已将"三户"评选条件印发到每家每户，10月，再由全体村民投票评选。

"一石激起千重浪"，评选活动在广大村民中引起了强烈反响，村民们纷纷对照创"三户"的条件，改正缺点，弥补不足，形成了一股争当文明农户的热潮。目前，大兴村80%以上的农户门口挂上了"文明户、新风户、遵纪守法户"的牌子。

民主法治示范村创建工作的开展，有效推动了大兴村村风、民风的转变，有力地促进了该村"三个文明"的协调发展。2005年，该村实现三业总产值1.76亿元，农民人均纯收入4900元，村集体经济收入82.6万元，全村72%以上的农户住上了楼房，98%以上的家庭通上了有线电视，村里建下水道、安装路灯、兴修田间水利工程等村民不用再掏钱，就连村民的大病医疗保险也由村集体承担。

（刊于2006年4月17日《经济日报·农村版》A4版"新农村建设"头条）

金湖：法治成果惠及于民

近年来，金湖县通过推行党委依法执政、政府依法行政、政法机关公正司法、企业依法诚信经营、基层民主法治建设和全民学法用法，深入开展"法治江苏合格县"创建活动，在法治惠民的征途上迈出了坚实的步伐。

县委决策：充分吸纳民智

2007年2月17日，农历大年三十，正在家中准备年夜饭的金湖县老领导柏传书迎来了新上任的县委书记陶光辉一行，陶书记一边向柏老及全家拜年，一边拿出《城市防洪排涝规划》、《利农河风光带修建规划》，征求柏传书的意见，这位原常务副县长在激动之余提出了两点中肯意见：一要疏浚河道提高防洪能力；二要改造周边环境。

其实，在整个利农河改造决策过程中，金湖县委、县政府始终坚持科学决策、民主决策、依法决策，邀请省水利规划设计院、河海大学、同济大学编制各种规划，先后召开两次城市防洪排涝和三次利农河风光带专家评审会。同时召开县委扩大会议、县四套班子会议对利农河改造方案进行讨论；邀请县人大代表、政协委员视察利农河，征求对改造方案的意见和建议。新的利农河改造方案今年4月正式实施，改造后的利农河不仅提高了城市防洪标准，改善了城区水系，还美化了人居环境。

依法行政：关注百姓利益

该县始终坚持依法拆迁、和谐拆迁，最大限度地维护老百姓的利益。在工会东侧旧城区改造项目中，特困户王九丰家也在拆迁范围，王九丰下岗多年，全家5口人，都为残疾，靠政府救济度日，挤居在44平方米的单位公房里，一旦拆迁，他家将无力购买拆迁安置房。经拆迁指挥部研究决定，除按拆迁有关政策选择一套安置房外，考虑其长子已成人，根据有关政策，向县房管部门直接申购一套经济适用房，解决其长子以后分户、结婚的难题，彻底解决了他家的后顾之忧。

到6月底，该县旧城区改造涉及的1700多户家庭全都愉快搬出，并得到妥善安置。整个拆迁工作实现了零上访、零投诉、零冲突、零裁决、零强拆、零事故。

资产处置：给群众明白

在推进农村民主法治建设进程中，金湖县坚持创新民主管理方式，依法维护集体和个人的合法权益。

今年初，该县前锋镇为加强集体资产管理，专门成立镇集体资产处置代理中心，由镇政法委牵头，以司法、财政为成员单位，中心委托前锋法律服务所对全镇集体资产在发包过程中进行招投标，有效地规范了全镇12个行政村的集体资产发包行为。该镇招投标代理中心共对全镇1700多亩农田、水面进行对外公开招投标承包。仅今年1至5月，该镇招投标中心为全镇12个村和单位处置集体资产合同金额530万元，在原有的基础上增值105万元。在集体资产管理上，该镇将所有资金全部纳入预算外资金管理范围，实行村账镇管，有效地控制了不合理的资金开支。

（刊于2008年8月7日《新华日报》）

金湖公民5月起可旁听县人大常委会会议

本报讯　4月3日，金湖县人大常委会召开新闻发布会，宣布从今年5月份召开县第十一届人大常委会第三次会议开始，试行公民旁听县人大常委会会议。

此前，该县人大常委会还专门通过了《关于公民旁听县人大常委会会议的试行办法》。《试行办法》规定，县人大常委会办公室将在每次会议召开15日前通过县"一报两台"向社会发布公告，公布会议召开的时间、议题、旁听公民的报名时间和地点。凡该县年满18周岁，具有完全民事行为能力的公民，持本人居民身份证或暂住证都可以自愿申请旁听县人大常委会会议。旁听会议期间，公民对县人大常委会会议审议的议题和本县国家机关工作有意见或者建议，可以书面形式向县人大常委会办公室提出，由县人大常委会办公室负责收集、整理和办理。

（刊于2003年4月4日《淮海晚报》、4月9日《淮安日报》）

第五节　生态文明

金湖的优势在生态，金湖的发展潜力也在生态，保护好金湖的绿水青杉，就是保护金湖的明天。

清洁能源成为金湖农民新爱

本报讯　2月26日下午，笔者来到金湖县黎城镇任庄村7组农民杨华家，在他家厨房，只见他拧开沼气灶头开关，灶头立即蹿起蓝色的火焰。"我们家从2007年年底建成使用至今，就再也没有用过液化气，连大锅也很少用了，"杨华兴奋地说。"现在不需要草堆，也不用买液化气了，前年买的一罐液化气，自己没用最后送给邻居了。"如今，选择沼气这样的清洁能源正成为金湖农民的新时尚。

农作物秸秆焚烧、水花生肆虐，这些曾经污染农村环境的祸首，如今却成为发展农村清洁能源的"原料"。据杨华介绍，他把从河塘里打捞上来的水花生和农作物秸秆放在自家沼气池中发酵，产生的沼气很充足，平时烧饭做菜烧水等全用沼气，三口之家都用不完。

目前，金湖县已建成4个市级秸秆沼气示范村，推广秸秆沼气1200多户，水花生沼气360多户，并获得全市秸秆沼气创新奖，4个秸秆预处理站正在建设中，成功创建了淮安市首家秸秆综合利用省级示范县。

不靠畜禽粪便，照样建沼气，金湖县农民的做法得到了省里的肯定，省里计划今年6月在该县召开全省农村清洁能源建设现场会，推广他们的做法。

（刊于2010年3月2日《淮安日报》B2版）

国庆期间金湖"渔家乐"旅游活动火爆

晚报讯　国庆期间，金湖县白马湖"渔家乐"旅游活动异常火爆。南京、扬州、上海等地的游客在旅游公司的组织下，来到白马湖品味渔家土菜、参与渔民活动、领略湖岛风光、观赏渔家民俗。

黄金周期间，该县推出了"吃住在渔家、游乐在湖上"的旅游休闲项目——"渔家乐"，新购置了游船、游艇30多艘，在游船上配备导游，并免费让游客参与湖内渔民下笼、提簖等各项捕鱼活动；中午在渔民船上安排渔家宴；下午游客还可以在船上或岛上的渔民家里小憩、休闲娱乐；还可以观看渔家娶亲、渔民生日等充满特色的渔家风俗。

南京游客张山明在体验了"渔家乐"后兴奋地说，白马湖生态旅游是久居都市生活的人们回归自然、放松心情的绝妙去处，大家可以在乡土气息、渔家风情浓厚的自然境界里尽情放松身心和思绪，享受人生乐趣。

据了解，从国庆节开始，这里每天接待游客3000人以上。

（刊于2006年10月3日《淮海晚报》头版）

金湖：黄金周未到"乡村游"先热

晚报讯 碧波浩渺的白马湖，一望无际的绿色荷塘，郁郁葱葱的万亩人工森林……这一切构成了金湖县美丽的乡村图画，也成为每年黄金周期间吸引都市居民竞相追逐的旅游地。今年的"五一"黄金周还未到，金湖县的"乡村游"就已提前热起来。4月28日，该县前锋镇白马湖村党支部书记蒋桂清告诉记者，来自南京、苏州、扬州等地的游客已纷纷预订"水上漂""渔家乐"等旅游项目。

金湖县"乡村游"升温得益于连续举办的中国金湖荷花艺术节，都市的人们通过荷花艺术节了解了金湖、走进了金湖，他们纷纷到金湖赏万顷荷花、享天然氧吧、观水上风光、品渔家美食。金湖县因势利导，打造出荷花荡和白马湖两个AA级国家旅游景区。今年，为迎接第七届中国金湖荷花艺术节暨首届三湖美食节，该县加大了对两个景区整治开发的力度。闵桥镇投资28万元，将荷花荡景区内高老庄大酒店至度假村之间的一条2000米长的土路修建成水泥路；投资30多万元，组织能工巧匠对景区内所有景点进行一次全面维修养护；投资3万多元从南京艺莲苑引进"卓越""圣火""千瓣莲""奥运莲"等10多个特色荷花新品种，充实"百荷园"景点，为荷花荡景区增添了新亮点。前锋镇继续推出"吃住在渔家、游乐在湖上"的旅游休闲项目——"渔家乐"，对30多艘游船、游艇进行安全检查，在游船上配备导游，并免费让游客参与湖内渔民下笼、提簖等各项捕鱼活动；渔家宴更是独具特色，以湖区天然植物鸡头菜、菱角茎、浮心菜等为辅的精美鱼宴，龙虾、湖鱼与湖水相煮，野生甲鱼、白马湖大青虾等在烹制上还其本色，让人充分领略回归自然、环保健康的真是内涵。

（刊于2007年5月1日《淮海晚报》2版）

爱鸟护鸟成习　万只鹭鸶落户

本报讯 5月23日，笔者到金湖县银集镇银红村6组采访时欣喜地发现，这里有成群的银白色鸟儿在自由地飞来飞去。

这种鸟叫鹭鸶。该组26户人家，家家都有一个大竹园，庄台前后还植上了许多树木，这样全组就形成了一条长600多米、宽20多米的绿荫带。自1991年春上有零星的鹭鸶到这里落户以来，经过几年的繁衍，到目前已有上万只鹭鸶在此栖息繁殖。它们每年2月份从南方飞来，到10月份又飞回南方。据当地群众观察，共有花白、纯白、灰白三种毛色的鹭鸶。有这么多鹭鸶在此落户，这个组农民却从来不伤害它们，连鸟窝也不让小孩子掏，有些外地人想来此打猎，都被当地群众赶走。

这个组的群众爱护鹭鸶，鹭鸶也偏爱在这个组栖息。令当地群众感到奇怪的是，一河之隔的银红村5组一个鹭鸶窝都没有。

（刊于1995年6月3日《淮阴日报》、6月4日《淮海晚报》一版）

忙植树　成为造林"千佳村"
深加工　增加收入富村民

2000年被全国绿化委员会评为"全国造林绿化千佳村"的金湖县前锋镇淮村村，尝到了造林带来的甜头，近几年，该村先后办起13家卷板加工厂，年创产值1千多万元。

淮村村村民素有栽树的习惯，家前屋后全是树。从远处看村庄，只见树木不见人家。由于树多，空气好，淮村村很少有人生病，1999年被江苏省评为"百佳生态村"，到2000年底，全村户均拥有树木60棵以上。随着一批批树木的成材，淮村村人动起了木材加工的脑筋，村民陈玉禄、李平率先投资10多万元兴办卷板加工厂，吸引了本村30多人进厂打工。到目前，该村已办起了13家这样的卷板厂，吸引400多名村民进厂打工，人均年收入在3000元以上。

靠树木发家的淮村村人如今植树热情更高，今年春上，该村新规划发展了800亩成片意杨林。使成片林面积达到1352亩，占全村耕地面积的五分之一以上。村主任柏佳亮与笔者算了这样一笔账，杨树七八年就可成材，前三年可套种棉花、蚕豆等经济作物，对农田经济效益没有多大影响，这样算下来，每亩意杨年均效益在400元以上，超过稻麦两季的收入。今冬明春，该村计划再发展500亩成片林。

（刊于2002年10月30日《淮海晚报》2版）

金湖发展秸秆户用沼气经验向全省推广

本报讯　10月12日下午，全省秸秆户用沼气现场会在金湖县召开。会议推广了金湖县发展秸秆户用沼气的做法和经验。

脚印

近年来，金湖县狠抓农村清洁能源工程，累计推广秸秆沼气近3000户，秸秆沼气管网并联户160多户，水花生沼气1500多户，秸秆、水花生沼气占沼气户的60%，年能源化利用秸秆近3000吨、水花生4000多吨。金湖县将秸秆沼气推广与户用沼气项目建设、与秸秆禁烧工作、与发展循环农业相结合，积累了不少的经验。尤其是大力推广沼气物业化服务，采用机械出料或网袋装秸秆大进料，小网袋装料补充进料的办法，保证沼气建设无原料障碍、无出料困难。同时，推广联户供气，保证用气不受出料影响，为规模化推广秸秆沼气提供技术服务支持。

（刊于2010年10月18日《江苏科技报》A9版）

栀子花开庆佳节

晚报讯 国庆连着中秋，双节同庆。金湖县城西苑小区1幢103室陈德梅家的栀子花反季节绽放，成为佳节中的一景。

栀子花正常都在夏季开放，陈德梅家这棵栀子花属日本小朵栀子花。三年前，陈德梅从朋友家移栽到自家院中，平常也没做任何特殊的管理，只是在它旁边种了蔬菜，因为要为蔬菜浇水、施肥，这棵栀子花也跟着沾了光。20多天前，陈德梅发现栀子花打出朵儿，没想到，国庆期间，开得满枝都是花，陈德梅的邻居刘兴松说，这棵栀子花有点像盱眙山上的野花，香气扑鼻，只是栀子花在秋天开花，他活了60多岁还是头一次见到。据当地林业部门技术人员证实，如果有合适的水土营养，温暖的气候，栀子花不仅夏天开，秋天也可以开，甚至初冬季节也能开花。

（刊于2006年10月8日《淮海晚报》2版）

一株桂花树　身价10万元

本报讯 前不久，一位花木爱好者来到金湖县塔集镇高桥村三组姜秀夫家，出价10万元想买下姜秀夫家的一棵桂花树，被姜秀夫婉言谢绝。

姜秀夫喜欢侍弄花木，他家房前屋后种有花草、树木20多种，有紫荆、柏树、银杏、石榴花、桂花等，最早的有20世纪70年代栽种的，其中一株桂花树为1980年所栽，现已长成高6米、树冠达6米，像一把巨型伞一样，浓密而整齐，树根向上1.2米处分为5个权头，秋天花开的时候，方圆一里都能闻到阵阵桂花香。

2000年，姜秀夫一位县城亲戚到他家做客，看到这株桂花树后，高兴地告诉姜老，你家这株是金桂，树冠特别好，而且这五个分权在1米以上，树形好，是难得的好树，价格应该在2万元以上。为了能让这棵桂花更好地生长，姜老挖掉桂花树附近的一些花草。今年春，邻县盱眙县城建局一花草树木行家行至姜老家时，看到这株桂花树，当下出价8万元，可姜老一直没肯卖，原因是每到傍晚时分,这株桂花树上总有几十只鸟儿来此栖息。

(刊于2004年11月27日《淮安日报》11月28日《淮海晚报》)

我省农村能源综合建设成效显著

现已形成年开发、节约106万吨标准煤能力,产生经济效益14亿元,减少二氧化碳排放量272万吨

本报讯 4月3日在金湖县召开的江苏省"'九五'全国农村能源综合建设县"验收工作会议上,省农村能源综合建设县领导小组副组长、省农林厅副厅长徐希珍宣布:"九五"期间,全省6个县(市)实施全国农村能源综合建设项目104个子项目全部通过验收,现已形成年开发、节约106.07万吨标准煤的能力,产生年经济效益14.01亿元,减少二氧化碳排放量272.6万吨,取得了显著的能源、经济、环境效益。

"九五"期间,国家计委、经贸委、财政部、农业部等8部委,批准我省金湖县、射阳县、泰兴市、睢宁县为国家级农村能源综合建设县;江苏省又根据实际情况,批准武进市、吴县市为省级农村能源综合建设县(市)。5年来,这6个县(市)共实施104个子项目,其中农业项目12个,农村能源项目47个电业项目16个,工业节能项目29个。

(刊于2001年4月4日《新华日报》A2版)

金湖成为全国农村能源综合建设县

四月五日在金湖县结束的"'九五'全国农村能源综合建设县"验收工作会议上传出消息,我市金湖县与射阳县、泰兴市、睢宁县、武进市、吴县市顺利通过"全国农村能源综合建设县"验收。

(刊于2001年4月9日《淮安日报》头版)

金湖:秸秆有了"好去处"

秸秆禁烧是农村工作的难点之一,为了达到"不着一把火,不冒一处烟,不污一条河"目的。作为省级农作物秸秆综合利用示范县,金湖县今秋投入200多万元用于秸秆禁烧禁抛和综合利用工作,多措并举为秸秆找"去处"。

金湖是江苏省"十一五"农机化综合示范县,农机总动力已达49.9万千瓦,该县充分发挥大型机械的主导作用和合作组织的主力军作用,加强机械调度和相关服务工作,新增带秸秆切碎装置联合收割机78台,保有量达2175台,新增中型秸秆还田机63台,保有量达927台,新增小型秸秆还田机124台,保有量达1074台,确保秋季秸秆还田35万亩以上,通过对秸秆进行粉碎还田、旋耕灭茬,

使秸秆出之于田还之于田,有效改善土壤结构,培肥地力。

秸秆既是生物质发电和沼气的原材料,又是食用菌的基料和动物的饲料。秋收时节,该县已经与楚州、洪泽、宝应等地生物质发电厂等5个用草企业联系,培养秸秆收购经纪人,协调好秸秆收购堆草场地、生产用电等问题,积极为秸秆收购创造条件,落实收购企业、收购数量、收购地点,实现企业、农民、社会共赢,增加农民的货币收入。目前该县在金南、陈桥两个镇建有秸秆固化点,通过将秸秆粉碎压块成型,制成燃料,两个生产点产能可达5万吨,是秸秆利用的好途径。

秸秆基料食用菌也是提高秸秆利用价值的一个重要方面,金南富荣食用菌合作社年利用秸秆可达2500多吨,既解决了秸秆的去处,还能为合作社取得5万元的效益。该县还结合新农村建设,在康居示范村、集中居住点开展秸秆沼气试点推广,全县推广秸秆沼气近3000户,秸秆沼气管网并联户160多户,年能源化利用秸秆近3000吨。同时,金湖县还在积极探索秸秆饲料化利用途径。

(刊于2010年10月22日《淮安日报》B1版)

金湖农村能源综合利用率逐年提高

现已形成年节约6.2万吨标准煤的能力,年产生经济效益1.2亿元

本报讯 "沼气沼气实在好,生活致富离不了。"这是金湖县闵桥镇姜湾村八组农民吕东升在用上沼气后说出的心里话。其实,这仅仅是金湖县农村能源综合利用的一个小小缩影。该县自2001年通过全国农村能源综合建设县验收以来,全县干群开发、节约能源的意识逐年增强,现已形成年开发、节约6.2万吨标准煤的能力,产生年经济效益1.2亿元,取得了显著的能源、经济和环境效益。

"建成一个点,带动一大片"。这是金湖县能源开发的真实写照。无论是农户沼气池项目的推广,还是太阳热水器的应用、风力发电机的使用等都是如此。该县闵桥镇姜湾村八组农民吕东升全家3口人,1997年,他家在县能源办的帮助指导下,建起沼气池,并开始大养生猪,将猪粪便发酵产生沼气,沼气供一家人炊事之用和猪圈冬季加温,沼液喂鱼,沼渣种菜、长葡萄。现在,吕东升家年出栏生猪30头左右,加上2亩鱼塘、80株葡萄、1亩蔬菜产生的经济效益,年收入在2万元以上。

"一花引来百花开",如今姜湾村八组家家户户建起了沼气池,并正在向全县辐射,全县近8万户农民家庭已有2000多户建起了沼气池。

和发展沼气一样,太阳能热水器、风力发电机等也在该县迅速普及。目前,该县90%的县城居民、25%的农村居民用上了太阳能热水器,累计推广太阳能

热水器4万平方米。微型风力发电机的使用，改变了水乡渔民的生活，涂沟镇宝应湖村二组渔民赵有乾1995年投资1500元，在自家住家船上安装了一台风力发电机。从此，赵有乾家不仅用上了电灯，还用上了录音机、电风扇、电视机等家用电器。如今，全县3000多户渔民共安装风力发电机771台。

尝到能源开发甜头的金湖人，投资能源开发的热情高涨。1999年元月18日，该县多方投资58万元，在闵桥镇闵桥村境内建成了苏北第一家秸秆气化站，铺设输气管道4000米，使闵桥村300多户农民用上了清洁气源，与石油液化气相比，每户年节约炊事费用近200元，让农民得到了实惠。

在积极开发新能源的同时，金湖县还千方百计节约能源。全县16个砖瓦企业全部推广利用工业废渣和粉煤灰烧砖等砖瓦窑节能技改项目，不但化害为利，变废为宝，而且有效地节约了能源，节省了耕地，保护了环境，提高了生态环境的质量。金莲纸业有限公司、金湖输油泵有限公司等使用蒸汽锅炉的13户企业，通过配风装置及除垢、烘拱改造、炉内酸洗及保温等措施，大大降低了锅炉能耗，形成了年节约近2000吨标准煤的能力。

（刊于2003年11月13日《淮安日报》A2版头条）

金湖县全力打造生态示范区

本报讯　日前，国家环保总局考核验收组宣布，江苏省金湖县生态示范区建设试点达到国家验收标准。

改革开放以来，金湖县在加快经济发展的同时，坚持把环境建设放在突出位置，先后被有关部门评为"全国平原绿化先进县""全国造林绿化先进县"。"九五"期间该县以建设"全国农村能源综合建设示范县"为契机，全面强化生态村建设和农村环境综合整治，开展了农村能源综合利用、生态农业建设、农业生产废弃物综合利用等，先后有淮村、胜利村被评为全省百佳生态村和全国造林千家村；2000年4月，该县经过国家计委、农业部、国家环保总局等六部委局专家组的实地考察，以全省第一通过了"全国农村能源综合建设示范县"的验收，为建设生态示范区奠定了良好的基础；2000年6月，该县被国家环保总局列入全国第五批生态示范区建设试点地区。3年多来，该县将生态环境建设作为实现可持续发展的基本战略。以城区及城郊生态经济区、东部沿湖生态经济区、中部农业生态经济区和西部农业生态经济区"四个经济示范区"建设为重点，以无公害食品生产工程、稻田立体化养殖工程、意杨产业化开发工程、防洪减灾工程、农副产品深加工综合利用工程、农村能源综合利用工程、湖泊水质量保护工程、生态工业建设工程、生态旅游产业化工程和环境示范教育工程等"十大生态工程"为示范，实现了经济效益、社会效益和环境效益的统一。自2000

年试点以来,该县累计投入5.4亿元,推动了全县经济的高速发展。

环境质量的改善,使该县森林覆盖率达22.68%,农田林网率达95%,城镇人均绿地达8.14平方米。根据国家"一控双达标"的要求,该县巩固了达标排放成果,2002年全县工业废水排放量比试点前下降了28.7%,城镇固体废弃物处理率达98%。

以国家环保总局自然司副司长张政民为组长的考核验收组一行12人,依据《全国生态示范区建设验收暂行规定》和《2001年全国生态示范区建设考核验收标准》,对金湖县生态示范区建设工作进行了为期两天的认真检查和评议。验收组认为,金湖县生态示范区建设工作领导重视、组织机构健全、基础工作组织实施有力,符合生态示范区建设试点要求,编制并执行了生态示范区建设规划,产生了明显的经济效益、社会和生态效益,示范区建设成效显著;申报材料齐全、规范,资料完整,数据可靠,四项基本条件符合条件要求,考核指标全部达到了全国生态示范区建设指标二类地区标准。民意测验结果显示:生态示范区知晓率100%,生态环境质量满意率94.5%,当地政府对环境保护工作的认知率达97%。

验收组同时建议金湖县进一步坚持保护优先的原则,打造循环经济,加大生态工业、生态旅游开发力度,加强绿色产品的品牌效应,上档次、打品牌、创效益,加快湿地自然保护区的规划与认证,进一步加强农村环境综合整治和水生态环境保护。

考核验收组认为,金湖县生态示范区试点达到国家验收标准,建议上报国家环保总局给予批准。

国家环保总局顾问刘玉凯在考核结束后深情地说:"金湖看像一幅画,听像一首歌,祝愿金湖县将这片蓝天碧水保护得更好、赢得更快、更好的发展。"

(刊于2003年11月3日《中国特产报》)

金湖:千条乌梢蛇重回大自然

晚报讯 4月26日,金湖县林牧渔业局工作人员将查获的400多斤近千条乌梢蛇放归大自然。

蛇类属于难于二代人工繁殖的野生动物,也是国家三级保护动物,蛇类数量的减少将导致其控制的生物链上鼠类增加,对生态环境造成巨大影响。

当天下午,金湖县林牧渔业局林业站接到群众举报,称该县戴楼镇官塘居委会杨某某家存有大量的蛇。该县林业部门立即组织执法人员前往调查,当场在杨某某家的出租屋内查获12袋大小不一的乌梢蛇,大的有3到4斤重,2到3米长;小的有大几两重,1米多长,屋内弥漫着令人作呕的气味。

据杨某某交代，这些蛇是租她房子的一个外地蛇贩子收购的，她连蛇贩子姓啥叫啥也不知道。近两天，蛇贩子每天以每斤20元左右的价格从当地收购蛇，再以每斤30到40元的价格贩卖到南京等大中城市。金湖县林业部门当即没收了全部的蛇，并在该县淮河入江水道内放生。目前，此案正在进一步处理之中。

（刊于2006年4月28日《淮海晚报》）

【"今日看点"片头：关注热点，回归真相，尽在"今日看点"。】

秸秆出路转变发展思路

【主持人：关注热点，回归真相，欢迎收看"今日看点"。每年夏秋两季农忙期间，发生在农村田间地头的一些画面让总是让人触目惊心。】

【焚烧秸秆的镜头；秸秆污染水体的镜头。】

这是焚烧秸秆和秸秆推向水体产生的恶果。焚烧秸秆污染空气，推入水体的秸秆污染了河流、水体，其危害是众人皆知。为此，每到夏秋两季，秸秆禁烧禁抛总要成为各地农村工作的重点，一些地方甚至出台严厉的法规加以禁止，但收效总是不够明显。然而，自今年秋收以来，过去农民嫌弃、干部头疼的秸秆却在我县成了香饽饽。

【同期声 记者顾莉：大爷您好，请问您贵姓？塔集镇陆河村村民 陆义宽 我姓陆。记者顾莉：今年种了多少（亩）水稻、产量怎么样啊？塔集镇陆河村村民 陆义宽：20亩田，产量是1100（斤亩产）。记者顾莉：那收割下来的秸秆您是怎么处理的呢？塔集镇陆河村村民 陆义宽：这个草呢？我拖回家卖钱，卖给人家，金湖（商贩）来拖。】

原来，今年我县转变工作思路，从过去的禁烧秸秆转变为解决秸秆的出路。出路之一，引进江苏奥科瑞丰新能源有限公司在我县投产新上秸秆固化点，固化成型后的秸秆不仅可替代燃煤，还可做饲料。秸秆固化成型让企业获利，农民增收。

【同期声：戴楼镇牌楼村村民：我是牌楼村村民，我家有10亩田，秸秆拖到金西农场秸秆回收，可以额外增加我们农民收入，10亩地五六百块钱。】

【同期声：盱眙农民：我是盱眙人，听说戴楼这边有个收草点，我一天拖五六趟，一趟有100多块钱，卖了几百块钱，增加我的收入，在家也没事就拖草，现在机会很好的。】

正是看中秸秆潜在的利润价值，加工企业收购秸秆的积极性高涨。

【同期声：江苏奥科瑞丰新能源有限公司金湖分公司副总经理 李显峰：这是我们秸秆固化成型设备，它的加工能力是1台设备1个小时可以生产秸秆固化产品10吨左右，一个班的生产量大概是两台设备在20吨，所以我们这里需要大量的农作物秸秆，如果原料有充足供应的话，我们开三班一天可以加工60吨秸秆固化产品。】

如果说加工秸秆是我县为秸秆寻找的新出路，那么，秸秆切碎深松还田是也不失为解决秸秆出路的有效措施之一。

【同期声：前锋镇淮村村民陈玉坤，因为秸秆还田有好处，带来土壤风化，大气污染没有，原来的话一烧整个一片，也把树烧了，群众纠纷也大。】

今年，我县在秸秆切碎还田的基础上，全面推广机械深松还田技术，使耕深达20公分以上，可以打破长期耕作形成的犁底层，在土层底部形成鼠道，使耕层疏松绵软、结构良好、活土层增厚，形成"硬床软被"的格局，有利于增强耕地蓄水保墒和抗旱排涝能力，改善土壤结构，消灭杂草及病虫害。

【同期声：县农机推广站站长 雷恒群 农机深松整地作业后，不翻土、不打乱原有土层结构、打破犁底层、加厚松土层和改善土壤结构，改善作物根系生长条件，提高粮食基础生产能力，从而促进粮食增产。】

这一技术推广后，让农民真切地感受到秸秆还田的好处。

【同期声：前锋镇淮村四组村民盛庆贵：对于这个秸秆禁烧有利于我们子孙后代，有利于我们农田生长作物，对于我们来说，我们这个几年感觉到(还田)有好处，特别是秧棵子(秧苗)，拍下去(还田下去)的麦秸(麦秸秆)一层返青时候，看到田里拍出(踩出)泡翻翻的，确实(对田和作物)有好处。】

【主持人：秸秆从禁到疏观念的转变，体现的是一种发展理念的转变。通过秸秆固化成型、秸秆机械化还田以及秸秆沼气、食用菌培育等综合措施，为秸秆找到了好出路，把原来广大农民和农村干部都感到头疼的事情变成了好事，农村环境变得更加干净整洁，干群关系也因此变得更加和谐。感谢收看《今日看点》，咱们下周同一时间再会！】

第六节　以人为本

关注人的全面发展和进步，应该是新闻媒体和新闻从业人员共同追求的目标。笔者记者生涯中，一直关注此类新闻。

"老困难"脱贫记

金湖县前锋乡民生村张八、林后玉、沈宽庭等3个农户，多年来由于缺资金、少门路，成了远近闻名的困难户。为了帮助这3个困难户尽快脱贫致富，村党支部书记林后德费了许多心思。

今年春天，刚刚担任民生村党支部书记的林后德分别找到这3户，帮助他们分析了在致富路上徘徊不前的原因，并分别为他们制定了发家致富的规划。张八有养禽的经验但苦于缺少资金，林后德主动从自家拿出1000元，又帮张八贷款2000元，为张八购回苗鹅300只，使张八一下子成了养禽专业户，经过几个月的精心喂养，张八饲养的300只鹅出售后获利数千元。林后玉除了种田之外，没有其它技术专长，林后德就动员他承包农田致富，并帮助他贷款4000元，承包30亩低洼田种植水稻，目前稻子丰收在望，预计可收稻子1.5万公斤。林后德为沈宽庭联系了常年拖运粮油的业务，仅6个月，沈宽庭靠运输就获纯利3000多元。

（刊于1995年9月15日《淮阴日报》2版）

一面锦旗寄深情

江苏省金湖县农机安全监理所所长王安美的办公室内，一面大红锦旗显得格外引入注目。上面写道："秉公执法，及时救助；民情在胸，情系会员。"这面锦旗凝聚着金湖县制氧厂职工陆和春对该县农机安全互济协会的一片感激之情。

9月9日，陆和春驾驶一辆东风牌方向盘式拖拉机，由北向南行驶，途径洪泽县境内宁连路149K+71.6M处时，将正在行走的泗洪县半城镇河村一组的罗芳撞伤。经当地警方调处，陆和春一次性赔偿罗芳医药费、误工费等共计7349.02元。这对于家境并不宽裕的陆和春来说无疑是一个不小的打击。正当陆和春一家愁眉不展的时候，县农机安全互济协会得知情况，立即派员调查，并根据《农机安全互济协会章程》的有关规定，及时为陆和春送去济助金1600元，令陆和春全家感激不已。

据了解，该县农机安全互济协会成立5年来，已累计发展会员4000多名，有30多名会员在发生农机事故后得到了及时济助。

（刊于2001年11月15日《中国农机安全报》）

金湖启动拆迁安置房建设

晚报讯　昨日，金湖县建县以来最大的拆迁安置房建设工程——新城花园B区工程正式开工，这标志着该县拆迁安置房建设全面启动。

从今年3月份起，金湖县实施了开发区规划搬迁和城区拆迁拆违工作，其中开发区规划搬迁1058户，城区拆迁650户，拆违近700户。该县政府信守承诺，及时启动拆迁安置房工程，决定建造28万平方米的拆迁安置房，分别是位于金马路北侧、戴楼镇牌楼1组境内规划占地总面积178亩,首期建6万平方米的牌楼公寓,用于安置戴楼镇范围内的拆迁户;位于县城建设西路北侧,新兴路西侧,占地60亩建6万平方米的新城花园3期项目,用于安置城区改造范围内的拆迁户;位于建设西路北侧、金湖路西侧、上湾路南侧,规划180亩,建16万平方米的新城花园B区项目,用于安置黎城镇和良种场拆迁范围内的拆迁户。

拆迁安置房开工建设最开心的是广大拆迁户,来自黎城镇上湾村6组的拆迁户程玉路告诉记者,他家原来房子只有124平方米,而政府分给他家安置房是128平方米,而且还有个30多平方米的大车库,一家4口居住三室一厅的房子,绰绰有余,他对拆迁安置工作很满意。

(刊于2007年6月9日《淮海晚报》)

"圆梦行动"惠及金湖190户残疾人家庭

本报讯 昨天上午,金湖县金南镇南桥村一组的缪同才等98户贫困残疾人家庭喜获省"圆梦行动"赠送的21寸彩色电视机。

"圆梦行动"是江苏省残联和省残疾人福利基金会今年推出的、旨在解决贫困残疾人家庭"家电配备"的一个新的助残项目。金湖县是全省三个试点县之一。自5月份以来,该县紧紧围绕省《关于开展家电进家庭"圆梦行动"试点工作的通知》精神,确定金南镇、吕良镇为试点单位,在通过调查和征求多方建议的基础上,确定对无电视机残疾人家庭赠送电视机为主,出台了试点工作方案,通过先期调查摸底、核查、公示,确定两个镇共190户残疾人家庭为"圆梦行动"彩色电视机赠送对象。

据悉,该县广电部门将在有线电视安装和收视费等方面给予优惠,供电部门在保证电源接入的同时,也将给予一定的电费减免,使"圆梦行动"真正惠及广大残疾人朋友。

(刊于2009年8月19日《淮安日报》A2版、8月20日《淮海晚报》A3版)

新闻特写:

转　赠

1月22号上午,金湖县县长肖进方一行来到该县陈桥镇走访慰问新中国成立前老党员和部分困难户。在陈桥镇南宁村五组村民邵立根家,当肖进方把500元慰问金递给这位新中国成立前老党员时,邵立根老人动情地说:"党和政府的心意心领了,灾区人民比我更需要,希望把慰问金转赠给灾区。"

今年81岁的邵立根，1947年参加革命，1952年复员回乡，眼下老两口与一个智力残疾儿子一起生活，家庭经济并不宽裕。但就是这样，老人首先想到的是比他更困难的灾区人民。肖进方感动地对老人说："县委、县政府会把您的心意送到灾区，您的精神是全县人民学习的榜样，祝您老身体健康，长命百岁。"

（刊于2011年1月26日《淮安日报》A2版）

金湖183名残疾儿童有了"党员爸爸"

本报讯 8月6日上午，金湖迎宾馆一楼会议室内爱心涌动，江苏省金湖县183名"党员爸爸"志愿者与该县183名残疾儿童正式结成爱心对子。这是继今年3月份该县72名"党员妈妈"结对72名孤儿后，该县开展的又一次爱心接力活动。

据统计，该县共有18周岁以下的残疾儿童183名，这部分群体由于受自身条件的限制，在学习、生活、就业等方面会遇到诸多困难，有时甚至还遭到社会的歧视，导致他们中有很多人自卑、敏感、孤独。金湖县委、县政府对这部分特殊群体非常关心重视。县委组织部要求全县机关单位广大男党员，特别是党员领导干部带头参加爱心结对活动，为残疾儿童奉献爱心。全县党员干部积极申请，踊跃报名。经个人申请、单位党组织申报、县委组织部审核，最终确定183名"党员爸爸"志愿者，其中处级干部22名、科级干部122名。

（刊于2010年8月12日《中国县域经济报》6版）

新闻故事：

缘 分

前不久的一天下午，乘金湖县职业高级中学放学之机，金湖县广播电视台广告宣传中心办公室主任韩娟再次带着慰问金和慰问品看望了就读于计算机班的特殊"女儿"陈巧玉。

说起韩娟与陈巧玉的事情还有一段故事呢。

今年16岁的陈巧玉，早在两三岁的时候，她的父亲患癌症去世，因为为父亲治病，家里欠下了巨额债务，母亲因此改嫁。陈巧玉成了孤儿，与双腿残疾的爷爷和体弱多病的奶奶相依为命。一家人的生活全靠爷爷奶奶给人打零工度日。

2012年，通过组织上的穿针引线，韩娟与塔集中学学生陈巧玉结成帮扶对子，韩娟成了陈巧玉的"党员妈妈"。首次见面的那一天，在陈巧玉家中，韩娟眼前的这个女孩：1米65的个头，凌乱的头发，一套不合身的衣服，站在只有一张四方桌的客厅中央，显得那么的迷茫和无助。韩娟禁不住留下了酸心的泪水，她一把将孩子搂在怀里，动情地说："孩子，没事的，今后有我这个新'妈妈'照顾你，有困难尽管找我。"

当得知陈巧玉和自己的生日在同一天，都是"三月初十"，而且与自己的女儿于典同龄时，韩娟更觉得自己能和陈巧玉结对真的是缘分。见面当天，韩娟就给孩子买了身新衣服，并给孩子200元零花钱作为见面礼。从此，逢年过节，韩娟都要给孩子买新衣服、零花钱。

今年春节前夕，韩娟把陈巧玉和她爷爷一起接到县城，带他们到香港城豆捞店吃了顿孩子从来没有吃过的火锅，并带孩子在县城买了套过年的新衣服，孩子眼中闪耀着激动的泪花。

陈巧玉到了初三后，学习比较紧张，韩娟主动到学校了解孩子学习生活情况，并与校领导、任课老师打招呼，恳请学校能多多关照孩子。她还把陈巧玉接到家中，与自己的女儿于典结成"姐妹"。

韩娟与丈夫于进都当过兵，他们还把自己的新"女儿"陈巧玉介绍给战友家的孩子，如今，女儿和女儿的朋友们都成了陈巧玉的好朋友，她们交流思想，探讨人生，相互鼓励，共同进步。

（刊于2014年11月6日《淮安日报》T4版）

为了保证节日正常供水

"水来啦！水来啦！"大年初三中午12点多钟，住在金湖县城电信新村的近百户居民欢呼雀跃，发自内心地感激该县自来水公司干部职工。

大年初一晚上9点多钟，金湖县城衡阳路附近的一处直径达300毫米的自来水主管道突然爆裂，邻近的电信新村近百户居民家中停了水。

接到群众的报警后，该县自来水公司工程技术人员迅速赶到现场。由于管道爆裂处靠近供电部门的电缆沟和电信部门的电缆槽，晚上施工很不安全。他们连夜研究施工方案，第二天一大早，在该县供电、电信部门的配合下，该县自来水公司一面为近百户居民在一楼接了一处临时供水管道，一面组织精干力量迅速抢修。该县水务局党总支书记徐桂红、县自来水公司经理马祖武、副经理李正瞬与10名工人一道，顶风冒雪，挖土、开沟槽、焊管道，饿了啃馒头，渴了喝矿泉水。天黑了，供电局为他们架起了临时照明线路，他们挑灯夜战。每个人的身上已分不清汗水和雨水。爆裂的管道焊接成功，并重新用水泥封好。这是已是大年初二夜里9点10分了。

（刊于2001年1月30日《淮阴日报》）

特殊的生日纪念

5月30日是金湖县吕良镇组织无偿献血的日子,早上8点刚过,设在该镇中心卫生院的献血站就忙碌起来。这时,只见该镇中心卫生院工作人员唐浩武骑着摩托车风尘仆仆地赶来了,周围的同事都感到十分奇怪,"今天不是他休息吗?他来干什么?"正当大家纳闷的时候,唐浩武挽起袖管,伸出胳膊,笑着说:"我参加献血来了。"

原来,唐浩武自4月20日该县"非典"防治工作开展以来,一直奋战在"非典"防治第一线,连续40多天没有休息,5月30日是他30岁生日,医院专门让他休息一天。可他得知30日组织无偿献血的消息后,毅然放弃休息,赶到医院参加无偿献血。献完血后,唐浩武高兴地说:"在30岁生日这天参加无偿献血,是对我生日最好的纪念"。

在唐浩武精神的感召下,现场献血气氛达到了高潮,到上午活动结束时,该镇共有54人参加无偿献血,献血量达1万多毫升。

(刊于2003年6月16日《淮海晚报·卫生与健康》)

金湖广电人情系特困生

晚报讯 9月3日是新学期开学的第三天,这天上午,金湖县委宣传部副部长、县广播电视局党组书记倪言珠一行来到涂沟镇唐港中学,为该局结对帮扶的王福鼎、夷花等4位特困生送上新学期的学费。至此,该局结对帮扶的特困生已达16人,其中,10名特困生顺利完成了高中阶段的学业,考上了理想的高等院校。

(刊于2003年9月8日《淮海晚报》3版)

金湖重度残疾人按月领补贴

本报讯 近日,金湖县对619名生活不能自理的重度残疾人集中发放按月领取的护理补贴,260名下肢残疾人还获得捐赠轮椅。

据了解,金湖有各类残疾人2.6万人,涉及五分之一的家庭。该县年初专门出台相关政策,对生活不能自理的重度残疾人按月给予护理费补贴。发放标准为城镇每人每月100元,农村每人每月50元,打卡直接发放到残疾人手中。

(刊于2010年9月15日《新华日报》A7版、9月10日《淮安日报》A3版)

"金湖娃"捧回全国比赛银奖

第二届中国"小荷风采"——少年儿童舞蹈大赛八月六日至九日在天津市举行。金湖县金湖娃艺术团小演员表演的舞蹈"木勺舞"喜获银奖。据悉,这一舞蹈还将参加下月在南京举行的"第六届中国艺术节"。

（刊于2000年8月14日《淮阴日报》头版）

播下民族情感的种子

金南镇中心小学五（3）班王晓晶同学在和妈妈一同看完影片《南京大屠杀》后，心中久久不能平静，她在征文中写道："看完电影，妈妈哭了，我也哭了，泪水模糊了双眼，眼在流泪，心在滴血。由于当时政府腐败无能，国家落后才造成这样的结果，现在中国强大了，自然没有人敢来捣乱，我作为中国人，虽然还是小孩，但我会好好学习，将来为建设祖国出力，使国家更强大。"

金湖县通过为期两个月的爱国主义影片有奖征文活动，让广大中小学生们观看《火烧圆明园》《甲午风云》《铁道游击队》《地雷战》等一批爱国主义影片，在他们心中播下了民族感情的种子，使广大青少年明白了"落后就要挨打"的道理，激发了他们奋发学习的勇气和决心。闵桥中学初一（1）班葛玉莹同学在《观〈甲午风云〉有感》一文中深情地写道："我们是21世纪社会主义祖国的建设者和接班人，肩负历史的使命，任重而道远。我们要努力学习，自觉培养爱国情操，做一代新人，为报效祖国这个远大志向做出积极的努力"。

正如该县县委宣传部副部长、县广播电视局党组书记倪言珠所说，为期两个月的暑期爱国主义影片有奖征文活动，不仅净化了荧屏，丰富了暑期中小学生的业余生活，还对加强和改进未成年人思想道德教育发挥了积极作用。

（刊于2004年9月26日《淮海晚报》3版）

金湖机关干部考法律

本报讯 12月19日，金湖县第三次"四五"普法考试在该县实验中学举行。该县县直机关全体公务员、行政执法人员、司法人员、事业单位人员共1360人参加考试。与前两次普法考试相比，这次考试则注重了解参考人员对新法的掌握情况、考试内容涉及《行政许可法》《道路交通安全法》《税法》等10多部法律法规。该县县委副书记、县政法委书记韦富表示，开展机关干部学法考试，目的是以考促学，掀起新一轮学法热潮，以进一步提高广大机关干部的法律素质。

（刊于2004年12月21日《淮海商报》2版"本市·要闻"）

前锋成立省首家励志扶贫助学协会

本报讯 元月16日，以帮助资困学生完成学业为宗旨的金湖县前锋镇励志扶贫助学协会成立，乡镇成立此类协会在全省尚属首家。

前锋镇励志扶贫助学协会为该镇捐资助学的民间非营利公益组织,其捐资助学资金从五个渠道筹集,即:镇财政拨一点,镇直各单位资助一点,企业捐赠一点,个人自愿捐赠一点,动员在外地工作、经商、办企业的人捐赠一点。协会成立现场,该县赛欧消泡剂公司、县教育局、县建设局、县移动公司等单位、协会会员以及县镇领导纷纷慷慨解囊,共向协会捐赠83700元。

当选协会首任会长的前锋镇镇长沈宽明表示,协会所筹集资金将全额用于资助贫困家庭子女上学,确保全镇所有适龄儿童都能顺利接受九年义务教育。沈长燕等12名贫困学生代表现场接受了资助。

(刊于2008年1月18日《淮安日报》A2版)

黎城镇城西居委会加强社区服务职能
居民足不出户就可享受各种服务

本报讯 金湖县黎城镇城西居委会的居民,逐渐有了这样一种感觉:他们无须走出小区,就能享受到各种社会化的服务。城西居委会下辖4个小区和20多个企事业单位宿舍区,4000多户、1万多居民。年轻的居委会主任钱晓凤了解到小区居民对社区服务的迫切需要,下决心在实践中探索一条社区服务社会化的新路。去年10月8日,城西居委会社区服务中心挂牌运行。

中心有一支专职人员和志愿者相结合的服务队伍,面向老年人、残疾人、优抚对象提供社会福利服务,并向社区居民辐射。哪家需要安装水电,哪家需要疏通管道,大到代办红白喜事,小到家教中介,服务中心24小时都有人提供周到的服务。

住在西苑小区的龚平老人,儿女都在上海,平时生活无人照料,有了社区服务中心,老人家里换个保险丝、通个下水道什么的,居委会安排青年志愿者干得又快又好。一对独住的老知识分子夫妻想找人读读报、聊聊天,居委会请来电大学生陪伴服务,从此这对老夫妻脸上挂满了笑容。

现在城西居委会社区服务中心声誉鹊起,许多辖区外的居民也慕名打来电话,要求提供服务。

(刊于1999年11月25日《淮阴日报》2版头条)

在全市率先成立劳模协会
金湖启动困难劳模救助工程

晚报讯 在日前召开的金湖县劳动模范协会成立大会上,该县总工会拨出2万元作为对特困劳模进行救助的启用资金。自此,金湖县困难劳模救助工程正式启动。

自新中国成立以来，金湖县先后评出市级以上劳模300多名，其中全国劳模6人、省部级劳模90名、市级劳模210名。由于种种原因，他们当中少数人或下岗或面临生活困难。为帮助劳模提高素质，特别是帮助困难劳模渡过难关，金湖县在全市率先成立了劳模协会，并以协会牵头，实施困难劳模救助工程。救助内容包括三个方面：一是帮助在岗劳模提升素质。有计划、分批次地组织劳模到先进单位、发达地区考察学习，开拓视野，同时经常性地邀请外地专家进行对口指导，满足劳模们渴望了解新知识、掌握新技术的需求；二是帮助下岗劳模重新就业。该县劳模协会将根据离岗劳模的知识结构、能力水平、身体状况，开展就业帮扶、技术帮扶，有针对性地提供就业信息、技术培训，促进他们尽快、更好地就业；三是帮助困难劳模渡难关。对低于城市最低生活保障线的劳模将发放定期补助，对因天灾人祸造成生活困难的劳模，将实行临时性补助和年终一次性补助，切实解决他们的生活困难。

（刊于2005年5月9日《淮海晚报》7版"社会新闻"）

金湖向城镇困难家庭发放住房补贴

本报讯 6月17日，金湖县城朱恒发等25户困难家庭领到了每月30元到200元不等的住房补贴。自此，该县《城镇廉租住房补贴制度》正式实施。

为改善困难家庭住房条件，建立健全城镇低收入家庭住房保障制度，金湖县政府出台了《金湖县城镇廉租住房补贴制度》，并作为为民办实事工程之一。首批享受城镇廉租住房补贴的对象为县城纳入低保范围的住房困难户和无房户，补贴标准按人均10平方米计算，不足部分每平方米补贴5元。该县在通过媒体公示、公开接受社会监督、征求各方面意见的基础上，最终确定25户困难家庭为第一批城镇廉租住房补贴对象。

（刊于2005年6月22日《淮安日报》）

金湖评出"十佳党员先锋岗"

本报讯 昨天，金湖县从2万多名党员中评选的"十佳党员先锋岗"全部产生。

该县公安局交巡警大队侦察员龚灿华、前锋镇信访科员韩立俊等十名党员光荣当选。他们中既有：来自农村一线的村干部，又有来自机关的普通党员；有默默耕耘无私奉献的人民教师，也有维护法律尊严伸张正义的法律工作者，聚集了该县各行各业的精英。

（刊于2007年10月25日《淮安日报》A2版）

第七节　节庆文化

金湖从2001年起连年举办荷花节、美食节，笔者有幸参与了部分节庆活动的采访与报道，也因此采写了一些稿件。通过这些稿件可以看出节庆活动给金湖带来的喜人变化。

金湖县第三届荷花艺术节"主菜单"敲定

金湖县决定今年7月8日至7月12日举办"江苏·金湖第三届荷花艺术节"。日前有关本届荷花艺术节的"主菜单"已全部敲定。

本届荷花艺术节，将举行11项活动。其中有开幕式、招商项目推介会、"解析金湖"县域经济论坛等3项经贸活动，有大型广场演出、文艺晚会等专场演出，有万人纳凉晚会、湖上焰火晚会等群众文化活动，还有"美在水乡"金湖一日游、《金湖》名片发行仪式等旅游美食文化活动，还有名家书画展、摄影作品展、中国诗协咏荷诗歌笔会等文艺交流活动。目前，所有活动均已落实了承办单位，并进入倒计时。

（刊于2003年4月14日《淮海晚报》7版）

金湖社区文化热起来

4月30日上午，金湖县行政中心市民广场歌声阵阵，舞姿翩翩。"湖城飞歌——激情广场大家唱"活动在绵绵细雨中举行，吸引了社区近千名群众驻足观看，并由此拉开了该县首届社区文化艺术周的序幕。

为丰富人民群众的节日文化生活，金湖县在"五一"黄金周期间组织当地土生土长的民间艺术家，深入居民社区举办"功勋民间艺术品展暨剪纸技法辅导""寄情社区书画名家现场演示会暨姜燕摄影作品展""温馨家园——交谊舞会"等系列活动。此次社区文化艺术周的目的是要体现"以民为本""三贴近"，把先进的文化带给社区居民，不断提高社区居民的生活质量和文化素质。

（刊于2004年5月2日《淮海晚报》6版）

两岸"莲荷"共赢金湖

"金湖，碧荷连天荷花美啊，我越看越兴奋，所以我把自己的金湖之行叫做'两岸莲荷（联合）'，莲是莲花的莲，荷是荷花的荷，'莲荷'在汉字里和'联合'谐音，让我们两岸联合（莲荷）开发金湖。"说这番话的，是信心满满的台湾农联生物科技联合委员会主任委员陈胜忠博士。16日，他带领他的团队，从宝岛台湾专程赶来参加"第二届台商金湖论坛"。与陈博士同时到达的还有120多位台湾商界精英。

金湖隶属淮安。"南有昆山，北有淮安，打造台资集聚的新高地。"——这是淮安发展地方经济中的"台资方略"。目前，台资在淮安已有520家，已经开工建设或者达产达能的有377家，台资总投入达到60多亿美元，总体形势发展非常好。更可喜的是，富士康、达方电子、台玻，还是宏盛箱包、康师傅、顶新、大同电子、华达利等知名企业、知名品牌云集。

近年来，金湖荷花美食节影响不断扩大，"中国荷文化之乡""中国荷文化传承基地""中国湖鲜美食之乡"的品牌不断提升，锟鋐机械、百鲸水处理设备等台资企业加快发展的同时，大型项目台湾啤酒欣然落户金湖——"第二届台商金湖论坛"应运而生。

金湖县委书记陶光辉向记者介绍："水天一色、秀比江南的金湖为此次论坛精心组织了16个合作项目，专门向台商推介。我们以高科技项目和生态环保旅游项目唱主角。在经济开发区内规划1000亩，计划投资30亿元打造IT产业园，同时打造石油机械产业园、汽摩配产业园、自动化控制仪表线缆产业园等一批高科技产业园区，吸引包括台湾客商在内的境内外客商投资创业。特别是为台商量身定制的'台湾农业科技园'和'台商工业园'已经受到台商的热捧。生态环保旅游项目也备受关注，生物秸秆发电、物流中心、水上森林公园开发、荷花荡景区开发、西海公园综合开发、白马湖生态渔村开发、金湖渔港美食城、城区老年公寓等一批项目纷纷和台商成功对接。"

金湖的台商工业园规划面积1平方公里，专门承接台商台资在金湖的投资，还设置了一块三产服务业用地，建造三产服务业设施，为区内企业和员工提供便捷的生产、生活条件。台湾农业科技园项目规划建设蔬菜基地2000亩，其中露地种植区1200亩，设施栽培800亩；建设应时水果基地1500亩，以梨、桃、葡萄等为主；建设花卉苗木基地1500亩，培育彩叶灌木和高大乔木等。项目总投资1.5亿元人民币，其中设施蔬菜基地6000万元、应时水果基地4500万元、花卉苗木基地4500万元，主要用于连栋大棚、露地栽培等生产设施和产品包装、深加工、仓储、生活用房等建设。

10多天前，《海峡两岸经济合作框架协议》签署。论坛上，主办各方及与会台商们就《海峡两岸经济合作框架协议》签署后，台商如何在大陆投资进行了深入的研究和探讨，特别是对金湖的投资环境、投资机遇、投资价值进行了全面的考察和分析。晚宴上，众多台商登台齐唱《爱拼才会赢》，表达了他们两岸共赢的投资热情，气氛感人至深。

歌声中，金湖县县长肖进方感慨："我们历来宣扬荷花文化中的和谐寓意，和谐精神，'第二次台商金湖论坛'上海峡两岸有识之士推心置腹，畅所欲言，体现的就是中华民族共谋发展的和谐精神,这为我县借智发展、借力发展、借梯发展提供了一次难得的机遇,我们一定会倍加珍惜,以这次论坛为契机,进一步发挥金湖的产业、资源、人文等方面优势,改善我们的投资环境,使台商在金湖发财、发展,也使金湖的区域经济得到快速提升。"

此情此景,也让陈胜忠博士非常激动:"我们为什么要来这里投资生物科技生产,一朵花、一世界;一朵花、一学问;不要看小小的一朵花,但是它包含有多少生物物理变化。我定位农业是未来的明星产业,荷藕是明星产业的明日之星,所以我为这朵花题写几个字,叫做含苞待放、蓄势待发,寓含着我们这个产业会在金湖发扬光大。今天我们团队在这里,已经作出了一个决定,按照我们这个决定规划做一个地标性建筑,让全国看得到金湖的美、荷花的美、荷花的特色、荷花的商品。我们再向世界申请一个最大的荷藕生产加工工厂,让这个有价值的地标,开始在我们金湖发光、发亮。"

(刊于2010年7月18日《扬子晚报》)

第八届中国金湖荷花·美食节暨
项目签约开工竣工典礼隆重举行

本报讯 昨日上午,第八届中国金湖荷花·美食节和重大项目签约开工竣工典礼在金湖开发区隆重举行。市领导刘希平、王友富、刘泽源、刘友超、王士高、朱友冬等到场祝贺。来自海内外的客商代表、中央电视台、凤凰卫视、香港有线电视台等近20家境内外媒体记者,金湖县四套班子领导、离退休老干部代表,该县各界人士代表近4000人一同见证了这一时刻。

市委常委、宣传部长刘希平宣布第八届中国金湖荷花·美食节开幕。

市委常委、政法委书记王友富代表市委、市政府对第八届中国金湖荷花·美食节隆重开幕和重大项目签约开工竣工表示热烈祝贺。王友富说,2001年起,金湖连年举办中国荷花艺术节,年年出彩,年年出新。希望金湖县委、县政府不断解放思想,不断改革创新,不断赋予荷花·美食节新的内涵和形式,把节庆活动办出特色、办出亮点,把节庆品牌做大做响、做出名气。

金湖县委书记陶光辉致开幕词。他表示,将在市委、市政府的坚强领导下,团结带领全县37万人民,推进新型工业化,争创跨越发展的新优势;强抓招商引资,增添跨越发展的新动力;提升城市化水平,构建跨越发展的新平台;加快新农村建设,拓展跨越发展的新路径;促进和谐社会建设,开辟跨越发展的新境界,向着建设全面小康新金湖的目标奋勇前进。

来自浙江诸暨的客商代表、江苏展旺塑料管材有限公司董事长刘祖煌盛赞

脚印

金湖的投资环境和办事效率。他表示将扎根金湖,加快项目建设步伐,为建设全面小康新金湖作贡献。

开幕式上,共有63个项目签约、开工和竣工,总投资额达61.7亿元。

(刊于2008年7月29日《淮安日报》A1版)

金湖荷花节聚财60亿

7月28日上午,第八届中国金湖荷花·美食节开幕,一批招商引资重点项目相继在金湖签约、开工和竣工,总投资额达61.7亿元。

本届荷花节招商引资的"环保特色"鲜明,所有投资项目中,没有一个是高污染项目。环保项目众多,如江苏国祥工贸有限公司与深圳客商张上由先生共同投资1.2亿元,建设20万吨PVC回收再生利用项目。

(刊于2008年7月30日《新华日报》《扬子晚报》)

金湖:现代版"鱼米之乡"

地长稻麦豆谷、树结桃梨果枣、水生菱藕芡实,晶莹别透的淡水虾、个大味美的长绒蟹、盖大肉嫩的金湖鳖、体态丰圆的无鳞鳗……满湖丰饶,尽显水乡物美。第八届金湖荷花节·美食节期间,记者深入金湖的田间水上,看到了一个生态的、高效的金湖——

一

以下是两条关于金湖农副产品的新闻。这两条"淹没"在一大堆材料中的小线索,揭开了金湖现代版"鱼米之乡"的精彩故事,细细品来,颇有意思。

一则,金湖县供销合作总社连续四年捧得全省"农副产品购销"先进。这在全省供销系统仅此一家。

购销之间,反映的是金湖农产品交易的规范和活跃,这在世界粮食紧张的背景下意义尤为重大。金湖县农业局副局长曹斌告诉记者,金湖农副产品的销售价格比别家的高出0.015元,别看这不起眼的一分五厘,总量大啊,在金湖,人均产大米3吨、水产1000斤……

二则,金湖农民热衷于为自家的农副产品注册商标。到目前为止,金湖的地头上出现了稻米加工类、水产类等339件商标;而从去年以来,又有101个商标正在申请中。

这两年兴起的商标注册热,则显示了金湖人对自家农副产品的自信和珍爱。自信,来自生产、养殖的技术领先;而珍爱,则是深知金湖农副产品的品牌价值——在长三角的任何一家大型超市,凡是打上"金湖"名字的,大都卖得比别人贵、卖得比别人好。

二

金湖，坐拥白马、宝应、高邮三湖，盛产水产。然而金湖水产技术推广站站长蔡建中告诉记者，20世纪50年代，金湖还是"吃鱼难"。咋回事？金湖三湖低洼地较多，有的水深有的水浅，夏季泄洪时，则是一片汪洋，给水产养殖带来很大难度。

为此，金湖人琢磨出无数种办法，把金湖的三滩四水当成了试验田，反复实验对比后，留下了"渔农结合"和"渔林结合"，殊不知，这些经验让金湖成了高效农业的先进典型。在"渔林结合"中，你可以看到"林下有水，水里有鱼，虾蟹混养，鸭鹅穿梭"的壮观场景，如果赶得巧，你还能看到"龙虾上树"的奇观。

金湖水域面积104.8万亩，是水产养殖大县，也是江苏省淡水鱼重点产区之一。蔡建中介绍，金湖水产品年产量5万吨左右，产值8亿元，占全县农业总产值30%以上。由于养殖业重点集中在湖区，属于半野生状态，环境优越；而池塘养殖以稻田养殖为主，实行无害化生产，堪称有机食品，因而养殖产品可以说是原生态农产品。

为进一步保护金湖的水产品品牌，金湖近两年一方面启动了退渔还湖工程；另一方面，金湖人对白马湖进行"保养"：不再在湖水中进行养殖，而是投放大量的螺蛳和水草，恢复湖水自然生态。

三

除了水产品，金湖田头的农副产品，同样创造着高效农业的规模和效益。

金湖稻米历史悠久，其中有机食品基地1.1万亩，绿色食品稻米基地20万亩，无公害稻米基地30万亩，随着栽培技术和品种的不断革新，稻米产量、品质迅速提高。"稻田养蟹、稻田养龙虾、稻鸭共作"等绿色生态种养方式推广普及达到5万亩。

金湖县农业局副局长曹斌告诉记者，稻田养蟹、养虾不用化肥、不用农药，采用生物防治方法控制病虫害，例如：水稻吸收有机营养，螃蟹、龙虾吃草和螺蛳；稻鸭共作田内，鸭子吃虫吃草和螺蛳，鸭子排泄物营养水稻，两种生态种养方式实现了种植和养殖双丰收，不仅稻米品质好，而且蟹鸭双肥，经济效益高。

优质的稻谷推动了稻米加工业的发展，目前，金湖年加工能力5万吨以上的稻米加工企业发展到6家。"金叶""曙东"大米荣获全国稻米博览会十大金奖产品，成为国家首批"放心米"。8个品牌获得绿色食品认证，4个品牌获得无公害农产品认证"精华"牌籼米出口东南亚地区。

此外，"花星"牌国标四级菜籽油，产品质量好，具有色淡、低杂、低水、少烟、味纯等特点。"康舜"牌米糠油，从稻谷胚芽中萃取生产，主要原料为谷糠，其油品可与橄榄油媲美，堪称食用油之精品，符合现代人的饮食健康追求。

四

金湖，丰富的湖滩资源，孕育了以麻鸭饲养为主的水禽养殖产业。目前，金湖年三禽饲养量500万只，出栏380万只以上，其中沿湖和入江水道沿线养殖带饲养量300万只以上，淮河入江水道现已成为金湖的三禽饲养长廊。

著名的"金湖文忠鸭业有限公司"，一直是自孵—自养—自销的经营模式和养鸭—养鱼—栽树的高效、生态、立体的种养方式，2007年存栏种鸭13000只，年产种蛋300万枚，炕孵苗鸭240万羽，饲养肉鸭40万只，年产值2100万元，获利240多万元。

发达的三禽生态饲养产业，带动了金湖禽蛋加工业的发展，"金水""旭阳""双洪"等鸭蛋制品品牌成为金湖禽蛋加工业的领军品牌。原始的饲养环境、丰富的活体食物资源是金湖麻鸭盛产双黄蛋的主要基础，以三湖麻鸭蛋为原料，精制加工的"三湖双黄蛋"油多、黄嫩、色泽好、口感佳、营养丰富，"金水"牌蛋制品荣获中国国际农博会金奖，跨入了江苏省名优农产品行列。

金湖广袤的水面，孕育了大量的水生植物，2001年，金湖被农业部命名为"荷藕之乡"，并已连续举办了八届中国荷花艺术节。如果说，荷藕是金湖水生蔬菜的主角，那么芡实、菱角、茭白、茨菇则是著名的"四大配角"。金湖荷藕均为深水藕，品质优，营养价值高，不仅可以鲜吃，而且具有极高的加工品质，而以金湖荷藕加工制成的盐渍藕、糖渍藕、营养藕粉等产品远销日本和东南亚地区。夏日采莲、秋日采菱，秋冬采藕已成为金湖一景，一幅采莲图、一叶采菱舟吸引了众多摄影爱好者前来取景，荷叶浮水面，莲花立叶中，舟穿荷中行，人随舟采荷，构成了一幅人与自然和谐共处的美妙风景画。

在7月28日的第八届金湖荷花节·美食节开幕式上，总投资达4.32亿元的5个"观光农业"项目落户金湖。

（刊于2008年8月1日《扬子晚报》A14版）

金湖举行"香火戏"展演活动

本报讯 7月31日上午，省非物质文化遗产——金湖香火戏展演活动在美丽的高邮湖畔举行，给第十届中国金湖荷花美食节又增添了一道亮丽的文化风景。

金湖香火戏是金湖县劳动人民创作的传统剧目，它在金湖这块美丽而神奇的土地上孕育、成长、传承和发展，承载着该县古老久远的历史文化，是尧文化、荷文化、水文化最具代表性的文化精髓。2008年被省政府批准为非物质文化遗产,是与"金湖秧歌""金湖剪纸"齐名的一张金湖文化名片。

此次活动吸引了省内外众多媒体的摄影记者前来采风采访,本着"继承民族遗产,弘扬传统文化"的宗旨,展演依照香火戏最古老的风貌和形式面向观众,节目之精彩、内容之丰富、参演人数之多,为该县历史上少有。

（刊于2010年8月2日《淮安日报》A3版）

金湖剪纸亮相全国荷花展

本报讯 第二十六届全国荷花展7月6号在上海古猗园开幕,金湖县著名民间艺术家陆功勋的主题剪纸《妙手生莲》作为荷文化系列活动应邀参加展览。

此次全国荷花展共有来自全国近30个省市和澳门特别行政区以及日本、泰国、澳大利亚等国家的127家单位参展。500多个品种的荷花、睡莲、玉莲将在近二个月的荷花展期间依次盛开。

位于荷花盆景园中的花神殿成为剪纸作品的展览馆,金湖县著名民间艺术家陆功勋带来的主题荷花剪纸《妙手生莲》在这里展出,43幅栩栩如生的荷花剪纸作品吸引了国内外嘉宾新奇的目光,6米长卷《和谐图》、彩膜剪纸《采莲》、《赏荷》等作品,向人们展示了中国荷花之都金湖剪纸的独特艺术魅力。

（刊于2012年7月11日《淮安日报》）

中国·金湖第五届荷花艺术节开幕

本报讯 中国·金湖第五届荷花艺术节昨天伴随着荷花之香开幕,全国各地客商云集金湖。

当天,金湖县工业园区有19个工业项目开工,总投资4.2亿元。在接着举行的"招商引资投资说明暨项目签约大会"上,又有十九个总投资8.2亿元的项目成功签约。计划投资1.78亿元的常州客商荆文保说:我们是慕荷花节之名来金湖考察的。这里环境好、服务优,投资有保障,我们发展也有信心。

金湖荷花艺术节已经成功举办四届。金湖人民以荷为媒,以荷传情,增进了与海内外客商的合作和友谊,提高了金湖的知名度、美誉度,使该县在招商引资加快发展方面取得了一系列重大突破,促进了三个文明建设的协调发展。今年荷花艺术节,一如既往地遵循"以荷为媒、宣传金湖、发展经济"的办节宗旨。

（刊于2005年7月27日《淮安日报》头版）

金湖:生态观光农业成"亮点"

本报讯 随着金湖第五届荷花艺术节的开幕,地处苏北的金湖县再度成为旅游者的乐园。水乡生态观光游让久居大都市的人们流连忘返。

金湖县位于江苏里下河地区，境内白马湖、宝应湖、高邮湖三湖环绕，淮河入江水道贯穿腹部，全县面积的三分之一是水面，近年来，该县立足当地水资源优势，因地制宜，因势利导，通过抬田造林、连片治理、严控采伐等多种措施，加快推进生态农业开发。到今年上半年，该县投入生态农业开发的项目资金累计达5200多万元，建成了嵇圩林场森林公园、荷花荡生态观光农业、三河滩生态公益林等观光农业景点。闵桥荷花荡原本是一片荒滩洼地，从1999年开始，该县通过农业综合开发连续投入财政资金420多万元、加强荡内基础设施建设，还吸引外来、民间资金1800多万元注入，不仅有效破解了当地农民的增收难题，还带动了农产品加工、旅游等相关产业的发展。

（刊于2005年8月8日《淮安日报》3版"地方新闻"）

金湖荷花节，问计于民

本报讯　日前，金湖县荷花艺术节组委会通过当地新闻媒体向社会广泛征集中国·金湖第六届荷花艺术节办节"金点子"。

金湖县委、县政府决定，今年将继续举办第六届荷花艺术节。为总结前五届荷花艺术节的经验教训，真正达到促进招商引资，促进城市建设与管理，促进旅游经济发展，提高全民文化素质，提升金湖知名度的目的。该县就本届荷花艺术节如何采取市场运作模式，创新形式和内容，使之成为既有深刻文化内涵，又有一定经济成效的盛会？如何围绕县委、县政府提出的"提速发展，跨越赶超，全市领先，苏北争先，全省进位，在淮安率先建成全面小康"的"十一五"工作目标，激发全县人民办好荷花艺术节的热情？如何设计震撼力大、参与度广的文化和经贸活动项目？如何利用好宣传平台来推介金湖？向社会广泛征集办节"金点子"。

（刊于2006年5月9日《淮安日报》2版）

水文化尧文化荷文化　个个凸现金湖本土文化
第六届中国荷花艺术节将再现金湖神韵

晚报讯　金湖七月荷花开，引得八方宾朋来。7月11日，在第六届中国荷花艺术节新闻发布会上，金湖县委书记赵洪权宣布：金湖第六届中国荷花艺术节将于7月21日开幕。本届荷花节将秉承"繁荣文化、促进发展、提升形象、凝聚人心、激发活力、推动工作"的办节宗旨，通过活动，达到推动招商引资、促进城市建设管理、加快旅游产业发展、提高全民文化素质、提升金湖知名度的目的。

本届荷花节的文艺节目注重弘扬金湖本土文化，更加凸现"艺术"的含金量。今年该县将充分挖掘水文化、尧文化等文化资源和金湖改革开放成就，开展论坛、研讨活动。其主要特色活动包括：淮河流域经济文化论坛，水文化、荷文化、尧文化研讨，"畅想金湖"征文竞赛等。

为充分展现金湖深厚的历史文化内涵和现代金湖人的精神风貌，届时将在县城各大文化广场举办系列群众性的广场文化活动，其中主要特色活动包括：社区文化艺术周、中华武术绝技表演、家庭才艺赛、美食才艺大赛等。

金湖县将充分利用这一机会，举办重点项目集中开工竣工、招商引资项目推介暨引资项目签约会等一系列经贸活动，金湖企业家也将带着方案和项目到苏州、南京进行推介。现在，虽然距离荷花节开幕还有10天，但沁人心脾的闵桥万亩荷花荡等景区已迎来万千游客；国内外20多家客商正在与该县有关方面洽谈投资事宜。

（刊于2006年7月12日《淮海晚报》2版头条）

金湖招商签下环保大项目

本报讯 23日，200多名国内外客商云集金湖，参加金湖荷花节并寻求商机。金湖当天签约项目48个，招商引资19.97亿元。其中工业项目40个，三产项目8个；亿元以上项目3个。新加坡安利兴集团投资的秸秆利用是国家扶持的环保项目，投资2亿元以上，成了签约会上最大亮点。

（刊于2006年7月24日《扬子晚报》A2版）

文化搭台　经贸唱戏
金湖荷花节文化经贸获双赢

晚报讯 7月30日，随着"缤纷未来"大型烟火晚会在金湖县落下帷幕，历时10天的金湖县第六届中国荷花艺术节画上了圆满的句号。10天中，20多个文化、经贸活动让人目不暇接。

这期间，文化活动精彩纷呈。首届"银海杯"香溢湖城美食才艺大赛、荷乡月圆"圆鼎杯"家庭才艺大赛、咏荷诗词吟唱大赛、"水文化、荷文化、尧文化"征文、第三届"花好月圆"杯社区文化艺术周等文化活动一个接着一个，让当地老百姓饱尝了系列文化"套餐"。百名记者、百名知青、百名学子、百名学者、百名名家看金湖活动的开展，让金湖沸腾了。收录古今1500位诗人词家2400多首咏荷诗词的《古今咏荷诗词选》，在金湖举行首发式，为荷乡增添了浓厚的文化氛围。

这期间，招商引资、项目建设好戏连台。不仅隆重举行了省级经济开发区揭牌仪式，还有金石科技园、瑞宝通药业等34个项目开工，固定资产投资7.94亿

脚
印

元,有1600吨液压快锻等一批项目竣工投产,同海内外客商签约52个项目固定资产投资23亿元。同时,荷花艺术节的成功举办,还推动了该县基础设施建设,湖城处处整洁干净、文明美丽。

（刊于2006年8月1日《淮海晚报》）

迎奥运 江苏金湖：百名棋手会大师

新华报业网讯7月13日是北京申奥成功六周年纪念日,又恰逢江苏省金湖县正在举办第七届中国荷花艺术节暨首届三湖美食节。一大早,风景秀美的金湖闵桥万亩荷花荡,荷香醉人,琴声悠扬,江苏棋院院长、全国围棋九段高手邵震中,湖北棋院副院长、中国象棋特级国际大师柳大华,江苏棋院副院长、中国象棋特级国际大师徐天红在这里与金湖县150名青少年围棋、象棋爱好者现场对弈。拉开了该县"迎奥运,百名棋手对大师;荷花荡,琴声棋韵谱祥和'农发行·希望杯棋艺表演"活动的序幕。

记者在现场看到,两排近100米长的桌子上摆放着10盘围棋和100盘象棋,邵震中、徐天红两位国手大师与110位小棋手展开车轮大战。两位国手大师飞快落子,小选手们或沉思,或积极应对。来自金湖县实验幼儿园的廉昕翰小朋友是这些小棋手中年龄最小的,虽然才6岁,但他已是业余两段,他告诉记者,能有机会与国手大师对弈感到非常开心,他将好好学习棋艺,将来为家乡争光,为祖国争光。邵震中院长对金湖县有这么多孩子对中国传统文化有着这么执着的喜爱感到非常高兴,他对金湖小棋手将来的发展充满信心。象棋大师徐天红表示,能在如此优美的环境下,在迎奥运这个特殊的日子里,与这么多青少年象棋爱好者在一起下棋感到非常开心,充分说明中国象棋是群众喜欢的一个项目,在大力构建和谐社会的今天,棋类项目应当发挥其应有的作用。

据了解，三位国手大师还将在金湖淮河柳树滩公园与当地各界棋手开展"迎奥运棋艺表演"；享有东方活电脑、盲棋第一人美誉的中国象棋特级国际大师柳大华，还将与10名中国各界象棋精英展开"一盲对十盘"中国象棋表演大赛。

（刊于2007年7月13日《新华报业网》）

中国金湖荷花·美食·农产品展示推介会在宁隆重举行

本报讯 相约荷乡金湖，共品金湖美食。昨日下午，中国金湖荷花·美食·农产品展示推介会在宁隆重举行。省人大常委会副主任丁解民，市委书记刘永忠，市委常委、政法委书记王友富等到场祝贺。

刘永忠代表市委、市政府对各位领导和来宾长期以来对淮安以及金湖的关心和支持表示衷心感谢。刘永忠说，金湖被周总理誉为"日出斗金"之地，是名副其实的美丽水乡。近年来，金湖坚持以科学发展观为指导，充分发挥自身优势，提速发展，跨越赶超，积极融入长三角，经济社会呈现出又好又快发展态势：新型工业化进程不断加快，形成了一批支柱产业和骨干企业；农业结构调整扎实推进，农副产品资源丰富，水禽、水产品规模质量优势明显；生态建设亮点纷呈，万亩荷花荡，AA级国家生态旅游示范点，在全省、全国都产生了较大影响。刘永忠还向大家介绍了淮安情况。他说，淮安是敬爱的周恩来总理的故乡，是一座适宜创业、适宜居住、适宜旅游的新兴工业城市。目前，全市上下正围绕省委省政府提出的把淮安建成能够辐射2000万人口的苏北腹地重要中心城市的战略目标，按照"东扩南连、海河相通、城水相依、人文相融"的发展思路，全力推进"构筑大交通、培育大产业、发展大流通、繁荣大文化、开发大旅游"等五大建设，进一步增强中心城市的辐射力、带动力和竞争力，努力推动淮安在新的起点上又好又快发展。刘永忠真诚地希望各位领导、各位嘉宾继续关心、支持淮安和金湖的发展，为淮安和金湖发展出谋划策，到淮安和金湖观光旅游、投资兴业。

丁解民对中国金湖荷花·美食·农产品展示推介会在宁隆重举办表示热烈祝贺。丁解民说，金湖荷花节一届办得比一届好、一届办得比一届出新，一届办得比一届富有成效。丁解民盛赞金湖自然生态首屈一指，这里水美，一个县坐拥三个湖，没有什么污染；这里树美，森林覆盖率达23%。水美、树美再加上旅游资源丰富，使金湖成为人们向往的地方。丁解民希望金湖把荷花艺术节和金湖美食节办得更好、更响、更有特色，办出规模效应。

金湖县委书记陶光辉向各位领导和来宾简要介绍了金湖县情，热情地邀请大家到金湖吃农家饭菜、购农家特产、看田园风光、赏民俗风情、拾湖荡野趣，观光旅游、投资兴业。

省直部门、单位主要领导，企业家代表，国家、省、市新闻媒体记者共200多人参加推介会。

（刊于2008年7月7日《淮安日报》头版头条、《淮海晚报》2版头条）

中国金湖第八届荷花·美食节暨招商项目农产品展示推介会在沪举行

本报讯 昨日下午，中国金湖第八届荷花·美食节暨招商项目、农副产品展示推介会在上海隆重举办。上海百强企业协会、上海商会、上海电缆研究所、上海浙江（台州）商会、静安区工商联、静安区西南商会领导，上海、浙江、苏州、常州、无锡等地企业家代表，上海、常熟知名旅行社和上海部分大型超市的主要负责人，金湖在上海的同乡代表，新闻媒体记者近200人参加推介会。

金湖县县长肖进方在会上推介了金湖的自然禀赋、生态环境、工业基础和人文风气，推介风味独特的金湖美食、绿色放心的金湖农产品、日趋时尚的金湖生态游，重点向商界和企业界朋友介绍了金湖优越的投资服务环境。

上海电缆研究所处长梁勇、上海浙江（台州）商会会长许维龙、淮安在沪企业工商联合会金湖分会副会长梁桂华等先后发言，充分表达与会客商对金湖的真情关注和合作愿望。

与会客商兴致勃勃地观看了《水乡金湖》电视专题片，参观了现场展示的金湖特色农产品、金湖美食和旅游品，品尝了由金湖厨师精心烹饪的金湖美食。

又讯 昨日下午，淮安在沪企业工商联合会金湖分会在上海成立。金湖籍在沪代表人士、隆盛汽车销售公司董事长柏玉堂当选会长。

改革开放以来，金湖在上海的各类投资企业已近50家，投资总额近10亿元，涉及金融、房地产、化工、食品、物流、钢材、汽车贸易、建筑建材业、人力资源等10多个领域。

（刊于2008年7月9日《淮安日报》头版）

50年岁月如歌　50年发展如潮

金湖50周年县庆成果展暨第九届中国金湖荷花·美食节汇报会在宁举办

晚报讯 最是金湖好景致，恰逢荷花盛开时。26日下午，金湖50周年县庆成果展暨第九届中国金湖荷花·美食节汇报会在南京双门楼宾馆隆重举行。省委常委、副省长黄莉新，省人大常委会副主任丁解民等省领导和淮安市委书记刘永忠，市委常委、政法委书记王友富出席会议。

建县50年来，金湖县综合经济实力一年比一年强，人民生活水平一年比一年好，城乡面貌变化一年比一年大；社会事业发展一年比一年快。金湖先后被评为全国民政工作先进县、文化工作先进县、教育工作先进县、科技工作先进县、人口与计划生育工作先进县，连续六年获"江苏省社会治安安全县"称号，连续两年被评为"法治江苏合格县"城建工作先进单位。

黄莉新对金湖建县50周年取得的辉煌成就表示热烈祝贺，向37万金湖人民致以诚挚的问候。50年来，特别是近年来，金湖县认真贯彻落实科学发展观，坚持以新型工业化为主导，统筹城乡发展，统筹经济社会发展，统筹人与自然和谐发展，县域经济实力显著增强，人民生活水平明显提高，城乡面貌发生了巨大变化。黄莉新说，回顾过去成绩辉煌，展望未来前景广阔。希望金湖县加快融入苏中板块，在苏北率先实现全面小康，着重打响"工业强县、宁沪后花园，以及'中国荷文化之乡'和'中国荷文化传承基地'"三张名片，在科学发展的道路上，更好更快地建设美丽、富饶、文明的新金湖。

丁解民在讲话中对金湖50年来取得的辉煌成果表示崇高的敬意。他希望金湖能以50年来所取得的成果为新的起点，向更高的目标迈进，取得更大的成绩。今后要进一步解放思想，不断创新，敢想敢干，取得实实在在的成效；要坚持工业化与城市化并进，大力发展县域经济；要打造自己的特色，创造自己的品牌，促进金湖更好更快地发展。

刘永忠在致辞中代表市委市政府，向参加本次活动的各位领导和来宾表示热烈欢迎，向长期以来关心支持淮安以及金湖发展的社会各界表示衷心感谢，他对金湖各项工作给予充分肯定和鼓励。他说，50年岁月如歌，50年发展如潮。成绩属于过去，今后的发展任重道远。他希望金湖县委、县政府深入贯彻落实科学发展观，全力以赴保增长促发展。按照市委、市政府提出的"一县一特"的发展要求，发挥金湖资源禀赋和产业特点，全力打造荷文化之乡；坚持"文化搭台、经贸唱戏"的运作模式，努力形成"荷花绚丽多姿，经济快速发展"的良好局面；坚持经典规划、精致建设、精细管理，加快城市建设步伐，努力把金湖建设成宜居宜业、令人向往、受人尊敬的美丽水城，打造人与自然和谐相处的魅力金湖；进一步推进政府职能转变，优化发展环境，加快建设"服务高地、成本洼地、创业福地"，以良好的环境保障经济社会又好又快发展。刘永忠同时衷心希望与会领导和来宾多到淮安和金湖考察观光，感受这里美丽的自然风光和悠久的历史文化，并热忱欢迎海内外客商到淮安和金湖投资兴业，共谋发展，共创大业，在这片飘溢荷香的土地上收获成功。

汇报会上，省农林厅、民政厅负责人作了发言；金湖县委书记陶光辉汇报了金湖五十年间经济社会发展取得的丰硕成果；与会人员还饶有兴致地观看了金湖建县50周年成果展牌、实物展示和《金湖风光》宣传片。

（刊于2009年7月27日《淮海晚报》A5版）

"中国荷文化之乡"花落金湖

本报讯 记者日前从中国荷文化高层论坛获悉,苏北金湖县被中国民间艺术家协会命名为"中国荷文化之乡"和"中国荷文化传承基地"。据悉,金湖县是著名的中国荷藕之乡,该县以荷为媒,目前已累计吸引投资近170亿元。仅去年荷花美食节期间,就吸引10多万人次参与,签约引进48个投资项目,总投资达20亿元。荷花目前已经被该县立为县花,金湖秧歌也被列为江苏首批和国家非物质文化保护遗产。

(刊于2009年5月11日《人民日报·江南时报》6版)

金湖书记来宁吆喝"八大碗"

晨报讯 昨天,金湖县委书记赶在该县第九届荷花美食节前夕,带着拳头美食"八大碗"来宁,公开叫板餐饮业当家花旦的杭帮菜。此前,"八大碗"刚刚为其斩获"中国湖鲜美食之乡"美誉。

"八大碗"最早是当地美食的俗称,制作手法在坊间已流传百年之久,贯穿了"湖水煮湖鱼"的原生态理念。最早只有"四大碗""六大碗",随着当地美食经济的壮大,完善至现在的"八大碗"。据悉,"八大碗"是大赛赛出来的,从金湖首届荷花美食节开始,政府通过海选的形式向民间征集配料和做法,胜出者除领一笔不菲的奖金外,还获得到县级宾馆酒店就业机会。经过数年的筛选、定型、起名等程序,最后"尧母月子汤""东坡鱼线""荷荡金鳅"等八道菜入选"八大碗"。金湖地处高邮湖、白马湖、宝应湖之间,是天然保鲜仓,鱼虾蟹鳖就地取材。"八大碗"应属于淮扬菜系,又以其原生态取材和特别烹饪手法独树一帜。此菜是当地待客最高礼遇,又分为湖鲜八大碗、龙凤八大碗、鱼宴八大碗、农家八大碗、喜事八大碗、白事八大碗。其中"湖鲜八大碗"成了金字招牌。

(刊于2009年7月27日《南京晨报》A9版)

荷花绽放满湖金
——第十届中国金湖荷花·美食节开幕式剪影

盛夏荷花别样红,最是金湖好景致。7月28日上午,第十届中国金湖荷花·美食节开幕式暨重大项目开工、竣工典礼在金湖经济开发区隆重举行。来自台湾、香港、浙江、上海等地的300多位客商一同见证了节庆开幕的精彩瞬间。

金湖县从2001年以来,到目前为止已经成功举办了10届荷花·美食节,年年出奇,届届出新,一年比一年影响大,一届比一届效果好,极大地提升了金湖的知名度、美誉度和开放度，有力地促进了金湖经济社会持续快速发展。金湖荷花·美食节是一个品牌，是一种形象，更是一种招商平台，金湖县以荷为媒、以荷会友、以荷招商，充分发挥本地自然禀赋的荷花资源和产业优势，千方百计引进资金、技术、人才，引进管理经验，把金湖经济总量做大、做强、做优。金湖县弘扬荷文化形成的崇尚和谐的理念，推进政府职能转变，优化投资发展环境，努力把金湖打造成为招商引资的服务高地、成本洼地、创业福地。金湖县努力保护好自然生态环境，打造人与自然和谐相处的魅力金湖。

7月28日上午，金湖县委书记、县人大常委会主任陶光辉在第十届金湖荷花·美食节上致开幕词，他说，10年来，金湖始终坚持"文化搭台、经济唱戏"的办节理念，紧扣"唱响荷乡文化、展示魅力金湖"的鲜明主题，精心打造每一届荷花·美食节，全面展示金湖人民"苦干实干、奋发有为"的精神风貌，由衷表达金湖人民"广交天下友、诚招天下商"的无限情怀。他认为，中国金湖荷花·美食节已成为展示金湖形象的窗口，弘扬金湖文化的载体，彰显金湖魅力的平台；办成了宣传推介、展示形象的盛会，弘扬文化、繁荣艺术的盛会，团结奋进、凝聚人心的盛会。他指出，举办中国金湖荷花·美食节以来，金湖的实力、魅力、活力得到了充分彰显和展示，金湖的人气、财气、名气得到了充分集聚和提升。放眼今日金湖，经济在发展，城乡在变样，社会在进步，处处呈现出一派欣欣向荣、蓬勃向上的喜人景象。

在"十二五"规划即将开启的重要时期，37万金湖人民将大力弘扬"团结、创新、务实、争先"的新金湖精神，瞄准"总量增两倍、财政翻两番、'三城'同创建、率先达小康"的奋斗目标，以"加快融入苏中板块，率先实现全面小康"总揽全局，紧扣"提速发展、跨越赶超"这一主题，突出"做大做强工业、做优做美环境"两大重点，主攻"财政增量、群众增收、就业增岗"三大难点，实施"强县、兴镇、壮村、富民"四大工程，凝心聚力，创先争优，真抓实干，加快发展，朝着建设全面小康金湖的宏伟目标奋勇前进。

（刊于2010年7月29日《淮安日报》B4版）

2016金湖国际半程马拉松赛雨中鸣枪开跑

金湖台讯（记者陈祥龙）　雨打荷叶香更幽，风满赛道步也疾。今天（5月15日）上午，2016金湖国际半程马拉松赛雨中鸣枪开跑。来自全国各地的一万多长跑爱好者从金湖县城荷花广场出发，经县城主干道和风光秀丽的尧帝公园，最终回到荷花广场，全程21.097公里，地势由平坦至高低起伏，金湖县城最美的景致一一展现，被众多参赛者誉为"最佳半马跑道"。

比赛共设有半程马拉松（21.0975公里）、周恩来总理纪念跑（11.8公里）和迷

你马拉松(5公里)3个项目,总规模为10000人,其中半程4000人,周恩来总理纪念跑2000人,迷你马拉松4000人。

上午8点30分,比赛准时开跑,来自肯尼亚等国家的高水平特邀运动员和

全国各地的马拉松爱好者共计1万多名长跑爱好者一起从荷花广场出发,用力量与信念共同拉开一场与时间的角逐。无论是半程马拉松,还是11.8公里跑或者5公里迷你马拉松的参赛选手,都用热忱和欢乐展示了对运动和生命的热爱。"孙悟空""蜘蛛侠""皇上"等造型也出现在奔跑的队伍中,身着不同服饰和装扮各异的长跑爱好者,为比赛增添了情趣。

除了1万多名参赛选手,本届金湖马拉松还有近1万名的裁判员、安保人员、志愿者为赛事提供各项服务。赛道沿途,还有数万名热心的市民为选手们呐喊助威。

比赛现场,组委会还请来了央视体育频道著名节目主持人韩乔生主持开跑仪式,北京奥运会男子佩剑冠军仲满担任赛事形象代言人并出席开跑仪式。

(2016年5月15日江苏新闻广播连线、中国广播网刊播)

金湖欢天喜地庆佳节

本报讯 国庆到来之际,金湖从县城到乡村,从机关到工厂、学校,到处国旗飘扬、彩旗招展,人们通过各种形式庆祝伟大祖国54岁生日。

生活逐渐富裕起来的金湖人民,开始追求起旅游休闲新时尚,人们纷纷前往武夷山、庐山、黄山、周庄等旅游景点,领略祖国的大好河山。在金湖人纷纷外出旅游的同时,美丽的水乡也以其特有的丰姿吸引着县外游客的目光,一批批海内外游客纷至沓来,观赏水乡荷荡美景,品尝渔家美味佳肴。

与广大群众相比,节日中金湖县的干部们并不轻松,他们除了要做好值班保卫工作外,还要利用节庆的机会,招商引资。佳节传佳音,国庆节这天上午,金湖县工业园区传来阵阵喜庆的鞭炮声,由浙江省客商投资1000万元兴办的凯源涂料有限公司投产了。

(刊于2003年10月2日《淮安日报》)

金湖残疾人运动员喜获三枚全国金牌

本报讯 日前,从在福建省福州市举办的全国聋人锦标赛暨聋人奥林匹克运动会选拔赛上传来喜讯,金湖县残疾人运动员杜先锋在男子中长跑1500米、500米、10000米三个项目上夺得金牌,为江苏代表队赢得了荣誉。

金湖县委、县政府闻讯后立即专门向江苏代表团发去了贺电,并祝愿运动员们能为淮安、为江苏斩获更多荣誉。

(刊于2012年10月31日《淮安日报》A6版)

荷都演绎鱼水情

"这是一片古老厚重的土地,美丽神奇的土地,红色英雄的土地,现代时尚的土地;这是一块漂在水上的绿洲,一座荷香四溢、充满灵性的生态水城……"

这是一位在江苏省军区运西农副业基地履职15年的大校级军官肖继勇,对第二故乡——金湖的热情讴歌,他的散文《大美金湖》经媒体刊发后,在当地引起了热烈反响。

透过字里行间,是金湖军民融合共同谱写的精彩篇章。

生产融合打基础

盛夏时节,记者慕名来到运西农副业基地采访。放眼望去,这里正七彩争艳,荷韵流芳,一个花园式现代化农业示范园尽收眼底。

基地负责人告诉记者,他们针对部分田块土层浅、保湿难等特点,以保护地为主,开展无土栽培,实施了立体种养;在土质条件好、基础设施配套全的种植区,则引进和培育了观赏性、景观性作物,共种植福寿瓜、鱼翅瓜、砍瓜、香炉瓜、顽皮小孩、鹤首葫芦、巨峰葡萄、水晶石榴等40多个瓜果蔬菜品种。同时,开发了100多亩荷塘,建成精品荷花园,种植了蓝天6号、7号、太空36号荷花新品种,并与扬州古典园林营造公司合作,建成了1000亩精品苗木基地。官兵们通过种植果树、以菜代草、瓜果相衬、多种养殖等形式,使生产园区与营区环境自然衔接,与金湖荷花之都的优美生态融为一体。

在金湖,像这样的农副业基地共有3家,家家设施先进、技术领先。在基地的辐射带动下,金湖"农家乐"旅游正方兴未艾,每年吸引数十万国内外游客前来赏荷花、品美食。

科技融合结硕果

在省军区运西农副业基地有一家酒厂,生产的白酒不仅在军中出名,在地方上也备受青睐。而这家酒厂的管理人才、科技人才、工艺流程却全部出自地方。近年来,金湖县与驻地部队之间通过科技融合,结出了累累硕果。

金湖现代渔业产业园区,军地双方共同携手,以现代化技术培训为关键,以环境友好型养殖技术、生物操纵型养殖技术、疫病控制技术为重点,提高了园区渔业科技推广能力、科研成果转化能力和养殖户对科技成果的吸纳能力。他们还依托江苏省淡水水产品研究所、南京农业大学等科研院所的技术、人才优势,联合鱼药及饲料生产厂家进驻园区进行新技术研究开发,提高了园区的技术创新水平。目前,在军地双方的共同努力下,园区总投资已达2163万元,核心区河蟹亩均产量达70公斤,亩均产值近10000元,亩均效益5000多元。

为提升驻地部队的生产力和战斗力,金湖县还以政府牵头、部门联动,为6

家驻地部队建设电脑室、图书室，为官兵解决生产、生活中遇到的科技难题，先后帮助300多名退役士兵和驻地官兵掌握了1—2门适用技能。

文化融合添活力

如果说，文化活动是心灵沟通的桥梁，那么，金湖开展的送文化进军营活动无疑是促进当地军民情感的一根特殊纽带。

采访中，金湖县剪纸艺术大家陆功勋告诉记者："在金湖驻地部队，我们这些喜欢搞文化活动的人，都是他们的常客。"部队官兵喜欢书画作品，他们就到部队泼墨挥毫；部队官兵喜欢剪纸，他们就到军营现场"操刀"。在交往中，金湖文化名人与官兵们结下了深厚情谊，他们主动以部队生活为题材，为官兵们创作丰富多彩的文化作品。

让军队文化走出营房、走向社会，也是金湖县驻地部队官兵的共同心愿。省军区运西农副业基地主任肖继勇大校在当地是出了名的军旅作家，他的文章时常见诸报端，其中不乏对第二故乡的赞美。作为武中奇的关门弟子，肖继勇也是位书法高手，他的书法作品被金湖人奉为"至宝"。在金湖县许多公共场所的醒目位置，人们总能在见到他的墨宝。

"金湖之美，美在风光秀丽；金湖之美，美在文化厚重；金湖之美，美在生活富裕；金湖之美，美在风调雨顺；金湖之美，美在崇尚诚信；金湖之美，美在现代时尚。"这是肖继勇大校在他的散文《大美金湖》中发出的赞叹，也是对军地双方文化融合的最佳诠释。

（刊于2012年7月22日《淮安日报》A2版头条）

金湖县成功破解一道文化市场管理难题

"真的没有想到，到了香港城歌舞娱乐集中街区后，不仅环境好了，安全感增强了，而且生意也比在园林路上好多了。"这是日前金湖县香港城金艺豪（KTV）歌厅老板丁书清对上门检查安全生产工作的金湖县领导说出的感慨之言。

一个时期，金湖县兴办歌舞娱乐场所成为一"热"，一些经营户在没有征得消防、文化等部门许可的情况下，擅自经营歌舞娱乐（KTV）场所，少数已经取得相关证照的歌舞娱乐（KTV）场所因不符合现行消防法规，而成为新的消防隐患场所。据文化、消防等部门统计，金湖县城区共有47家歌舞娱乐（KTV）场所达不到现行公共娱乐场所有关消防规范和最低经营面积等硬性要求，34家属无证照经营歌舞娱乐（KTV）场所，13家属过去持有相关证照但已不符合现行消防规定的歌舞娱乐（KTV）场所。

如何消除这47家歌舞娱乐（KTV）场所的安全隐患，成为考验新一届县委、

脚印

县政府的一道"考题"。金湖县在借鉴外地成功经验的基础上，采取疏堵结合的办法进行联合整治。整个整治工作分为"动员部署、宣传发动""自查自纠、服务指导""集中整治、联合查处""总结验收、长效管理"等四个阶段。由县政府统一组织，县监察局、公安局、安监局、消防大队、文广新局、市监局、环保局、城管局、卫计委、信访局、供电公司和黎城镇等单位共同参与，各司其职、各负其责、密切配合、协调行动，真正形成联合整治的"拳头"。

一开始，歌舞娱乐（KTV）经营业主对县里组织的联合整治持抵触情绪，认为他们已经营多年，虽说也确实存在这样那样的问题，但这么多年也没有发生重大安全事故。让他们停业整顿，他们心中有"结"。为化解他们的"心结"，联合整治工作组采取集中行动与包户行动相结合的办法，开展宣传教育，送法上门；组织现场指导服务，科学引导广大经营业主重新选择符合规定的经营场所，积极指导相关证照的申领程序和经营场所消防等布局；采取集中整治行动，对经整改达不到规范要求仍无证从事经营活动的，坚决依法严肃查处，依法取缔。经过大量艰苦细致的工作，一大批经营户逐渐认识到违法经营的危害性，逐渐解开了"心结"，纷纷主动拆除店招、张贴停业公告、拆除音响设备等。根据《中华人民共和国安全生产法》第六十七条第一款的规定，金湖县对7户到期未履行整改义务的经营场所停止供电。最终，这7户经营户也认识到了自己的错误，主动服从整治要求，签订承诺书、拆除店招、张贴停业公告、拆除音响设备等。通过整治共关停县城区歌舞娱乐（KTV）经营场所45家，就地整改2家，金湖县以县城园林路为主要街区的区域性消防安全隐患得到了根治。

在集中整治的同时，金湖县通过正面引导、"划行归市"，为歌舞娱乐（KTV）经营业主寻找适合自己的发展"舞台"，在"香港城""印象城""1912商业街"建立"歌舞娱乐集中街区"，协调有关开发商降低房租，以优惠的政策鼓励引导经营业主搬迁落户经营；政府采取"以奖代补"的方式，妥善安置歌舞娱乐场所经营业主。对支持配合并在规定期限内搬迁至"歌舞娱乐集中街区"的经营业主，采取以奖代补的办法予以资金奖励；市监、文化、消防等部门主动上门送达歌舞娱乐（KTV）经营办证指南，一次性告知办证照程序；各包干到户的职能单位到现场指导装修设计，避免业主重复投资。同时，协调解决香港城有关矛盾，妥善处理出租与承租之间的关系。为实现歌舞娱乐（KTV）场所管理长治久安，金湖县按照"政府主导、多级联动、疏堵结合、综合治理"的方针，围绕《金湖县文化事业"十三五"发展规划》，制订《县城区歌舞娱乐场所整治三年规划（2016—2018年）》，建立健全长效管理机制，持续开展法治文明建设。

目前，金湖县歌舞娱乐集中街区已有近30家业主进驻经营，满足了人民群众的文化消费,为打造平安文化市场增添了产业亮点。

（刊于2017年10月10日《新华日报》）

苏浙皖秧歌号子放歌金湖

本报讯 "秧田飞歌"——苏浙皖秧歌号子邀请赛2日在淮安金湖上演,来自浙江、安徽、江苏的15个风格迥异、特色鲜明的秧歌号子类项目同台竞技,一展非遗文化魅力。

本次邀请赛由江苏省文化厅、淮安市政府主办。"金湖秧歌千人唱"拉开邀请赛帷幕,1300人合唱《悠悠格冬代》,唱出金湖秧歌这一国家级非遗项目恢宏气势。首个参赛节目——原生态表演唱《插秧的妹妹挑秧的哥》,再现青年男女在插秧劳动中建立起来的互助、友爱和真挚的感情。由浙江省嘉善县选送的《操水草》,展示国家级非遗项目嘉善田歌韵味;安徽省黄山市选送的徽州屯溪民歌《小石桥·金山银山》,展现国家级非遗项目徽州民歌的风采;兴化市选送的《小妹妹》,表现国家级非遗项目茅山号子神韵;马鞍山市当涂县选送的当涂民歌《唱得绿海泛金波》、南通市海门市选送的《海门山歌交关多》等,不断把现场气氛推向高潮。由浙江省海盐县选送的《塘工号子》,为比赛画上句号。

作为非遗传统音乐门类,秧歌号子是广大劳动人民在长期插秧劳动中,以朴实的情感、集体的智慧创作出来的特有音乐样式。经过激烈角逐,金湖县代表队选送的《插秧的妹妹挑秧的哥》、兴化市茅山镇文化站代表队选送的《小妹妹》同获一等奖。

（刊于2018年6月3日《新华日报》,6月5日《中国文化报》）

私家车"成全"南京周边游

久居都市看厌了城市的风景,去周边农村体验别处的风情是个不错的选择。这个周末,具有返璞归真意义的农家乐意外的在这个炎炎夏日里火爆起来,而私家车游某种程度"成全"了这桩美事。

记者从傅家边采摘节上得到的最新消息:南京市民只要花上58元,就可以到郊县"采农果,吃农家菜"。据悉,为了丰富农家乐产品,打造全面旅游度假环境,继3月份溧水梅花节后,溧水郊县利用本地资源联合南京国旅开出了溧水傅家边采摘节专列。专线昨日首发,市民赴溧水上午可游玩无想寺、天生桥风景区等景点,中午吃农家饭,下午去傅家边农业科技园采摘晶莹别透的葡萄和新鲜硕大的梨子。据统计,去年傅家边农业科技园就开门迎客30万人次,其中海外人士近千人次,实现产值13580万。

无独有偶,离南京约100分钟车程的金湖此时正在召开荷花节,该县投入生态农业开发的项目资金累计达5200多万元,建成了嵇圩林场森林公园、荷花荡生态观光农业、三河滩生态公益林等一批观光农业景点。闵桥荷花荡原本是一片荒滩洼地,如今,闵桥荷花荡已形成集旅游、生产、农产品加工销售为一体的农业产业链。仅旅游一项,年接待游客约30万人次,综合收入达500多万。据介绍,那里不仅可以享受到原汁原味的渔家菜,包括当地一绝的龙虾,还可以过一把闲云野鹤般的生活。

据了解,随着自驾游的兴起,南京市区的自驾游车队也渐成郊县农业旅游的"新势力"。在昨日傅家边专线开通现场,就有百余名自驾游市民"蓄势待发",引来了江苏天鸿车友会、南京国旅等多方经营者的"争抢"!

(刊于2005年07月31日《人民日报·江南时报》)

"荷花宴"端出全新"激情金湖"

随着金湖娃艺术团的10周年专场演出,为期8天的金湖县第七届中国荷花艺术节暨首届三湖美食节也正式落幕。节后盘点是每年县委县政府领导的必修课。那么此届双节有何经验值得总结? 同时大家关心的数届节庆将给当地带来怎样的变化? 日前,记者专访了金湖县县长肖进方。

本届双节亮点多多

谈起本届荷花节,县长肖进方如数家珍。金湖人民举办荷花节已经是第七届了。与以往相比,此届双节多了美食的味道。首届三湖美食厨艺赛、海选湖鲜风味名菜、征集编辑菜名菜谱、广场品尝三湖美食等系列活动,创新菜肴近70道,参与美食品尝、鉴赏的群众有近2万人次。特别是"金湖的厨房"被别出心裁地拖到南京、上海等大城市进行现场烹调制作,把三湖美食特色演绎得淋漓尽致。此外金湖特有的绿色食品、土特产,以及人文特点也统统搬上大都市的展厅。两场展会,十个系列近百个农产品,吸引了5000名顾客前往选购。

另外,自驾游的首次引进,也给荷花节带来了超前的人气。百名棋童与国际大师的对弈令万亩荷花荡又多了几分文化气息。据统计,荷花节期间金湖日接待游客量达到3万人次。

名片效应凸现不含糊

对于金湖名片的推广,肖县长也有颇多心得。此届宣传不仅从内容上宣传了金湖——江湖要塞上"小江南"这一整体形象设计,有重点的推介了农副产品、三湖美食和旅游项目。还从形式上作了创新,宣传前沿被推过了长江,先后在上海、南京举办了两场大型新闻推介会。凭借大都市和省会巨大的舆论辐射力,在长三角地区掀起了一轮又一轮的宣传金湖的冲击波。同时阵地也由单一的党报向都市类报纸、网站进行了转移。在人民网、新华网、江苏网及都市主流报纸均可看到双节的滚动新闻,效应可见一斑。

此外,央视激情广场栏目承办的大型主题演唱会《激情在金湖》,扩大了双节的影响力。内涵丰富的江淮文化金湖香火戏研讨会把节庆文艺活动不断推向新的高潮。该县还组织了"荷花仙子"公开选聘活动,吸引全国范围3000多人报名,使得金湖这张名片熠熠生辉。

水乡成了新"坐标"

通过办节,我们把一张张名片递出去了,给当地带来怎样的变化与收获?对于这个问题,县长肖进方略一思索后娓娓道来。他说,金湖是一个只有37万人口的小县。以往介绍方位时,需要一连串的解释,客人还是似懂非懂。而今非昔比,许多客人说起苏北,都以"金湖"为坐标。他们问:你们那里离金湖有多远?这意味着金湖的知名度和美誉度不断在提高。把金湖这张名片打出去,是金湖经济走出去的大前提。这些年我们办节也是一种无形资产的投资,更直观地讲,我们在为金湖做一场场活广告。而且这种效果见效快。上海推介会后,上海食品市场两家大企业签下了6个亿的农副产品的订购合同,此外数家旅行社也签下了每年18万人次的旅游单子。预计这种名片效应还会在节后继续凸现。

"平台"打造新金湖

"办节一边是走出去,另一边是请进来。"县长肖进方给记者作了这样的剖析。"我们通过办节把项目带回来,把资金、人才请回来。有了项目,劳动力就有了市场效益上去了,生活质量'水涨船高'税收多了,基础投入也大了。当地经济自然会进入良性循环。"据不完全统计,今年节庆期间,金湖已成功签约了50个项目,集中开工了52个项目,竣工投产了15个项目。其中50个签约项目总投资达52亿元,有投资3.93亿港币的香港嘉捷控股集团金湖特种车辆零配件项目,投资2亿元的生物科技项目,投资2亿元的手机工业园项目,投资1.5亿元的重型机械项目。

肖进方县长表示,他们将在节后进行深入总结,力争明年双节学得更多、办得更好、走得更前。

(刊于2007年07月17日《人民日报·江南时报》)

数字浓缩金湖50年成长

本报讯 日前,金湖50周年县庆成果展暨第九届中国金湖荷花·美食节汇报会在南京双门楼宾馆隆重举行。汇报会由金湖县县长肖进方主持。省委常委、副省长黄莉新,省人大常委会副主任丁解民,淮安市委书记刘永忠,市委

脚印

常委、政法委书记王友富等省市领导，以及曾经在金湖工作过的副处级以上在宁领导，金湖籍在宁工作的处级以上领导，南京及附近地区部分投资客商，南京各大超市经理，省旅游局及相关旅行社负责人，省餐饮协会负责人近600人出席会议。

数字最能说明金湖50年的发展。数据显示，2008年，金湖实现地区生产总值67.7亿元，是59年的135倍，年均增长10%；实现财政收入8.4亿元，是59年的258倍，年均增长12%；实现工农业总产值155亿元，是59年的204倍，年均增长11%。2008年，金湖城镇居民人均可支配收入13200元，是59年的250倍，年均增长12%；农民人均纯收入6150元，是59年的203倍，年均增长11%；城乡居民储蓄余额36.6亿元，是59年的1906倍，年均增长17%；城镇、农村居民人均住房面积分别为32.5平方米、37.9平方米，分别比59年增加20平方米、15平方米。2008年，全县城市化率41.3%，比59年提高36个百分点；县城建成区面积15.5平方公里、比59年扩大7倍，县城人口12.5万人、比59年增长6倍；城市绿化覆盖率、绿地率分别比59年提高了35个百分点、30个百分点。

闵桥、吕良两个中心镇初具规模；建设楼庄、施尖、南望等5个规模农民集中居住点，入点农户4000多户；建成农村道路800多公里，实现村村通等级公路。2008年，全县五大保险覆盖面均在95%以上，新型农村合作医疗参合率98%，实现了城乡低保全覆盖。全县幼儿教育普及率、义务教育巩固率、残疾儿童义务教育普及率、初中升学率等主要教育指标均提前达到和超过教育强省标准。金湖先后被评为全国民政工作先进县、文化工作先进县、教育工作先进县、科技工作先进县、人口与计划生育工作先进县，连续六年获"江苏省社会治安安全县"称号，连续两年被评为"法治江苏合格县"创建工作先进单位。

（刊于2009年人民日报·《江南时报》7版）

金湖荷花美食节将上演《金湖颂》

本报讯　第十届中国金湖荷花·美食节大型情景文艺晚会《金湖颂》节目单7月24日敲定。本次晚会将由中央电视台著名主持人陈伟鸿、王静和著名歌手、影视演员金巧巧共同主持。由海政文工团著名青年女高音歌唱家常思思的开场歌舞《金湖颂》拉开晚会序幕。情景歌舞《荷塘月色》、口技《荷荡鸟鸣》、女声独唱《但愿人长久》《绿色家园》、相声《欢歌金湖》等节目唱响绿色生态金湖新乐章；海政文工团著名演唱组合——蝌蚪组合将奉献组合演唱《茉莉花》《达坂城的姑娘》，优秀演唱组合——老虎队摇滚组合将奉献组合演唱《盛世放歌》，总政歌舞团著名歌唱家白雪，著名歌手、"中国金唱片"奖获得者韩晶，2009年度"快乐女声"全国十强、第十四届全球华语榜中榜

"内地最佳新晋歌手奖"曾轶可，著名歌手、中国原创音乐年度最佳女歌手周艳泓，著名女高音歌唱家汤灿，著名男高音歌唱家吕继宏等明星大腕的加盟，将为晚会增光添彩；金湖秧歌艺术团表演的金湖特色节目《金湖秧歌串烧》也将亮相晚会。

（刊于2010年7月25日《淮安日报》A3版）

荷乡金湖，叫响上海滩

一场别出心裁的绿色美食推介会昨天在上海江苏饭店举办。素有"中国荷花之乡"的江苏金湖，不但把当地的绿色农产品用专车运来，为保证风味正宗，甚至还让当地厨师在运来的"厨房"现场烹饪，把金湖"三湖美食"特色演绎得淋漓尽致。这也是第八届金湖荷花节暨第二届三湖美食节的重头戏。

金湖的水，上海人的嘴

去年金湖人别出心裁地把"金湖大厨房"拖到上海南京巡演后，引起了很大反响，今年，金湖人又营造出水乡特色的"金湖八大碗"，让吃惯了本帮菜的上海人欲罢不能。让上海人更加钟情的是，金湖此次带来的金湖特有的"四水"绿色食品、土特产，以及人文特点。

要拉拢上海人，先要拉拢上海人的嘴，而上海人"一只螃蟹从上海吃到北京"的经典描述则表明上海人对水产品的酷爱。金湖县长肖进方显然深谙此道，昨天的推介会也是投上海人所好。"八大碗"一上桌，就引来一片赞叹，上海人连称"长了见识"。

"八大碗"是金湖人的俗称，在坊间流传已百年之久，寓含既多又实惠之意。金湖地处高邮湖、白马湖、宝应湖之间，是天然"保鲜仓"，鱼虾蟹鳖就地取材、农副产品绿色无公害，有数百个品种，美食加之湖水煮湖鱼与众不同的烹调之法，成就了独特的金湖"八大碗"。其中东坡鱼线、河荡金鳅等菜肴极具原生态的水乡特色；特别值得一提的是有一道"尧母月子汤"，是由农村散养的老母鸡熬成浓汤，烩以绿豆粉皮或者烧饼以此滋补。据说，尧母孕子十三个月，生下尧后以此滋补而传承下来，当地妇女至今坐月子仍以此为主食。

金湖的地，上海人的米

莲荷摇曳餐桌，蒌蒿茶清香弥漫，嫩藕香甜开胃，还有戴楼西瓜、利东香瓜……在昨晚的晚宴上，处处弥漫着浓郁的荷乡风情。

看到不少上海人对金湖硕大的野生甲鱼颇有兴致，肖进方当起了解说员。他说，野生甲鱼因食用湖中小鱼、小虾、螺蛳等独特天然饵料，裙边宽厚，营养丰富，滋阴壮阳，强身健体。据悉，金湖湖泊众多，水质纯净，水草丰富，盛产螃蟹、甲鱼、龙虾、鳜鱼、长鱼、泥鳅、青虾、河蚬等特种水产品，年产量5万吨以上，人均

脚印

水产品1000斤。还拥有18个国家级无公害水产品,其中金湖大闸蟹全部推行以鱼、虾、螺蛳为主料的生态围养模式,蟹规格大,品质优,味道鲜,年产75万公斤。

金湖是人口小县、农业大县、资源富县。金湖,坐拥三湖,有近一半的面积是水面,这里是地地道道的鱼米之乡,金湖人均产粮3吨,这是真正的金湖之"金"。知名的粮油品牌有"金叶""宝金玉""双兔""花星",光大米就有6个品牌取得了国家绿色食品证书,这些产品在上海几大超市均能看到,在整个上海市场占有一席之地。

近年来,金湖积极推行服务、策应、接轨、融入沪宁长三角的发展战略,把金湖定位为沪宁长三角的"三大基地"。即:副食品供应基地、机械产业制造基地、休闲旅游度假基地,促进了全县经济社会的持续健康发展。

金湖的美,上海人的爱

金湖有"四个好",即:自然禀赋好、生态环境好、工业基础好、人文风气好。近年来,金湖利用资源优势,将良好的生态环境打造成生态旅游项目,重点开发了金湖荷花荡、白马湖生态渔村、金湖水上森林公园、金湖柳树湾湿地公园等国家级生态旅游点,以吃农家饭菜、购农家特产、看田园风光、赏民俗风情、拾湖荡野趣为特征的农家乐旅游日渐兴旺。

金湖的美,不仅引来无数上海游客,也引来众多上海客商。金湖邀约来上海的60多位客商,将金湖的投资环境、投资政策、项目承载和产业配套能力等和盘托出,深得上海投资商青睐。上海联合化纤有限公司副总经理朱惠峰表示,他的下属企业已在金湖投资开工,他对金湖的投资环境感到很满意。

朱惠峰同时表示,目前,金湖已经融入长三角的发展体系中,从金湖农贸集市看,金湖经济已经进入丰足供应阶段,物价水平甚至接近上海,居民的生活水平和质量高,这也反映了金湖经济基础扎实,"金湖在今后的三五年内将发生更快的变化,去金湖投资回报率会最高。"

一位客商告诉记者,以往到苏北介绍方位时,需要一连串的解释,客人还是似懂非懂。而今非昔比,许多客人说起苏北,都以"金湖"为坐标。他们问:你们那里离金湖有多远?

昨天下午,在沪金湖籍人士成立淮安在沪企业工商联合会金湖分会。据了解,改革开放以来,勤劳勇敢的金湖人从水乡来到上海创业,据不完全统计,金湖在上海的各类投资企业已近50家,投资总额10亿元,涉及金融、房产、化工、食品、物流等十几个领域。其中有些企业在国内外享有很高的知名度。

(刊于2008年7月9日《扬子晚报》A4版)

第八届中国金湖荷花·美食节举办高层论坛

本报讯 第八届中国金湖荷花·美食节昨日下午举办苏商高层金湖论坛。100多位苏商代表与著名学者直接对话,共同探索优化投资环境、加快区域发展的新方法、新思路。江苏省发展改革委原主任、南京大学教授、博士生导师钱志新,南京大学管理学院院长、教授、博士生导师陈传明,南京航空航天大学经济管理学院院长、教授、博士生导师刘思峰等专家学者分别为振兴金湖经济把脉、支招。

专家们强调:苏北发展县域经济,就是要把"珍珠串成项链"。金湖要举全县之力壮大产业集群,形成产业链,相互之间要形成专业化配套,形成"一片森林"而不是"一棵大树"。前几年丰县通过发展水果深加工,使原先滞销烂市的水果形成了产业链条,并越做越大。金湖的莲藕、麻鸭等农副产品也可以通过深加工形成产业优势。其次要打造服务平台。制造业要与服务业相衔接,才具有生命力。要为形成产业集群的制造业提供产前、产中、产后等多种服务。通过物流、电子商务等努力降低企业运营成本。

又讯 昨日上午,中国金湖荷花·美食节亮点之一的"荷花节书画展"在金湖县图书馆开展。来自南京、连云港等地的诸多书画家艺术节会聚金湖,进行观摩和交流。

(刊于2008年8月3日《淮安日报》头版)

第八届中国金湖荷花·美食节落幕

本报讯 8月8日,为期12天的第八届中国金湖荷花·美食节在一路高歌唱响南京、上海、浙江后满载而归,完美谢幕。

本届"荷花·美食节",秉承着"文化搭台,经济唱戏"的理念,成功举办了一系列招商推介活动,取得了丰硕成果。节庆期间,成功签约了32个项目,集中开工了22个项目,竣工投产了15个项目。32个签约项目固定资产协议引资额达36.2亿元,其中,固定资产总投资9亿元的台州工业园项目、固定资产总投资5亿元的H型钢生产项目等亿元以上项目12个。"荷花·美食节"更是一次普惠于民的盛会,12天中,举办了7场群众文艺专场演出、3场艺术展览、1次大型的万人健身庆奥运活动,送电影、送戏下乡40多场。另外,借助央视、扬子晚报、淮安日报等媒体多视角、全方位展示了金湖近年来经济社会发展取得的丰硕成果,推介了金湖良好的发展环境,打响了金湖"荷花·美食"的品牌;签约、开工、竣工了一批项目,增强了金湖的发展后劲,必将加速推进金湖经济社会的大发展。

(刊于2008年8月10日《淮安日报》头版)

湖鲜高手金湖"论剑"

金湖举办首届中国名湖美食论坛和湖鲜美食专场比赛

晚报讯 品湖鲜美食,赏荷乡风光。由中国烹饪协会、江苏省餐饮协会和金湖县人民政府联合主办的首届中国名湖美食论坛和湖鲜美食专场比赛于6月29日至30日在全国著名的荷文化之乡金湖举办。包括鄱阳湖、洞庭湖、太湖、洪泽湖、巢湖等五大淡水湖在内的全国21个湖区的烹制湖鲜的高手及全国顶级美食烹饪专家共200人云集金湖,共同探讨餐饮业对拉动消费的作用,比拼湖鲜烹饪技术,感受淮扬湖鲜美食文化底蕴和内涵。

在湖鲜美食大赛中,光一道道菜名就让人浮想联篇:田园宝藏、群鱼献宝、菊花蟹斗、明珠橄榄鱼丸、魁星虾球、群龙戏珠、母子相会、翠竹鱼米等等。

据省餐饮行业协会秘书长于学荣介绍,湖鲜美食是淮扬菜的一个重要组成部分,也是我国5000年饮食传统文化的重要组成部分,举办本次大赛就是为了更好地挖掘、整理和创新湖鲜美食,让它成为淮扬美食当中的一大亮点。本次大赛共有来自全省近百家餐饮单位的116名厨师参赛,其中团体赛21家,个人赛100多家,展出菜品200多道,其中创新菜肴占到一半以上。这是我省创新菜大赛首次在县级举办。大赛荟萃了全省各地的湖鲜美食与金湖的湖鲜美食进行相互交流、学习、借鉴,将对推动金湖湖鲜美食的传承与发展,产生积极影响。

本次湖鲜美食大赛由中国烹饪大师、国家一级评委、江苏省餐饮行业协会副会长郁正玉,江阴市烹饪协会秘书长、国家级评委承嗣荣,中国烹饪大师、国家级评委毛玉平组成评判指导委员会,中国烹饪大师、国际评委、国家一级评委、省餐饮行业协会副会长张献民担任总评判长,另有2名国家级评委和3名省级一级评委组成评委组。经过3个小时的角逐,分别产生了团体赛和个人赛的特金奖、金牌奖,奖项将在网上公示后正式发文。

"中国名湖美食论坛"更是让人眼界大开,来自鄱阳湖、洞庭湖、太湖、洪泽湖、巢湖、微山湖、千岛湖等湖区的代表分别从不同角度演绎各地湖鲜美食文化,使人感受到中国美食文化的博大精深。

(刊于2009年7月1日《淮海晚报》A3版、《人民日报·江南时报》9版)

湖鲜美食擂台赛在金湖再擂"战鼓"

本报讯 7月25日上午,来自太湖、巢湖、洪泽湖、固城湖等名湖的100多位湖鲜烹饪高手会聚"中国湖鲜美食之乡"——金湖县,参加第二届中国(金湖)湖鲜美食烹饪大赛,展示各自绝活。

大赛分团体比赛和个人比赛两组，经过近3个小时的紧张角逐，120多位参赛选手，分别创作了180道团体菜肴和115道个人菜肴。经专家评选，金湖御沁园大酒店创作的宴席获特金宴席奖；无名大酒店、苏源宾馆、金洲宾馆、国宾大酒店选送的宴席获创新金牌宴席奖。南京米兰假日酒店厨师顾刚等十位厨师荣获第二届中国金湖美食烹饪大赛、中国金湖八大碗创新菜肴大赛个人赛十大金厨奖。

（刊于2010年7月27日《淮安日报》A1版）

省第三届业余乒乓球联赛鸣金

新华报业网金湖电　5月31日晚，"金莲杯"江苏省第三届业余乒乓球联赛暨首届县(市、区)领导乒乓球比赛在金湖县体育馆鸣金收兵。市领导俞军、陈洪玉、朱维宁、朱毅民以及省市体育部门和金湖县有关领导为获奖团体和个人颁奖。颁奖仪式由金湖县县长肖进方主持，本次赛事裁判长、国际级裁判庄健宣布比赛结果。

经过三天的激烈角逐，最终，南京市、苏州市、淮安市、扬州市、南通市、宿迁市代表队分获业余选手男子团体前六名；南京市、淮安市、连云港市、徐州市、南通市代表队分获业余选手女子团体前五名；苏州的方杰、扬州的李晨、南京的陈晓亮、南京的靳小羽、淮安的王乙、淮安的孙源分获业余选手男单前六名；南京的陈茜茜、南京的法洁锦、淮安的倪娟、南通的秦夏青、南通的王小莉、连云港的张堃分获业余选手女单前六名。朱维宁、沈振新、俞军、宗剑峰、朱毅民、吴振华分获南通、淮安两市领导友谊赛单打前六名。首届县(市、区)领导单打比赛也分别决出名次，甲组单打冠军为徐州的刘海宁，亚军是淮安的朱维佳，南京的韦立平、盐城的施枫分获第3、4名；乙组冠军被淮安市的张冲林夺得，亚军是徐州市的董健，南京的金政权，徐州的贺伟、孙健分获第3、4、5名。南京市、无锡市等13支代表队获体育道德风尚奖运动队；陈晓亮等13名男运动员和法洁锦等5名女运动员获体育道德风尚奖运动员；宋培芳等6名裁判员获体育道德风尚奖裁判员。省体育总会和省乒乓球运动协会还向承办单位金湖县体育总会、金湖县乒乓球运动协会颁发纪念品。

（刊于2009年6月2日《新华报业网》）

金湖：节庆文化为百姓起舞

本报讯　8月15日晚，"美在荷乡"2009省曲艺名家惠民演出专场在金湖县翠湖公园激情上演，省曲艺家协会的名家们竞相上台献艺，为金湖观众奉献了一台精美的曲艺大餐。

"文化搭台,经贸唱戏"一直是金湖县举办荷花·美食节不变的宗旨,今年该县50周年县庆暨第九届中国金湖荷花·美食节也不例外,只不过今年的文化台搭建得更为显眼,惠民的成分更多罢了。

此前在北京成功举办的中国荷文化高层论坛,让首都人民领略了来自金湖的阵阵荷风,感受到了金湖荷文化的无穷魅力;随后,金湖还成功举办中国名湖美食论坛暨湖鲜美食大赛,充分展示了金湖湖鲜美食文化的独到之处。这两次文化活动的成功推介,为金湖争得了崇高荣誉,一举夺得了"中国荷文化之乡""中国荷文化传承基地""中国湖鲜美食之乡"三块金字招牌,从而奠定了金湖在全国荷文化和湖鲜美食文化领域的重要地位。

在向外推介金湖荷文化和美食文化的同时,该县不忘文化惠民,在接下来举办的50周年县庆暨第九届中国金湖荷花·美食节系列活动中,文化惠民的成分越来越多:从8月9日开始,该县在社区举办广场电影周;从8月11日开始举办的第六届金湖社区文化艺术周,可谓好戏连台,群文专场、歌舞专场、戏剧专场、"夕阳红"专场、综艺专场等一项项活动全部在社区举行,就连江苏曲艺家协会举办的惠民演出(金湖)专场也和市民零距离接触,把戏台直接搭在社区;为满足农村群众的文化需求,从8月9日开始,金湖还开展送戏下乡活动,将歌舞、戏曲等送到渔区、村头;此外,节庆期间,金湖所有文化设施全部对公众开放,荷乡金湖摄影展、"金湖辉煌50年"大型图片展等活动,成为节庆文化展示的新亮点。

最引人瞩目的当属8月8日晚举办的《精彩中国·荷乡金湖》大型文艺晚会,周涛、朱军、水均益等中央电视台著名主持人加盟主持,宋祖英、韩红、阎维文等明星的加盟助兴,为晚会增添新看点,金湖金湖娃艺术团表演的少儿舞蹈《藕娃》、金湖秧歌艺术团表演的金湖秧歌《格冬代》也亮相晚会,向全国推介,晚会通过电视向全县现场直播,让金湖人民共同分享了节庆文化大餐。此外,金湖节庆文化活动还吸引来自韩国固城郡的民间艺术家们,他们为金湖百姓带来了异域风情的农谣,让金湖节庆文化增添了国际氛围。

(刊于2009年8月17日《扬子晚报》A9版)

金湖荷花北京领回"双文凭"

本报讯 在全国53个规模不等规格各异的"荷花节"中,金湖荷花节成为唯一正宗。昨天下午,北京京西宾馆第一会议室荷香弥漫,由江苏金湖县委县政府和本报共同主办的中国首届荷文化高层论坛在这里举行。在这次论坛上,金湖县被中国民间艺术家协会正式命名为"中国荷文化之乡"和"中国荷文化传承基地"——两个含金量十足的称号被淮安市委书记刘永忠形象地比喻为"双文凭"。

在昨天的高层论坛上，全国人大常委会原副委员长许嘉璐发来书面讲话，表示"希望通过对中国荷文化的传承与发展，使这一生于基层、长于乡野的文化现象更具生命力和影响力，为繁荣社会主义文化发挥积极的作用。"

全国政协副主席、中国文联主席孙家正发来贺信，赞扬"金湖人民创造了无比灿烂辉煌的荷文化……如果把荷文化放大到社会学的层面来认知的话，'荷'便不仅与'和'同音，同时也有着与'和'一样的哲学内涵，人与人之间的'和美、和顺、和睦'，是我们这个社会政治、经济、文化、生活的'大和谐'，是我们生存的这个地球永恒的'大和平'，具有现实和历史意义"。

荷，之于金湖，乃为天赐。金湖县长肖进方在昨天的演讲中表示，随着人类文明的向前迈进，"荷"，已从与人类相生相伴的单纯物质关联中，演化成为一个非常清晰的从属于意识形态的文化符号。

荷的出现，距今一亿零四千五百年。那时，荷花顽强地承受着日晒严寒、雨雾雷电，在我国的黄河、长江流域及北半球的沼泽湖泊中静悄悄地生存了下来。我们的祖先为了生存，采集野果充饥，不久便发现这种植物的野果和根节不仅可以食用，而且甘甜清香，味美可口。

也正是因为人类从无到有的那一刻与荷花的谋面之缘，也因为荷与生俱来的生命体征与人类所追寻膜拜的精神气节不谋而合，使得古往今来的中国人把自身的文化憧憬与荷花紧紧地交融在了一块儿。千百年来，不论是帝王将相，还是文人墨客，哪怕是布衣草民，都在用心颂扬着荷花的真善美。在荷的生命里程中，承载着对生存的美丽憧憬，对成长的坚定信念，对死亡的坦然自若，对涅槃的不假思索。

而金湖，外与洪泽湖、大运河相伴，内有高邮湖，宝应湖，白马湖三珠辉映，水面和滩涂占了县域面积的将近一半，为荷花的生长提供了难得的、独特的空间和环境，金湖的荷花品种多达370余种，国内外大部分品种的荷花在金湖多有种植。考古发现，金湖新石器时代的人类都是面水而居，而这恰是野生荷花主要的分布区域。荷花的野果和根节甘甜清香，味美可口，也是早期金湖人果腹充饥、维持生存的生活必需食品。从此，荷花对金湖人民的恩泽，融融不绝，绵延不断。

金湖人也从连天的碧荷中，从这意味深长的浸染里找到了关于荷花的更深层次的认知，在金湖人看来，荷花的生命和美丽已经不完全得益于"淤泥"的滋养。金湖县委书记陶光辉表示，崇尚自然的金湖人爱荷、种荷、赏荷，更把传承与发展荷文化作为一项战略工程，连续8年举办的中国荷花艺术节，不仅让乡野荷花香飘海内外，更是壮大了一个为金湖GDP贡献将近6个亿的产业；更为金湖拓宽了无穷的人气、财气，荷花旅游每年创造旅游总收入3.5亿元以上，一大批客商在赏荷中发现金湖、热爱金湖、投资金湖，目前已累计吸引投资近170亿元。仅去年荷花美食节期间，金湖就引进了48个投资项目，总投资达20亿元。

在论坛上，当代著名的荷文化专家从不同角度阐述了荷文化的现实意义。中央民族大学历史系副教授、CCTV《百家讲坛》著名主讲人蒙曼畅谈荷文化中的和谐精神；北京大学中国战略研究中心主任、外交系主任、教授叶自成就如何发展荷产业提出建议；北京大学中文系教授、博士生导师张颐武更是从荷与人们日常生活的关系，引出了荷文化与养生的话题。

本报明日将刊发中国首届荷文化论坛专题报道，敬请关注。(刊于2009年05月10日《扬子晚报》)

金湖县推进文化旅游融合发展

本报讯 前不久，位于金湖水上森林公园内的三座桥相继竣工，与以往不同的是，关于这三座桥的命名，当地旅游部门并没有随便起名，而是向部分文化工作者征集新桥名，努力让每一道风景都有文化内涵。这是当地文化与旅游融合发展的又一生动事例。

近年来，金湖县积极探索文化与旅游融合发展新路径，通过举办中国荷都赏荷季暨中国金湖国际荷花博览园开园仪式、中国金湖荷花美食节开幕式综艺晚会、文化艺术周、"青莲颂·荷都情"音乐朗诵会、中国荷都赏荷季专题文化旅游推介会、长三角首届新媒体研讨会暨赏荷季采风、中国·金湖"荷花仙子"文化旅游形象大使选拔赛、《小小鲁班》动画片配音大赛颁奖典礼、百强旅游企业金湖行、千名小记者来金采访、江南旅游微信大V集中采访、白马湖渔民运动会等系列文化活动，不仅弘扬传承了尧文化、荷文化、水文化，而且助推了当地旅游业的发展。仅2015年，全县就累计接待游客180.6万人次，实现旅游收入5.1亿元，同比分别增长30%以上，并间接带动荷藕、水产品、土特产品等销售近20亿元。特别是赏荷季期间，县城酒店平均入住率达到90%以上，景区内部饭店、农家乐、餐饮船、渔家乐等，每周座无虚席、宾客盈门。

今年，金湖县进一步整合文化和旅游资源，努力形成文化与旅游融合发展新优势。

一是规划融合。在制定文化和旅游发展规划时，统筹考虑两方面的融合度，结合推动文化建设迈上新台阶和"国家全域旅游示范区"创建新要求，精心编制"十三五文化发展规划"和全域旅游五年发展规划。在旅游中体现文化氛围,在文化中彰显旅游特色。让文化历史融入旅游,让城市商贸纳入旅游,让工业生产加入旅游,让科学技术键入旅游,让体育竞技进入旅游,让养生养老潜入旅游,让乡村旅游渗入旅游,让大众创业深入旅游,让万众创新录入旅游,努力构建具有金湖特色的"文化+"和"旅游+"产业生态圈。形成相互促进、包容发展新格局。

二是基础融合。在建设旅游基础设施过程中充分兼顾文化内涵的打造,在建设文化基础设施过程中综合考虑旅游业的发展。该县引导越来越多的大学毕业生和文化、艺术、科技等专业技术人员落户乡村,将自身的专业优势与乡村的资源优势、旅游的市场优势组合起来,鼓励创新创业,在全县形成一批乡村旅游创客基地。开工建设《小小鲁班》线下体验中心、马草滩开发等旅游工程;加快实施尧文化旅游产业园、水上森林公园、七彩河道、尧帝古城二期等项目,确保荷花荡游客接待中心等一批项目在6月前投入运营。全力以赴创建大景区,确保如期创成荷花荡4A级、大佛寺3A级景区、白马湖生态渔村省四星级乡村旅游点等。

三是宣传融合。旅游需要推介,文化更需彰显。旅游文化的宣传推介已成为当地文化旅游部门的重要职责之一。金湖将继续借助节庆活动,持续扩大荷花美食节节庆影响力,积极谋划金湖半程国际马拉松赛、环白马湖骑行大赛、环高邮湖骑行大赛等体育旅游盛会,唱响金湖全域旅游品牌;同时借助旅游机构,大力推销金湖健身游、美食游、寻根游、度假游、赏花游、采摘游、禅修游、民俗游八大主题游线路,不断聚集旅游人气;在此基础上,金湖县还将借助媒体宣传和区域合作,在电视、高炮、高铁、报纸等传统媒体和途牛、携程、同程、微信等网络新媒体推介金湖特色旅游,改善旅游资讯传播方式;增加金湖旅游直通车班次,打造更多精品跨界旅游线路,吸引更多游客到金湖"赏万亩荷花、品蒜泥龙虾、逛尧帝古城、享森林氧吧,乐阳光田园、住白马人家"。

（刊于2016年5月2日《淮安日报》）

金湖县投入巨资重建大佛寺院

昨日上午,金湖县隆重举行大佛寺重建奠基法会。

金湖县大佛寺兴建于300年前,后因种种原因被拆除。重建地点位于金湖县城黎城老街北首大佛寺原址,预计造价8000万元。寺院上半部分按丛林式寺院格局设计,拥有天王殿、大雄宝殿、藏经楼等建筑;下半部分设有观音殿,将供奉999座观音,有望成为国内最大的观音殿。

（刊于2009年12月7日《淮安日报》A1版）

第十章
作赋低吟

第一节 家乡之恋

小戏听众是乡亲

"格个隆咚呆……"当悠扬的秧歌声从喇叭里响起时，田野中手把青秧的农家妇女也一个个和着唱起，让你感觉到处是一片喜气洋洋的氛围。这便是金湖县唐港乡广播电视站创办自办文艺节目的结果。

热情奔放的流行歌曲，虽然早已走进农家小院，丰富了农民的文化生活。但农民对民间小调的感情似乎没有因流行歌曲的介入而淡化。他们在劳作时或劳作之余，听一段民间小调，哼一段民间小曲，其中的乐趣只有乡亲们自己才能感受得出。此正应了所谓"萝卜、青菜，各有所爱"这句谚语。正是为了满足乡亲们的这一需求，唐港乡广播电视站创办了自办文艺节目。乡亲们称民间小调叫小戏，小戏的创作灵感根在农村，取材也在农场，农村自然就不乏这方面的"高手"。为了办好自办文艺节目，乡里由宣传科牵头，专门组建了业余创作组合业余演唱组，广播电视站负责录制和播放。

这些小戏的曲牌有杨柳青、四季游春、李玉莲、八段锦、小放牛等等，光秧歌就有四句头、串十子、五句半等，真是五花八门，丰富得很。

小戏的歌词编写的更是巧妙合时，既宣传夏收、夏插、秋收、秋种，又宣传了党在农村的方针、政策，乡亲们既乐意听，又乐意受教育，更多的是受鼓舞后干起活来干劲倍增。

小戏听众是乡亲。乡亲们喜爱小戏，我们这些会做小戏的自然是乐得奉献啰。

（刊载于1993年第六期《视听界》）

盛夏听荷语

当知了第一声啼鸣从柳林间传出，便可以听见清荷的私语了。

刚出水的荷，小角尖尖，翠玉般地钻出水面，像刚出世的婴儿。这时的荷话不多，估计是嘤嘤啼哭吧，否则怎么会惹来低语的蜻蜓。蜻蜓算是荷的保姆了，是蜻蜓的热吻让小荷笑逐颜开，话语也渐渐多了起来。

当小荷舒展成荷叶的时候，听懂荷语的也渐渐多了起来。小青蛙算是听懂荷语的，荷叶热情邀请青蛙骑在她上面，青蛙问："你能背得动我？"荷叶说："当然，不信你试试？"于是，青蛙纵身一跃，只晃了两下，便稳稳地停在了荷叶中央。"乖乖，你的劲真大！"青蛙感慨道。"不是我劲大，是水的承载力大啊！"荷叶谦虚地说。"其实要是你不老实，还可能滑下水呢？"荷叶一句话没有说完，活泼好动的青蛙便从荷叶边滑入水中了。"真是水能载舟亦能覆舟啊？"青蛙再度感慨。

随着荷叶一天天长大，与荷叶交谈的邻里多了起来，戏于荷叶之间的鱼儿便是这个当中的多数。从没有离开过水的一条小鱼美慕起荷叶来，"你真棒，离开水面还能活得如此潇洒。"荷叶说，"其实世间万物都离不开水的，我虽然在水面上，可我的根还在水中，是水的滋养让我活得如此潇洒。""我就不信。"小鱼说完纵身飞起，不巧也落在了荷叶上。可刚一小会儿工夫，小鱼儿就受不了了，大呼救命。"我也没有办法，要么等风吹落你，要么等雨滑落你。"荷叶难过地告诉小鱼。还好，没一会儿工夫，一片雨云来了，几滴雨点打湿了荷叶，让小鱼顺着雨水开溜。从此，这条鱼再也不敢开这样的玩笑了。

当荷叶的孪生姐妹荷花出水的时候，荷塘就更热闹了。荷花又称芙蓉，一出水就展示不一样的风韵，清秀地如同少女。当然愿意与她搭讪的也不在少数，真所谓爱美之心万物皆然。

与荷花交谈者中最多的莫过人类。"清水出芙蓉，天然去雕饰"，这是李白与荷花交谈后发出的赞叹；"露花时湿钏，风茎乍拂钿。"这是刘孝威的肺腑之言。

荷花结成莲蓬，花瓣开始脱落，荷语变得含蓄起来，饱含在莲子中的私密话语非一般人能够悟出。

荷语是清香的、醉人的，因此，盛夏倾听荷语是不会烦躁的。但千百年来，真正听懂荷语的人并不多，周敦颐算一个吧，一篇《爱莲说》足见他是听懂荷语的。正如他在文中发出的感慨："莲之爱，同予者何人？"

（此文获全国荷散文大赛三等奖）

脚印

歌声里的金湖

"乘一支明亮的渔歌，

踏一叶新荷的脉络。

金湖不再是梦，

水韵漫过了心窝……"

随着《水乡金湖》从田头喇叭里响起，伴着优美的旋律、动人的歌声，金湖人开始了一天的劳作。踏着清越歌声的外地游客，也见证了金湖的巨大变化。

被誉为"荷花之都"的金湖县，近年来连续举办荷花美食节。荷香四溢，荷韵沁心，朴素清新的美食节让金湖声名鹊起，那一首首为水乡量身定制的歌曲早已在小城百姓的日常生活中传唱开来。

"万顷荷荡，碧叶连天，

金色湖光，云帆点点，

荷花绽放，你邀请四海宾朋，

荡着和风，你送出绿色名片……"

一曲真挚壮美的《金湖颂》，如同一位动情的诗人在向世人吟唱。正如诗人赵恺所说，"金湖是一个插上一支笔，就能长出诗来的地方。"无论是美景还是美食，这里都能让人产生无尽的遐想。

"映日芙蓉，别样红艳，

尧帝故里，魂绕梦牵，

蒿茶湖鲜，你飨宴八方远客，

唱起秧歌，你让人久久流连……"

这是远客们来过金湖留下的印象。金湖的蒿茶、荷叶茶，可谓别具一格，功效独到；湖鲜美食更是一品难忘。游客风趣地说，"我们来金湖，就是闻着金湖的茶香、美食香味而来的。"当然，那一曲曲动听的金湖秧歌从田野中飘来，也会让人寻声而往。

高邮湖、宝应湖、白马湖三湖环绕，淮河入江水道贯穿全境。是的，水是金湖的一大特色，1400平方公里的县域面积，有三分之一是水面。关于水与金湖的情缘，一首《水故乡——金湖》所唱再贴切不过——

"芦叶青，荷花香，

小船摇曳在水中央，

东边一看呀水连水，

西头一望荡连荡啊，

水故乡,水故乡,

水做的金湖是我家,

童话一样,梦一样,

哎,童话一样梦一样。

啊,水故乡,水故乡,

水做的金湖是我家,

湖中流着蜜,空中飘着芬芳,

心儿多欢畅,多欢畅……"

金湖的每一处风景都是一幅画,金湖的每一段历史都是一首诗,金湖的每一次游走都是一段情、一首歌。细数来,在歌咏金湖的歌曲当中,以荷为题的居多,《荷花荡》《百里荷花百里香》《荷荡抒情》《荷花之恋》《金湖望荷》《荷荡飘香》《荷都金湖我家乡》,等等,光看着歌名就让人陶醉不已。

"水乡不是小诗,

金湖不是小唱。

一朵朵红莲花,

擎起日月星光,

一支支绿荷叶,

连成碧海汪洋……"

这歌声唱出了金湖人的情,唱出了金湖人的意,更唱出了金湖人干事创业的劲头。

"啊! 荷都金湖我家乡。

淮上明珠闪烁着璀璨光芒;

花红水秀天朗,最是荷都印象。

绿色生态,自然风光,

年丰物阜,和谐小康,

让金湖之梦插上腾飞的翅膀,

腾飞的翅膀!"

走进水乡金湖,就走进了歌的世界。一曲深情款款的《忘不了》,至今响彻在无数游客的耳畔:

"忘不了三河滩的依依杨柳,

忘不了白马湖的泱泱绿波,

忘不了门窗上发白的窗花,

那剪纸的花勾住了我的魂魄……"

(刊载于2014年7月16日《淮安日报·名城绘》)

乘月荷花荡

闵桥荷花荡于我并不陌生，坐落在高邮湖边上，可赏荷可观湖。这次应县作协相约再度赴荷花荡采风，我依旧是欣然而往。

时间约的是下午4点从县城出发，大约是想让我们欣赏月下的荷花荡吧，我想。

从金湖县城到闵桥荷花荡景区估莫40分钟的车程，由于出发迟的缘故，到达荷花荡时已是夕阳西斜。不过这个时候的荷花荡惬意的很，太阳不辣，香风习习，满眼是绿，一点也不烦躁。

因为是周六，来荷花荡观荷赏莲的人是还真不少，有像我们一样组团来的，有自驾游来的，还有骑自行车的"驴友"。车辆径直把我们带到了荷花博览园。去年这里曾经举办过第28届全国荷花展，今年，当地人巧加利用，建成中国荷花博览园。"2015荷都金湖赏荷季暨中国荷花博览园开园仪式"的巨型活动背景，在向人们诉说这里曾经发生的故事。

踏上木桥栈道，就可深入博览园中了。园子不大，但很精致。汇聚了来自不同省市不同品种的荷花，辅之以各地特色景点介绍，配以古今名家诗词，徜徉在诗情画意中，算是一种陶醉吧。这些莲荷有盆栽的，有生于池塘中的，盆栽的略显瘦弱，池塘中的更显娇贵。花的颜色和形态也不尽相同。白的、粉的、黄的、紫的，有宛如牡丹，有似菊花，争奇斗艳，就连难得一见的并蒂莲在这里也能发现。博览园中的水是曲折环形的，荷叶造型的石墩散落水中，成了连接省、市之间的"桥"，这些石墩与荷叶真假难辨，能让你与荷与水有个亲密接触。

荷花广场是个临时停车处所，洁白的荷花仙子雕塑矗立在广场一边，见证着荷花荡的点滴变化。提篮叫卖是这里的一大特色，当地百姓将新鲜的荷藕、菱角、莲蓬、草鸡蛋等铺在道路的两边，这些农家土特产对城里来的游客有着较大的吸引力。

向南穿过紫藤长廊，两边藕田中的荷叶串的老高，在忽明忽暗的光线中，星星点点的是荷花、莲蓬，冷不丁会有一只水鸟从荷叶中惊起，这是荷花荡的生机和活力。

来荷花荡，百荷园是非看不可的。这里的荷花品种更多、更全。在百荷园的边上有咏荷碑林，当中属赵恺先生的《荷花荡记》最有气势，一文尽展荷花荡风采。我们在咏荷碑林前驻足沉思，不觉天色渐晚，有人提议赶快去观湖楼鸟瞰荷荡全景，到达观湖楼时已是弦月高悬。

今晚的月色并不明亮，乘电梯直达观湖楼顶层，远眺高邮湖，灰茫茫的，分不清哪是水，哪是天。俯瞰荷花荡，一片浓浓的墨绿色，只在近处有白色的星星点点,估计那便是荷花了,莲蓬和荷叶是决然分不清的。大家觉得有点可惜,要是光线充足登观湖肯定是另一番景象。不过能享受了一次免费"氧吧",留下或多或少的景区照片,采购了当地农民的土特产,也算不枉此行了。

有人感叹,要是在一个月色如银的夜晚,漫步荷花荡中,学一回古人"乘月采芙蓉",一定别有一番滋味。

期待下一次吧。

(刊载于2015年10月26日《金湖快报》副刊)

7月,湖城与你有个约会

7月,是荷花盛开的季节,苏北一座小城与天下爱荷之人有个约会。

每当盛夏时节,总会有一辆辆来自南京、上海等大都市的旅游大巴、私家车停泊在荷塘边,当游客们发出阵阵惊叹声、尖叫声时,当地百姓大都会暗自窃笑,想这些人真傻,冒着高温酷暑,千里迢迢来这里究竟图个啥? 也可能是"不识荷花真面目,只缘身在水乡中"的缘故吧? 游客们来过金湖之后,留下印象最深的是这里的水、这里的绿、这里的荷。

水是金湖的一大优势,1400平方公里的区域面积,有三分之一的地方都是水面。夏天,在这个难得一见的清凉世界里,无论是在白马湖、宝应湖,还是高邮湖,只要泛舟其上,就会有一种别样的心境。远方水天一色,飞鸟掠波而起,近处鱼翔湖底,湖边荷花点点……置身这样的景色中,你能不陶醉? 要是能乘上冲锋舟,在湖面上与白鹭齐飞,逐浪中来点惊险刺激,更会令你久久难忘。

水也孕育了金湖的绿,翠绿的柳树湾湿地公园、郁郁葱葱的水上森林公园等等,都是水的杰作。长在淮河入江水道里的数千亩柳树形成了特殊的景致。偶遇行洪期间,树干在水中,树冠在水上,柳树展示着昂扬向上的生命力;洪水退却后,柳树湾更显勃勃生机,除了形态各异的柳树外,树下的花花草草,树上的鸣鸣啾啾,都会让你产生联想。至于万亩水上森林公园,那一排排参天水杉,或站在水中,或立在埂上,鸟儿翻飞期间,野兔出没草丛,每一口空气都会让你舒心。当然,金湖的水造就的最大奇观还是荷,这也是远客们因"荷"而来的原因。金湖何时有的荷? 已难考证。但金湖荷花之多,当属现世。因了水的缘故,无论走进县城还是村庄田野,这里都能见到荷的踪影,尤以荷花荡为最。驱车进入荷花荡,你便进入了荷的国度。数百种荷花汇集于此,形成精品荷花园。那嫩绿如盖的荷叶,亭亭玉立的荷花,注定是夏天金湖的尤物。当荷花开成菊花状、牡丹状等种种形状,你会不稀奇? 阵阵荷香直沁心脾,你能无动于衷? 难怪来这里赏荷吟诗、荷塘作画、摄影拍照者是络绎不绝。暂别喧嚣都市，品味盛世荷风，为身体、也为精神来一次快乐之旅，期待您如期赴约。

（刊载于2019年5月30日出版的第22期总第1612期《江苏声屏·淮安广播电视·淮安新周刊》）

第二节　家乡美味

回味无穷，金湖"水煮茶"

走进淮安金湖县的大小饭店，几乎都会有一种名曰"水煮茶"的主食，让人久久回味。一是名字特别，"水煮茶"叫茶又不是茶，"茶"是茶点之意，乃是食品，绝非水煮茶叶的饮料；二是名字有大小之分，大名叫"水煮茶"，小名为"水糊茶"。

说起小名"水糊茶"，在金湖县还有一段令人心酸的故事呢。最早水糊茶的原料是水糊子做成的。所谓"水糊子"，是用整个小麦连皮带面加水磨成的糊浆，又叫"连麸倒"。过去粮食紧张，吃不饱肚子，千百年来一直是中国人的痛处，金湖地区的百姓也难以幸免。历史上的金湖秋收到夏收大约有九个月时间，每到春荒不知有多少人家断炊挨饿，靠野菜充饥，老弱病残往往在这段时间被饿死。俗话说："田里麦子泛黄，家中饿死老娘。"眼看麦子已经灌浆，但饥饿难忍，人们等不得麦子成熟，就到田里将未成熟的麦粒捋回家充饥。这种麦粒胖鼓鼓还没有收浆，当然无法磨面去麸，只能连皮磨成糊浆了。

这种水糊子可以做成饼，可以夹圪垯，也可以和野菜做成面糊汤，那只是充饥度命的食物而已。至于做成水糊茶，则完全是聪明、善良的金湖人待客所用。在当时的情况下，能用一碗水糊茶来招待亲友，应该是非常体面的事情了。在父辈的记忆中，小时候每每看到水糊茶，便馋涎欲滴。在他们的记忆中，水糊茶就是世界上最好吃的东西了。母亲说，过去在家"水煮茶"那可不是随便可以吃到的，一定要遇到谁生病了，给他开开胃口，才会做一次。那时候真巴不得天天生病，以满足对这一美食的欲望。

现在随时都可以品尝到水糊茶了，连许多大饭店都上了这道主食。特别是中央电视台制作并播出"金湖水煮茶"的节目后，让金湖"水煮茶"的名声大振，而其真名"水糊茶"连同那份痛楚的记忆已被尘封。

现在，金湖"水煮茶"的食材和做法都有了改良。但基本做法相似，就是先用面粉和水摊成薄薄的煎饼，将煎饼切成二寸左右长条后，放进葱蒜作料，然后加水煮熟即成。至于添加韭菜、鸡蛋等其它作料，味道就更好。

（刊于2011年1月7日扬子晚报·都市生活·生态版）

第三节　一组小诗

新金湖赋

世人常夸太湖美，
尧帝偏爱金湖水。
绿树倒影湖中央，
黄鹂掠过花吐蕊。
发展雄心谁能比？
和谐民风更可贵。
千商万客喜相随，
无限风景惹人醉。

（刊于2008年《金湖快报》）

金湖植莲
——陪友人晨游金湖万亩荷花荡有感

莲花何时有？
上古尧帝难回首。
夏日邀君池边走，
晨风能解酒，
暗香阵阵释千愁，
最美都市友。
出于淤泥，
清于碧波，
一荷誉九州。

注：2014年7月8日至8月28日，第28届全国荷花展在金湖县举办，金湖县被中华地名大辞典称为尧的出生地。

（此诗词刊登在《金湖快报》并收录《湖城文学》【第五卷】一书）

荷花荡

清塘盛银月，绿水溢金盅。
满荡叶花雨，一池芰荷风。

（刊于2015年11月30日《金湖快报》副刊）

金湖四季游

湖城美景珠串成，
春踏滩青秋林深，
夏沫荷花冬鲜品，
尧乡故事更醉人。

游吕良芍药园有感

陈祥龙

（2019年5月4日，乘假日之机，邀三五好友，结伴赴金湖县吕良镇境内的芍药园游玩，漫天蔽野盛开的芍药花蔚为壮观，遂现场赋诗一首。）

棋盘古镇欲争春，
千亩芍药醉游人。
花王落尽花相起，
疑是仙宫下凡尘。

（刊载于2019年5月9日出版的第19期总第1609期《江苏声屏·淮安广播电视·淮安新周刊》）

游金湖水上森林

（金湖县万亩水上森林公园兴建于20世纪80年代,滩涂抬田造林,15000多亩水杉郁郁葱葱,蔚为壮观,是苏北最大的人工林,享有"池杉王国、天然氧吧"的美誉。如今,与旅游开发相衔接,水上森林公园焕发出勃勃生机。）

杉水相映处,林茂木成虹。

喜闻啾啾声,人诱鸟不从。

游客开心时,可记当年功?

（刊载于2019年6月13日出版的第24期总第1614期《江苏声屏·淮安广播电视·淮安新周刊》）

第四节　难忘的回忆

记忆深处的那段路

儿时的梦难留,儿时的痛易记。有那么一段路深深烙印在我儿时的记忆深处。

那段路是从举家搬迁开始的,那是40多年前的一天,父母用扁担挑起一个家,从当时的夹沟乡淮泉村搬迁到唐港乡新淮村。两只笆斗分别装着老二、老三,还有破衣烂衫、锅碗瓢盆等等,作为老大的我,自然享受不到坐笆斗的待遇,尽管那时我才8岁。刚踏上这段路,是那么的新奇与兴奋,马上就要到新家了,尽管还不知道新家是什么样子，我是蹦着跳着走上高邮湖大堤的。父母吃力地挑着担子，跛足的爷爷一步一回头，依依不舍地看着渐行渐远的老家，一脸无奈和沧桑写在爷爷的脸上，让我感到困惑不解。雨后高邮湖大堤上的路并不好走，父母没让我穿鞋，因为泥巴会把鞋子黏成"大萝卜"，还不如光脚利索。他们也把鞋子脱了放在担子上。一家人深一脚浅一脚向着目的地唐港而去。没过多久，原先的那份新奇就被疲惫和沮丧所代替。我不停地问父母，还有多久才能到？他们总说快了、快了，可我总看不到圩堤的尽头，在这样弯弯曲曲、泥泞不堪的路上，让我困乏、让我饥饿，我哭我闹，可都没有用。实在走不动了，父母才放下担子让我坐一会，到新家就能吃上饭，"望梅止渴"式的鼓励，让我总算有了继续走下去的信念，越到最后我越没有力气，几乎要走着睡着了。于是，我开始无由头地恨起这段路来。从晌午出发，直到傍晚时分一家人才总算到达目

的地。我已记不得当初是如何到达的，只记得我浑身上下全是泥巴，还有满脸的泪水……

为什么要搬家？这个问题一直萦绕在我的脑海中，直到多年以后，父母才说出真相。

那个时候，夹沟的土地少还贫瘠，靠苦工分过日子的时代，既要苦得工分多，又要工分值钱。在夹沟老家，空有一身力气的父母也难以喂饱六口之家。而唐港滩地多、产粮也多，工分多也值钱，解决温饱自然是父母最大的愿望。他们好不容易才通过亲戚关系落户到唐港的。搬到唐港时间不长，赶上了分田到户，我们一家人的日子才逐渐好起来。

2009年，当我参加县里举办的"迎国庆千人健步行"活动，重新用双脚丈量这段路时，又是一番感悟。这时的路已不再泥泞，而是平坦的水泥路，道路两边的风景更是令人心旷神怡，圩内稻谷飘香，圩外鱼虾满塘。我也不是当年那个疲惫不堪的少年，健步走在这样的路上是满满的自信与自豪。

父母也时常走这段路回夹沟老家，毕竟老家还有亲戚要走动。从当初的靠双脚走路，到后来的骑自行车，到开着手扶拖拉机，再到我开着轿车带父母回老

家走亲戚,和时间一样,一切都在变化之中。

如今,这段路经过再度改造,已成为连接荷花荡景区和水上森林公园景区的绿道,黑色的沥青路面让开车的我感觉更加舒坦,随着飞转的车轮,过去需要半天才能走完的路,现在开车用不了20分钟。

这段路成了我人生中一段挥之不去的经历。

(刊载于2019年2月18日金湖快报·副刊)

第五节 他乡之美

九寨沟风情

九寨沟位于四川西北部,地处岷山山脉南段尕尔纳峰麓,是长江水系嘉陵江源头的一条支沟。九寨沟古称羊峒,又名翠海。因沟内有九个藏族村寨而得名。九寨沟以高山湖泊群和瀑布群为其主要特色。集湖、瀑、滩、流、雪峰、森林及藏族风情于一体……

从成都乘车到九寨沟可不是件容易的事,400多公里的盘山公路真让我们这些久居平原的人吃不消,好在一路上有看不完的美景、听不完的动人传说。

为我们提供导游服务的是一位名叫卓玛的藏族姑娘。一上车,卓玛就兴高采烈地告诉我们:"你们的运气真好,这几天正是九寨沟最美的季节,你们能看到平时难以见到的彩林。"一句话,把大家的兴致调到了极点,旅途的疲劳顿时一扫而光。大家缠着卓玛问这问那,然而卓玛的回答似乎并不能满足大家的好奇心。干脆,聪明的卓玛为我们唱起了当地的藏族民歌,优美的歌声把我们带到了目的地。

"到了,终于到了!"汽车在九寨沟口刚一停稳,大家就欢呼雀跃起来。

群山环绕,苍苍莽莽,一座座雪峰直插云霄,半山烟雾缥缈,峰顶银光忽隐忽现。面对此情此景,我们惊呆了,纷纷感叹大自然如此造化神奇,不由地拿起相机,"喀嚓、喀嚓"声响成一片。见我们如此贪婪,卓玛笑了,她告诉我们,这里才是入口处,真正的美景还在里面呢!

进入沟内的景区果真是别有洞天,景区主要由三条沟组成:诺日朗主沟以及则查洼沟和日则沟。三条沟呈"丫"字形结构,乘上沟内绿色环保型游览车,我们径直到达日则沟旅游线路终点,然后,徒步浏览返回三沟交界处,再从交界处乘车而上到达则查洼沟终点,再徒步返回入口处。一路上好景致让人目不暇接,大大小小的湖泊,像一颗颗耀眼的宝石散落在彩带般的沟谷中,湖水清澈见底,湖底石块、千年朽木色彩斑斓,偶尔能见到几条不知名的小鱼在湖底晃动,但整个湖面却静得出奇,蓝天、白云、雪峰、彩林,都被复制在湖水中了,湖水的色彩也多了起来,难怪人们把这里的湖泊命名为"五花海""五彩池"等一个个富有诗意的名字呢!导游告诉我们,九寨沟景区大大小小的翠海有114个,要想一个一个看完,没有两三天的功夫恐怕还办不到呢。

这些海看上去很静,可海与海之间都像一级一级天然的台阶,由此形成了瀑布群,一道道高低错落的瀑布,有的宛如白练腾空,银花四溅,蔚为壮观;有的恰似硕大的珍珠在林海中滚动……

我们不由得美慕起居住在这里的藏族同胞来,他们天天面对如此人间美景,享受天然"氧吧",该是件多么开心的事。

在一个名叫荷叶寨的藏胞居住地,我们领略了藏族风情。藏胞们居住的房屋不很高大,但很别致,五颜六色的彩绘图案把房屋装扮得别具一格,房屋前那随风翻动的经幡、洁白的佛塔,让人顿感圣洁。

没有开发这里的旅游资源之前,藏民的生活如同"镜海"的水面一样平静。随着旅游开发的兴起,人们看到了大山外面不同肤色的人们,知道了外面世界的千奇百怪。

在我返回的路上,一位身着民族服装的藏胞正弯腰从树缝中掏出一只只空的易拉罐、矿泉水瓶,我的心灵受到了强烈震撼。要知道,这些被乱丢的易拉罐、矿泉水瓶可是我们从大山外面带来的所谓"文明"啊!由于我们的不小心,竟成了景区不和谐的"风景",我不免担心起来,随着游客量的增加,九寨沟的环境会不会变坏?要是这样的话。咱们每一位曾经游览过九寨沟的人都会难过的,毕竟,我们都曾打扰过这里的宁静。

(此文刊载于《淮安日报·洪泽湖版》)